A Faint Cold Fear Thrills Through My Veins
William Shakespeare

Zu diesem Buch

Kriminalrat Wegener ist des Mordes an seiner Frau Gesine angeklagt. Das Gericht spricht ihn zwar frei, weil die Beweise nicht ausreichen, aber damit ist seine Karriere am Ende. Vom Dienst suspendiert, zieht er in das Dorf und in das Haus, in dem seine Frau seit ihrer Trennung gelebt hat. Hier sucht er Indizien, die ihn auf dic Spur des Mörders führen könnten.

Die Dorfbewohner reagieren mit Verachtung und offener Feindseligkeit. Wegener erhält anonyme Drohbriefe. Dann entgeht er knapp einem Mordanschlag. Wollen die Dorfbewohner nur einen vermeintlichen Mörder verjagen oder steckt etwas anderes dahinter?

Wegener versucht, die Vergangenheit seiner Frau aufzuhellen. Wer könnte ein Motiv haben, sie umzubringen? Er findet heraus, daß sie offensichtlich erpreßt worden ist. Es tauchen Hinweise auf, daß sie Kontakt zu zwei Kriminellen gehabt hat.

Und dann macht er eine Entdeckung, die eine längst geahnte Wahrheit enthüllt...

Horst Bieber, Dr. phil., Jahrgang 1942, ist im Ruhrgebiet geboren. Seit 1970 ist er Journalist. Nach historischen Sachbüchern schrieb er für die Reihe rororo thriller Kriminalromane. Mit seinem Roman Sein letzter Fehler (Nr. 2756) gewann er den ersten Preis der deutschen Krimikritik für den besten deutschen Kriminalroman 1987.

Außerdem liegen vor: Wrozeks Meineid (Nr. 2704), Jede Wahl hat ihren Preis (Nr. 2820), Scherenschnitte (Nr. 2881) und Zeus an alle (Nr. 2948).

HORST BIEBER

# SCHNEE IM DEZEMBER

rororo

ROWOHLT

RORORO THRILLER
HERAUSGEGEBEN VON BERND JOST

Originalausgabe
Veröffentlicht im Rowohlt Taschenbuch Verlag GmbH,
Reinbek bei Hamburg, November 1990

Umschlaggestaltung Peter Wippermann / Nina Rothfos
Satz Aldus (Linotronic 500)
Gesamtherstellung Clausen & Bosse, Leck
Printed in Germany
980-ISBN 3 499 42994 2

# DIE HAUPTPERSONEN

| | |
|---|---|
| Gesine Wegener | wird ermordet |
| Kriminalrat Achim Wegener | will nicht als Mörder dastehen |
| Egon und Adelheid Hellbich | vertragen alles, nur nicht die Wahrheit über ihre Tochter |
| Oberkommissarin Frauke Thayer | ermittelt nachlässig, weil der Mörder für sie feststeht |
| Hauptmeister Kroppjahn | sieht alles, weiß manches, sagt nichts |
| Jens Peddersen<br>Erwin Allers<br>Uwe Tackenberg<br>Gustav Andersen<br>Albert Busche | sind die öffentliche Meinung im Dorf |
| Monika Busche | sucht verzweifelt nach einer Fluchtmöglichkeit |
| Thomas Schwartz | will sich nicht die Freundin wegnehmen lassen |
| Gerold Andersen<br>Andrea Koslowski | leiden unter einem furchtbaren Geheimnis |
| Kurt und Ewald Jensen | treiben Schulden ein |
| Harald Kamphausen | stirbt an einer Flasche Champagner |
| Karin Bollnow | weiß Liebe und Geschäft gut zu verbinden |
| Krischan Zander | zerstört mehrere Leben |

Alle Personen und Taten, selbst einige Orte
sind frei erfunden.
Die Verletzung von Seelen und Wahrheit
findet allerdings jeden Tag statt.

## KAPITEL 1

Die Lautstärke sank in deutlich unterscheidbaren Stufen ab. Erst verstummte einer und stieß seinen Nachbarn an, der den Satz nicht zu Ende brachte. Ein dritter wurde aufmerksam und preßte die Lippen zusammen. Die Männer am Nebentisch drehten sich um, folgten den Blicken der schon Schweigenden; die sich ausbreitende Stille irritierte die letzten Redner, die mit ihren Stühlen herumrückten. Für Sekunden herrschte absolute Ruhe, als sei die Zeit stehengeblieben.

Wegener stand regungslos unter der Tür und spürte die Feindseligkeit wie eine Woge gegen ihn heranrollen. Dreißig Männer betrachteten ihn jetzt mit unbewegten Mienen; sie waren gewohnt, ihre Gedanken hinter langsamer Schwerfälligkeit zu verbergen und sich jede Äußerung gründlich zu überlegen, als müßten sie mit Wörtern und Gefühlen geizen. Unter der niederen Balkendecke bildeten Zigarettenrauch und Pfeifenqualm einen graublauen Baldachin. Es roch nach Bier und verschüttetem Korn, aus der Küche zog der Geruch von Bratwürsten und Bratkartoffeln verlockend heran. Für einen Mittwochabend war der «Krug» ungewöhnlich gut besucht.

Auf den breiten, geölten Dielen knirschte der Sand, als er zur Theke ging, und seine Bewegung brach den Bann. Bedächtig wandten sich alle wieder weg und setzten ihre Gespräche fort. Einer war gekommen, den sie hier nicht sehen wollten, aber auch nicht vertreiben konnten. Also nahmen sie ihn in stillschweigender Übereinkunft nicht zur Kenntnis. Sie waren eine Gemeinschaft, und er würde nie dazugehören. Die Lautstärke stieg wieder an.

Der massige Koloß hinter dem Tresen musterte ihn ausdruckslos, eine Hand aufgestemmt, in der anderen eine vor Kälte beschlagene Kornflasche. Breite Hosenträger spannten über einem halbärmeligen Unterhemd. Es war heiß in der Gaststube. Vor den beiden deckenhohen Kachelöfen an den Schmalseiten waren Holzkloben gestapelt.

«Guten Abend, Herr Busche», grüßte er höflich.

«Abend, Herr Wegener.» Der Wirt hatte eine tiefe, heisere Stimme, die weniger bedrohlich als unschön klang. Seine verhangenen, blutunterlaufenen Augen sahen alles und nichts.

«Haben Sie ein Zimmer für mich?»

«Ein Zimmer?»

«Für zwei Nächte. Bis ich das Haus so weit in Ordnung gebracht habe, daß ich dort einziehen kann.»

Der Dicke stopfte die Kornflasche in die Kühlröhre, griff nach einem Tablett und belud es mit sechs randvoll eingeschenkten Pinnchen. Geschickter, als seine Größe vermuten ließ, schob er es auf die Theke, rieb sich mit einer Hand über das unrasierte Kinn und wiederholte: «Zwei Nächte. Gut. Zimmer zwölf.» Er sprach leise und verbarg seinen Unmut nicht. «Meine Tochter zeigt Ihnen das Zimmer.»

Wegener erwiderte nichts. Busche hatte Arme wie ein Preisringer und Fäuste wie ein Dampfhammer, der Schlüssel mit der anhängenden Kugel verschwand völlig darin. An seiner Stärke bestand kein Zweifel, und das verlieh ihm eine gewisse Gutmütigkeit, unter die sich Verachtung mischte. Weil er keine offenen Feinde kannte, bemühte er sich nicht um Freunde.

«Monika kommt gleich.» Es war ein Befehl.

Monika lief durch den schmalen, hohen und düsteren Gang eilig voran. Von irgendwoher zog es eiskalt, aber nicht genug, den Gestank von Urin und Pinkelsteinen zu vertreiben oder die feuchte Miefigkeit zu besiegen, die sich für ewig in dem alten Gemäuer eingenistet hatte. Hinter einer Schwingtür lag, zum Hof hinaus, der Anbau, den der Krugwirt vor einigen Jahren errichtet hatte, sechs moderne Zimmer, alle mit Bad, im ersten Stock über den Garagen. Viele Fliesen, Steinplatten und falscher Marmor, kalt, abweisend und aseptisch sauber, das ebenfalls abstoßende Gegenteil des Vorderhauses. Ihre Schritte hallten auf den Steinstufen.

«Ihr Zimmer.»

«Vielen Dank, Monika.»

«Ich hoffe, es fehlt nichts.» Bevor er sie daran hindern konnte, war sie ins Zimmer gehuscht. Voll nervöser Hast kontrollierte sie im Bad Seife, Handtücher, Zahnputzglas, mit einer Bewegung hatte sie die Heizung voll aufgedreht, die Sekunden später zu knacken begann. Aufatmend stellte er Koffer, Reisetasche und Aktenköfferchen auf das Gestell.

«Es ist alles da.»

«Danke, Monika.» Er war müde.

«Haben Sie Hunger?» Ihre Stimme zitterte, aber ihr Blick blieb fest. «Soll ich Ihnen etwas aufs Zimmer bringen?»

Einen Moment war er verblüfft, dann schaltete er: «Geht das?»

«Gerne.» Sie lächelte knapp.

«Und ein paar Flaschen Bier? Und Sprudel für die Nacht?»

«Mach ich, Herr Wegener.»

Er hatte tatsächlich Hunger, und sie hatte recht: In der Gaststube würde er stören. Niemand würde ihn belästigen, in diesem Punkt durfte er sich auf den Wirt verlassen. Aber mit ihrem Schweigen würden die Gäste ihn einmauern.

Viel packte er nicht aus, den größten Teil seiner Sachen hatte er ohnehin im Wagen gelassen.

Eine halbe Stunde später bummerte sie gegen die Tür; er öffnete ihr, weil sie beide Hände für das schwere Tablett benötigte. Während sie stumm das Essen auf dem kleinen runden Tisch ablud, beobachtete er sie und fragte sich nicht zum erstenmal, welche Laune der Natur dem ungeschlachten Vater diese Tochter beschert hatte; die Mutter mußte schon vor langer Zeit verstorben sein. Monika war recht groß und schlank, aber darauf achtete keiner, der ihr zum erstenmal begegnete, weil ihr Gesicht fesselte, schmal, mit einer hohen Stirn, etwas bleich, so daß die schwarzen Locken, die ihr bis auf die Schultern reichten, um so mehr auffielen. Er hatte sie immer freundlich und hilfsbereit erlebt, aber selbst wenn sie lachte, verschwand dieser melancholische Ausdruck nicht, den sogar die jungen Männer in bierseligem Mut respektierten. Sie schien viel allein zu sein.

«So, das wär's.»

«Danke. Ich habe jetzt wirklich Hunger.»

Sie trat zwei Schritte zurück, das Tablett wie einen Schutz vor die Brust gepreßt. «Es tut mir leid.» Sie hatte eine jener klaren, hellen Stimmen, die immer gut zu verstehen waren.

«Was tut Ihnen leid?» fragte er überrascht.

«Meine Aussage. Daß ich Sie an dem Tag getroffen habe.»

«Warum soll Ihnen das leid tun?»

Statt einer Antwort schüttelte sie den Kopf und schlug die Augen nieder. Heimlich seufzte er. Jetzt hing die Müdigkeit wie Blei an seinem Körper, aber er wollte Monika nicht kränken. «Sie haben nur die Wahrheit gesagt. Die Wahrheit kann nicht schaden – wenn Sie daran denken sollten.» Hoffentlich begriff sie, daß er ihr wirklich keine Vorwürfe machte, nicht einmal in Gedanken.

«Ja, vielleicht», flüsterte sie. «Gute Nacht, Herr Wegener.»

«Gute Nacht, Monika, und nochmals vielen Dank.»

Er aß mechanisch, um den Hunger zu stillen, trank zwei Flaschen Bier und öffnete vor dem Schlafen das Fenster einen Spalt. Die Kälte drang wie eine Drohung herein, und er suchte im Schrank nach einer Wolldecke, um sie am Fußende um das Deckbett zu schlagen. Die Stille zerrte an seinen Nerven, bis das Rauschen in seinen Ohren so groß geworden war, daß er dahinter die Geräusche einer pechschwarzen Nacht zu vernehmen glaubte.

Stunden später wachte er auf, hochgeschreckt von dem Traum, der ihn jetzt seit Monaten plagte, kein Alptraum, sondern nur eine unerträglich genaue Erinnerung an das, was er getan und für viele Jahre aus seinem Gedächtnis verbannt hatte. Regine hieß sie, ein Nachbarskind; die Eltern waren zugezogen, und Regine hatte ihn vom ersten Tag an bis in seine Träume verfolgt. Groß, dürr, schlaksig, ungelenk, häßlich, frech, dreist, unweiblich. Wenn sie ihn ansprach, konnte er nicht mehr atmen. Er lud sie ein, ins Kino, zum Tanzen, in die Eisdiele, und immer lehnte sie lachend, kichernd, spottend ab. Sie spielte mit ihm, warf und traf mit schmerzhaften Schneebällen, boxte hart und gemein, wenn er sie umarmen wollte, und streckte ihm die Zunge heraus, wenn er was Nettes, Zärtliches stotterte.

Regine. Ein Wirbelwind aus zu langen Armen und Beinen, knochig und selbst ein Jahr später nur mit einer Andeutung von Busen und Hüften. Seine Freunde lachten ihn aus, was wußten sie schon von der schönsten Frau der Welt, aber ihr Hohn senkte sich wie Gift in seine Seele. Eines Abends lauerte er ihr auf, da war er siebzehn und sie fünfzehn. Ein warmer Abend im Juli, Regine kam aus dem Freibad und marschierte pfeifend und singend die Abkürzung durch den Wald. Zitternd stellte er sich ihr in den Weg, sie tippte mit dem Zeigefinger an die Stirn, lachte, er zerrte sie ins Gebüsch. Und jetzt erinnerte er sich wieder genau an ihre ängstlichen Rufe: «Nicht das Kleid, bitte, Achim, nicht das Kleid...» Ein Hängerchen, weiß-gelb gewürfelt, sie schob es selber hoch. Sie schrie vor Schmerzen, wie häßlich und scheußlich und widerlich war das alles, und hinterher weinte sie: «Ich liebe dich doch. Warum hast du das getan? Ich liebe dich doch. Warum mußtest du das tun...?»

Er stürzte davon, ließ sie liegen und hörte noch viel später ihr «Warum hast du das getan?». Da war die Angst vor Bestrafung fast vergangen, und vielleicht hätte er die lähmende Erinnerung abschütteln können, wenn er damals bestraft worden wäre. Doch Regine schwieg, sah ihn nur traurig an und senkte gleich den Blick, wenn sie ihm allein begegnete. Sie wurde schön und fraulich, doch sie redeten nie wieder miteinander, und als er noch vor dem Abitur gemustert wurde, verpflichtete er sich auf drei Jahre unter der Bedingung, daß sein Standort möglichst weit entfernt lag.

Er lag regungslos und versuchte nicht, vor der Vergangenheit zu fliehen.

Kurz nach sieben schnarrte sein Wecker, und als er, schon bei dem Gedanken an die Kälte zitternd, aus dem Bett sprang, entdeckte er den Zettel auf dem Fußboden. Jemand hatte ihn nachts unter der Tür durchgeschoben. Große, gemalte Druckbuchstaben: «Hau ab, Wegener. Raus aus Södjen.»

Damit hatte er zwar nicht gerechnet, aber es überraschte ihn auch nicht. Den Fetzen warf er in den Papierkorb.

Der «Krug» schien wie ausgestorben. Offenbar war er der einzige Schlafgast. Sein Frühstück wurde ihm in einem kleinen Nebenzimmer serviert; er sah nur noch den Rücken einer alten Frau, die ihm die Warmhaltekanne auf den Tisch gestellt hatte und eilig davonschlurfte. Doch die Zeitung lag bereit, und er kannte die Sitten gut genug, nicht beleidigt zu sein. Auf Logiergäste war der

«Krug» allenfalls im Sommer eingerichtet, außerhalb der Saison wurden übernachtende Gäste abgefüttert und mißachtet. Wer verbrachte schon die Nacht in Södjen, halbwegs zwischen Kiel und Eckernförde?

Der Geruch von kalter Asche und verbranntem Holz waberte bis auf den Hof. Sein Auto murrte und bockte, als er den Zündschlüssel drehte. Für Anfang Dezember war es ungewöhnlich kalt, minus zehn Grad oder mehr, und unter der Dusche hatte er geflucht, weil es Ewigkeiten dauerte, bis sich das Wasser erwärmte und er sich nicht länger vor den eiskalten Spritzern an die eiskalten Kacheln pressen mußte. In diesem Jahr hatte er gelernt, sich vor der Kälte zu fürchten. Der Himmel war wolkenlos, aber von einem fahlen Hellblau, die Sonne wärmte überhaupt nicht. Die Pappeln standen regungslos, kein Windhauch bewegte sie. Im Januar oder Februar gab es solche wolkenlose Tage, an denen der Wind nicht blies, sondern von See gekrochen kam, kaum spürbar, aber zäh in alle Ritzen und Fugen eindringend, über alle Schals, Handschuhe und Mützen spottend.

Er fuhr vorsichtig Richtung Osten, auf die Küste zu, die hier einen unmotivierten Viertelkreis nach Süden beschrieb. Södjen lag nahe genug an der Ostsee, um die Kälte und Feuchtigkeit des Wassers mitzubekommen, aber etwas zu weit vom Strand entfernt, um für Urlauber attraktiv zu sein. Fünfzehn Minuten strammen Fußmarsches, das war zum Beispiel für Familien mit Kleinkindern zu viel. Und hinter dem schmalen Strand fehlten Parkmöglichkeiten, auf der Straße herrschte Parkverbot, weil sie ohnehin so eng war, daß zwei Autos vorsichtig aneinander vorbeisteuern mußten. Auf der anderen Seite der Straße stieg die Klippe an.

Trotz des herabgeklappten Schutzes blendete ihn die tiefstehende Sonne. Vom Södjener Ortsrand bis zum Haus brauchte ein tüchtiger Fußgänger um die zwölf Minuten. Es gab entlang eines alten Knicks einen kleinen, kaum erkennbaren Trampelpfad, der direkt zum Haus führte. Auf der Straße Richtung Strand mußte man sich schon auskennen, um die steile Auffahrt nicht zu verpassen. An sich war es eine herrliche Lage, im Osten von altem, hohem Buchenwald geschützt, im Norden freier Blick auf die See, im Westen Felder, Wiesen und Weiden. Das Haus stand auf der

Kuppe der alten Dünen, von unten nicht zu sehen. Den Zaun um das Grundstück brauchte es eigentlich nicht, hierhin verirrte sich kein Fremder, und die Södjener mieden den Platz. Wegener hatte sich mit der abgeschiedenen Lage – denn Einsamkeit konnte man es kaum nennen – nie recht anfreunden können. Und jetzt wirkte alles noch verlassener, wie erstarrt unter dem Frosthauch. Selbst der Kies auf dem Vorplatz schien festgefroren.

Bevor er aufschloß, lief er einmal um das Gebäude herum. Alle Fensterläden waren von innen verriegelt. So weit er feststellen konnte, gab es keine Schäden oder Zerstörungen, auch im Garten nicht. Das Garagentor quietschte wie immer.

Noch von Hamburg aus hatte er brieflich und telefonisch gebettelt, geschmeichelt und gedroht, und deshalb betätigte er gespannt den Lichtschalter in der Diele. Das Wunder geschah: Es gab Strom. Er lachte befreit. Nachdem er die Läden zurückgeschlagen und alle Fenster geöffnet hatte, verflog ein Stück Bedrohlichkeit. Alles war verstaubt, aber an die Tragödie, die sich hier abgespielt hatte, erinnerte nichts mehr. Das Wasser war abgestellt, die Heizung geleert. Fast eine Stunde war er beschäftigt, Ventile aufzudrehen, Wasser nachzufüllen, Luft abzulassen, alle Heizkörper auf Lecks zu kontrollieren. Laut Anzeige war das Heizöl bis auf knapp vierhundert Liter aufgebraucht. Er schrieb auf den Besorgungsblock «Öl».

Um zehn Uhr bremste ein gelber Golf vor dem Haus; der junge Mann grüßte lässig: «Mor'n, wo soll's denn hin?»

«Ein Apparat ins Wohnzimmer, der zweite oben ins Schlafzimmer.»

«Mach'n w'r.» Er arbeitete flott, hatte gleich beim erstenmal alles Werkzeug mitgebracht und pfiff melodisch vor sich hin. Nur einmal erkundigte er sich zähneklappernd: «Ist was mit Ihrer Heizung nicht in Ordnung?»

«Nein, aber das Haus hat Monate leergestanden, ich bin erst heute zurückgekommen.»

«Ja, dann.» Der junge Mann hauchte auf seine klammen Finger. Er schien nicht aus der näheren Umgebung zu sein. Wegener bot ihm einen Zehn-Mark-Schein an; der Postler griente: «Wenn ich die Wahl hätte, würd ich lieber einen heißen Kaffee haben.»

«Die Wahl haben Sie leider nicht.»

«Dann vielen Dank, und passen Sie auf, daß Sie nicht erfrieren.»

Die Nummer der Firma, die Heizöl lieferte und die Anlage wartete, stand auf einer Bedienungsanleitung, die neben dem Kessel an die Wand genagelt war. Als Wegener anrief und eine Tankfüllung plus Inspektion bestellte, trat am anderen Ende für eine lange Minute Schweigen ein. Weil er sich an solche Reaktionen gewöhnt hatte, blieb er ruhig.

«Haus Geese in Södjen? Und Ihr Name ist Wegener?»

«Ganz recht.»

«Tja, dann – also, sagen wir, um 13 Uhr.» Hatten sie so wenig zu tun, oder war es die Neugier?

Mit der Wärme meldeten sich die Gerüche, aber noch war alles zu klamm und zu kalt, um mit dem Putzen anzufangen. Davor hatte er ein wenig Bammel, um Hausarbeiten hatte er sich sein Leben lang gedrückt, so gut es ging, aber er wußte nicht, wo er hier eine Putzhilfe organisieren sollte. Aus dem Dorf würde niemand kommen.

Gegen Mittag hörte er ein Auto vorfahren, und als er die Haustür öffnete, stand Kroppjahn vor ihm, der die Hand an die Mütze legte und mit schlecht gespielter Gleichmütigkeit grüßte: «Guten Tag, Herr Kriminalrat.»

«Tag, Herr Kroppjahn. Kommen Sie rein! Drinnen ist's wenigstens etwas wärmer.»

«Danke.» Kroppjahn war groß, fast 1,90 Meter, und breitschultrig. Selbst die weiteste Uniform schien ihm zu eng zu sein. «Albert hat mir erzählt, daß Sie wieder im Lande sind.»

Einen Moment mußte er überlegen – Albert, das war Albert Busche, der Krugwirt. Im Dorf duzten sich fast alle, auch den Polizisten, der einer der ihren war. Wegener hatte es früher halb aus dienstlichem Interesse, halb aus Neugier beobachtet. Einerseits erleichterte es Kroppjahn das Leben, weil die Dörfler keine Geheimnisse vor ihm hatten. Auf der anderen Seite erforderte es viel Takt und Fingerspitzengefühl, jenen Abstand zu wahren, der im Ernstfall die nötige Autorität sicherte.

«Ich kann Ihnen einen Platz anbieten, aber sonst leider nichts. Zum Einkaufen bin ich noch nicht gekommen.»

Kroppjahn winkte ab. Er hatte ein breites, freundliches Gesicht, bewegte sich langsam und sprach schleppend, aber war alles andere als ein trotteliger Dorfpolizist. Wegener hatte ihn zu Anfang falsch eingeschätzt, sich aber zum Glück diesen Irrtum nie anmerken lassen.

«Eine Bitte hätte ich aber, Herr Kroppjahn.»

«Ja?»

«Lassen Sie den ‹Kriminalrat› weg. Im Moment bin ich auf eigenen Wunsch vom Dienst suspendiert.»

Kroppjahn schaute ihn ernsthaft an: «Sie scheiden also aus?»

«Mitte nächsten Jahres. Das ist bereits geregelt.»

Der Hauptmeister nickte mehrfach. Im Wohnzimmer hatte er sich ohne Umschweife in einen Sessel gesetzt, auf den Schutzbezug. «Sie wollen sich hier niederlassen?»

«Nicht für immer. Bis ich weiß, was ich künftig machen werde.»

Mittlerweile kannte er das Dorf gut genug, um sich nicht zu täuschen. Es war mehr als ein Gespräch unter Bekannten, wenn auch kein Verhör. Kroppjahn wollte wissen, was auf ihn und das Dorf zukam. Wegener war ihm keine Auskunft schuldig, das nicht, wußte jedoch genau, daß er auf den Polizisten angewiesen war, auf seine wohlwollende Neutralität und Korrektheit. Und weil sie beide Polizisten waren, kannte jeder die Gedanken des anderen.

«Die Leute werden sich und mich fragen, was Sie hier wirklich wollen, Herr Wegener.»

Er zuckte die Achseln: «Ich habe meine Hamburger Wohnung aufgelöst und muß irgendwo unterkriechen.»

«Und den Mörder Ihrer Frau suchen?» Kroppjahn fragte es leichthin, aber das war es, was ihn beschäftigte.

«Ihre Kollegen und der Staatsanwalt waren überzeugt, ich hätte sie umgebracht.»

«Das Landgericht hat Sie freigesprochen.»

«Sicher. Mangels Beweisen, so hätte es früher geheißen. Unter Kollegen: Das war nicht einmal ein Freispruch zweiter, sondern höchstens dritter Klasse.»

Kroppjahn nickte wieder, ohne Verlegenheit: «Das Dorf glaubt,

Sie seien's gewesen, und nur weil Sie Polizist sind, hätten Sie's so drehen können, daß die Schwurkammer Sie laufen lassen mußte.»

«Und Sie, Herr Kroppjahn? Was glauben Sie?»

Der Hüne lächelte ohne Wärme: «Ich bin Polizist, Herr Kriminal... Herr Wegener. Ich halte mich an das rechtskräftige Urteil eines ordentlichen Gerichtes.»

«Herr Kroppjahn, ich habe nie bezweifelt, daß Sie ein tüchtiger und korrekter Beamter sind. Aber im Moment würde mich interessieren, was Sie wirklich glauben.»

«Das werde ich Ihnen nicht verraten, Herr Wegener.» Kroppjahn musterte ihn gelassen, und Wegener beneidete ihn einen Moment lang um seine unerschütterliche Ruhe. «Ich will und muß in Södjen leben. Bei der Kripo mag man sich daran gewöhnen, Verbrechen immer nur hinterher aufzuklären. Hier kann ich vieles verhindern, weil die Leute mir vertrauen.»

«Jetzt haben Sie etwas vergessen – und weil die Leute nicht wissen, was Sie denken und erfahren.»

Den versteckten Vorwurf bedachte Kroppjahn gründlich, bevor er aufstand: «Da ist was dran, Herr Wegener. Mir hat vieles nicht gefallen, was sich in diesem Hause abgespielt hat, aber ich konnte nicht eingreifen. Tja, dann machen Sie's mal gut.»

Danach blieb ihm nicht viel Zeit zum Grübeln. Der Tankwagen erschien pünktlich, die Inspektion ergab keine Beanstandungen, er begann zu putzen, ein- und wegzuräumen, Staub zu wischen und mit wachsendem Eifer den Staubsauger zu bedienen. Um drei Uhr fuhr er mit einer langen Einkaufsliste ins Dorf. Auswahl hatte er nicht, es gab nur einen Supermarkt, so hieß es auf dem großen Schild, doch die Leute gingen nach wie vor «mal eben zu Jens».

Jens Peddersen, klein und kugelig, wuselte hinter der Fleisch- und Wursttheke herum. Sein rundes, rosiges Gesicht erinnerte an ein frisch gewaschenes Schweinchen, er hatte Wurstfingerchen und vermittelte durchaus den Eindruck, der beste Kunde seiner ff-Fleisch- und Wurstwaren-Abteilung zu sein. Christa, seine grauhaarige Frau, überragte ihn glatt um zehn Zentimeter, und was Jens an Pfunden zu viel mit sich herumschleppte, besaß sie sichtbar zu wenig.

Beide begrüßten ihn ohne Überraschung. Natürlich hatte der

Dorftelegraf längst ausführlich getrommelt, und so glänzend lief das Geschäft nicht, daß sie einen möglichen neuen Stammkunden durch Unfreundlichkeit vergrault hätten, einen Kunden zumal, der zum Einkaufen ohnehin das Auto nehmen mußte und deswegen ohne weiteres in den Nachbarort Breeken zur Konkurrenz fahren konnte. Ihre geschäftsmäßige Heiterkeit wurde eine Spur echt, als er ihnen die lange Liste zeigte: «Ich brauche alles. In dem Haus verhungern sogar die Mäuse.»

Christa Peddersen lächelte säuerlich, nahm ihm die Liste aus der Hand und tadelte: «An Kaffee haben Sie gedacht. Aber auch an Filtertüten?»

Zum Schluß waren drei Einkaufswägelchen bis obenhin vollbepackt, vom Scheuermittel über Zahnpasta, Salz, Milch, Dosen, Konserven, Fleisch, Wurst bis zum Brot. Er hatte nicht vor, häufig ins Dorf zu kommen. Im Keller stand eine große Kühltruhe, in der Küche gab es unter dem Kühlschrank einen kleineren Tiefkühler, nein, er würde Vorräte anlegen und das Dorf nach Möglichkeit meiden. Er liebte die Södjener sowenig wie sie ihn. Mit Peddersens Hilfe verstaute er vier Kartons auf der Rückbank.

«Wollen Sie's nicht in den Kofferraum stellen?»

«Nein, ich brauche noch Getränke. Bier, Sprudel, Orangensaft. Und – na, mal sehen.»

Langsam schob er ein leeres Wägelchen an den Flaschenborden vorbei. Gin, Wermut, Cognac, Campari – er trank nicht viel, aber er schätzte Abwechslung. Dann stockte er vor der Whisky-Abteilung: Glenfiddich, Dimple, Jack Daniels, von jeder Marke zwei Flaschen. Sechs verstaubte Flaschen, und bei diesen Preisen würden sie hier auch überwintern. Neben ihm hüstelte es, und unwillig schaute er auf Jens Peddersen hinunter.

«Die habe ich noch – hm, äh, ja – für Ihre Frau besorgt.»

«So?» kommentierte er trocken. Peddersen nickte kläglich. Ob es stimmte? Richtig war, daß Gesine zum Schluß viel, zu viel getrunken hatte, richtig war auch, daß sie auf harte Sachen umgestiegen war, aber sie hatte, und daran erinnerte er sich noch genau, nur Bourbon getrunken und Malt oder Scotch verabscheut. «Zu glatt, zu geschmacklos, zu edel – wie du!» Ihr höhnischer Ton klang ihm noch im Ohr.

Peddersen knetete seine Finger, wagte aber nichts zu sagen. In Södjen war der Gipfel alkoholischer Wunschträume mit einem guten, klaren Korn erklommen, und wenn die Flasche richtig kalt war, tat's auch mittlere Qualität. Auf diesen Kostbarkeiten würde er sitzenbleiben, und sie selbst zu trinken hinderte ihn sein Geiz.

«Hat meine Frau diese speziellen Marken bestellt?» fragte er beiläufig. Außer ihm hielt sich kein Kunde im Supermarkt auf.

Peddersen antwortete nicht sofort, sondern schoß von unten einen schrägen Blick hoch, der Wegener unangenehm berührte. Was spielte da um das gespitzte Mündchen? – Häme oder Schadenfreude oder Verschlagenheit? Doch bevor er sich darüber schlüssig werden konnte, quiekste der Kaufmann: «Das weiß ich nicht mehr – guten Whisky, hat sie gesagt.»

‹Und für dich ist gut gleich teuer›, ergänzte er unfromm. «Schön, ich nehme alle sechs Flaschen.»

Peddersen tat überrascht, aber er war ein schlechter Schauspieler, und an der Kasse strich er liebevoll die beiden Fünfhundert-Mark-Scheine glatt.

Nachdem er seine Vorräte verstaut und Kaffee getrunken hatte, putzte er noch eine Stunde. Alles in allem war das Haus in den wohl elf Monaten, die es leergestanden hatte, weniger verdreckt und verkommen, als er befürchtet hatte. Diese altfränkische Manie, alles abzudecken, zusammenzurollen, zuzukleben und wegzupacken, war doch ganz hilfreich.

> «Sehr geehrter Herr Wegener, nach Rücksprache mit meinem Anwalt habe ich mir erlaubt, in Gegenwart von Zeugen alle persönliche Habe meiner verstorbenen Tochter Gesine aus Haus Geese bei Södjen / Schleswig-Holstein zu entfernen. Über die entfernten Gegenstände wurde eine Liste angefertigt und von den Zeugen unterschrieben. Das Original bewahrt mein Anwalt Dr. Hermann auf, eine beglaubigte Kopie lege ich bei. Sollten Sie bei einzelnen Gegenständen Widerspruch

erheben, darf ich Sie bitten, sich über Ihren Anwalt mit meinem Anwalt in Verbindung zu setzen.
Auf persönliche Kontakte, sei es brieflich, sei es telefonisch, legen mein Mann und ich keinen Wert.
Mit vorzüglicher Hochachtung Adelheid Hellbich.»

Den Brief hatte ihm seine Ex-Schwiegermutter in die U-Haft geschickt. Sein Verteidiger erregte sich: «Ein starkes Stück!», doch er winkte ab, heimlich froh, Gesines Eltern auf diese Weise loszuwerden. Das Haus konnten sie ihm nicht nehmen, es war ihr Hochzeitsgeschenk gewesen, notariell beglaubigt und im Grundbuch je zur ideellen Hälfte auf Gesine und ihn eingetragen. Gesine hatte kein Testament hinterlassen, er war der Alleinerbe. Im ersten Jahr ihrer Ehe hatten sie noch vieles gemeinsam für das Haus angeschafft, renovieren und neue Teppichböden legen lassen. «Wollen Sie das wirklich hinnehmen?» fragte Dr. König aufgebracht. «Die Rechtslage ist nun mal...»

«Hauptsache, ich habe mit den Eltern nichts mehr zu tun.»

Der Anwalt hatte zwar widersprochen, sich aber seinem Entschluß gebeugt.

Den Möbelwagen mit seinen persönlichen Sachen aus der Hamburger Wohnung hatte er leider erst auf morgen bestellt. Eine Nacht mußte er also noch im «Krug» verbringen. Draußen war es bereits stockdunkel, aber die Kälte schien ihm nicht mehr so beißend.

Södjen war ein kleines Dorf. Das Kirchlein und der «Krug» auf der einen Seite des gepflasterten Platzes stellten so etwas wie einen Mittelpunkt dar. Auf der anderen Seite der Straße, die quer über den Platz führte, lagen Supermarkt, die unvermeidliche Filiale der Kreissparkasse und ein gesichtsloser, moderner Beton-Allzweck-Bau, der Post, Polizeiposten, Ortsvorsteheramt und eine Dienststelle der Landwirtschaftskammer beherbergte. Alle Häuser sahen ordentlich und gepflegt aus, aber keine Farbe vertrieb den überwältigenden Eindruck von Leere und Langeweile.

Diesmal drehten sich die Köpfe nur kurz in seine Richtung, als er die Gaststube betrat. Niemand unterbrach sein Gespräch. Der Wirt zapfte Bier und langte blind mit der Hand an das Schlüsselbrett hinter seinem Rücken. Er grüßte nicht, und Wegener sagte nichts. In dem Gang zum Anbau zog es noch eisiger als gestern.

Gegen neun Uhr klopfte es an seine Zimmertür, und noch bevor sie seinen Namen rief, wußte er, daß Monika ihm das Abendessen brachte. Sein Magen knurrte zaghaft, seit dem Frühstück hatte er nichts gegessen, und bei der für ihn ungewohnten körperlichen Arbeit war ein Loch im Bauch entstanden.

«Hoffentlich mache ich Ihnen nicht zuviel Arbeit», dankte er.

«Ach nein!» wehrte sie ernsthaft ab. «Vorn ist nicht viel los.»

«Aber doch so viel, daß Sie glauben, es wäre besser für mich, auf meinem Zimmer zu essen.»

Sein Spott machte sie einen Moment verlegen, aber dann stimmte sie zu: «Ich meine schon.»

«Ich weiß, was die Leute von mir denken.»

«Ja?» Nervös strich sie ihren Rock glatt.

«Kroppjahn hat mich heute besucht. Er war auch nicht glücklich darüber, daß ich in Haus Geese wohnen will.»

«Ja, sicher, man bloß keinen Ärger – das ist seine Devise.»

«Nicht die schlechteste für einen Dorfpolizisten.»

Zu seinem Erstaunen setzte sie sich auf das Bett und schaute ihn nachdenklich an: «Ja, in der Regel mag das so sein. Aber manchmal gerät man mächtig in den Graben, wenn man immer nur allen Unannehmlichkeiten ausweichen will.»

«Was wollen Sie damit sagen?»

«Die Leute machen es sich hier zu leicht.»

«Das verstehe ich nicht...»

«Alle waren fest davon überzeugt, daß Sie Ihre Frau umgebracht haben. Jetzt hat das Gericht geurteilt, nein, Sie waren's nicht. Jetzt muß das Dorf entscheiden, ob sich das Gericht geirrt hat oder der Mörder noch frei herumläuft. Und wenn er noch auf freiem Fuß ist – dann ist's einer aus dem Dorf. Oder wenigstens einer, der sich hier gut auskennt.» Sie sprang auf, als habe sie bereits zuviel gesagt, und er wurde sich nicht klar, ob sie ihn gewarnt oder nur Kroppjahns Verhalten erklärt hatte.

«Für diesen – diesen Zwiespalt bin ich nicht verantwortlich», verteidigte er sich lahm, doch sie spürte wohl, daß er nicht aufrichtig war: «Gute Nacht, Herr Wegener.»

Er trank noch zwei Flaschen Bier und konnte trotzdem nicht einschlafen. Von allen Dorfbewohnern durfte er bei Monika Busche sicher auf das größte Wohlwollen rechnen. Das hieß freilich noch lange nicht, daß er ihr auch vertrauen durfte. Sie hatte seine Verstimmung richtig erkannt, aber den Grund mißverstanden. Selbst sie neigte zu diesen Kurz- und Fehlschlüssen: Wenn's nicht der Ehemann gewesen war, mußte es einer aus dem Dorf sein – oder zumindest einer, der sich in Södjen gut auskannte. Diese Phantasielosigkeit hatte ihn schon einmal vor Gericht geführt. Und wenn es nun ein Landstreicher gewesen war? Einer, der sich von der Straße hoch auf das Grundstück verirrt hatte? Oder ein früherer Bekannter Gesines aus Hamburg? Den sie unter Umständen sogar eingeladen hatte? Wer sagte denn, daß Gesine im Haus gestorben war? Schön, die Leiche war nackt gefunden worden, aber der Täter konnte sie draußen ausgezogen haben, weil sich Kleider identifizieren ließen.

Natürlich war er vom Regen in die Traufe geraten. In Hamburg, wo er den größten Teil seines Berufslebens verbracht hatte, kannten ihn zu viele Leute, die starr zur Seite blickten, wenn sie ihm auf der Straße begegneten. Auch beruflich war seine Situation unhaltbar geworden. Das Gericht hatte ihn freigesprochen, folglich konnte er nach Beamtenrecht nicht einfach aus dem Dienst entfernt werden. Doch die Richter hatten zugleich geurteilt, daß es erhebliche Zweifel an seiner Unschuld gebe, und damit konnte kein Kriminalbeamter in leitender Funktion weiterarbeiten. Zumal viele Kollegen von seiner Schuld überzeugt waren und andere zumindest so taten, weil sie die Chance nutzten, alte Rechnungen, Abneigungen und Rivalitäten zu begleichen. Dem hatte er sich freiwillig entzogen. Die Södjener störten ihn weniger. Mit ihren Vorurteilen ließ sich leben.

Am nächsten Morgen saß er bereits um sieben Uhr am Frühstückstisch. Diesmal war auf einer rotweißgewürfelten Leinendecke angerichtet, und die Zeitung lehnte an einer kleinen Vase mit einem Strauß getrockneter Sommerblumen. Als er Schritte hörte, grüßte er, ohne sich umzudrehen: «Guten Morgen, Monika.»

«Guten Morgen, Herr Wegener.» Sie warf ihm nur einen

schnellen Blick zu, doch der war nicht unfreundlich. Für zwei Übernachtungen samt Frühstück und zwei Abendessen zahlte er etwas über neunzig Mark. «Sie haben den Sprudel und das Bier vergessen.»

«Oh, entschuldigen Sie bitte!» Warum wurde sie rot?

## KAPITEL 2

Den Tag über schuftete er wie ein Wilder. Der Möbelwagen kam pünktlich, Fahrer und Beifahrer schienen es gar nicht eilig zu haben, nach Hamburg zurückzukehren; beschämend spät kapierte er ihre zarten Hinweise, daß dort auf sie zwei Container voll Umzugsgut aus Übersee warteten. Also spendierte er Bier und versprach, die «benötigte Stundenzahl» nach oben zu korrigieren und mit seiner Unterschrift zu bestätigen – den Leuten sollte es nicht schaden. Man schaute sich ungeheuer ernst ins Männerauge und legte los. Zu dritt tobten sie durch das Haus, bauten Regale zusammen, hängten Lampen auf, dübelten, nagelten und schraubten wie die Brunnenputzer; er beglückwünschte sich, gleich zwei Kästen Bier eingekauft zu haben; und als es dämmerte, war er fertig eingerichtet. Die Männer zogen trotz Fahne kerzengerade und vergnügt von dannen.

Er schlenderte um das Haus herum, als müsse er es jetzt endgültig in Besitz nehmen. Nach zwei Tagen und Nächten Dauerfrost war die Erde im Garten steinhart. Im Westen zeigte der Himmel die ganze Farbpalette von Hellrosa bis Dunkelviolett und Blaugrau, die ersten Sterne funkelten, und alle Bäume hatten scharf umrissene Konturen, wie versteinert unter der Kälte. Die See im Norden lag still wie ein gekräuseltes Tuch, und die Falten ganz weit draußen blitzten schwach und unregelmäßig. In den fast sechs Monaten Untersuchungshaft war er allein gewesen, jetzt beschlich ihn die Furcht, Einsamkeit könne etwas ganz anderes sein. Sein Atem dampfte, und er floh in die Wärme des Hauses zurück.

Um neun Uhr kroch er ins Bett, und auch in dieser Nacht

träumte er wieder von Regine, bis er aufwachte. Er wankte aus dem Bett, schlich hinunter und trank in der Küche Bier, bis sich der schmerzhafte Klumpen in seinem Magen auflöste.

Über Mittag hatte er den Strand für sich allein. Die Sonne versteckte sich hinter einem dünnen Schleier, Vorbote einer dichteren Bewölkung, die von Westen heranschob. Am Morgen hatte noch ein leichter Wind geweht, der jetzt einschlief, und danach war die Kälte zu ertragen. Unter seinen Stiefeln knirschte der Sand, schmutzig und unwirtlich. Alle hundert Meter waren Holz, Taureste, Plastikkisten und leere Flaschen noch gesammelt und aufgehäuft, aber nicht mehr abgefahren worden. Regen und Frost hatten alle Farben zu einem häßlichen Graubraun ausgebleicht. Trotzdem freute er sich auf einen langen Spaziergang.

«Hallo, Herr Wegener.» Eine atemlose Frauenstimme; fast unwillig drehte er sich um. Monika lief mühsam auf ihn zu; ihr Fahrrad hatte sie einfach am Straßenrand abgelegt.

«Nehmen Sie mich mit?» prustete sie, nach Luft ringend.

Lieber wäre er allein gelaufen, aber er scheute sich, sie wegzuschicken: «Gern, Monika. Was treibt Sie denn ans Wasser?»

«Ich wollte Sie besuchen, aber Sie waren nicht im Haus, und da hab ich's auf gut Glück hier versucht.»

Ihr eifriger Ton verbot jede spöttische Abfuhr, und deswegen wedelte er nur mit einer Hand. Warum sie ihn besuchen wollte, würde er sie später fragen.

An einem ungewöhnlich heißen Wochenende hatte er Bereitschaftsdienst gehabt und war gegen 23 Uhr zu einer Schlägerei gerufen worden, die für einen Mann tödlich geendet hatte. Eine Streife hatte die schwer angetrunkenen Täter gestellt; keiner wollte zugestochen haben, aber auf dem Messergriff ließen sich wunderschöne Fingerabdrücke sichern. Am Morgen fühlte er sich dreckig und deprimiert, und das erstarrte Gesicht der jungen schwangeren Frau, der er den Tod ihres Mannes mitteilen mußte, quälte ihn noch stundenlang. In seine Wohnung zog ihn nichts, und deshalb fuhr er nach Södjen. Eine Stunde Schwimmen, ein langer Marsch an einem hoffentlich noch leeren Strand – als er in den Garten trat, erblickte er eine erschrockene Monika, nackt und naß, die Haare in ein Handtuch eingebunden.

«Sie... Sie... entschuldigen Sie...»

Er hatte nur gelacht. Warum sollte sie das Schwimmbecken nicht benutzen? «Erkälten Sie sich nicht!» riet er freundlich und zog sich aus. Erst im Wasser fiel ihm auf, daß er sie zum erstenmal gesiezt hatte, und dabei fühlte er einen albernen Stolz darauf, daß er instinktiv richtig gehandelt hatte.

Die Sonne wärmte schon wieder, als er aus dem Becken stieg, und sie lag mit geschlossenen Augen auf dem großen Badetuch und röstete. Sie hatte sich nicht angezogen; voller Zweifel betrachtete er sie einen Moment und beschloß, den Mund zu halten. Später begleitete sie ihn auf einem Spaziergang, sie wechselten keine drei Sätze, er war mit den Gedanken weit weg, und sie schien das vertraute Schweigen zu genießen. Erst als sie ihre Sachen auf dem Gepäckträger ihres Fahrrades verstaut hatte, piepste sie schüchtern: «Sie sind mir nicht böse, daß ich – daß ich...?»

«Nein, Monika, schwimmen Sie so oft, wie Sie wollen.» Der Sonntagvormittag blieb ihr kleines Geheimnis, das sie nie wieder erwähnten.

Nach einer Stunde steuerte er auf eine Bank zu, die verlassen am Straßenrand stand; der Lack splitterte in breiten Streifen ab. Er hatte Hunger auf eine Zigarette. Sie setzte sich auf die Lehne, die Hände zwischen den Knien gefaltet, und schaute auf ihn herunter.

«Ich muß Sie etwas fragen», begann sie unsicher.

«Ja?»

«Ich habe vorgestern Ihr Zimmer gemacht. Und dabei etwas im Papierkorb gefunden, was – nun ja, ich habe es gelesen.»

Leise seufzte er; daran hätte er denken sollen. Der Fetzen mit der Drohung oder Aufforderung, der Unterschied war nicht groß. «Hat Sie das gewundert?»

Weil sie höher saß als er, konnte sie über ihn hinwegschauen. «Das ist doch – unmöglich. Als hätten Sie kein Recht, hier zu wohnen.»

«Das Recht habe ich, und das laß ich mir auch nicht nehmen.

Daß die Bewohner des Hauses Geese in Södjen nicht beliebt sind, weiß ich längst.»

«Aber deswegen kann man Sie doch nicht so einfach vertreiben!» protestierte sie.

«Zum Vertreiben gehören zwei, Monika. Und ich spiele nicht mit.»

Darauf sagte sie lange Zeit nichts. Gedankenverloren zog sie ihre Handschuhe aus, nahm die dicke Wollmütze ab und strich sich mit beiden Händen durch die schwarzen Locken, die sie hochgeschlagen und unter die Mütze geschoben hatte. Eine Schönheit im landläufigen Sinne war sie nicht, aber apart, und ohne diesen halb scheuen, halb verschlossenen Ausdruck wäre sie sogar anziehend gewesen. Einen Moment sinnierte er, warum sie seine Begleitung suchte. Wurde sie im Dorf geschnitten?

«So lange ich denken kann, schimpfen die Södjener auf Haus Geese.» Es klang, als zähle sie sich nicht zu den Dorfbewohnern. «Besonders früher, als die Hellbichs noch oft kamen.»

«Haben Sie die Hellbichs gekannt? Auch Gesine?»

«Na ja, was heißt kennen? Sie war ja fast zehn Jahre älter als ich und hat mich nicht beachtet.» Ihr Lachen klang spitz. «Ich sie übrigens auch nicht.»

Unbehaglich registrierte er den Tonfall und konnte sich nicht entscheiden, was ihm daran mißfallen hatte. Denn es stimmte auch nicht, was Monika Busche gerade behauptet hatte. In der ersten Woche ihrer Bekanntschaft hatte Gesine ihn nach Södjen mitgenommen. Es war fast tropisch heiß und schwül, alle Welt döste am Strand oder weichte im Wasser. Keine zwanzig Meter von ihnen entfernt kippte ein Mädchen sein Fahrrad in den Sand und ließ das Kleid fallen. Darunter trug es einen mehr als züchtigen Badeanzug; träge schaute er zu, wie das Mädchen die schwarzen Locken unter eine Bademütze stopfte und steif, fast ungelenk ins Wasser lief.

«Unsere Dorfschöne», murmelte Gesine.

«Wer?»

«Die Tochter vom Krugwirt. Unsere Dorfmimose vom Dienst.» Damals entzückte ihn Gesines permanente Gehässigkeit noch. Tatsächlich blieb die Schwarzhaarige allein, niemand redete sie an oder kam zu ihr, obwohl viele Gleichaltrige an ihr vorbeirannten. Sie las in einem Buch und warf, wenn sie sich unbeobachtet glaubte, abschätzige Blicke auf Gesine, die ihn amüsierten. Kaum glaublich, wie kurz das erst zurücklag.

«Was machen Sie eigentlich hier? – Nein, nein, ich weiß, was Sie Kroppjahn erzählt haben. Das ist im Dorf herum.»

Er grinste zu ihr hoch, aber sie blinzelte selbstbewußt zurück, während sie umständlich ihre Mütze aufsetzte und voller Spott so tief herunterzog, daß sie ihre Stirn bedeckte.

«Ich muß herausfinden, warum sich Gesine – meine Frau hier verkrochen hat.» Sie verstand ihn nicht. «Einer der Gründe, warum unsere Ehe in die Brüche ging, war zum Schluß die Unfähigkeit meiner Frau, auch nur fünf Minuten mit mir allein zu bleiben. Geschweige denn, ganz allein. Und dann zieht sie Hals über Kopf in dieses einsame Haus, verkehrt mit keinem Menschen, vergräbt sich.»

Er stockte, was ihr nicht auffiel. So dargestellt war es eine Übertreibung. Gesine hatte ihr Auto, sie war wohl, auch wenn die Södjener das nicht bemerkt haben wollten, viel unterwegs gewesen. Trotzdem – warum dieses abgelegene Dorf?

«Das war Gesprächsstoff, darüber haben sich die Leute das Maul zerrissen. Viele haben Gesine – Ihre Frau noch als Kind gekannt. Und was dann später über ihren – ihren Lebenswandel in Hamburg geklatscht wurde –, aber nach drei, vier Monaten hatte man sich daran gewöhnt, wissen Sie, es war ja kein Geheimnis, daß Gesine viel jünger war als Sie. Und Sie dazu noch Polizist, also, zum Schluß war Södjen überzeugt, daß Sie Ihre Frau rausgeschmissen hatten. Sie hatten sich getrennt, und sie wartete hier in Södjen das eine Jahr ab, das man für eine Scheidung braucht.»

«Hat Gesine das behauptet?»

«Nein, nein, sie hat darüber nie ein Wort verloren. Aber das war für Södjen die vernünftigste Erklärung.» Wütend und heftig setzte sie hinzu: «Das ist ja das Schlimme an so einem Dorf, daß immer alles glatt und logisch sein muß, logisch nach der Phantasielosigkeit und Engstirnigkeit dieser Leute.»

Solche Kritik hätte er ihr nicht zugetraut; er pfiff überrascht, und sie blitzte ihn an: «Habe ich Sie verwirrt?»

«Ein wenig schon», erwiderte er.

«Nehmen Sie Thomas, meinen Freund.» Einen Moment mußte er überlegen. Thomas Schwartz, Molkereiangestellter in Breeken. Mit Dienstwohnung neben dem Kühlhaus – er erinnerte sich. «Ich mag ihn, ja, und deswegen habe ich mit ihm geschlafen. Das blieb natürlich nicht geheim, konnte es ja auch gar nicht bei dieser – dieser brutalen Neugier. Alle waren entsetzt. Wir haben weiter miteinander geschlafen. ‹Aha›, sagten die Leute erleichtert, ‹die wollen heiraten, dann ist das was anderes.›»

«Wollen Sie denn nicht...»

«Und dann hier in Södjen oder Breeken versauern? Ich bin doch nicht verrückt. Thomas gehört zu diesen Leuten hier, der fängt jetzt auch schon an. Wann heiraten wir endlich? Wir kennen uns doch lange genug. Feste Stellung, Dienstwohnung, Geld auf der Bank. Und zwei Kinder möcht er haben, erst einen Jungen, dann ein Mädchen.»

Darauf erwiderte er lieber nichts. Er wollte keine Partei ergreifen. Aber Monikas wütendes Gesicht vermittelte ihm eine Ahnung von den Gefühlen, die Gesine bei den Södjenern ausgelöst hatte, seit sie fest in diesem Ferienhaus lebte. Theoretisch war ihm klar, daß alle Besucher und Bewohner von Haus Geese immer Fremde geblieben waren, aber was das wirklich bedeutete, hatte ihn nie beschäftigt. Zum erstenmal beurteilte er Monika mit anderen Augen, heimlich und zugleich schuldbewußt, weil sie für ihn immer nur ein gewohnter und ausnahmsweise netter Bestandteil des Dorfes gewesen war. Daß sie mit und in Södjen nicht glücklich sein könnte, war ihm wohl ab und zu in den Sinn geraten, aber dann hatte er sich sofort zur Ordnung gerufen: Nur weil du aus der Stadt stammst, hast du kein Recht, dich über das Dorf zu mokieren.

«Sie wollen ja auch nicht ewig hierbleiben.»

«Nein», antwortete er offen. «Aber das hat einen simplen Grund. Ab Mitte nächsten Jahres bin ich arbeitslos, bis dahin muß ich einen Job gefunden haben.»

«Was würden Sie denn gern machen?»

Ja, was eigentlich? Was hatte er wirklich gelernt? Viele Prüfungen bestanden, er kannte die Definition des «gesetzlichen Richters» und wußte, was die Gas-Chromatographie leistete. Aber nichts von dem würde er anwenden können. Eine Kneipe aufmachen? Schon der Gedanke ließ ihn schaudern. Taxifahren? Privatdetektiv oder «Sicherheitsdienst»? Sobald die Versicherung gezahlt hatte, besaß er Startkapital, um sich selbständig zu machen. Aber als was?

«Ich weiß es selbst noch nicht.»

«Ich auch nicht.» Das klang fast fröhlich.

«Wollen Sie denn aus Södjen weg?»

«Im nächsten Jahr ganz bestimmt. Und wenn ich kellnern muß, dann doch bitte gegen Bezahlung.»

«Und Ihr Freund?»

Sie schien einen Stein über ihre Schulter zu werfen, und die unverhohlene Verachtung verschloß ihm den Mund. Als er die zweite Kippe austrat, sprang sie von der Lehne herunter: «Können wir zurückgehen? Mir wird kalt!»

Auf dem Rückweg schwiegen sie, beide in Gedanken versunken. Wenn die Södjener wirklich geglaubt hatten, Gesine warte in Haus Geese nur das vom Scheidungsrecht vorgeschriebene eine Jahr Trennung ab, wurde schon verständlicher, daß sie auf Gesines Besucher nicht näher geachtet hatten. Auch sein Verteidiger hatte laut überlegt, ob man dem Gericht nicht diese Version unterbreiten sollte: «Trennung, um nach zwölf Monaten die Scheidung einzuleiten. Das würde viel erklären, Herr Wegener.»

Den Vorschlag hatte er gründlich erwogen, aber zum Schluß verworfen: «Nein, Herr Dr. König, das ist zu riskant, weil es einfach nicht stimmt. Von Scheidung war nie die Rede. Leider nicht!»

«Aber wie wollen wir dem Gericht erklären, daß Ihre Frau Sie plötzlich, aus heiterem Himmel verlassen hat? Alle Lebensgewohnheiten radikal verändert hat? Freiwillige Trennung vor einer Scheidung wäre eine überzeugende Version.» Er hatte sich lange geräuspert. «Die Sie überdies entlasten würde.»

«Ich weiß.» Sogar ganz genau wußte er, wie wichtig es war, für Gesines Flucht nach Södjen eine logische Erklärung anzubieten. In mehr als einem Fall hatte er dieselbe Frage an den oder die Verdächtigen gestellt: «Sie haben sich also getrennt. Warum?»

Im Prozeß stellte sich dann heraus, daß er gut daran getan hatte, keine Scheidungsabsichten zu behaupten. Ex-Schwiegermutter Adelheid spuckte Gift und Galle: «Scheidung? Nie! Meine Tochter hat nie von Scheidung gesprochen – o ja, da bin ich ganz sicher, hundertprozentig sicher.»

Der Vorsitzende hatte sie aus schmalen Augen taxiert und sein Mißtrauen hinter höflicher Skepsis verborgen: «Nun ja. Und wie sollte es in der Ehe Ihrer Tochter weitergehen?»

«Das weiß ich doch nicht! Fragen Sie doch den da!»

«Das ist keine Antwort, Frau Zeugin.»

«Er muß es doch wissen, dieser – dieser –» Der Vorsitzende hatte energisch eingegriffen.

Ex-Schwiegervater Egon, unsicher, nervös und ungenau, hatte ihm mit seiner Aussage viel mehr geschadet als seine rachsüchtige Frau: «Nein, ich hätte auch gern gewußt, warum Gesine nach Södjen geflohen ist...»

«Moment, Herr Zeuge! Dieses Wort ‹geflohen› – ist das Ihr Ausdruck oder hat Ihre Tochter den benutzt?»

«Verzeihung, das ist mein Ausdruck. Gesine hat nie über die Gründe – über den – Umzug sprechen wollen.»

«Na schön. Und wie steht es nun mit einer möglichen Scheidung? Hat Ihre Tochter an Scheidung gedacht?»

«Ich glaube nicht, Herr Vorsitzender. Aber auch darüber wollte sie nie vernünftig mit mir reden.»

«Vernünftig heißt...»

«Ja, man mußte doch die finanzielle Seite einer solchen Trennung bedenken. Ich bin kein Jurist, verstehen Sie, aber eine solche Trennung läßt sich doch unter Umständen als böswilliges Verlassen interpretieren, das fürchtete ich wenigstens, und dann war Achim – äh, mein Schwiegersohn, also, dann mußte er doch...» Egon stotterte, verhaspelte sich, wedelte hilflos mit beiden Händen und begriff gar nicht, wie furchtbar glaubwürdig er in diesem Moment wirkte.

Der Wolkenschleier war dichter geworden, und das graue Licht machte den Strand noch unfreundlicher, fast bedrohlich. Das Wasser lief in winzigen Wellen lautlos vor und zurück, als wage es nicht, die Stille zu stören. Es hatte eine schwarze Färbung angenommen, die alle Helligkeit verschluckte und nie wieder freigeben würde.

Monika bückte sich nach ihrem Fahrrad und schob es, übertrieben ächzend, auf die Straße hoch. Leise lachend half er ihr, zum Dank boxte sie ihm spielerisch in die Rippen: «Der Spaziergang war schön. Und wenn Sie sich entschieden haben, was Sie in Zukunft machen wollen, denken Sie dann an mich?»

«Wie meinen Sie das?»

«Wenn Sie fortgehen – nehmen Sie mich vielleicht mit?» Weil sie gerade auf das Rad stieg, mußte sie ihn nicht ansehen. «Wenn Sie eine Freundin hätten, würde Sie doch nichts in Södjen halten.»

Er holte tief Luft, während sie eilig davonradelte.

Ihr letzter Satz bohrte den ganzen Sonntag in seinem Kopf. Dummerweise hatte sie sogar recht; ohne Brigittes Brief, den er nach dem Ende des Prozesses in seiner Hamburger Wohnung vorfand, wäre er wohl nicht nach Södjen gezogen.

> «Lieber Achim, ich weiß, daß ich Dir mit diesem Brief sehr weh tue. Trotzdem muß ich ihn schreiben. Du hast ja schon gemerkt, daß ich nicht sehr tapfer bin, eigentlich eher das Gegenteil, feige und ängstlich und unsicher. Jedenfalls habe ich nicht die Kraft, zu Dir zu halten, und deswegen müssen wir uns trennen. Ich habe einen Auftrag in Mittelamerika angenommen und reise morgen für acht Wochen ab. Es tut mir leid, daß ich nicht den Mut besitze, Dir das persönlich zu sagen und zu erklären. Alles Gute für Dich, viel Glück und hoffentlich bald die Bekanntschaft mit einer Frau, der Du wirklich vertrauen kannst und darfst. Deine Brigitte.»

Dem Staatsanwalt war Brigitte Hahn gerade recht gekommen. Da hatte er endlich das Motiv, die neue Frau, für die der Angeklagte die alte Frau beseitigen mußte. Doch an Brigittes melancholischer Trägheit war er gescheitert, und auch der Vorsitzende hatte seine Zweifel nicht überwunden.

*Vorsitzender:* Frau Zeugin, wann haben Sie den Angeklagten kennengelernt?
*Zeugin:* Im Oktober vorigen Jahres.
*Vorsitzender:* Also vor ziemlich genau zwölf Monaten?
*Zeugin:* Ja.
*Vorsitzender:* Wußten Sie, daß er verheiratet war?
*Zeugin:* Ja. Schon bevor ich ihn traf. Eine Freundin von mir lebt mit einem Kriminalbeamten zusammen, und sie hat mich eines Tages eingeladen. Dabei sagte Elke – so heißt meine Freundin –, sie hätte auch einen Kollegen ihres Freundes angerufen, und der würde gut zu mir passen, weil er auch so ein Griesgram sei, so voller Weltschmerz, weil ihm die Frau weggelaufen sei.
*Vorsitzender:* Aber der Angeklagte hat nie erwähnt, daß er...
*Zeugin:* Doch, doch, gleich bei unserer ersten Begegnung.
*Vorsitzender:* Hm. Eigentlich wollte ich – na schön. Frau Zeugin, hat der Angeklagte erzählt oder behauptet, daß er sich scheiden lassen wollte?
*Zeugin:* Nein, er sagte nur, er sei froh, daß sie sich getrennt hätten.
*Vorsitzender:* Hat er über die Gründe der Trennung gesprochen?
*Zeugin:* Nur ganz allgemein. Die Ehe wäre ein Fehler gewesen. Und zum Schluß unerträglich. Mehr wollte er dazu nicht sagen.
*Vorsitzender:* Gut, dann muß ich Ihnen noch eine – hm – indiskrete Frage stellen: Ist es zu intimen Beziehungen gekommen?
*Zeugin:* Ja.

Mit dieser lapidaren Antwort wollte sich der Staatsanwalt nicht abspeisen lassen. Immer wieder versuchte er, ihre Bekanntschaft als die große, leidenschaftliche Affäre darzustellen, aber an Brigittes Gleichmut erlitt er Schiffbruch. Eine Freundschaft – mehr nicht. Gut, sie hatten zwei- oder dreimal miteinander geschlafen, dreimal in den sieben Monaten von ihrem ersten Treffen bis zu seiner Festnahme. «Wollen Sie uns das wirklich erzählen?» höhnte der Ankläger, aber sie fragte nur erstaunt: «Ich bin Fotografin, selbständige Fotografin. Woher soll ich denn die Zeit für ein festes Verhältnis nehmen?» Der Staatsanwalt schnappte noch nach Luft, als sie fortfuhr: «Soll ich Ihnen meinen Terminkalender zeigen?»

Sein Verteidiger ließ die Gegenseite gewähren, die Mundwinkel eingeklemmt. Es war schön, daß die Anklage so unfreiwillig das Geschäft der Verteidigung betrieb, und ganz zum Schluß nagelte er diese Kiste zu.

*Verteidiger:* Frau Zeugin, ist zwischen Ihnen und meinem Mandanten einmal die Rede von Scheidung und Heirat gewesen?
*Zeugin:* Nein, nie. Ich bin geschieden und denke gar nicht daran, mich noch einmal zu binden.
*Verteidiger:* Haben Sie das meinem Mandaten verdeutlicht?
*Zeugin:* Und ob!

Zu dem Zeitpunkt hatten andere Zeugen Gesines Untreue während der Ehe schon so drastisch geschildert, daß der Staatsanwalt wortlos von diesem Motiv – die andere Frau – abrückte, zumal er auf Dr. Königs hämische, aber in besorgte Höflichkeit verpackte Frage keine Antwort fand, warum ein Kriminalbeamter, mit den Gesetzen vertrauter als die Mehrheit der Bevölkerung, seine Frau ausgerechnet einen Monat vor Ablauf jener Trennungsfrist ermorden sollte, die das Gesetz für eine legale Trennung bestimmte. Und das noch um einer Frau willen, die unter Eid und unwidersprochen versichert hatte, sie habe mit dem Angeklagten das lokkere Verhältnis fortsetzen, ihn aber auf keinen Fall heiraten wollen.

Weil er die Eigenarten der Beweisführung in Strafprozessen zu genau kannte, hatte er geschwiegen. Weil es nun einmal darum ging, die Seriosität der Anklage zu erschüttern, war Brigittes Auftritt hilfreich. Der Staatsanwalt hatte sich blamiert, bei den Richtern waren Zweifel geweckt. Darauf mußten sie Wert legen, nicht auf Objektivität. Nie im Leben hatte er daran gedacht, mit der schwermütigen Blondine ein Verhältnis einzugehen. Er mochte sie, das schon, aber Gefühle brachte er für sie nicht auf, ja, sie war nicht einmal sein Typ: groß, etwas mollig, langsam in ihren Bewegungen und von einer Entschlußlosigkeit, die er auf Dauer nicht verkraften konnte. In ihrem Beruf ließ sie sich die Butter nicht vom Brot nehmen, obwohl er immer den Verdacht hegte, sie werde mehr ihrer Gründlichkeit denn ihrer Schnelligkeit wegen geschätzt. Doch für ihr privates Leben reichte die Spannkraft wohl nicht mehr aus. Sie machte alles geduldig mit, weder aktiv noch passiv, und nach dem drittenmal ließ ihr Körper ihn gleichgültig; ihr schien es nur recht zu sein.

Bei der Aussage hatte er Brigitte zum letztenmal gesehen; sie war nie in die U-Haft gekommen, hatte ihm nie geschrieben; trotzdem hoffte er, sie werde ihn nach dem Freispruch abholen oder in Hamburg auf ihn warten. Daß sie sich mit einem Brief für immer verabschiedete, kränkte ihn anfangs, bis er begriff, daß sie ihn so behandelte, wie alle Freunde ihm künftig begegnen würden. In Hamburg hielt ihn nichts mehr, und er war ihr nachher sogar dankbar, daß sie ihm zu dieser Einsicht verholfen hatte.

Am nächsten Morgen glaubte er zu träumen. Alles war weiß, wie eingeschneit, und erst als er aus dem Haus trat, erkannte er den Rauhreif, der Bäume, Büsche und Boden wie mit flüchtig und flekkig gestrichener Farbe überzogen hatte. Vielleicht fielen ihm nur deshalb die Fußspuren auf, als er schon ins Haus zurückkehren wollte. Zwei deutliche, gerade Spuren, vom Zaun ans Haus und zurück zum Zaun, zielstrebig quer durch den verwilderten Garten, mit einer einzigen Kurve um das leere, jetzt abgedeckte Schwimmbecken herum. Die Fußstapfen endeten vor der Rückseite der Garage, und dort schien der Mann versucht zu haben, die Tür zur Abstellkammer zu öffnen. Was ihm wohl nicht gelungen war! Das schwere Schloß, das den Außenriegel sicherte, war unbeschädigt und eingeschnappt.

Von der zertrampelten Stelle führten die Abdrücke um die Garage herum zum Tor. Aus lauter Gewohnheit hatte er es abgeschlossen. Der Mann – nach der Schuhgröße zu schließen, war es ein Mann gewesen – hatte nicht riskiert, das Tor aufzusprengen. Seine Schritte führten direkt zurück zum Zaun; ein dicker Ast eines Baumes ragte weit genug in den Garten, um sich mit etwas Geschick und Kraft daran hochzuziehen und über die Stacheldrahtkrone hinwegzuhangeln.

Die Garage war nachträglich gebaut worden, in den sechziger Jahren, wie Gesine erzählt hatte, zusammen mit dem Schwimmbecken. Sie stand frei abgesetzt vom Haus. Der hintere, abgetrennte Teil diente als Abstellkammer für Gartenmöbel, Liegen, Sonnenschirme und Winterreifen. Bis jetzt hatte er diese Rumpelkammer nicht betreten, und als er die Hintertür öffnete, wehte ihm eine Übelkeit erregende Alkoholwolke entgegen.

Betäubt starrte er auf das Flaschenlager. Es mußten weit über hundert leere Flaschen sein, Whisky, Gin, Korn, Liköre, Sekt, Champagner, Cognac. Eher hundertfünfzig. Und neun Kästen mit leeren Bierflaschen, ordentlich übereinander gestapelt.

«Mein Gott, Achim, ich kann dieses verdammte, ordinäre, plebejische Bier nicht riechen. Mußt du dieses widerlich stinkende Zeugs trinken? Willst du mich ärgern? Mußt du wieder einmal beweisen, daß du aus anderen Verhältnissen stammst? Soll mir unbedingt kotzübel werden?»

Als er sie kennenlernte, hatte ihn dieser gelangweilte, indolente Tonfall fasziniert, weil er nicht begriff, wie eng er mit nörgelnder Unzufriedenheit verwandt war. Gesine haßte Bier und Pfeifen, also gewöhnte er sich an Whisky und Zigaretten, wenigstens in ihrer Gegenwart. Später, da kriselte es schon zwischen ihnen, kam er gelegentlich mit einer Bierfahne nach Hause. Dann blähte sie die Nasenflügel und zeterte: «O mein Gott, du stinkst schon wieder nach Kneipe. Häng bloß deine Jacke auf den Balkon, dein verfluchter Pfeifentabak bringt mich noch um!»

Und jetzt neun Kästen mit Bierflaschen! Geduldig machte er sich daran, das Leergut zu sortieren.

Weil ihn ihr Alkoholkonsum beunruhigt hatte, konnte er noch heute genau aufzählen, was sie getrunken hatte. Champagner (Sekt verabscheute sie). Gin mit Tonic oder auch, an heißen Tagen, mit Eis und Orangensaft. Für Cognac, dieses Männergesöff, hatte sie nur Verachtung übrig («Cognac, wenn's nicht mehr kommt»). Morgens, wenn ihr der Schädel brummte, Tomaten- oder Gemüsesaft mit Wodka, Pfeffer, Salz und Worcestersauce; abgesehen von dieser Mischung konnte man sie mit Wodka jagen. Zum Schluß nur noch Bourbon. Vor allem Süßen ekelte sie sich regelrecht, vor diesen Mandel-, Orangen-, Minz-, Johannisbeer- oder Aprikosenlikören. Sie bekam tatsächlich schon bei dem Geruch eine Gänsehaut. Selbst Rum oder trockener Sherry ließen sie erschauern, und Wein, den sie nur zum Essen trank, schüttete sie wie Wasser in sich hinein. Noch jetzt wollte er beschwören, daß nicht sie alle diese Flachen geleert hatte.

Aber wer dann? Der nächtliche Besucher, der Spuren beseitigen wollte und Spuren hinterlassen hatte?

Als er sich aufrichtete, stieß er gegen einen anderen Stapel, Pappkartons aller Größen und Farben purzelten zu Boden. Stirnrunzelnd richtete er den Haufen wieder auf, um Platz zu schaffen. Zwanzig Kartons, den Aufdrucken entnahm er, daß sie geriebenen Käse, Flüssigseife oder Äpfel aus Chile enthalten hatten.

Gut eine Minute stand er bewegungslos, bis er den Gedanken zu fassen bekam, der ihm durch den Kopf geschossen war. Im Prozeß hatte auch Jens Peddersen ausgesagt.

*Vorsitzender:* Stimmt es, daß Frau Wegener viel getrunken hat?
*Zeuge:* Nein, das kann ich nicht sagen. Sie hat ab und zu bei mir eine Flasche Whisky gekauft, eine besondere Marke, ich komm jetzt nicht auf den Namen...
*Vorsitzender:* Jack Daniels?
*Zeuge:* Ja, das war er. Aber nicht sehr oft, nein, das nicht.
*Vorsitzender:* Sie haben den einzigen Laden in Södjen?
*Zeuge:* Ja.
*Vorsitzender:* Hat Frau Wegener Ihres Wissens noch an anderen Orten eingekauft?
*Zeuge:* Also, wissen tu ich das natürlich nicht. Aber ich glaube nicht. Sie hat mehr als einmal gesagt, Herr Peddersen, wie schön, daß ich hier alles unter einem Dach kriege.
*Vorsitzender:* Aha. Bitte, Herr Dr. König.
*Verteidiger:* War Frau Wegener eine gute Kundin?
*Zeuge:* Na, wie soll ich das – also, viel hat sie nie eingekauft, das ist wohl richtig. Aber immer vom Besten.
*Verteidiger:* Sie meinen – nur für eine Person?
*Zeuge:* Ja, würde ich denken.
*Verteidiger:* Haben Sie ihr die Sachen ins Haus Geese gebracht?
*Zeuge:* Nein, sie kam mit dem Auto. Ab und zu habe ich ihr die Tüten in den Kofferraum gestellt, aber so viel, daß ich ihr tragen helfen mußte, hat sie selten besorgt.

Woher hatte Gesine das Bier, den Likör und den Schnaps bezogen? Und wo hatte sie so viel eingekauft, daß ihr die Sachen in leere Kartons gepackt werden mußten? Und für wen hatte sie eingekauft? Sorgfältig schloß er die Rumpelkammer wieder ab.

Sein Verteidiger hatte im Prozeß mehrfach versucht, einen anderen Mann, einen Liebhaber, eben einen möglichen Mörder plausibel zu machen. Diese Strategie war nicht ungefährlich. Denn die Södjener hatten nie einen Fremden in Haus Geese bemerkt, zumindest behaupteten das die Zeugen, und Dr. König mußte immer wieder klarstellen, daß man nicht durchs Dorf laufen oder fahren mußte, um ans Haus zu kommen. Das war in der Vernehmung leicht herauszustellen, ebenso die Tatsache, daß man vom Dorf aus das Haus, das ganze Grundstück nicht sehen konnte. Schwieriger wurde es, wenn sie die Zeugen zu der Aussage bewegen wollten, die Södjener hätten das Haus Geese gemieden. Als ob sie die logisch folgende Frage nach dem Warum witterten, begannen die Södjener zu mauern: nicht ‹gemieden›, nein, einfach nicht darum gekümmert. Zwei bekräftigten es, was viel Verwirrung auslöste, mit der norddeutschen Doppelung «gar nicht ignoriert». Eben nicht gekümmert. Und dann das unnachahmliche Achselzucken, man habe ja schließlich auch Wichtigeres zu tun.

Aber wenn nur einmal in der Voruntersuchung oder während des Verfahrens diese Abstellkammer mit ihrem Inhalt erwähnt worden wäre, hätte er aufgehorcht und Alarm geschlagen. Niemals hatte Gesine dieses «Zeugs» ausgetrunken, das mußten Besucher gewesen sein. Er überlegte, wann er zum letztenmal in der Garage und in der Kammer gewesen war, gab es aber bald auf; beim besten Willen konnte er sich daran nicht mehr erinnern. Und ohne diese Spuren im Rauhreif hätte er die Kammer wohl auch in den nächsten Tagen – ach was, Monaten, nicht betreten.

Die Sonne stieg über die Baumwipfel, und er beeilte sich. Zum Glück steckte in der Kamera ein fast neuer Film. Die restlichen 28 Aufnahmen verschoß er im Garten, am Zaun, an der Garage und in der Rumpelkammer. Bis er eine genaue Liste aller Flaschen und Kartons angelegt hatte, war der weiße Überzug fast verschwunden.

Die Knipserei hatte ihn auf einen Gedanken gebracht, und deshalb rangierte er den Wagen aus der Garage, froh darüber, wenigstens für den heutigen Tag ein Ziel zu haben. Die Straßen waren für Wochenbeginn erstaunlich leer.

In Kiel suchte er ein Fotogeschäft auf: «Bitte entwickeln, drei Kontaktabzüge und je eine Vergrößerung. Schaffen Sie das bis Mittag?»

Die junge Frau im hellblauen Kittel klimperte gekonnt mit ihren falschen Wimpern, die ihr aber gut standen. Dagegen hatte sie ihr wunderschönes goldblondes Haar zu häßlichen kleinen, fast abstehenden Locken gedreht, und diese Afro-Look-Kappe paßte nicht zu ihrem klaren Gesicht, so wenig, daß er sie anstarrte – womit vielleicht doch ein Zweck erreicht war. Er grinste über sich selbst, sie mißverstand es, wurde zart rot und stammelte: «Ja... ja... doch... Und Ihr Name bitte?»

«Wegener, Achim Wegener.»

Der Kugelschreiber stockte nur für eine Sekunde, aber die Botschaft war nicht zu verkennen: Sein Name sagte ihr etwas, und er wußte nur zu genau, was.

Dagegen schmunzelte Gunda Herzog unverkennbar süßsäuerlich, als er sich tief vor ihr verbeugte: «Guten Tag, verehrte Fürstin, ist zufällig Majestät für einen Untertanen zu sprechen?»

«Sicher, aber die Audienz muß noch warten, Dr. König ist noch auf dem Gericht.»

Über die Anwaltssocietät Dr. Kayser & Dr. König wurde höchstens respektvoll gelästert, und zum guten Ruf der Kanzlei hatte das strenge Regiment der Bürovorsteherin Gunda Herzog viel beigetragen. Sie war eine auffallende Frau undefinierbaren Alters, groß, überschlank und einschüchternd energisch; daß sie Humor besaß, verriet der volle Mund, und wer sie einmal lachen gehört hatte, war bezaubert. Die beiden Anwälte redeten sie mit «Hoheit» an, was nicht nur liebevoll-spöttisch gemeint war.

Er wurde in das kleinere der beiden Wartezimmer abgeschoben und mit Kaffee und Zeitungen versorgt. Dabei konnte er sich doch nicht verkneifen, die junge Gehilfin zurückzuhalten: «Entschuldigen Sie bitte, ich habe Ihren Namen nicht verstanden...»

«Graff», flüsterte sie verlegen. «Aber mit Doppel-ff bitte!»

Dr. König hatte einen festen Händedruck: «Schön, Sie wieder zu sehen. In Hamburg alles glatt gegangen?»

«Ja, genau so, wie wir's besprochen hatten. Nur hat's entsetzlich lang gedauert.»

Königs Arbeitszimmer war groß und kühl, nüchtern und praktisch eingerichtet, so gar nicht die Umgebung für einen Mann, der geduldig zuhören konnte und jene Phantasie besaß, die sich in die Nöte seiner Klienten versetzen konnte.

«Sehr schön. Dann also gleich zum heiklen Thema – wie halten wir's mit der Lebensversicherung?»

Gesines Eltern hatten darauf bestanden: «Das mußt du verstehen, lieber Schwiegersohn – bei deinem gefährlichen Beruf – und unsere Tochter muß doch versorgt sein – wer weiß, wie lange wir noch...» Er hätte antworten können, daß sein Beruf sicherer war als viele andere, daß er Beamter war, daß seine Witwe keine Not leiden würde, aber damals schwebte er noch in den Wolken und kehrte äußerst ungern auf den sogenannten Boden der Tatsachen zurück. Deswegen hatte er ohne langes Nachdenken zugestimmt. Hunderttausend Mark, wechselseitige Begünstigung, dann automatisch die Kinder – «lieber Achim, es ist mir sehr peinlich – aber mal von Mann zu Mann – du weißt doch, wir freuen uns auf Enkel – warum klappt's denn nicht?»

König sinnierte: «Was wir jetzt auch machen, es wird falsch ausgelegt. Beschleunigen wir die Auszahlung, heißt's, welche Kaltschnäuzigkeit, tun wir's nicht, aha, er hat ein schlechtes Gewissen.»

«Was raten Sie mir also?»

«Lieber ein schlechter Ruf mit Geld als einer ohne.»

«Gut. Erledigen Sie das für mich?»

König nickte zerstreut, mit den Gedanken schon bei einem anderen Thema: «Sie sind doch nicht wegen der Versicherung gekommen?»

«Nicht nur!» Er holte tief Luft. «Ich muß noch einmal mit Frauke Thayer sprechen. Soll ich oder soll ich nicht?»

Der Anwalt schnaufte, stöhnte gequält und lehnte sich seufzend zurück. Sein Blick irrte ab, und seine gerunzelte Stirn ersetzte eine langatmige Erklärung. Frauke Thayer, Oberkommissarin im Ersten, hatte die Ermittlungen gegen den des Gattenmordes verdächtigten Achim Wegener geführt. Die von ihr zusammengetragenen Indizien und Beweise – die Lebensversicherung hatte eine große, wenn auch nicht entscheidende Rolle dabei gespielt – reichten dem Staatsanwalt, ihn anzuklagen, und der Kammer, das Verfahren zu eröffnen. Daraus ergab sich zwangsläufig die Strategie der Verteidigung: Weil sie den wahren Mörder nicht präsentieren konnte, mußte sie Zweifel an der Korrektheit der Ermittlungen wecken, und das hieß, sie mußte die zuständige Oberkommissarin angreifen und ihre fachliche Kompetenz in Zweifel ziehen, widerlegen, an einzelnen Punkten begründet bestreiten. Was ihr endlich auch gelungen war.

«Muß das sein, Herr Wegener?»

«Nein», antwortete er bedächtig, «aber es wäre hilfreich.»

Über die Strategie hatte es nie eine Diskussion zwischen ihnen gegeben, beide kannten, aus ihrer jeweiligen Berufsperspektive, das juristische Geschäft. Doch sehr rasch wurde ihnen klar, daß in diesem Fall zwei ungewöhnliche Faktoren mitwirkten. Frauke Thayer, frisch befördert und deshalb vom Betrugsdezernat in die Mordkommission versetzt, mußte sich in ihrem ersten eigenen Fall gegen die Kollegen durchsetzen, eine Art Bewährungsprobe bestehen. Dieser Stress verunsicherte sie. Und schlimmer noch: Sie konnte nie vergessen, daß sie gegen einen älteren, erfahrenen, ranghöheren Kollegen ermittelte, der ihre Arbeit beurteilen konnte. Ihr Verhalten hatte zwischen erklärlicher Befangenheit und unverständlicher Aggressivität geschwankt.

«Ab und zu hört man ja was aus dem Präsidium. Sie ist total durch den Wind.»

«Immer noch?»

«O ja.» Der Anwalt seufzte wieder, und Wegener begriff, was König nicht offen aussprach. Ein guter Strafverteidiger brauchte gute Kontakte zur Kriminalpolizei, und die waren rasch ruiniert, wenn er vor Gericht einen Beamten vorführte oder lächerlich machte oder, wie es im Jargon hieß, «platt machte». Ob beliebt oder nicht – ein öffentlich gedemütigter Kollege weckte Solidarität.

«Was halten Sie davon, wenn ich sie anrufe und ihr freistelle, ob sie mit mir reden will?»

König überlegte lange, bevor er zögernd zustimmte: «Aber seien Sie um Himmels willen vorsichtig, Herr Wegener.»

«Sie meinen, sie wird es als Hohn empfinden?»

«Das ist bei ihrer Seelenlage nicht auszuschließen.»

«Okay, dann schreibe ich ihr – und Sie segnen den Brief ab.»

«Gut», murmelte König, schon wieder zerstreut, und Wegener lachte ihn aus: «Nun fragen Sie schon!»

König feixte, er war ertappt: «Was wollen Sie denn wirklich von ihr erfahren?»

«Warum sie so rasch von meiner Schuld überzeugt war.»

Vor Gericht hatte die Oberkommissarin im Zeugenstand zugegeben, daß sie schon nach zehn Tagen Ermittlung einen Zufallstäter ausgeschlossen und sich auf Männer konzentriert hatte, die Gesine länger kannten. Mit dieser Offenheit hatte sie König überrascht, der sich blitzschnell entscheiden mußte: Sollte er die Zeugin zwingen, den Grund dafür zu nennen – also unter Umständen jene Tatsache vorzutragen, die sie überzeugt hatte und nun auch das Gericht überzeugen konnte? Oder verzichtete er auf diese Klärung und benutzte ihre frühe Festlegung später als Ausweis ihrer schlampigen, voreingenommenen Untersuchung? König hatte die zweite Möglichkeit gewählt, was sich am Ende für seinen Mandanten auszahlte, freilich zu dem Preis, daß sie beide über diesen wichtigen Punkt nach wie vor rätselten.

«Wollen Sie auf eigene Faust ...?»

«Ich weiß noch nicht.» Das war nicht einmal gelogen.

König faltete die Hände: «Wie auch immer – wirbeln Sie nicht zuviel Staub auf.»

«Was soll das heißen?»

«Sie ist fürchterlich gerüffelt worden, und wie ich – hm – gehört habe, wirft man ihr vor, sie hätte sich rechtzeitig als befangen erklären sollen.»

«Warum denn das?»

«Keine Ahnung. Da muß bei einer Zeugenvernehmung was passiert sein – nein, nein, was immer es war, es steht nicht im Protokoll.»

Mit den paar Zeilen quälte er sich lange ab, nebelte das Zimmer ein und trank zuviel Kaffee. Seine Hände wurden schweißnaß.

«Sehr verehrte Frau Thayer, am vergangenen Wochenende bin ich in Haus Geese in Södjen eingezogen. Vorerst für sechs Monate. Mitte nächsten Jahres scheide ich aus dem Polizeidienst aus, und bis dahin bin ich auf eigenen Wunsch suspendiert. Nach Södjen zu ziehen ist mir nicht leicht gefallen, aber noch schwerer wäre es mir geworden, in Hamburg zu bleiben, wo mich zu viele kennen, denen es peinlich ist, mir auf der Straße zu begegnen. Ich weiß, daß ich unschuldig bin, aber viele sind – wie Sie – von meiner Schuld überzeugt. Trotzdem oder gerade deshalb bitte ich Sie um eine Unterredung. Es ist die Bitte eines (bald Ex-) Kollegen, der sich sehr genau vorstellen kann, was dieses Verfahren Sie gekostet hat, der sich allerdings mit dem Makel eines ‹Freispruchs mangels Beweisen› nur schwer abfindet. Deshalb warte ich auf einen Brief oder Anruf von Ihnen – und würde auch verstehen, wenn ich vergeblich warte. Mit freundlichen Grüßen Ihr Achim Wegener.»

«Die ‹freundlichen Grüße› streichen Sie besser», brummte König.

«Aber sonst ist der Brief okay?»

«Hoffen wir's!» König rückte den perfekt sitzenden Krawattenknoten hin und her; es war eines der seltenen Zeichen von Unsicherheit, die er sich gestattete, und beugte sich zur Sprechanlage vor: «Hoheit, kommen Sie mal?»

Gunda Herzog wohnte seit Jahren Tür an Tür mit einer Kriminalbeamtin aus dem Betrugsdezernat, und als sie – nach dem Prozeß – mit der Nachbarin auf den Fall Wegener zu sprechen kam, hatte die Polizistin «nur durch die Blume, Herr Wegener» zu verstehen gegeben, daß Frauke Thayer mehr als einmal die Untersuchung hatte abgeben wollen. Aber keine Andeutungen über das Warum, nur die ganz allgemeine Bemerkung, die Zusammenarbeit mit der örtlichen Polizei sei sehr schwierig. Wie halt in einer Behörde geklatscht und getratscht wurde.

«Und was haben Sie daraus geschlossen?»

«Daß etwas unter der Decke gehalten worden ist.»

Ratlos sahen sie sich an. Was sollten sie damit anfangen? Ein vager Hinweis auf eine mögliche Unkorrektheit, vielleicht lag eine Nadel im Heuhaufen. Nein, das nutzte ihm nichts.

Gunda Herzog musterte ihn unschlüssig: «Ich glaube auch nicht, daß... es könnte alles ganz andere Gründe haben, Herr Wegener. Sehr private. Ich habe mir erzählen lassen, daß diese Kommissarin Thayer seit Jahren mit einem Mann zusammengelebt hat, von dem sie sich im April oder Mai Knall auf Fall getrennt hat.» Fast entschuldigend hob sie die Hände: «Privater Kummer, dienstlicher Ärger.»

«Ja, das kann sein. Vielen Dank.»

Die Afro-Blondine strahlte angestrengt: «Zufrieden?»

Er blätterte die Bilder schnell durch: «Sehr zufrieden sogar.» Wie heute morgen war er der einzige Kunde und sie die einzige Bedienung. Ob der Laden ihr gehörte? Wahrscheinlich hoffte auch sie auf das Weihnachtsgeschäft. Gleich neben der Kasse lag ein Tannenbesteck auf der Glastheke, drei Zweige, mit roten Bändern zusammengehalten und imitierten Zapfen geschmückt. Es weihnachtete überall, zu seinem Mißvergnügen. Die dicke Kerze dagegen gefiel ihm, groß, krumm, aus Bienenwachswaben gerollt und angenehm duftend.

Halblaut erkundigte er sich: «Sie wissen offensichtlich, wer ich bin?» Dabei steckte er das Wechselgeld zurück.

Sie überlegte, ob sie antworten sollte, und entschied sich erst, als er den Kopf hob und sie anschaute.

«Ja», sagte sie fast trotzig. «Sie haben – hier vor Gericht gestanden. Wegen – Mordes.»

«Richtig. Und bin freigesprochen worden.»

«Das weiß ich. Mangels Beweisen.»

«Auch richtig. Woher wissen Sie das? Aus der Zeitung?»

Er hatte es gar nicht spöttisch gemeint, aber sie faßte es so auf und entgegnete hitzig: «Nein, von einer Freundin.»

Wenn sie nach diesen Wörtern nicht zusammengezuckt wäre,

hätte er es dabei belassen, so amüsant empfand er ihren Wortwechsel nicht. Aber danach bohrte er nach: «Kenne ich Ihre Freundin zufällig?»

Nun kämpften Ärger und Höflichkeit in ihrem Gesicht. «Ja.»

«Würde es Ihnen etwas ausmachen, mir den Namen zu nennen?»

«Frauke Thayer.»

Fast hätte er gelacht, die Welt war einfach zu klein, man konnte nicht vorsichtig genug sein. Aber ihre Miene warnte ihn, weitere Auskünfte wollte sie nicht geben, und weil er auf einen Streit keinen Wert legte, sagte er nur höflich: «Ah ja. Nun dann, auf Wiedersehen. Und vielen Dank für die prompte Arbeit.»

Auf der Rückfahrt machte er einen Umweg, um Södjen links liegen zu lassen. Breeken, das nächste Dorf, war sogar noch kleiner als Södjen, praktisch um die Molkerei herumgebaut, die jetzt auch nur noch aus einem Kühlhaus bestand. Ein winziges Kirchlein und ein leerstehendes Pfarrhaus, nicht einmal ein «Krug», selbst das Wort «Dorf» war die reinste Hochstapelei. Ein Supermarkt, kleiner als Peddersens Geschäft in Södjen, und ein «Alternativer Laden», recht groß, in einem alten, grauen Gebäude untergebracht, und verwirrend unordentlich. Eigentlich war er nur aus Neugier ausgestiegen und hatte sich in den drei großen, hohen Zimmern umgesehen, die bis in den letzten Winkel mit allem nur denkbaren Kram angefüllt waren: Einkaufstaschen aus Jute, Kaffee von einer Volkskooperative in Nicaragua, Gewürze, Honig, Kerzen, Saris, Batik, handgewebte Teppiche, selbstgesponnene Schafswolle, Tongeschirr – er staunte nicht wenig. Nach langer Zeit schlurfte ein junger Mann heran, seine Holzklocken lärmten auf den Dielenbrettern. Er hatte lange, zottelige Haare. Zwei blaue, verträumte Augen zwinkerten hinter einer winzigen Schubertbrille, die zu stramm saß.

«Kann ich Ihnen helfen?»

Wegener wollte ihn schon barsch abfertigen, als sein Blick auf das Buch fiel, das der junge Mann in der linken Hand hielt, zugeklappt und einen Finger als Lesezeichen zwischen den Seiten.

«Ich hätte gern Tee, indischen, wenn Sie haben.»

«Aber ja.» Er legte das Buch ab, und Wegener zerkaute ein Lächeln. Forensische Medizin, der Attenburg/Helffer. Wie leicht man sich täuschen konnte. «Welche Sorte möchten Sie denn haben?»

«Was würden Sie mir denn empfehlen?»

Der junge Mann schmunzelte kurz: «Vertrauen ist gut, Kontrolle ist besser, Herr Kriminalrat. Wir verkaufen gern die teuren Sachen.»

«Den ‹Kriminalrat› lassen Sie lieber weg!»

Dicke Wollsocken, eine völlig zerknautschte Cordhose und ein riesiger Pullover, selbst gestrickt aus grober, nur gebleichter Wolle und dann noch auseinandergegangen. Schwer vorstellbar, daß dieser Mann in sechs oder sieben Jahren vielleicht als Richter über Haftbefehle oder Durchsuchungsbeschlüsse entscheiden würde. Er bediente mit langsamen, aber geschickten Bewegungen.

«Woher kennen Sie mich?»

«Ich habe den ganzen Prozeß verfolgt», gestand er ohne Verlegenheit.

«Aus beruflichem Interesse?» Wegener deutete auf das Buch.

«Das auch. Aber wir kannten alle Ihre Frau.»

«Wer ist ‹wir›?»

«Die Breekener nennen uns eine Kommune. In Wirklichkeit sind wir eine Wohngemeinschaft, weil wir anders nicht über die Runden kämen.»

«Und woher kannten Sie meine Frau?»

«Sie hat hier manchmal Tee gekauft. Oder auch Kräuter und Gewürze.»

Kräuter und Gewürze – das sah Gesine gar nicht ähnlich. Sie hatte ungern und schlecht gekocht, aber in der näheren Umgebung gab es kein Restaurant, das ihren Ansprüchen genügte. Wahrscheinlich hatte sie notgedrungen angefangen, sich etwas zu brutzeln, und selbst sie konnte einen Büchsenöffner bedienen.

«Was bin ich schuldig?»

«Acht Mark, Herr Krimi – Herr Wegener.» Es war ausgesprochen preiswert. Das Zwei-Mark-Stück rutschte ihm aus der Hand und rollte unter die improvisierte Theke, der junge Mann bückte sich danach und fragte, nach dem Auftauchen die Münze in der Hand haltend: «Würden Sie es als aufdringlich empfinden, wenn ich Ihnen eine Frage zu dem Prozeß stelle?» Trotz des zögerlichen Tones blickte er Wegener fest an.

«Es kommt darauf an.»

«Im ganzen Verfahren ist nie gefragt worden, ob Ihre Frau noch im Vollbesitz ihrer geistigen Kräfte war.»

Wegener steckte das Portemonnaie weg und schaute den Zotteligen prüfend an, der seinem Blick ruhig standhielt. Es schien ihn ernsthaft zu interessieren, er hatte höflich vorgefühlt und würde jede Antwort akzeptieren.

«Haben Sie einen Grund für diese Frage?»

«Ja.» Der Zottelkopf nickte energisch. «Sie war vielleicht fünf- oder sechsmal hier im Laden. Eine exaltierte, überdrehte Frau. Unsere Lebensformen gefielen ihr nicht, und sie legte es darauf an, uns zu beleidigen. Aber zweimal erlebte sie, mitten in der Rede, regelrechte Absencen. Die erste dauerte vielleicht zehn Sekunden, lange genug, uns aufzufallen, aber wiederum nicht so ausgedehnt, daß wir sie völlig ernstgenommen hätten. Die zweite dauerte dann eine ganze Minute, und das war lang genug, alle Symptome zu beobachten.» Er klopfte mit den Fingerknöcheln auf das Buch.

Wegener schwieg. Es dämmerte schon kräftig, im Halbdunkel des Raumes konnte er die Züge des jungen Mannes nur schwer erkennen. Absencen – wenn er nicht das neueste Lehrbuch der forensischen Medizin sozusagen zum Zeugen angerufen hätte, wäre Wegener wortlos gegangen. Exaltierten Menschen, die sich schwer auf eine Sache konzentrieren konnten oder wollten, passierte es häufig, daß ihnen ein ganz neuer Gedanke durch den Kopf schoß, dem sie für bestimmte Zeit nachhingen. Und diese momentane Geistesabwesenheit ließ sich leicht mit Absencen verwechseln.

«Ich kann mir vorstellen, daß Sie jetzt überlegen. Es war, zumindest das zweite Mal, eine echte Absence.»

«Haben Sie dafür ein Indiz, das über Ihr Urteil hinausgeht?»

«Sie hatte schon gezahlt und ihr Portemonnaie in der Handtasche verstaut. Als sie aufwachte, holte sie es wieder heraus und fragte, was sie schuldig sei.» Der junge Mann räusperte sich.

«Und zwei Zeugen, daß sie gezahlt hatte, bevor die Absence eintrat.» Erneut räusperte er sich. «Aber sie konnte sich daran erinnern, daß sie etwa eine Minute vorher genörgelt hatte, weil wir keinen Koriander mehr hatten.»

Das sprach in der Tat für eine Absence. Eine auf dreißig bis sechzig Sekunden beschränkte partielle Amnesie unmittelbar vor Eintritt.

«Gut, akzeptiert. Was hätte es prozeßtaktisch bedeutet, solche Erscheinungen in das Verfahren einzuführen?» Absichtlich höhnte er etwas, doch der Brillenträger blieb gelassen: «Herr Wegener, das ist nicht der Punkt, und Sie wissen das genau. Hat die Anklage es gewußt oder nicht?»

«Ich verstehe. Sie sind also nie vernommen worden?»

«Nein.» Sein Ton wurde unvermittelt boshaft: «Die Leiterin der Ermittlungen hat sich nie nach Breeken verirrt.»

Nun hatte er seine Botschaft überbracht. «Hätte sie denn etwas Relevantes erfahren können?»

«Zum Beispiel, daß Ihre Frau hier Hasch kaufen wollte.»

Darauf zuckte er nur gleichgültig die Achseln. Daraus hatte Gesine nie ein Hehl gemacht, bis er sie eines Tages deswegen so massiv anschnauzte, daß sie danach in der Wohnung darauf verzichtete, ihre Joints in seiner Gegenwart zu drehen und zu paffen.

«Ihre Frau ist auch häufiger da drüben gewesen.»

«Wo?»

Der junge Mann deutete flüchtig Richtung Molkerei: «Schwartz heißt er, Thomas Schwartz.»

«Was heißt häufiger?» So leicht ließ er sich nicht verblüffen.

«Zehn-, zwölfmal.»

«Und wann?»

«Im Frühling. Im vorigen Jahr.»

«Wenn Sie das so genau wissen, haben sich die beiden offenbar keine Mühe gegeben, ihre Treffen zu verbergen.»

«Sie nicht, er ja – wegen seiner Freundin.»

«Und? Hat die Freundin was gemerkt?»

«Ich glaube nicht.»

«Also hatte er kein Motiv, meine Frau umzubringen. Und seine Freundin auch nicht.»

«Nein.» Der angehende Jurist behielt die Ruhe, lächelte sogar: «Ich bin kein Amateur-Detektiv, ich wundere mich nur, wie schlampig man ermitteln kann, Herr Wegener.»

Den Abend verbrachte er vor dem Fernseher, und in den wenigen Momenten, in denen der Kasten schwieg, schreckte er hoch und versuchte, sich an die Handlung des Filmes zu erinnern.

Gesines Familie hatte viel Geld in das Haus gesteckt, aber alle Um- und Anbauten, Renovierungen und Modernisierungen hatten es nicht vermocht, dem plumpen Viereck einen Hauch von Gefälligkeit, geschweige denn Eleganz zu verleihen. Haus Geese blieb trotzig, was es immer gewesen war, ein für die Ewigkeit und gegen allen Regen und jeden Sturm gemauerter Trutzbau, so unverwüstlich wie unschön, geräumiger, als man von außen vermutete. Das Erdgeschoß umfaßte Küche und Eßzimmer, einen großen Wohnraum und ein Gästezimmer, Garderobe, Toilette und einen fensterlosen Abstellraum, der an drei Wänden mit Einbauschränken verkleidet war. Im Obergeschoß gab es neben dem Bad und der Toilette zwei große und ein kleines Schlafzimmer. Eine hochklappbare Treppe führte auf den Dachboden. Das ganze Haus war unterkellert, viel Platz also für eine Familie und fast zuviel für einen Witwer. Und irgendeinen Vorbesitzer hatte die panische Angst umgetrieben, er könne einmal nicht genug Abstellplatz haben: Alle Abseiten waren ausgebaut und mit Schiebetüren versehen, keine Ecke ohne Regal. Für die Betten hatten Schiffskojen als Vorbild gedient. Rahmen und Matratzen lagen auf einem festen Holzgestell mit einer Reihe fast metertiefer Schubladen. Im Keller war selbst der Platz unter der Treppe für Obstroste genutzt, die auf Rollen und Schienen hervorgezogen werden konnten.

Haus Geese hatte auf Gesine abgefärbt. Sie konnte nichts wegwerfen. Ordnung hatte sie allerdings nie gelernt, entweder hatte früher die Mutter oder ein Dienstmädchen hinter ihr hergeräumt. Denn sie hob alles auf, stopfte es in eine Schublade oder einen Schrank. Sie vergaß auch nie, was sie einmal besessen hatte, nur das Wiederfinden bereitete ihr Mühe. Mehr als einmal war er nach Hause gekommen und schier verzweifelt – als ob ein Wirbelsturm durch die Wohnung getobt war. Oder mehrere Einbrecher. Dabei geriet sie in sinnlose Wut, wenn sie etwas suchte und der Gegenstand sie persönlich beleidigte, indem er nicht sofort auftauchte. Selbst seine Sachen riß sie aus Fächern und Schränken, und als er sie zum erstenmal erlebte, auf den Knien rutschend und vor Zorn zischend und spuckend, mit Schaumbläschen in den Mundwinkeln, war sie ihm wie eine Geisteskranke vorgekommen.

Später verschloß er seine persönlichen Unterlagen in einem festen Schrank und zog den Schlüssel ab. Sie erwähnte es nie.

Schräg grienend trank er sein Bier aus. Alles in allem war es ein erfolgreicher Tag gewesen. Als er das Fenster einen Spalt öffnete, hatte er das Gefühl, es sei wärmer geworden.

## KAPITEL 3

Nach dem Frühstück nahm er sich die Liste vor, die ihm seine Ex-Schwiegermutter in die U-Haft geschickt hatte. Vor dem Prozeß hatte er andere Sorgen gehabt, und nach dem Freispruch schien es ihm nicht der Mühe wert, mit Egon oder Adelheid Hellbich auch nur um einen Gegenstand zu streiten. Sobald er wußte, was er künftig tun würde, wollte er ihnen anbieten, das Haus zurückzunehmen. 62 Seiten! Sie hatte einen Möbelwagen benötigt. Angewidert klappte er den Schnellhefter zu, stutzte, schlug ihn noch einmal auf und blätterte hastig – Seite 23. Oben war das Wort «Schmuck» unterstrichen. Elf Positionen, sogar nur zehn, wenn er den Trauring abzog. Zwei kleine Perlenketten, zwei dünne Goldkettchen mit Anhängern, ein silbernes Gliederarmband, ein Modeschmuck-Armband aus breiten Email-Stegen, ein Amethyst-Anhänger, zwei Ringe, Gold, einer mit einem Achat, einer mit einer Perle. Ein Paar Ohrklipse, Achat.

Da fehlten mit Sicherheit zwei Dinge: ein Kollier mit zwölf Smaragden und ein Halsschmuck aus Altsilber, mit zehn großen Topasen. Allein die Smaragde waren ein Vermögen wert, ein Erbstück von Gesines Urgroßmutter. Und das Altsilberstück hatte er ihr zur Hochzeit geschenkt. Überhaupt hatte sie eine Menge Schmuck mehr besessen – allein die Armbanduhren. Zehn, wenn nicht zwölf Stück. Warum hatte Adelheid Hellbich, diese geldgierige und doch so auf Reputation bedachte Glucke, diese Teile nicht aufgeführt? Gesines Seidenhemdchen hatte sie gezählt, mit echter Spitze und ohne, aber die Uhren unterschlagen. Oder? Er rauchte, blies Ringe und sinnierte. Eigentlich sah es ihr nicht ähnlich! Sicher, sie haßte ihn, weil sie ihn gegen alle Einsicht und Vernunft dafür verantwortlich machte, daß die Ehe ihres einzigen Kindes schon nach wenigen Monaten gescheitert war. Aber gerade deswegen betonte sie bei jeder passenden und unpassenden Gelegenheit ihre eigene Korrektheit – «Wir sind es nicht, verehrter Achim, wir nicht, wir sorgen für unser Kind!» Warum hatte sie dann – vor Zeugen! – einiges beiseite geschafft? Und wenn sie es nicht getan hatte? Wo steckten dann zum Beispiel die beiden Schmuckstücke, an die er sich genau erinnerte?

Ärgerlich rieb er sich das Kinn, suchte nach einer tragbaren Lampe, stöpselte Kabel zusammen und stieg auf den Dachboden.

Drei Stunden später hatte er gerade zwei Kisten durchgesehen, war schwarz wie ein Neger, fror wie ein Eskimo nach dem Eisbad und nieste in immer kürzeren Abständen den Staub aus der Nase, als es klingelte. Laut fluchend polterte er in einer Stinklaune ins Erdgeschoß hinunter, riß die Tür auf und wollte losblaffen. Doch Monika Busche kam ihm zuvor. «Du meine Güte, wie sehen Sie denn aus?» fragte sie entsetzt.

«Häh?»

«Sie sind schwarz wie ein Schornsteinfeger.»

«Was?»

«Haben Sie ein Staubbad genommen? Oder Kohlen gezählt?»

«Was soll...?» Doch dann schaute er zufällig auf seine Hände, dreckig war kein Ausdruck, und in dem Moment konnte sie ihre Heiterkeit nicht länger zügeln. Es schüttelte sie vor Lachen, sie krümmte sich und mußte, weil ihre Knie nachgaben, den Türrahmen umklammern. Aus ihrem Mund pufften kleine weiße Wölkchen bei jedem Lacher.

«Na prima!» grollte er. «Ich freue mich über ihre gute Laune.» Damit machte er kehrt und sauste ins WC. Ein schwarzer Mann fletschte ihm im Spiegel die Zähne entgegen. Hose und Rollkragenpulli waren hin, reif für die Reinigung oder die Mülltonne.

«Haben Sie schon zu Mittag gegessen?»

Er fuhr herum: «Nein, ich fresse Staub, als Zeichen der Demut.»

Sie beachtete seinen Grimm nicht: «Soll ich uns was kochen, während Sie duschen?»

Er wollte weiter wüten, kapitulierte aber vor ihrer fröhlichen Miene. Und Hunger hatte er auch.

«Was hat Sie eigentlich zu mir geführt?» erkundigte er sich später und tätschelte heimlich seinen Bauch. Die unbeschwerte Fröhlichkeit verschwand aus ihrem Gesicht, obwohl sie immer noch lächelte. «Ich wollte nur einmal nach Ihnen sehen», murmelte sie und senkte den Kopf.

«Gibt es einen besonderen Anlaß?»

Ihre schwarzen Locken flogen, und die Frage, ob sie jemand geschickt habe, verschluckte er lieber. Doch dann gestand sie unvermittelt: «Ich mache mir immer noch Vorwürfe.»

«Lächerlich», knurrte er. «Und das wissen Sie ganz genau.»

*Vorsitzender:* Wann haben Sie Ihre Frau zum letztenmal gesehen?
*Angeklagter:* Am Heiligabend, also am 24. Dezember vorigen Jahres, zwischen 12 und 13 Uhr in Södjen, im Haus Geese.
*Vorsitzender:* Gab es einen bestimmten Grund, warum Sie zu Ihrer Frau gefahren sind? Zu der Zeit lebten Sie doch schon zehn, fast elf Monate getrennt?
*Angeklagter:* Richtig. Einen bestimmten Grund hatte ich nicht. Ich wollte sehen, ob sie in der Lage und willens war, über unsere Zukunft zu reden. Wie es weitergehen sollte.
*Vorsitzender:* Und? Ist es zu einer Aussprache gekommen?
*Angeklagter:* Nein. Ich habe das Haus kurz nach 12 Uhr betreten. Gesine – meine Frau – saß noch im Eßzimmer, sie war noch nicht angezogen und bekämpfte ihren Kater.
*Vorsitzender:* Was soll das heißen?

*Angeklagter:* Sie hatte am Vortag zuviel getrunken und mußte nun ihre Kopfschmerzen und ihre Übelkeit vertreiben. Mit Tabletten und mit Alkohol.
*Vorsitzender:* Zu einer ernsthaften Debatte war sie nicht fähig?
*Angeklagter:* Nein. Sie war – na ja – am Boden zerstört, sie wollte nichts sehen, nichts hören, nichts sagen. Zum Schluß fauchte sie mich an, ich sollte endlich verschwinden. Was ich auch getan habe.
*Vorsitzender:* Bei dieser Gelegenheit haben Sie also Ihre Frau zum letztenmal gesehen? Am Heiligabend vorigen Jahres?
*Angeklagter:* Ja.
*Vorsitzender:* Sind Sie sicher?
*Angeklagter:* Ja.
*Vorsitzender:* Na schön. Nun hat eine Zeugin Sie noch am 1. Januar gegen Mittag in der Nähe des Hauses Geese getroffen.
*Angeklagter:* Das ist richtig.
*Vorsitzender:* Also haben Sie Ihre Frau doch noch am 1. Januar gesehen und gesprochen?
*Angeklagter:* Nein. Ich bin am 1. Januar vormittags nach Södjen gefahren. Ich denke, daß ich gegen zehn Uhr am Haus gewesen bin. Ich habe ein paarmal geklingelt und gerufen, aber Gesine – meine Frau – hat sich nicht gemeldet. Dann wollte ich aufschließen, stellte aber fest, daß ...
*Vorsitzender:* Moment mal! Was heißt ‹aufschließen›? Hatten Sie denn Schlüssel für das Haus?
*Angeklagter:* Ja, natürlich.
*Vorsitzender:* Merkwürdig.
*Angeklagter:* Wieso merkwürdig? Es ist auch – war auch zur Hälfte mein Haus.
*Vorsitzender:* Na schön. Erzählen Sie weiter!
*Angeklagter:* Als ich aufschließen wollte, stellte ich fest, daß die Haustür nicht abgeschlossen war. Ich bin dann durch alle Zimmer gelaufen, aber Gesine war nicht da. Ich habe zwei Zigaretten geraucht und gewartet, weil ich dachte, Gesine kommt jeden Moment zurück.
*Vorsitzender:* Warum haben Sie das geglaubt?
*Angeklagter:* Weil die Haustür nicht verschlossen war. Gesine

war in diesem Punkt etwas ängstlich, sie hätte bestimmt abgesperrt, wenn sie für längere Zeit fortgegangen wäre.
*Vorsitzender:* Nun ja! Wie lange haben Sie gewartet?
*Angeklagter:* Dreißig Minuten vielleicht. Danach habe ich einen Zettel geschrieben, hab dich nicht angetroffen, ein schönes neues Jahr für dich oder so ähnlich und bin wieder losgefahren. Ach so, ja, die Haustür habe ich hinter mir fest abgeschlossen.
*Vorsitzender:* Sie sind aber nicht auf dem kürzesten Weg nach Hamburg zurückgekehrt.
*Angeklagter:* Nein, ich wußte nicht so recht, was ich machen sollte, und deshalb wollte ich an die Schlei fahren, irgendwohin.
*Vorsitzender:* Zwischen Södjen und Breeken sind Sie dann der Zeugin Monika Busche begegnet.
*Angeklagter:* Ja, sie kam mit dem Fahrrad von Breeken. Ich fuhr ziemlich langsam, sie hat mich oder mein Auto erkannt und gewinkt. Daraufhin habe ich gebremst, bin ausgestiegen und zu ihr hingegangen. Um ihr ein schönes neues Jahr zu wünschen.
*Vorsitzender:* Das war also am 1. Januar gegen 11 Uhr?
*Angeklagter:* Ja, so etwa. Kurz vor elf, würde ich schätzen.

«An was denken Sie?»

Ihre Stimme riß ihn aus seiner Grübelei, und mit einem schrägen Lächeln gestand er: «An den Prozeß.»

Einen Moment sah sie ihn fest an, wurde plötzlich verlegen und stand eilig auf: «Soll ich das Geschirr in die Spülmaschine räumen?»

«Nein, das mach ich schon, danke.»

«Dann koche ich uns einen Kaffee.»

Langsam folgte er ihr in die Küche. Er freute sich, daß sie gekommen war, aber gleichzeitig irritierte ihn, daß er den Grund nicht kannte. Trotz ihrer scheinbaren Verschlossenheit tratschten die Södjener hemmungslos und würden es der Tochter des Krugwirtes sehr verübeln, daß sie einen Verfemten, Verdächtigen besuchte. Es sei denn, sie hatten Monika als Spionin geschickt...

«Wer macht bei Ihnen eigentlich sauber?»

«Ich. Meine Ehe war zu kurz, um alle Junggesellen-Fähigkeiten zu verlernen.»

«Soll ich Ihnen helfen?»

Die Antwort überlegte er sich reiflich: «Nein, Monika, vielen Dank. Sie sind immer herzlich willkommen, aber nicht als bezahlte oder unbezahlte Putzhilfe.» Sie wollte protestieren, überlegte es sich dann aber anders und ging schnell fort.

Diese Hockerei auf dem Dachboden war wirklich zu unbequem und mit viel zuviel Dreck verbunden. Im Erdgeschoß räumte er das Gästezimmer leer, stellte einen großen Tisch und einen Stuhl hinein und schleppte eine der bereits durchwühlten Kisten herunter. Adelheid Hellbich hatte zwar alle Sachen ihrer Tochter mitgenommen, die irgendeinen Wert besaßen, aber das Gerümpel, das Gesine offenbar vom ersten Lebensjahr an gesammelt hatte, gnädigst ihm hinterlassen: alte Zeichnungen, Fahrkarten, Prospekte, Kino- und Theaterprogramme samt Eintrittskarten, Bauklötze, Puppengeschirr, zerrissene Servietten, Kitschsouvenirs, getrocknete Blumen, zerfledderte Zeitschriften, Fotos, Streichholzschachteln, defekte Uhren, Kämme mit mehr Lücken als Zähnen, eingetrocknete Lippenstifte, die beim Herausdrehen zerbröselten. Was er suchte, wußte er nicht. Vielleicht nur eine nachträgliche Erklärung für diese Sammelwut.

Als das Telefon klingelte, schaute er schuldbewußt auf die Uhr. Fast sieben. Und er hatte noch nicht einmal die erste Kiste geschafft, obwohl er den Inhalt heute morgen auf dem Dachboden vorsortiert hatte.

«Wegener.»

«Guten Abend, Herr Wegener, hier ist Frauke Thayer.»

«Guten Abend, Frau Thayer», sagte er bewußt gleichmütig.

«Ich bin gerade nach Hause gekommen und habe Ihren Brief gefunden.»

«Ah ja.»

«Sie wollen wirklich mit mir – reden?»

«Ja, das würde ich gern tun.»

«Und worüber?»

«Über den Mörder meiner Frau.»

Wie erwartet blieb es am anderen Ende lange still, bis er ihr heftiges Atmen hörte. «Das ist nicht Ihr Ernst!» brachte sie endlich mit rauher Stimme heraus.

«Doch», erwiderte er geduldig, «es ist mein voller Ernst. Die Frage ist nur, ob Sie mit mir reden dürfen und reden wollen.» Nach seinem Freispruch war ein neues Ermittlungsverfahren gegen Unbekannt eingeleitet worden; wenn sie wieder damit beauftragt war, konnte sie schlecht mit einem früheren Verdächtigen darüber diskutieren.

«Reden dürfte ich schon mit Ihnen», sagte sie unvermittelt fest. «Ich weiß bloß nicht, ob's klug wäre.»

«Die Entscheidung kann ich Ihnen nicht abnehmen.»

«Ja.» Ihr Seufzer war sehr tief und sehr echt. «Wenn wir uns träfen – wer würde davon erfahren?»

«Mein Rechtsanwalt kennt nur den Brief. Sonst erfährt keiner etwas.» Er lachte still in sich hinein.

«Sind Sie morgen abend zu Hause?»

«Ja, das kann ich einrichten.»

«Dann versuche ich, gegen sieben Uhr in Södjen zu sein. Wenn was dazwischen kommt, rufe ich an. Guten Abend.» Sie hatte aufgelegt, bevor er sich verabschieden konnte.

Danach verspürte er keine Lust mehr, sich mit Gesines Hinterlassenschaft zu beschäftigen. Ohnehin waren die beiden einzigen Plastiksäcke, die er im Keller gefunden hatte, bis zum Rand gefüllt, und zum Schluß hatte er nur noch aussortiert, was einen zweiten Blick nicht lohnte. Acht Fläschchen Nagellack zum Beispiel, alle halbvoll, der Inhalt natürlich steinhart – streng genommen mußte er die Säcke auf einer Sondermüll-Deponie abliefern.

Frauke Thayer hatte noch unter einem dritten Handicap gelitten. Ihr genaues Alter wußte er nicht, aber Oberkommissarin, das bedeutete in der Regel doch mindestens zweite Hälfte dreißig, und sie hatte einmal beiläufig erwähnt, daß sie einen anderen Beruf gelernt und ausgeübt habe, bevor sie zur Polizei ging. Also eher vierzig – sie sah aber aus wie Mitte Zwanzig, oder noch genauer: wie eine Sechzehnjährige, die sich auf erwachsen zurechtgemacht hatte. Lange, dunkelblonde, glatte Haare, die sie mit einem breiten Reif aus dem Gesicht hielt, schlank, auf seltsame Art sexy, wie eine Lolita, wie eine Kindfrau. Sicher, wer sie länger beobachtete oder aus der Nähe, der ließ sich von ihrem weichen, sanften Gesicht mit dem schmollenden Kindermund nicht täuschen, der erkannte schon, daß er eine erfahrene, selbständige Frau vor sich hatte, dem entgingen auch die Fältchen rings um die großen, braunen Augen nicht. Aber der erste Eindruck war in ihrem Beruf geradezu verheerend: Man konnte sie nur schwer ernst nehmen. Viele Frauen beneideten sie wohl glühend um diese Eigenschaft, weitaus jünger auszusehen. Doch als Kriminalbeamtin?

Und als sie sich das erste Mal hier im Haus trafen, hatte sie auf ihn reagiert. Bis heute wußte er nicht, warum und wie, er hatte nur staunend mitbekommen, daß innerhalb einer Minute ihre Selbstsicherheit zersprang wie eine Flasche auf den Küchenfliesen.

Bei Jens Peddersen kaufte er zwanzig Müllsäcke, und Peddersen staunte: «Zwanzig...?»

«Ich miste aus.» Heute morgen war ihm der kugelige Zwerg ausgesprochen unsympathisch.

Die Filiale der Kreissparkasse bestand aus einem einzigen großen Raum. Die Kasse war wohl mit schußsicherem Glas abgeteilt, aber das automatisch zu verriegelnde Gittertor stand weit offen. Man nahm hier alles nicht so genau. Tackenberg, ein schlanker, fast hagerer, beweglicher Mann mit einem offenen Gesicht, saß mit einem anderen Mann an einem Beratungstischchen. Der Kunde trug einen ehemals weißen Malerkittel, der nun vor Farbspritzern starrte. Beide drehten sich nach ihm um, und er las in ihren Gesichtern, daß sie ihn sofort erkannt hatten.

«Guten Morgen», grüßte er unnötig laut.

«Guten Morgen, Herr Wegener.» Tackenberg war zu intelligent und auch zu gewandt, um Theater zu spielen. «Es dauert leider noch etwas.»

«Lassen Sie sich Zeit!»

Er setzte sich an den anderen Tisch und blätterte in der Morgenzeitung. Die beiden Männer unterhielten sich halblaut, bis der Filialleiter alle Papiere, die er ausgebreitet hatte, sorgfältig zusammenlegte und in eine feste Tüte packte. Der Maler schien nicht sehr glücklich zu sein; er fuhr mit der breiten Hand mehrfach sorgenvoll durch die struppigen Haare.

«Tja, dann dank ich man schön, Uwe.»

«Keine Ursache, Erwin.»

Umständlich schob Erwin die Tüte in eine fleckige, abgewetzte Ledermappe. Als er aufstand, bemerkte Wegener, daß der Maler leicht hinkte. Er schaute hoch, ihre Blicke begegneten sich, und der andere focht einen inneren Kampf aus. Seine Verlegenheit war mit Händen zu greifen. Dann gab er sich einen Ruck und kam näher.

«Entschuldigung», begann er zaghaft. «Sie sind Herr Wegener?» Er hatte eine erstaunlich volle, sehr angenehme Stimme. ‹Solobariton im Gesangverein›, dachte Wegener unwillkürlich.

«Ja, der bin ich.»

«Sie kennen mich nicht. Allers ist mein Name, Erwin Allers. Ich bin Malermeister.»

«Ja? Was kann ich für Sie tun?»

«Es ist mir schrecklich peinlich, und wenn ich das Geld nicht so dringend – Herr Wegener, ich habe in Haus Geese gearbeitet. Im vorigen Jahr. Im Obergeschoß neue Tapeten geklebt und gestrichen und im Bad und in der Küche neue Fliesen gelegt.»

Er nickte unverbindlich, und Allers wagte nicht, ihn direkt anzusehen: «Ich hab Ihrer Frau eine Rechnung geschickt. Aber dann ist Ihre Frau – nun ja, wie soll ich – also, verschwunden.»

Er ließ sich nichts anmerken: «Sie wollen sagen, daß meine Frau die Rechnung noch nicht bezahlt hat?» Dabei warf er einen Blick auf Tackenberg, der offen zuhörte und jetzt zwar verstohlen, aber zustimmend nickte.

Allers holte tief Luft: «Ja. Noch nicht bezahlt.»

«Gut, Herr Allers. Ich habe erst gestern mit dem Aufräumen angefangen. Sobald ich die Rechnung gefunden habe, überweise ich den Betrag.»

«Das ist – das ist – vielen Dank. Und entschuldigen Sie, daß ich – nun ja – auf Wiedersehen.»

«Auf Wiedersehen, Herr Allers.» Er wunderte sich, wie wenig Mühe es ihn kostete, sich zu beherrschen und höflich zu bleiben. Der Weißkittel hinkte eilig zur Tür, und als sie zugefallen war, räusperte sich Tackenberg: «Eine peinliche Geschichte, aber Erwin steckt tatsächlich in einer Klemme.»

Er brummte unverbindlich. Der Raum war kühl und trotz der eingeschalteten Lampen seltsam trüb. Zu nüchtern und zu kahl, selbst für eine Sparkasse. Tackenberg war schon an einen Stahlschrank gegangen und hatte eine Hängemappe herausgeholt, deutete nun auf einen Stuhl und fragte halblaut: «Einen Kaffee?»

«Gern. Sie haben's recht kalt hier.»

«Ja, leider, ich soll ja sparen...» Seine Ironie ließ sich leicht überhören. Um den Kaffee zu holen, mußte er durch die Kassenbox laufen. Sein Fach verstand er jedenfalls, und Kaffeekochen konnte er; Wegener schlürfte gierig.

«Wir haben das Konto Ihrer Frau abgeschlossen, alle Belege sind beigefügt. Die Zentrale hat mich angewiesen, Ihnen eine unbeschränkte Vollmacht für das Konto Ihrer Frau auszustellen. Sie können es also weiterführen oder auflösen.»

«Was raten Sie mir?»

«Daß Sie es vorerst bestehen lassen, zumindest so lange, wie Sie in Haus Geese wohnen. Schon wegen der Daueraufträge für Wasser, Licht, Grundsteuer und so weiter.»

Kroppjahn hatte also die Botschaft verbreitet, das Dorf war informiert. Tackenberg schmunzelte leise, als lese er Wegeners Gedanken.

«Bis jetzt hab ich noch keinen Erbschein beantragt», versetzte er spöttisch, doch der Sparkassenmann schmunzelte nur noch breiter: «Die Hellbichs waren hier und wollten jeden Pfennig vom Konto holen. Seitdem bin ich – ist die Sparkasse über den Erbgang genauestens unterrichtet.»

Das war neu für ihn. So weit also gingen Haß und Wut der Schwiegermutter. Gut, daß er es erfahren hatte. Er würde also Adelheid Hellbich wegen des fehlenden Schmucks doch aufsuchen, und sei es auch nur, um sie zu ärgern.

«Diese Rechnung für diesen – wie hieß er noch?»

«Allers, Erwin Allers.»

«Die ist noch nicht bezahlt?»

«Nein.» Tackenberg schüttelte nachdrücklich den Kopf, er war wieder ernst geworden. «Ihre Frau konnte mit Geld nicht umgehen.»

«Kein Widerspruch.»

«Unter uns – die Geschichte ist etwas anders gelaufen. Erwin – Herr Allers – hat sich finanziell übernommen. Deswegen wollte er das Haus ohne Rechnung, gegen Barzahlung renovieren.»

«Um Steuern zu sparen?»

«Das auch. Er hat's Ihrer Frau direkt angeboten, entweder teuer gegen Rechnung oder sehr viel billiger gegen bar. Sie hat's einfach nicht begriffen. Nur gegen Rechnung, ihr Steuerberater hätte ihr eingeschärft, immer Rechnungen und Quittungen zu verlangen.»

Das hörte sich sehr nach Originalton Gesine an. Ein Fremder mochte sie leicht für dumm oder beschränkt halten. Aber das war's nicht. Als spätes, verhätscheltes Einzelkind eines Kaufmannes und einer dümmlichen, aus reichem Elternhaus stammenden Frau war Gesine fast kriminell verwöhnt und verzogen worden. Darüber hinaus besaß sie weder genug Gefühl noch hatte man ihr ausreichend Takt beigebracht, sich in die Lage eines anderen Menschen zu versetzen. Ihre Egozentrik grenzte schon an Brutalität. Ihren Steuerberater kannte er nicht, aber er konnte sich gut vorstellen, wie dieser arme Mann an ihrer gelangweilten Unaufmerksamkeit gescheitert war und ihr deshalb voller Verzweiflung nur einen Satz eingehämmert hatte: Belege, Belege, immer Belege. Es erforderte weniger Mühe, sich durch einen Zentner Rechnungen und Quittungen zu wühlen, als Gesine in einer Sache, die sie nicht interessierte, zum Mitdenken zu bewegen.

«Ich habe versucht, Ihrer Frau die Arbeit – zu erleichtern.» In Wahrheit hatte er «abnehmen» sagen wollen und das treffende Wort in letzter Sekunde durch ein höflicheres ersetzt. «Manchmal hat sie dann die Anweisungen und Schecks unterschrieben. Aber manchmal ...» Er zuckte die Achseln und trank seine Tasse leer.

«Ich kann's mir gut vorstellen, Herr Tackenberg. Vielen Dank für Ihre Mühe. Bis dann einmal.»

Der Tag war schön geworden. Klarer blauer Himmel, eine

kraftlose Sonne und eine saubere Kälte ohne Wind. Das Außenthermometer neben der Sparkassentür zeigte plus vier Grad. Wetter für einen langen Spaziergang, allein oder zu zweit – seufzend stieg er ins Auto.

Am Neujahrstag hatte er nicht in die Garage geschaut. Später wollte die Kripo eher beiläufig wissen, ob Gesine vielleicht fortgefahren war, aber als er sagte, er habe nicht in der Garage nachgesehen, gab sich Frauke Thayer mit der Antwort sofort zufrieden. Zu diesem Zeitpunkt hielt sie ihn schon für den Mörder.

Am 10. Januar hatte ihn sein damaliger Schwiegervater im Präsidium angerufen, sehr beunruhigt: «Hast du eine Ahnung, wo Gesine steckt? Wir versuchen seit ein paar Tagen, sie anzurufen, aber sie meldet sich nie.»

Nun hielt er Egon Hellbich zwar für einen aufgeblasenen Hohlkopf, doch an seiner Ehrlichkeit hatte er nie gezweifelt. Der Schwiegermutter Adelheid hätte er nur kurz angebunden empfohlen, doch selbst einmal nach Södjen zu fahren; Gesines Vater wollte er nicht so billig abspeisen. «Ich kann aber erst morgen weg!» beschied er ihn deshalb unwillig.

«Danke, Achim.»

Tags darauf war er am frühen Nachmittag nach Södjen gefahren. Das Haus war verschlossen und leer, seine Nachricht vom Neujahrstag lag noch am selben Platz. Im Dorf zuckten die Leute nur die Schultern. Es war nicht ungewöhnlich, daß sie Gesine zwei Wochen lang nicht zu Gesicht bekamen. An diesem Abend schloß er die Garage auf. Ihr Auto war da, und der Kriminalbeamte stellte fest, daß es einige Zeit nicht benutzt worden war. In den Abstellraum hinter der Garage schaute er nicht, rüttelte nur kurz an den Klinken der verschlossenen Türen. Für alle Fälle blieb er über Nacht, um auf Gesine zu warten. Daß sie verreiste, ohne ihn zu benachrichtigen, hätte ihn nicht verwundert. Aber ihren Eltern hätte sie Bescheid gegeben, nicht sofort, soviel Rücksicht kannte sie nicht, aber doch nach drei, vier Tagen. Sie schrieb nicht gern, Briefe ohnedies nicht, allenfalls Postkarten: «Schöne Grüße, Gesine.» Zu mehr raffte sie sich nie auf; wahrscheinlich hätte sie nur bei ihren Eltern angerufen: «Ich wollt nur sagen, ich bin in der Schweiz oder auf Mallorca oder an der Algarve.»

Doch war sie verreist? Am nächsten Tag, das war der 12. Januar, hatte er sie bei Kroppjahn als vermißt gemeldet und auf eben diese Frage des Dorfpolizisten passen müssen. Bei den vielen Klamotten, Kleidern und Koffern, die sie besaß, konnte er beim besten Willen nicht feststellen, ob etwas fehlte. Ihren Paß hatte er durch Zufall gefunden, aber für viele Länder Europas brauchte sie nur einen Personalausweis, und der blieb verschwunden, wie Führerschein, Wagenpapiere, Haus- und Autoschlüssel.

Der 12. Januar war auch so ein Tag gewesen, blauer, wolkenloser, hoher Himmel, windstill und gar nicht einmal so kalt.

Die neue Methode bewährte sich. Leere Kugelschreiber, rostige Nagelfeilen und unvollständige Kartenspiele wanderten in die Müllsäcke. Beschriebenes, Bedrucktes und Bilder legte er beiseite. Irgendwo würde er eine Spur entdecken auf dieser Reise durch die Vergangenheit seiner Frau.

Frauke Thayer kam eine Stunde früher als angekündigt, er saß noch am Tisch und schlang das lauwarme, fettige Fertiggericht herunter, das Mittag- und Abendessen ersetzen sollte und das er nicht ausreichend aufgewärmt hatte. Mißmutig öffnete er die Haustür, schluckte und zwang sich zu neutraler Höflichkeit: «Guten Abend, Frau Thayer.»

«Guten Abend», murmelte sie.

Ihr Aufzug übertraf seine schlimmsten Befürchtungen. Unter der pelzgefütterten Lederjacke trug sie einen Jeansanzug und einen engen, flauschigen, rosafarbenen Rollkragenpullover. Aufgemacht, geschminkt und angezogen wie eine Hätschelpuppe, süß und anschmiegsam und verletzlich-vertrauensvoll. Er hätte sie ohrfeigen mögen. Königs Bemerkung, sie sei völlig durch den Wind, war die Untertreibung der Woche gewesen, und ihr erster Satz unterstrich es: «Ich weiß gar nicht, warum ich gekommen bin.»

«Was kann ich Ihnen zu trinken anbieten?»

«Ich muß noch fahren», antwortete sie automatisch. Er wartete, aber mehr äußerte sie nicht, und achselzuckend holte er einen Orangensaft aus der Küche. Als er ins Wohnzimmer trat, hatte sie sich in einen Sessel gesetzt, die Beine hochgezogen, ganz Abwehr und Wut.

«Was wollten Sie denn mit mir besprechen?»

«Den Fall Gesine Wegener, geborene Hellbich.»

«Warum denn? Sie sind doch freigesprochen worden.»

«Weil ich meine Frau nicht umgebracht habe.»

«Davon bin ich nicht überzeugt.»

«Das müssen Sie auch gar nicht», belehrte er sie, jetzt zunehmend gereizt wegen ihres albernen Trotzes. «Aber hat Ihnen niemand beigebracht, daß der schlimmste Fehler bei einer Ermittlung die Einseitigkeit ist?»

«Vielen Dank für diesen wertvollen Rat!»

Es war zwecklos. Sie schmollte, und wenn überhaupt ein vernünftiges Gespräch in Gang kommen sollte, mußte er sich gedulden, bis sie wieder Argumenten zugänglich wurde. Wortlos machte er kehrt und richtete in der Küche ein Tablett mit Whisky, Eis und Soda. Wenn er Lust hatte, konnte er sich besaufen, das hing jetzt von ihr ab, er würde keine Rücksicht auf sie nehmen. Verdammtes Weib! Anders, aber fast genauso schlimm wie Gesine.

Sie warf einen erschrockenen Blick auf das Tablett, sagte aber in verändertem Tonfall, beinahe nüchtern und sachlich: «Ich habe nie verstanden, warum sich Ihre Frau in diesem Haus verkrochen hat.»

«Ich auch nicht!» stimmte er trocken zu.

«Und noch weniger begreife ich, daß Sie nie eine Erklärung dafür verlangt haben.»

«Ich war froh, daß sie gegangen war. Ihre Launen und Saufereien konnte ich nicht länger ertragen.»

«Okay, akzeptiert. Ich glaube Ihnen ja auch, daß sexuell seit zwei Jahren oder mehr nichts mehr zwischen Ihnen gelaufen ist.»

«Eine durch und durch gescheiterte Ehe.»

«Einverstanden. Aber warum dieses einsame Haus? Sie war doch eine vergnügungssüchtige Stadtpflanze. Ich habe daraus den Schluß gezogen, daß sich Ihre Frau zum Schluß vor Ihnen gefürchtet hat.»

Eine kluge Feststellung und ein falscher Schluß. Sie hatte ihn nicht gefürchtet, das nicht. Aber warum dieser totale Bruch? Von der Großstadt in ein einsames Ferienhaus. Es war nicht einmal ein

Versteck, jedermann aus ihrem Bekannten- und Freundeskreis kannte Haus Geese. Erstens hatte sie viel und oft davon geschwärmt, und zweitens hatten viele Freunde und Bekannte sie hier besucht, als sie noch eine Ehe führten. Nein, zum Verkriechen war es der denkbar schlechteste Ort.

«Und wenn Ihre Ehe so total in die Brüche gegangen war – warum wollte sie sich nicht scheiden lassen?»

Darauf hätte er einiges klarstellen können, aber das wollte er nicht, noch nicht. Er lächelte nur dünn und hob das Glas in ihre Richtung: «Auf Ihr Wohl!»

Ärger zuckte über ihr Gesicht, aber sie beherrschte sich: «Ganz so voreingenommen, wie Sie mir unterstellen, war ich nicht. Ich habe mich schon informiert. Ein verwöhntes, dummes Mädchen mit zuviel Geld, zuwenig Gewissen und zuwenig Pflichten.»

«Aber phantastisch im Bett!» ergänzte er zynisch.

Wieder kniff sie kurz die Augen zu, blieb aber ruhig: «Ja, zu jeder – jeder Aktion bereit.»

«Allzeit bereit! Eine brave Pfadfinderin.»

Gleich würde sie die Beherrschung verlieren. «Aber nie hat jemand den Ausdruck ‹nymphoman› verwendet.»

«Nein. Sie tat nie den ersten Schritt, hatte aber nie etwas einzuwenden, wenn ein Mann ihn tat.»

«Exzentrisch, bis hin zur Perversität. Sie ließ sich zu allem – mißbrauchen.»

«Falsch! Sie machte mit, und irgendwann verlor sie die Lust. Nur wußte kein Mann im voraus, wann das sein würde. Diese Eigenart machte sie interessant, für manche Typen wohl auch aufregend.»

«Ich habe die Aussagen von einem Psychiater prüfen lassen. Er glaubt, daß Ihre Frau auf dem schmalen Grad zwischen normal und – tja, wie soll man das...? also, sagen wir, verrückt wandelte.»

«Richtig», entgegnete er ernsthaft. «Diese Vermutung liegt nahe. Und so habe ich mir erklärt, warum sie von einem Tag auf den anderen ihren Lebenswandel änderte und nach Södjen flüchtete.»

Seine Schlußfolgerung gefiel ihr nicht. «Aber mit Ihnen wollte sie nichts mehr zu tun haben?»

«Nein. Es war schon so, wie ich ausgesagt habe. In Hamburg hatte ich sie von Tag zu Tag mehr gehaßt, doch ich war ihr gleichgültig. Urplötzlich kippte das Verhältnis um. Sie vergrub sich hier in Södjen und begann mich zu hassen, immer stärker, während sie mir immer gleichgültiger wurde.»

«Möglich», flüsterte sie. «Möglich, aber für mich schwer zu glauben. Warum wollten Sie denn Ihre Frau sprechen? Am Heiligabend, am Neujahrstag, am 11. Januar?»

Auf diese Frage antwortete er nicht. Anfang Februar letzten Jahres war er von seinem vierwöchigen letzten Lehrgang zurückgekehrt, ein frischgebackener Kriminalrat. Die riesige Wohnung in Eppendorf war praktisch leer. Sie hatte – Nachbarn berichteten es ihm später schadenfroh – zwei Möbelwagen bestellt und ihr gesamtes Gerümpel einpacken lassen. Einschließlich vieler seiner Möbel, die er aber nicht vermißte. Das war in der letzten Januarwoche geschehen. Einen Brief fand er nicht, doch die Wohnung sagte deutlich genug, daß sie ihn verlassen hatte. Am nächsten Tag rief er seine Schwiegereltern an, und Adelheid verklickerte ihm, in der ihr eigenen Mischung aus Hohn, Empörung und Aggressivität, daß Gesine nach Södjen, ins Haus Geese, verzogen sei, jawohl, für immer und endgültig, sie habe sich von ihm getrennt, nun gut, wenn ihm das Wort so wichtig sei, ihn verlassen, nein, nein, nicht böswillig, das nun nicht, das arme, geplagte Ding habe genug unter ihm gelitten, was er ihrem süßen Goldkind angetan habe, rechtfertige jede, aber auch jede Flucht. Da hatte er sich hinreißen lassen: «Du blöde Kuh, wenn du wüßtest, wie sich dein Miststück hier aufgeführt hat...»

«Mir will immer noch nicht in den Kopf, warum Sie Gesine Hellbich überhaupt geheiratet haben.»

Ihr Vorwurf verscheuchte die trüben Erinnerungen. Sie betrachtete ihn eher besorgt als vorwurfsvoll, und deswegen antwortete er schwerfällig, obwohl er wußte, daß er ihr gegenüber nicht ehrlich sein würde: «Ich bin ihr – verfallen.»

«Sie waren vierzig», hielt sie ihm entgegen. «Ein erfahrener Kriminalbeamter. Ein Mann fällt auf eine solche Frau herein?»

«Nicht hereingefallen, Frau Thayer. *Ver*fallen.»

Sie zwinkerte ratlos, sie verstand es nicht. Vielleicht wollte sie nicht, aber wahrscheinlich konnte sie auch nicht. Es war auch schwer begreiflich, und seit er in der U-Haft angefangen hatte, von Regine zu träumen, nach Jahren, in denen er nie an sie gedacht hatte, war er geneigt, sein abschätziges Urteil über die Psychologie zu revidieren. Irgendwo und irgendwie schleppte jeder Mensch seine Vergangenheit mit, vielleicht schön versteckt im hintersten Winkel seines Kopfes, aber leider nicht für immer hinter Schloß und Riegel.

Drei Monate nachdem er Gesine getroffen hatte, heirateten sie. Ein Jahr schwebte er im siebten Himmel oder auch nur im Himmelbett, dann veränderte sie sich, so brutal und radikal, daß er Wochen wie betäubt herumlief. Ohne jede Hemmung nahm sie ihr altes Leben wieder auf, trank, schlief mit jedem Mann, der sie haben wollte, trieb sich nächtelang herum und verweigerte jede Auskunft, warf das Geld mit vollen Händen aus dem Fenster heraus. Sein Gehalt reichte vorn und hinten nicht, seine Ersparnisse schmolzen dahin wie Schnee unter der Tropensonne, ihre Eltern halfen aus, sogar freudig, konnten sie das einzige Goldkind doch wieder verhätscheln. Ziemlich genau zwölf Monate schliefen sie noch miteinander, er wehrte sich verzweifelt und vergeblich gegen diese sexuelle Hörigkeit. Eines Abends stieß sie ihn aus dem Bett: «Verschwinde, laß mich in Ruhe, ich habe heute abgetrieben.»

«Abgetrieben ...» Er erkannte seine Stimme nicht mehr.

«Reg dich nicht auf, es war nicht von dir!»

Zwei Jahre lebten sie noch formal in einer Wohnung nebeneinander her, sie duldete nicht mehr, daß er sie anfaßte, und holte sich die Männer ungenierter denn je. Als sie Frauen mit in die Wohnung brachte, atmete er zu Anfang auf, bis er feststellte, daß sie sich nun auch mit Lesben einließ. An diesem Punkt schritt er ein und sorgte dafür, zum erstenmal mit den Fäusten, daß sie in seiner Wohnung nicht mehr mit anderen schlief. Die Szene mit den drei nackten Frauen auf dem Bett und dem orgiastischen Stöhnen hatte ihn so angewidert, daß er plötzlich das Gefühl hatte, er könne sich doch noch von ihr lösen.

In dieser Phase wurde ihm angeboten, am Ratslehrgang in Hiltrup teilzunehmen. Es war nicht nur eine Anerkennung seiner Leistungen, da machte er sich nichts vor, sondern auch ein Versuch der Vorgesetzten, ihm aus einer Verstrickung herauszuhelfen, die im Präsidium nicht verborgen geblieben war. Der Lehrgang zog sich über fast zwei Jahre hin, und als er nach bestandenem Abschluß heimkehrte, war sie ausgezogen.

Die häufige Abwesenheit hatte seinen Blick geschärft, weil er automatisch Vergleiche anstellte. Sie verfiel immer schneller, als habe sie den höchsten Punkt der gewölbten Brücke, die den Graben zwischen normal und krank überspannt, nun überschritten und liefe in immer größerer Eile auf das Eiland des Irrsinns zu, ja, es gab Stunden, in denen er hinter seiner Abscheu sogar so etwas wie Mitleid verspürte. Er begann sie zu beschützen, vor sich selbst, vor anderen Männern, die sie hemmungslos ausnutzten, mißbrauchten und in das Dunkel hinunterstießen. Doch er war ein Laie, mit Gesine konnte er darüber nicht reden, und gemeinsame Freunde oder Freundinnen, die seine Furcht bestätigen oder zerstreuen konnten, gab es nicht mehr.

Einmal, aber auch nur einmal, hatte er gewagt, bei Gesines Eltern anzudeuten, die Tochter brauche die Hilfe eines Psychotherapeuten, aber Egon und Adelheid waren in seltener Einmütigkeit so über ihn hergefallen, daß er in Zukunft schwieg. Seiner Überzeugung nach steuerte Gesine auf eine Katastrophe zu, aber vorher war sie aus seinem Alltag verschwunden, und das zählte mehr für ihn. Mühevoll tauchte er aus tiefem Wasser auf und gewann Abstand, Abstand, den er dringend benötigte, und Abstand, den er schließlich auch genoß. Als er sich nach zehn Monaten kräftig genug fühlte, war er nach Södjen gefahren, um mit ihr über die Zukunft zu reden. Aber zu einem Gespräch war es nicht mehr gekommen.

Sein Glas war leer, und als er es abstellte, räusperte sie sich: «Es gibt solche Verhältnisse.»

«Was für Verhältnisse?»

«In denen der eine den anderen zerstört.» Einen Moment hegte er den Verdacht, sie habe damit mehr ausdrücken wollen, doch vor seinem forschenden Blick verließ sie der Mut. Statt dessen schnaufte sie kläglich und fragte, auf sein Glas deutend: «Bekomme ich auch einen?»

«Warum nicht?» Kein schlechtes Ablenkungsmanöver.

Mit dem Fall hatte sie nichts mehr zu tun, aber die Ermittlungen gegen Unbekannt waren reine Formsache. Niemand glaubte mehr, den Täter zu finden.

«Dann können wir ja vernünftig miteinander reden», kommentierte er nüchtern. «Ich muß Ihnen etwas zeigen.» Die Bilder mit den Fußstapfen im Rauhreif betrachtete sie lange schweigend, und ihre gerunzelte Stirn verriet, daß sie überlegte, ob er diese Spuren nicht selbst gelegt hatte.

«Auf, auf, ziehen Sie Ihre Stiefel wieder an.»

«Schmeißen Sie mich raus?»

«Noch nicht.»

Für die paar Schritte hatte sie ihre Jacke nicht überziehen wollen, und er hörte ihre Zähne klappern, während sie stumm das Flaschenlager im Abstellraum der Garage betrachtete. «Für einige wenige Eigenschaften meiner Frau lege ich nach wie vor meine Hand ins Feuer. Kein Bier – kein Likör.» Sie stand dicht neben ihm, einen Kopf kleiner als er, und weigerte sich, den Blick zu heben. «Warum haben Sie diese Flaschensammlung nie erwähnt?» Sie bewegte sich nicht, bis er gereizt knurrte: «Oder sagen Sie bloß, Sie haben diesen Raum nie durchsucht?»

«Doch, natürlich», flüsterte sie. «Mir ist kalt, können wir nicht ins Haus zurück?»

Sie lief schon vor, er schloß erst noch sorgfältig ab. Für eine Frau, die nachher im Dunkeln noch Auto fahren mußte, trank sie zu hastig. Das mit dem Bier und dem Likör hatte sie nicht gewußt, von den Hamburger Kollegen hatte sie nur gehört, daß Gesine unmäßig getrunken hatte. Und Besucher, ob männliche oder weibliche – wer vor dem Dorf Richtung Strand fuhr und dann zum Haus Geese abbog, wurde halt nicht bemerkt. Die Södjener hatten viel vermutet, aber wenig gesehen oder gehört...

«Gesine hatte in der Regel viel Bargeld im Haus.»

Ja, das hatten mehrere Zeugen ausgesagt. Unter anderem Uwe Tackenberg von der Södjener Sparkasse. Nichts gefunden...

«Es fehlt Schmuck. Wieviel, kann ich nicht sagen, aber von zwei Stücken weiß ich es hundertprozentig.»

Seine Behauptung bestritt sie nicht, aber sie hatte eine andere

Erklärung: «Zwischen Silvester und dem 12. Januar können Sie mehrfach unbemerkt hier im Haus gewesen sein.»

«Richtig. War ich aber nicht.»

Sein heiterer Ton irritierte sie, ihre Augen flackerten. Um wütend zu werden und scharf zu antworten, besaß sie nicht genug Mut. Oder nicht genug Selbstvertrauen, und jetzt fiel ihm auch wieder ein, daß er sich darüber schon vor dem Prozeß gewundert hatte. Als ob sie ihm gegenüber Hemmungen hätte. Und auch jetzt mußte sie sich wieder zur Sachlichkeit zwingen.

«Ihre Frau ist Anfang Februar vorigen Jahres in dieses Haus eingezogen. Wir wissen mit Sicherheit, daß sie am 31. Dezember vormittags noch gelebt hatte.» Im Prozeß hatte die Szene eine gewisse Rolle gespielt. Gesine war in Peddersens Geschäft aufgetaucht und hatte wahllos alle Feuerwerkskörper, Raketen und Kracher aufgekauft. Vor dem Supermarkt begegnete ihr ein Trupp kleiner Kinder, und plötzlich verschenkte sie alles. Sechs Zeugen hatten es beobachtet, die meisten wütend darüber, daß sie Achtjährigen so gefährliches Spielzeug in die Hand drückte. «Also elf Monate, Herr Wegener, und aus diesen elf Monaten haben wir keinen Mann und keine Frau aufgetrieben, der oder die aus privaten Gründen Ihre Frau besucht hat. Sicher, es gab viele Gerüchte, aber als sie Roß und Reiter nennen sollten, hat keiner aus Södjen etwas gesehen, gehört oder gewußt.»

«Und aus Gesines Hamburger Bekanntschaft?»

«Sie wissen doch selbst, daß man mit dem Auto unbemerkt ans Haus kommt. Außerdem war – Verzeihung – der Ruf Ihrer Frau mittlerweile so, daß sich keiner ihrer Bekanntschaft rühmte.»

«Warum haben die Södjener diese Ecke so gemieden?»

«Ihre Frau war nicht sehr beliebt.» Sie antwortete müde, ihre Lippen zitterten, als sie den Sessel zurückschob. Sie war eine bezaubernde, verlockende Frau, wie sie da vor ihm stand, den Körper zurückgebogen, den Kopf halb gesenkt, und diese Haltung gehörte mit zu dem Reiz, von dem sie nichts zu ahnen schien. Er atmete tief durch, um den Anflug von Versuchung loszuwerden, und war wider alle Vernunft fest davon überzeugt, daß sie sich nicht wehren würde, wenn er jetzt die Hände um ihre Taille legte. «Wir haben uns nicht das letzte Mal gesehen, Frau Thayer.»

«Wenn Sie meinen», erwiderte sie, aber der gleichgültige Ton mißlang ihr gründlich.

«Denn eine Auskunft sind Sie mir schuldig geblieben: Warum haben Sie sich so schnell auf einen Verdächtigen konzentriert?»

«Das werden Sie von mir nie erfahren.»

«Können Sie nicht, dürfen Sie nicht oder wollen Sie nicht?»

Sie zuckte nur die Schultern und straffte sich, und diese Bewegung ärgerte ihn plötzlich: «Ich werde es herausfinden, Frau Oberkommissarin.»

Es hatte wohl wie eine Drohung geklungen. Sie wich einen Schritt zurück und sagte unnötig laut: «Gut! Bei der Gelegenheit können Sie mir dann auch endlich verraten, womit Sie Ihre Frau nach Södjen vertrieben haben – nein, nein, Ihre Freundin und diese Lebensversicherung habe ich nie als Motiv aufgefaßt. Für so dumm und unüberlegt habe ich Sie nie gehalten.»

«Vielen Dank.»

«Das Motiv für den Mord liegt in der Vergangenheit. In Ihrer oder in Ihrer gemeinsamen Vergangenheit.»

«Wenn Sie davon überzeugt sind – warum haben Sie mich nie danach gefragt?»

Jetzt sprühte sie vor Zorn: «Weil Sie, der ehemalige Leiter einer Mordkommission, sicher waren, daß ich es nicht finden würde. Sonst hätten Sie nicht gewagt, Ihre Frau umzubringen.»

«Dummes Zeug. Eine mehr als alberne Ausrede.»

«So? Ihre Meinung interessiert mich nicht!» fauchte sie.

«Sollte es aber!» parierte er trocken. «Ich habe in meinem Leben genug dienstliche Beurteilungen geschrieben, um in einem Punkt sicher zu sein: Mit dem Benehmen, das Sie mir gegenüber an den Tag gelegt haben, hätte kein Vorgesetzter Sie je zum Kommissarslehrgang empfohlen. Also unterstelle ich, daß Ihr merkwürdiges Verhalten mit diesem speziellen Fall zu tun gehabt hat.»

Seine Worte trafen, sie wurde blaß und wich unmerklich, fast zentimeterweise, Richtung Tür zurück.

«Bin ich der Anlaß? So weit mir bekannt, haben wir uns nie vorher gesehen oder gesprochen. Also muß es mit den anderen Personen oder den Umständen des Falles zusammenhängen – richtig?»

«Ich hätte nie, nie, nie in dieses Haus kommen dürfen», explodierte sie, und bevor er sich nach ihrem völlig überraschenden Wutausbruch gefangen hatte, krachte die Haustür ins Schloß. Wie ein lärmiges Ausrufezeichen nach einem wichtigen, lauten Satz.

## KAPITEL 4

Am nächsten Abend hatte er das Gerümpel getrennt. Alle Schränke, Regale, Abseiten, Fächer und Kammern waren leer, 22 prall gefüllte Müllsäcke standen vor der Haustür, neben ihnen alle Kartons aus der Garage, dazu mehrere Säcke, die er im Keller aufgestöbert hatte, und zusätzlich drei der großen Holzkisten, die er mit viel Mühe vom Dachboden heruntergeschleppt hatte. Das Gästezimmer im Erdgeschoß war praktisch nicht mehr zu betreten, entlang der Wände stapelte sich, was er nun Stück für Stück lesen, beurteilen, nach einem Hinweis durchforsten mußte. Gesines Schlafzimmer hatte er allerdings bis jetzt ausgespart. Seine Muskeln protestierten, alle Gelenke schienen zu knirschen, und unter der Dusche gurgelte anfangs eine grauschwarze Brühe in den Abfluß. Die Haare mußte er sich zweimal waschen, und vor dem Fernseher schlief er ein.

Weil das Telefonbuch keine vernünftige Adresse hergab, wählte er Kroppjahns Nummer, der sich am Telefon ganz unbefangen benahm. «Auf die Müllhalde – hm, Moment mal – rufen Sie am besten den jungen Andersen an, Gerold Andersen.»

«Andersen, Andersen – das ist doch der Hof hinter der Wuhle?»

«Genau. Gerold erledigt so was.»

«Danke, Herr Kroppjahn.»

Gerold Andersen schien es die Sprache verschlagen zu haben, er mußte seinen Wunsch wiederholen, bis Andersen, stotternd und sich verhaspelnd und rumdrucksend, endlich versprach, in eineinhalb Stunden «das Zeugs» abzuholen und auf die nächste Kippe zu bringen.

«Gegen Bezahlung natürlich, Herr Andersen.»

«Ja – ja – gut...»

Nachher stand er am Zaun, rauchte und starrte Richtung Westen. In der Nacht hatte es keinen Frost gegeben, aber die Felder lagen wie unter graubrauner Starre. Der Himmel war bezogen, so bleiern wie die See, und im Laufe des Tages würde er sich senken, bis alles seine nebligtrübe Farbe angenommen hatte. Krähen flogen mühevoll und lautlos von den Feldern auf. Die einsame Stille lastete wie ein Gewicht auf allem Lebenden.

Mit «Wuhle» bezeichneten die Södjener eine kleine, längliche Senke im Westen von Haus Geese. Ein winziger Bach floß auf dem Grund, eher ein Rinnsal, und vor Jahren hatte ein unternehmungslustiger Bauer dort Fischteiche angelegt. Mit der ausgehobenen Erde wurden Dämme geschüttet, vier Stück, quer durch die Wuhle. Den Wasserstand regelten vier einfache Wehre, die mühsam hoch- und runtergekurbelt wurden. Es war alles recht primitiv, die Bohlenwege und die Geländer auf den Dämmen, der mit Bauschutt aufgefüllte Zufahrtsweg. Denn zu einem Geschäft entwickelte sich die Fischzucht nicht, die Erträge blieben weit hinter den Erwartungen zurück. Ob es an den vermodernden Teichgründen lag oder an den wuchernden Wasserpflanzen oder schlicht daran, daß nicht genug Frischwasser zufloß – die Anlage verfiel von Jahr zu Jahr mehr. Mitte Januar hatte Dauerfrost eingesetzt, alle vier Teiche waren fest zugefroren, bis weit in den März hinein, so hatte er es im Prozeß mehrfach gehört. Bis Ende März schmolz dann das Eis, und an einem der ersten Apriltage entdeckte Gustav Andersen, der die Teiche für ein Ei und Butterbrot gepachtet hatte und die Winterschäden inspizierte, einen schwammig-weichen, fleischigen, verwesenden Gegenstand im zweiten Teich, einen so schrecklichen und widerlichen Gegenstand, daß er ihn nicht aus dem Wasser zog, sondern Kroppjahn holte.

Die Polizei barg die Leichenteile, zum Schluß den schon halb zerlegten Rumpf mit dem Schädel, der auf einer Seite alle Weichteile verloren hatte. Die wenigen langen Haare deuteten auf eine

Frau hin, aber eindeutig identifiziert wurde Gesine erst durch das Gebiß.

Andersen hatte den Zufluß gesperrt und alle Teiche abgelassen, alle Fische vertrieben oder getötet. Die Södjener halfen ihm dabei ohne Worte. Als Andersen dann ein Spezialunternehmen bestellte, um den Modder auszubaggern, war im «Krug» wieder wortlos Geld gesammelt worden. Zwei Fachleute vom Landeskriminalamt beteiligten sich an den Räumungsarbeiten und griffen ein, als der Bagger im zweiten Teich zwei Eisenteile ans Licht hob, zwei Felgen von Autoreifen, an denen noch Stoff-Fetzen hingen. Der Mörder hatte ein Bettlaken in Streifen zerrissen und die Gewichte an die Leiche gebunden.

Die Todesursache ließ sich nicht mehr feststellen. Auffällig war der gebrochene linke Unterarm, was auf einen Kampf hindeuten mochte, aber Wasser, Fische und Modder hatten zu viele Spuren beseitigt, um den Tathergang schlüssig zu rekonstruieren. Die Fettwachsbildung entsprach wohl einer Verweilzeit von rund drei Monaten im Wasser, aber viele Fragen blieben ungeklärt.

Er hatte sich mit Dr. König sofort darauf geeinigt, diese Unklarheiten nicht zu benutzen. Gesine war am 31. Dezember vormittags lebend gesehen worden, und er hatte, als er sie bei Kroppjahn als vermißt meldete, aus freien Stücken zugegeben, am 1. Januar gegen Mittag im Haus Geese gewesen zu sein. Es kam also darauf an, entweder einen Zeugen aufzutreiben, der Gesine *nach* dem 1. Januar mittags noch lebend getroffen hatte, oder herauszufinden, mit wem Gesine *zwischen* der Feuerwerksszene vor Peddersens Supermarkt am 31. Dezember und seinem Eintreffen im Haus am 1. Januar zusammen gewesen war.

Beide Versuche endeten in Sackgassen. Weil Dr. König den Verdacht nicht loswurde, die Mordkommission habe arg lasch gearbeitet, holte er Kroppjahn in den Zeugenstand.

*Verteidiger:* Herr Kroppjahn, wollen Sie wirklich behaupten, ausgerechnet in der Silvesternacht sei kein Södjener auf der Straße gewesen?
*Zeuge:* Nein, nein, da hätten Sie mich mißverstanden. Sehen Sie, die meisten Familien haben im ‹Krug› gefeiert, bis Mitternacht.

Dann wurde angestoßen, und die Kinder haben danach ihre Raketen abgefeuert und die Kracher geworfen.
*Verteidiger:* Sie waren ebenfalls im ‹Krug›?
*Zeuge:* Ja, bis Mitternacht, dann bin ich gleich nach draußen, um zu verhindern, daß dieses Junggemüse Schaden anrichtet.
*Verteidiger:* Na schön. Aber die anderen Gäste aus dem ‹Krug› – die sind doch in der Nacht wenigstens nach Hause gegangen.
*Zeuge:* Ja und nein, Herr Dr. König. Sehen Sie, am 1. Januar hat Uwe Tackenberg Geburtstag. Es hat sich so eingebürgert, daß Albert Busche – der Krugwirt – an Silvester kurz nach Mitternacht alle Gäste auf die Straße setzt, damit die fünf Freunde Tackenbergs Geburtstag feiern können.
*Verteidiger:* Wer bitte? Die fünf Freunde?
*Zeuge:* Ja. Albert Busche, der Wirt. Jens Peddersen – er hat den Supermarkt in Södjen. Erwin Allers, Malermeister. Gustav Andersen, der den Andersenhof bewirtschaftet, und Uwe Tackenberg, von der Sparkasse. Die fünf sind seit der Schulzeit eng befreundet und feiern bis in den 1. Januar hinein.
*Verteidiger:* Was heißt ‹feiern›?
*Zeuge:* Nun ja, ganz offen gesagt – es endet regelmäßig in einem Riesenbesäufnis. Früher haben die fünf noch mächtig rumkrakeelt, aber inzwischen sind sie auch in die Jahre gekommen, also, am nächsten Morgen gibt's im ‹Krug› fünf Bierleichen... Entschuldigung, das wollte ich nicht...
*Verteidiger:* Schon gut, Herr Kroppjahn. Und wegen dieses – hm – traditionellen Besäufnisses gehen die Södjener früh nach Hause?
*Zeuge:* Ja, so ist das. Albert – also der Krugwirt – macht spätestens um halb eins dicht. Die Leute kennen das schon alle und gehen deswegen freiwillig. Ich würde denken, um eins ist kein Södjener mehr unterwegs.
*Verteidiger:* Sie auch nicht?
*Zeuge:* Nein. Ich hab noch ein Auge auf ein paar Jugendliche, die mit dem Alkohol nicht so klarkommen. Sobald die im Haus verschwunden sind, haue ich mich auch in die Koje.

Kroppjahns Aussage wurde von mehreren Zeugen bestätigt. Um ein Uhr am ersten Tag des neuen Jahres lag das Dorf im bierseligen

Schlummer, ausgenommen die fünf alten Schulfreunde, die sich in einem Nebenzimmer des «Krugs» kräftig die Lampe begossen und nachher die schönen Gästezimmer benutzten oder auch beschmutzten, um ihren Rausch auszuschlafen. Zum letztenmal war das Dorf vor acht Jahren von dieser Routine abgewichen, als die Scheune des Marckhoff-Bauern in Flammen aufging, wobei nie geklärt wurde, ob's wirklich ein Feuerwerkskörper oder nicht doch ein heißer Abbruch des hoch verschuldeten Marckhoff-Bauern gewesen war.

Bei der weiteren Vernehmung schilderte Kroppjahn, daß er am 12. Januar im Haus Geese den Zettel gefunden habe, den der Angeklagte laut eigener Aussage am 1. Januar für seine Frau hinterlassen habe. Der Staatsanwalt höhnte nur, er habe schon bessere Ablenkungsmanöver erlebt – wann habe denn der Angeklagte diesen Zettel wirklich und nachweisbar geschrieben? «Bitte nicht so plump, Herr Dr. König.»

Er hatte oft genug als Zeuge ausgesagt, um den leicht verschleierten, ein wenig unfreundlichen Blick des Vorsitzenden zum Ankläger hin richtig zu deuten. Die forsche Selbstsicherheit des Staatsanwaltes paßte nicht zur Dürftigkeit seiner Beweise, und diese Diskrepanz begründete die Zweifel des Gerichtes, die ihn retteten. Auch Dr. König war das Intermezzo nicht entgangen, und in den folgenden Tagen hatte er mehrfach mit Erfolg den Staatsanwalt herausgefordert.

Gerold Andersen war ein großer, breitschultriger Mann mit weizenblonden Locken und blauen Augen. Er mochte Anfang Dreißig sein, bewegte sich aber so bedächtig wie die alten Männer des Dorfes.

«Du meine Güte!» brummte er beim Anblick der Müllsammlung.

«Soll ich Ihnen beim Aufladen helfen?»

«Nein danke, das schaffe ich schon.» Sein Unimog war lehmverschmiert, wie seine hohen Gummistiefel. In dem grobgestrickten Pullover hatten sich Strohhalme verfangen. Er hob die schweren Säcke wie leichte Tüten hoch, mit viel Kraft und noch mehr

Geschicklichkeit. Den Hunderter, den Wegener ihm anbot, nahm er ohne Verlegenheit: «Das reicht noch für eine nächste Fuhre.»

Der Unimog hustete, knallte und stank nach falsch eingestelltem Motor. Wegener rümpfte die Nase.

Absichtlich fuhr er auf einem Umweg nach Norden, über Kappeln und Gelting Richtung Flensburg. Er mußte niemandem Rechenschaft über verbummelte Zeit ablegen, eine merkwürdige Erfahrung, an die er sich noch immer nicht gewöhnt hatte. Ohnedies dämpfte das graue Licht aus dem horizontlosen Himmel alle Eile; er mochte diese Landschaft nicht, dieses zahme, wellenlose Meer. Alles schien so abgemildert, blutarm, temperamentslos, und wenn er diese Gegend einmal schön fand, im Sommer, mit gleißend-blauem und unendlich hohem Himmel und dicken, weißen Wolken, packte ihn die Sehnsucht, nach Süden in die Hitze zu ziehen. Jetzt war die Natur leer, kalt und unfreundlich gegen jedermann, der sie nicht vorbehaltlos liebte.

Einmal hielt er an, um Kaffee zu trinken. Er war der einzige Gast, die Bedienung kehrte ihm den Rücken zu und lehnte sich auf die Theke, um ein Zeitschriften-Rätsel zu lösen. Der kurze Lederrock enthüllte zu dicke Oberschenkel bis zum Slip; er wechselte den Platz.

Gesines Elternhaus lag im vornehmen Teil der Stadt, ein graues, hohes Haus, das trotz der Sprossenfenster und des wilden Weines abweisend wirkte. Zur Straße sperrte es sich durch eine meterdicke Buchsbaumhecke ab, die einen festen Maschendrahtzaun verbarg. Das Dach war mit dunkelbraunen Ziegeln gedeckt, und als er an der Gegensprechanlage klingelte, fiel ihm ein, daß er schon bei seinem ersten Besuch gedacht hatte, Gesines Eltern müßten Angst vor Farben haben.

«Ja, bitte?» Der Lautsprecher quäkte.

«Guten Tag, hier ist Achim Wegener. Ich möchte mit Herrn Hellbich sprechen.» Die lange Pause überraschte ihn nicht, auch nicht das zögernde, gestotterte «Einen Moment bitte».

Daraus wurden fünf Minuten; aus Spaß schaute er mehrfach auf die Uhr. Den Kampf, der sich gerade im Haus abspielte, konnte er sich gut vorstellen. Adelheid Hellbich trotzte, schimpfte, drohte und weinte, «Dieser Mörder tritt mir nicht über die Schwelle!»;

Egon Hellbich, dicklich und schwammig, gutmütig bis zur Feigheit, war hin- und hergerissen zwischen seiner vergötterten Frau, die er nicht mehr liebte, der er aber deswegen gehorchte, und dem, was Anstand und gesellschaftliche Regeln geboten, nämlich den Ex-Schwiegersohn einzulassen, den ein ordentliches Gericht immerhin von der Anklage des Mordes freigesprochen hatte. Er würde siegen, er war, wenn es darauf ankam, stärker als seine Frau, was sie genau wußte, aber vor sich selbst leugnete. Gesine wäre ein anderer Mensch geworden, wenn ihr Vater sich einmal zu der Verantwortung bekannt hätte, die seine Frau ihm wegnahm, um ihn zu beherrschen. Gesine hatte sich durch ihr skandalöses Benehmen gerächt, und die Hellbichs hatten erleichtert aufgeatmet, als die Tochter nach Hamburg zog. Und noch einmal, als der Schwiegersohn keine Lust verspürte, sich den Freunden, Bekannten und Verwandten der Familie vorzustellen.

«Achim? Hier ist Egon. Komm rein!» Der Öffner schnarrte, nach fünf Minuten und zwanzig Sekunden.

Egon hielt ihm die Haustür auf und streckte ihm die Hand entgegen. Sein Gesicht war gerötet, auf der Stirn glänzte ein dünner Schweißfilm, und der Händedruck fiel schwach aus, zu schwach für einen Mann, der sich gerade durchgesetzt hatte. «Komm doch rein!»

«Vielen Dank.»

Das Haus war groß, mit hohen Zimmern und stuckverzierten Decken, es atmete großbürgerliche Solidität und protzige Selbstsicherheit. Das Parkett glänzte makellos, aber er hätte es mit einem Teppichboden belegen lassen, um das kaum vernehmbare Knarren zu verhindern.

«Am besten gehen wir in mein Zimmer.»

«Natürlich.»

Sein Ex-Schwiegervater setzte sich rasch hinter den Schreibtisch, als brauche er den Schutz dieser Position. Vom Geschäft verstand er viel, das belegte schon der Erfolg seiner beiden Firmen, aber außer dem Geschäft interessierte er sich für nichts. Wegener hätte jede Wette darauf angenommen, daß Egon Hellbich seit Jahren keinen der hohen Bücherschränke geöffnet hatte, die jedes freie Stück Wand bedeckten. Kurz nach der Hochzeit hatte er einmal, als er allein in diesem Raum war, aus Neugier die Glastüren aufgezogen und die Buchtitel studiert. Nach 1956, als Gesines Großvater starb und ihr Vater mit diesem Zimmer auch das Geschäft erbte, war kein neues Buch dazugekommen. Ein echter, abgetretener Teppich, vier wuchtige Ledersessel um einen runden, schweren, geschnitzten Rauchtisch, und ein breiter Schreibtisch: Die Zeit hätte hier stillgestanden ohne die moderne Telefonanlage und den Personal Computer auf einem fahrbaren Metallgestell.

«Was kann ich für dich tun?»

Nun ja, vielleicht war es sogar vernünftig, die Sache geschäftsmäßig abzuhandeln. «Ich räume Haus Geese aus und bin auf zwei Merkwürdigkeiten gestoßen. Ich hoffe, ihr könnt mir helfen.»

«Merkwürdigkeiten?» Gesines Vater scheute Unübersichtliches.

«Ja.» Er nahm den Aktenordner hoch und schlug die Liste mit den Schmuckstücken auf, die Adelheid Hellbich so gierig wie eilig aus dem Nachlaß ihrer Tochter in Sicherheit gebracht hatte. «Als Gesine mich verließ, besaß sie sehr viel mehr Schmuck.»

Hellbich zuckte zusammen: «Willst du behaupten, daß die – daß die Aufstellung nicht korrekt – daß wir etwas unterschlagen...?»

«Unsinn!» widersprach er scharf. «Erstens waren Zeugen dabei, und zweitens würde sich Adelheid lieber die rechte Hand abhacken, als ihrem verhaßten Schwiegersohn die Chance bieten, sie des Betrugs zu zeihen.» Nun lief der alte Mann zwar vor Verlegenheit rot an, aber entspannte sich gleichzeitig. Dabei nickte er mehrfach gewichtig, ein Hohlkopf, der sich aufblies. «Mit Sicherheit fehlen zwei Stücke, an die ich mich genau erinnere, dieses Smaragd-Kollier, das sie von der Großmutter bekommen hatte, und mein Hochzeitsgeschenk, Altsilber mit zehn Topasen.»

«Ja, wir – Adelheid hat noch mehr Stücke vermißt.»

«Hast du eine Ahnung, wo dieser Schmuck geblieben ist?»

«Nein.» Wenn er log, zog er normalerweise wie frierend die Schultern hoch, aber dieses Mal bewegte er sich nicht.

«War der Schmuck nicht versichert? Ich meine, dann könnten wir an Hand der Versicherungsunterlagen...»

«Gesine hat die Versicherung gekündigt, als sie nach Södjen ging.»

Das war eine Überraschung. «Und warum?»

«Keine Ahnung, Achim. Wir haben es erst nach Gesines – Tod von der Versicherung erfahren.»

«Hat sie den Schmuck verkauft?»

«Möglich. Aber gesagt hat sie uns nie etwas. Und du weißt ja, wir haben sie nie gern nach – nach solchen – Dingen gefragt.» Weil diese Schießbudenfiguren von Eltern die Wutausbrüche ihrer Tochter gefürchtet hatten; er nickte grimmig. «Also, damit's keine Mißverständnisse gibt: Ich habe den Schmuck nicht und habe ihn weder heimlich zur Seite geschafft noch unter der Hand verkauft.»

«Das haben wir auch nie vermutet.»

«Dann bleibt ja nur eine Möglichkeit: Sie hat Geld gebraucht.»

«Ich habe ihr doch genug gegeben.»

«So? Wieviel denn?»

Egon Hellbich faltete fest die Hände, bevor er antwortete: «Fünftausend im Monat.» Sein schlechtes Gewissen dehnte jedes Wort.

«Aha! Mehr nicht?» Der Hohn war gar nicht beabsichtigt, aber Hellbich fuhr wie nach einer Ohrfeige zurück: «Und zehntausend zu Weihnachten, in bar. Sie wollte keinen – nun ja, in bar.»

«Im Haus ist kein Geld gefunden worden.»

Der alte Mann schwieg und drehte sich zur Seite, er wich dem abschätzigen Blick seines Besuchers aus.

Als er Gesine in Hamburg kennenlernte, spielte sie, Roulette, Blackjack, Poker, alles was viel Risiko und viel Gewinn versprach. Sie spielte waghalsig, aber erstaunlicherweise nicht leichtsinnig, es war durchaus nicht so, daß gewiefte Pokerspieler sie rupfen konnten; mit ihr hatte mancher Profi sein blaues Wunder erlebt. Jeden versuchten Betrug schien sie im voraus zu wittern, und wenn sie zum Beispiel beim Roulette eine Pechsträhne erwischt hatte, hielt sie sich mit ihren Einsätzen zurück. Alles in allem gehörte sie zu den seltenen Spielern, die unterm Strich Gewinn einstrichen, vielleicht weil sie trotz ihrer Verschwendungssucht einen ausgeprägten Sinn für Geld behalten hatte. Vor allem konnte sie aufhören!

Zu Anfang hatte ihn diese Fähigkeit fasziniert, die fremde Umgebung, die falsche Großzügigkeit, mit Geld umzugehen. Später wurde ihm klar, daß es ihr gar nicht um den Gewinn ging – wie sie auch Verluste klaglos wegstecken konnte –, sondern um das Spiel, die Spannung, den Reiz, den Prickel der Aufregung. Und noch später beobachtete er sie genauer, schon abschätziger, da kannte er bereits dieses Blähen der Nasenflügel, den merkwürdig starren Blick, der sie für Sekundenbruchteile schielen ließ, diesen kurzen Schnaufer, unmittelbar nachdem sich ihre Hand wie zufällig unter den Tisch, unter den Rock oder in den Stoff ihrer weitgeschnittenen Hosen verirrt hatte. Die Augäpfel kehrten in ihre normale Lage zurück, die Schultern sanken, sie streckte ihre Brust vor, und wenn sie eine enge Bluse trug, konnte er verfolgen, wie ihre steifen Brustwarzen wieder erschlafften.

«Du meinst also, sie hat wieder gespielt?»

«Kannst du dir was anderes vorstellen?»

Hellbich schüttelte müde den Kopf und stemmte sich hoch: «Hast du schon gegessen?»

«Nein, aber ich habe auch keinen Hunger, danke.»

«Einen Kaffee schlägst du nicht aus?»

Beinahe wäre ihm herausgerutscht: «Was sagt denn die liebe Adelheid dazu?», aber im letzten Moment besann er sich: «Nein, den nehme ich mit Vergnügen.»

Langsam, ein verbrauchter alter Mann, schlurfte Hellbich zur Tür und drehte sich dort um. Sein Lächeln fiel kläglich aus: «Du hast mächtig abgenommen.»

«Ja», sagte er nur und lauschte dann auf die Stille. Es gab eine Verblendung, die schließlich nur noch Mitleid auslöste, wenn sich die Verachtung erst einmal gelegt hatte. Ob das Paar jemals den Mut aufgebracht hatte, voreinander einzugestehen, was aus ihrer Tochter geworden war? Und wer dafür verantwortlich war? Er holte seine Zigaretten heraus. Egon Hellbich bestand – oder verlor – gerade die zweite Auseinandersetzung mit seiner Frau. Mauern und Türen waren selbst für Adelheids Geschrei dick genug.

Er stellte sich ans Fenster und schaute über die Terrasse auf den großen Garten mit dem riesigen, jetzt abgedeckten Swimmingpool, als es laut klopfte. Ein junges Mädchen rollte einen Servierwagen herein. «Guten Tag», flötete sie, und etwas an ihrem Tonfall veranlaßte ihn, sie schärfer anzusehen, während er sich wieder setzte.

«Guten Tag», erwiderte er mit flacher Stimme. Sie mochte Anfang Zwanzig sein, hatte ein ganz hübsches Gesicht mit einem ordinären Zug um den Mund; ihre Augen funkelten zu kokett, ihr schwarzes Kleid war eine Spur zu eng und zu kurz, ein Knopf zuviel stand offen. Als sie den Wagen vor ihn bugsierte, bückte sie sich ein wenig zu tief, so daß er ihr in den Ausschnitt sehen mußte. Wenn überhaupt, trug sie einen winzigen BH.

«Ich heiße Margareta.» Dabei lachte sie lautlos; es sollte wohl vertraulich wirken, geriet aber frech: «Und Sie sind Herr Wegener.»

«Der ungeliebte ehemalige Schwiegersohn, ja.»

Sie griff zur Kanne, um seine Tasse vollzugießen, und wieder wurde ihm ein tiefer Einblick offeriert: «Über Sie wird viel geredet, hier im Hause, meine ich.»

«Ach, wirklich?»

Wieder nickte sie, dreist und verstohlen zugleich. «Manches bekomme ich ja mit.»

«Aha, ja? Was denn?»

«Wollen Sie das wirklich hören?» Jetzt piepste sie und musterte ihn aus harten Augen.

«Ich glaube schon. Würde es sich denn lohnen?»

«Ich glaube schon», imitierte sie ihn.

«Dann schießen Sie mal los!»

«Nicht hier!» flüsterte sie und fuhr sich mit beiden Händen durch die Haare. «Kastenfeld 12. Ich heiße Novak.» Damit machte sie kehrt und wirbelte aus dem Zimmer. Er verzog den Mund.

Egon brauchte noch eine halbe Stunde, und als er mit gesenktem Kopf ins Arbeitszimmer schlich, wußte Wegener, daß Adelheid die zweite Runde gewonnen hatte. «Tut mir leid, Achim...»

«Vergiß es! Ich kenne deine Frau. Vielleicht wird sie eines Tages aufwachen und sich keine Illusionen mehr über die kleine Hure machen.»

«Bitte, Achim!» Welch kläglicher Protest.

«Gesine hat bis zu ihrem zwanzigsten Lebensjahr in diesem Haus gelebt. So blind könnt selbst ihr nicht gewesen sein, um nicht mitzukriegen, daß sie nicht mehr sauber tickte – nein, laß nur, ich find allein hinaus.»

Die Küchentür öffnete sich einen Spalt, die Kleine schaute ihn fragend an, und als er ihr zublinzelte, formte sie mit den Lippen: «Fünf Uhr.»

Punkt 17 Uhr hielt er vor der tristen Mietshauszeile. Eine Laterne spendete gerade genug Licht, um in dem fahlen Dunst, der sich herabgesenkt hatte, den Eingang Nummer 12 zu erkennen. Seufzend stieg er aus. Die Kleine schien ziemlich gewitzt, und er hatte eine recht genaue Ahnung von dem, was ihn erwartete.

Ihre Wohnung lag unter dem Dach; sie hatte durch den Spion gelinst und öffnete gerade so weit, daß er sich hineinzwängen konnte. Ihre Heimlichkeit steckte an. Geräuschlos verriegelte sie sofort die Tür. Seine Vorstellung hatte nicht getrogen. Sie trug weiße Sandalen mit abenteuerlich hohen Absätzen, einen weißen Tanga und einen weißen Spitzen-BH. Von hinten sah sie wie nackt aus, der Tanga-Streifen verschwand zwischen ihren hohen, schmalen Pobacken, und das Rückenteil ihres BHs bildete nur einen waagerechten hellen Strich auf brauner Haut. In der Diele brannte eine matte Kugel, und das Zimmer war so eingerichtet wie bei tausend anderen Freischaffenden auch: ein großes Bett, eine mit einem roten Tuch verhüllte Lampe, und auf dem Toilettentisch zwei alte Puppen und ein zerknautschter Teddybär. Die dichten Vorhänge hatte sie zugezogen, und die Heizung lief auf vollen Touren. In der Wärme empfand er ihr Parfüm als aufdringlich.

«Zweihundert für eine Stunde?» fragte sie sachlich.

«Ich will nicht bumsen.»

«Aber ich muß abliefern.»

Na schön, das Argument überzeugte. Er gab ihr das Geld und zog die Jacke aus. «Hast du einen Schluck zu trinken? – Keinen Alkohol, wenn's geht.»

«Sofort.» Sie verschwand und kam mit zwei Limonadendosen

zurück, hockte sich mit gekreuzten Beinen auf das Bett und musterte ihn ungeniert.

«Ausgerechnet Hausmädchen?» stichelte er.

«Sie zahlen gut, die Arbeit läßt sich ertragen, und für die Sitte ist es eine prima Tarnung.»

«Okay, stimmt. Was wolltest du mir erzählen?»

«Ich hab im vorigen Jahr, im März, bei den Alten angefangen und diese Gesine drei- oder viermal gesehen, wenn sie ihre Eltern besuchte. Hast du sie umgebracht?»

«Nein.»

«Egon glaubt das auch nicht, aber Adelheid ist fest davon überzeugt. Na, meinetwegen. Diese Gesine hatte einen Dachsparren locker. Oder auch mehrere. Wußtest du, daß sie kokste?»

«Was? Nein!»

«Und wie! Dann ging sie sexuell ab wie eine Rakete, völlig wurscht, ob mit Männern oder Frauen. Gleich am ersten Wochenende ist sie zu mir ins Zimmer gewankt, und ich mußte es ihr besorgen. Gegen Bares, versteht sich.» Sie trank, es gluckerte unanständig laut. «Und dann hat sie mir einen Schnief angeboten, aber so verrückt bin ich nicht.»

«Woher bekam sie das Kokain?»

«Das weiß ich nicht, und das wollte ich auch nicht wissen. Ich bin nicht lebensmüde, verstehst du? Das letzte Mal habe ich sie Weihnachten gesehen, am Heiligabend. Sie trudelte so am späten Nachmittag ein und legte sofort eine schaurige Szene hin.»

«Wieso denn das?»

Unvermittelt grinste sie häßlich. «Sie brauchte Geld. Viel Geld. Mehr, als sogar Egon der Beschränkte ausspucken wollte.»

«Wieviel Geld?»

«Monatlich zehntausend. Zusätzlich, versteht sich.» Seinem abschätzigen Blick hielt sie stand. «Natürlich hab ich gelauscht. Aber nicht alles verstanden, die Türen sind verdammt dick. Die Brüder wären wieder draußen und wüßten alles und setzten ihr jetzt die Daumenschrauben an.»

«Ach nee!» fuhr ihm heraus. Er bereute es sofort, weil sie ihn verschlagen anglänzte: «Sagt dir das was?»

Verraten hatte er sich nun schon, und deswegen mußte er aufpassen, daß sie nicht auf dumme Gedanken kam. Sie schien skrupellos genug zu sein, für Geld allerhand zu riskieren. «Ja, das sagt mir was. Die Brüder – hast du einen Namen gehört?»

«Nein», giftete sie. «Namen hat dein verrücktes Weib nicht genannt. Die Alten wollten auch mehr erfahren, aber sie ist so schön hysterisch geworden und hat nur noch sinnloses Zeug gekreischt.»

«Schade», bedauerte er gedehnt.

«Danach hat sie gesoffen wie ein Loch. Ich dacht, ich könnt mir was dazuverdienen, wenn ich Weihnachten schon in dieser Gruft arbeiten mußte, und bin nachts in ihr Zimmer. Aber kein Gedanke an fremde Hilfe, sie hatte ihren Dildo in Betrieb, Mann, ich kann dir sagen –» Sie brach ab, und für Sekunden erschien ein ehrlich erschrockener Ausdruck auf ihrem zu stark geschminkten Gesicht. «Wenn mein Freund nicht da ist, mach ich's mir auch lieber selber, aber so was Wildes, und dazu pausenlos – die ist doch verrückt gewesen. Völlig ausgerastet.»

«Nicht verrückt, sondern krank», berichtigte er nachdrücklich.

Sie zuckte mit den Schultern, der Unterschied interessierte sie nicht, und ein BH-Träger glitt ihr über den Oberarm. «Da war noch was. Irgendwann Anfang Januar klingelte es, und zwei Typen standen vor der Tür. Bei den Alten, meine ich. Zwei Typen, ich kann dir flüstern, da konnte einem armen Mädchen wie mir angst und bange werden.»

Diesmal hatte er sich besser in der Gewalt und markierte den Verwunderten: «Was soll das heißen?»

Mit dieser Reaktion hatte sie nicht gerechnet, ihre mißtrauischen Blicke verrieten, daß sie ihm die Harmlosigkeit nicht abkaufte: «Hör mal, ich erkenne zwei Knackis, wenn sie vor mir stehen.»

«Knackis? – Was wollten die denn bei den Hellbichs?»

«Von den Alten? Nichts. Sie fragten scheißfreundlich, ob sie Gesine Wegener sprechen könnten.»

«Meine Frau?»

«Deine Gesine, ja. Die Alten waren nicht zu Hause, und ich hab ganz schnell gesagt, Frau Wegener wäre schon wieder abgereist. Da meinte der eine, in Södjen wären sie schon gewesen, aber das

Haus dort wäre leer.» Sie runzelte die Stirn. «Ich wollt sie loswerden, die hatten beide so einen Blick, daß ich – na ja, also, und deshalb hab ich denen vorgeschlagen, sie sollten doch abends wiederkommen, dann wären die Eltern von Frau Wegener wieder zurück.»

«Und? Sind sie noch einmal gekommen?»

«Kann ich nicht sagen, ich hatte um vier Uhr frei. Wie heute.»

«Haben die Typen irgendwelche Namen genannt?»

«Nein. Vorgestellt haben die sich nicht.»

«Beschreib sie doch mal.»

«Mitte Dreißig, würd ich denken. Ganz bestimmt Brüder, sie sahen sich verboten ähnlich. Mittelgroß, dunkle Haare und dunkle Augen. Unangenehme Visagen. Irgendwie – na ja, eben gefährlich. Dem einen hing ein Augenlid so komisch runter.» Sie zog mit zwei Fingern ein Lid herunter, überlegte einen Moment und klatschte sich dann mit der flachen Hand auf den nackten Oberschenkel: «Ganz hohe Stimmen, richtig, die paßten gar nicht zu denen – wie große Kinder, es war zum Lachen, aber ich hab mich nicht getraut.»

«Nee», sagte er langsam und zwinkerte verständnislos, «nee, das sagt mir gar nichts.»

«Aber du hast doch eben...»

«Die Brüder Käster. Gesine, meine Frau – hat gespielt und die beiden alten Knacker total über den Tisch gezogen. Etwas abgelenkt. So wie du.» Er beugte sich vor und streifte mit dem Zeigefinger den zweiten BH-Träger herunter. «Die hatten nur noch Augen für – na ja, und als sie wieder zu sich kamen, waren sie sehr viel ärmer.» Vergnügt lachte er in sich hinein, die Geschichte war nur halb gelogen, und ihre ärgerlich-ungläubige Miene erregte seine Heiterkeit. «Aber das mit dem Koksen – da bist du sicher?»

«Natürlich!» schnappte sie.

«Davon habe ich nie etwas gemerkt.»

«Bullen sind zum Teil blind», murmelte sie abschätzig, aber er winkte ab: «Hör mal, ich bin Polizist.»

«Sag bloß, du hättest was gegen deine Frau unternommen?!»

«Ich hätt's mir zumindest überlegen müssen.»

Ein mißtrauischer Blick streifte ihn, sie grübelte. Um ihr Zeit zu lassen, bot er ihr eine Zigarette an, die sie geistesabwesend in den Mund steckte. Das liebe, nette Kind brachte die 10000 Mark, die Gesine zusätzlich pro Monat benötigte, ganz zutreffend mit einer Erpressung in Verbindung, und sie würde nicht eine Sekunde zögern, sich an eine Erpressung anzuhängen – wenn sie nur den Grund wüßte. Am liebsten hätte er sie jetzt massiv eingeschüchtert. So ein geldgieriges Hürchen konnte ihm schon mächtig in die Quere geraten. Jetzt war auch klar, warum sie ihn hierherbestellt hatte: Sie hoffte, er werde ihr freiwillig oder unfreiwillig den Grund für die Erpressung verraten.

Auf der anderen Seite war sie nicht gewitzt genug. Als sie die beiden Besucher so genau beschrieb, daß er sie sofort wiedererkannte, hatte sie ahnungslos den wichtigsten Trumpf bereits verspielt. «Anfang Januar» waren die Jensen-Brüder also hier in Flensburg aufgetaucht. Es konnte sich nur um Kurt und Ewald Jensen handeln, die Beschreibung paßte in allen Einzelheiten. Aber die Jensens hätten nicht riskiert, sich bei Gesines Eltern zu melden, wenn sie vom Tod Gesines etwas gewußt hätten. Und erst recht nicht von einem Mord, nein, sie mußten Gesine vermißt haben. Unterstellt, sie hatten zehntausend pro Monat verlangt: Dann war es gut möglich, daß Gesine zwei oder drei Monate schon gezahlt und dafür fast ihren ganzen Schmuck verkauft hatte. Für Dezember – oder Januar? – half Egon noch einmal aus. Und dann?

Zeitlich kam es hin. Sie hatten beide sieben Jahre bekommen. Reststrafenbewährung nach zwei Dritteln – na, eher nach Drei-Viertel-Verbüßung. Dann Gesine gesucht, ihr im Oktober/November die Daumenschrauben angelegt, zwei, drei Monate mit Erfolg. Aber wie hatten die Jensens es erfahren?

Und was hatte dieses kleine Hürchen veranlaßt, sich das Aussehen von zwei Männern zu merken, die es vor elf Monaten vielleicht eine, zwei Minuten an der Haustür gesprochen hatte?

Er beugte sich vor und öffnete den BH-Verschluß. Sie fuhr zusammen, aus dem Nachdenken hochgeschreckt, schnaufte resigniert, wobei sie sich mit einer einzigen Bewegung den Tanga abstreifte, und streckte sich leise stöhnend auf dem Bett aus. Geschäft war halt Geschäft; er legte eine Hand auf ihre Schamhaare, und widerwillig spreizte sie die Beine. Gegen soviel demonstrative

Unlust half keine Erektion. Er kollerte und lehnte sich wieder zurück, griff nach hinten in die Jackentasche. «Eine Frage habe ich schon bezahlt: Ist Gesine nach Weihnachten, nach Heiligabend, noch einmal zu ihren Eltern gekommen?»

Ihr Blick hing an seiner Brieftasche: «Ich weiß es nicht genau. Ich bin ja nicht immer da, aber ich glaube nicht.»

Im Zeitlupentempo plazierte er einen Hunderter zwischen ihre Schenkel, die bereitwillig Platz schufen: «Du fragst die beiden Alten, ob diese Typen noch einmal zu ihnen gekommen sind.»

Ihr Blinzeln signalisierte Einverständnis, dann folgten ihre Augen dem nächsten Schein. «Wenn sie da waren, bekommst du heraus, wie sie hießen und was sie wollten.»

«Mach ich!»

Der dritte Schein wanderte. «Hat es noch so seltsame Besucher gegeben, die sich nach Gesine erkundigt haben?»

Mit einer Hand bedeckte sie die Scheine. «Krischan.»

«Wer ist Krischan?»

«Ich habe nur gehört, daß die Alte ihn so angeredet hat. Sie kennen sich offenbar schon lange, dieser Krischan muß auch bald sechzig sein oder so.» Es klang, als sei Alter ein persönliches Verschulden. «Er kam irgendwann im letzten April, die Leiche war schon gefunden, daran erinnere ich mich noch. Die Alte war wütend, als ich ihn ins Zimmer brachte, ich dachte, wir hätten uns klar genug ausgedrückt, daß wir dich nicht mehr sehen wollen, aber er machte auf höflich, das hätte er nicht vergessen, aber da wär was, was sie wissen müßten. Ich bin ganz langsam raus, weil ich – na ja, also, er redete weiter, aber ich mußte die Tür zumachen, und da hab ich nur noch mitbekommen, wie er sagte, diese Lehrertochter kann ganz schön Stunk machen, wenn wir nicht aufpassen. Tja, und dann war Sense, mehr hab ich nicht mitgekriegt.»

Das ergab nun gar keinen Sinn, er funkelte sie verärgert an, aber sie gab den Blick so offen zurück, wie sie konnte.

«Hast du verstanden, was das bedeutet?»

«Nee. Aber dieser Krischan ist noch drei- oder viermal bei den Alten gewesen, und einmal hab ich gehört, daß er gerade aus Södjen kam. Da war er ganz aufgekratzt.»

«Kannte dieser Krischan Gesine von früher?»

«Ich glaub schon ... richtig, beim zweiten Besuch war der Alte da, Egon, der pumpte sich richtig auf und motzte rum, es würd ihn nicht wundern, wenn Krischan seine dreckigen Finger auch an der Gesi gehabt hätte, dem könnten sie ja nicht jung genug gewesen sein, aber Adelheid fing an zu kreischen, Egon sollte seine schmutzige Phantasie für sich behalten, Krischan hätte sich immer als Gentleman benommen.» Sie lachte häßlich. «Aber Krischan wußte, wo die Glocken läuten, und als er ging, stopfte er mir einen Fünfziger in den Ausschnitt, aber ich dachte, mit diesem Arsch will ich nichts zu tun haben.»

Jetzt hörte sie sich sogar ehrlich an, aber er war nicht überzeugt, daß sie alles gesagt hatte. Leise seufzend, an sein Konto denkend, holte er den nächsten Schein heraus.

«Woher bekam Gesine das Kokain?»

Eine halbe Minute ging sie mit sich zu Rate. Ihre Fersen hingen jetzt auf beiden Seiten über die Bettkante hinaus. «Bist du noch immer ein Bulle, im Dienst, meine ich?»

«Ja», log er, «bis Mitte nächsten Jahres.»

Mit einer raschen Handbewegung zerknüllte sie den obersten Schein und legte die Kugel auf ihren Busen. «Nein.»

«Was heißt das?»

«Mit Rauschgift will ich nichts zu tun haben. Mein Freund schlägt mich tot. Er hat Bewährung.»

Soviel Ehrlichkeit hätte er ihr gar nicht zugetraut. Ausdruckslos nahm er den zerknüllten Schein zurück und berührte dabei absichtlich ihre Brüste. «Gut, wie du meinst. Wir sind im Geschäft. Ohne die letzte Frage.» Er streichelte ihre Brustwarzen. «Der Schein gehört dir, wenn du etwas über diesen Krischan herausbekommst.»

«Okay. Willst du nicht doch bumsen?»

«Nein.»

«Gefall ich dir nicht?»

«Bei mir rührt sich nichts.» Sie sah ihn merkwürdig an, und fast wider Willen fügte er eine Erklärung an: «Ich suche den Mörder meiner Frau.»

Während er in seine Jacke fuhr, kaute sie auf ihren Lippen. «Ihretwegen?» fragte sie schließlich unsicher.

«LEISE SEUFZEND ...

. . . an sein Konto denkend, holte er den nächsten Schein heraus.» Es hat eben alles seinen Preis – nur Informationen aus der Unterwelt nicht; da ist die Kalkulation besonders flexibel, hat man den Eindruck.

Ein Mann wie Wegener mag da getrost seufzen. Das entsprechende Konto muß er allerdings haben, sonst läuft gar nichts!

«Nein, meinetwegen. Ich bin nur aus Mangel an Beweisen freigesprochen worden. Und das ist noch schlimmer als Bewährung.»

Das Argument schien ihr einzuleuchten, sie setzte sich hoch und schob sich zurück, bis sie sich an das breite Oberteil lehnen konnte. «Machst du mir Ärger?»

«Wegen dem hier? – Nein. Ich komm noch mal vorbei.»

## KAPITEL 5

Aus dem Dunst war ein dünner, streifiger Nebel geworden, gegen den kein Fluchen half. Er mußte langsamer fahren, als seine Ungeduld ihn trieb. Das Licht der Scheinwerfer wurde in schnellerem Wechsel mal reflektiert, mal verschluckt, als seine Augen sich umstellen konnten. Auf der Straße hatte sich die Feuchtigkeit mit dem Dreck zu einem glitschigen Schmier verbunden, und als er zum erstenmal zu rutschen begann, siegte die Vernunft über seine Unruhe.

Kokain! Das erklärte vieles. Und die Brüder Jensen – es mußten die Brüder gewesen sein. Wenn die Katzenaugen links und die senkrechten Streifen rechts nicht leuchteten, konnte er allein auf dieser Welt sein.

Noch vor zwanzig Uhr rangierte er den Wagen in die Garage, erleichtert, die Fahrt heil überstanden zu haben. Und gleichzeitig in jener Hochstimmung, die er nur zu gut kannte: Der Jagdhund hatte Witterung aufgenommen. Es gab eine Spur...

Kurt und Ewald Jensen. Kurt war fast auf den Tag genau ein Jahr älter als sein Bruder. Ihr ganzes Leben hatten sie wie die Kletten aneinandergehangen; von «brüderlicher Liebe» zu sprechen hätte allerdings angesichts ihrer Jobs als Schläger, Zuhälter, Geldeintreiber, Bodyguards, Hehler, Kuriere und – so vermuteten wenigstens die Kollegen vom Rauschgift-Dezernat – als Dealer etwas eigenartig geklungen. Es war auch nicht so, daß einer den Ton angab oder den anderen bevormundete. Sie verstanden sich halt, vertrauten und konnten sich aufeinander verlassen, und in ihrem

Milieu zählte eine verläßliche Freundschaft sehr viel. Beide waren sie nicht übermäßig helle, aber längst nicht so primitiv-dumm wie die Mehrheit der Typen, mit denen sie auf dem Kiez täglich umgingen. Vor dem Gesetz besaßen sie keinen Respekt, wohl aber vor der Polizei, und als er sie festnahm, waren sie 32 und 31 Jahre alt, oft in Verdacht geraten, aber nicht vorbestraft. Und das wollte auf dem Kiez was heißen. Kurt lebte damals mit einer Frau zusammen, Vier-Zimmer-Wohnung im sozialen Wohnungsbau, und die Nachbarn wollten einfach nicht glauben, daß der nette Herr Jensen etwas auf dem Kerbholz haben sollte, «aber doch nicht Herr Jensen und sein Bruder».

Kurt Jensen schien über den Mordvorwurf ehrlich erschüttert. «Aber, Herr Kommissar! Nennen Sie mir einen vernünftigen Grund, warum wir den Kerl umbringen sollten!»

«Sie und Ihr Bruder waren in seiner Wohnung...»

«Richtig.»

«Sie haben ihn bedroht...»

«Stimmt!»

«... und Sie haben Kamphausen in die Mangel genommen.»

«Natürlich.»

«Na also, Jensen!»

«Nix na also, Herr Kommissar! Kamphausen hatte seine Schulden nicht bezahlt, schon das dritte Mal nicht, und wir haben ihn etwas verprügelt, damit er sieht, jetzt wird's ernst.»

«Bravo! Kamphausen hat sich gewehrt, aus der Prügelei wurde eine Schlägerei, und einer von euch hat mit der Champagnerflasche zugeschlagen.»

«Aber ich bitte Sie!» Jensen schien über den Gedanken, man könne ihnen ein so unprofessionelles Vorgehen unterstellen, entsetzter als über die drohende Anklage wegen Mordes oder Totschlags. «Deswegen sind wir doch zu zweit hingegangen. Mann Gottes, das war doch nicht das erste Mal. Ein bißchen Erfahrung dürfen Sie uns schon zutrauen. Wir lassen uns doch nicht von einem feigen, angetrunkenen Playboy überrumpeln, wir doch nicht, Herr Wegener.»

Er hatte Jensen, der seinen Blick unerschrocken ertrug, lange gemustert. Es war nicht einmal dreist gemeint. Jensen, ein Profi, appellierte an den Profi von der Kripo. Und was er bis jetzt herausgefunden hatte, stützte diese Version. Die Brüder waren mit dem eigenen Wagen vorgefahren, hatten offen die Wohnung Kamphausens betreten und eine Nachbarin, die an ihnen vorbei zur Treppe lief, sogar noch höflich gegrüßt.

«Wieviel war Kamphausen denn schuldig?»

«Fünfundfünfzig Riesen.»

«Und seit wann?»

«Seit drei Monaten.»

«Tja, Jensen, und wem?»

«Da wird's heikel, Herr Kommissar. Das werde ich nicht sagen.»

Mit einer anderen Antwort hatte er nicht gerechnet. Jensen mußte den Namen des Geldverleihers und Auftraggebers verschweigen, nicht aus Ganovenehre, die gab's nicht, sondern aus praktischen Erwägungen. Mister X hatte einen vertraulichen Auftrag erteilt. Der war schiefgegangen. Mister X erwartete von den Jensen-Brüdern, daß sie ihn jetzt schützten, auf keinen Fall in eine Mord- oder Totschlagssache hineinzogen. Sollten sie es wider Erwarten doch tun, würde er ihnen a) nicht helfen, b) jede Aussage bei der Polizei oder vor Gericht verweigern und c) dafür sorgen, daß sie auf dem Kiez keine müde Mark mehr verdienten. Ja, zum Kleingedruckten zählte noch ein vierter Punkt: Sollte Mr. X nachhaltigen Schaden erleiden, war er berechtigt, Kompensation zu verlangen respektive sich Schadenersatz auf eigene Faust zu verschaffen. Kurts Freundin zum Beispiel führte ein kleines, gut laufendes Lokal auf St. Pauli; dieses Objekt würde sich Mr. X gewaltsam aneignen, und die beiden «Freundinnen», die Ewald ablieferten, hätten künftig Mr. X «gehört».

Auch Ewald Jensen vertraute auf die Profi-Vernunft des Hauptkommissars: «Warum sollten wir den Dukatenesel umlegen?»

«Na, na, Dukaten. Kamphausen war doch pleite.»

«Nee, so können Sie das nicht sehen. Erstens hatte er diesen dicken Sportwagen, ganz abbezahlt. Zweitens diese Eigentumswohnung, na schön, noch Hypotheken drauf, aber unterm Strich gut und gerne sechzig Mille. Eine Menge Schmuck, allein diese Armbanduhr, die wir ihm gelassen haben, Herr Kommissar...»

Auch das war richtig. Ein Schweizer Modell, Platin und Weißgold-Gliederarmband, Neuwert beider Teile um die 18000 Mark. Aus der Wohnung war nichts gestohlen oder verschwunden.

«... und zum Schluß ein gut betuchter Papi.»

Darauf griente er ausdrucksloss, und Ewald hielt die Klappe. Er hatte ein gutes Gewissen, so verrückt das klang. Denn was war ihnen schon vorzuwerfen? Sie hatten nur einen Routine-Auftrag ausgeführt, ganz offen einen säumigen Zahler in seiner Wohnung aufgesucht, völlig unbekümmert, wer sie dabei beobachtete oder wen sonst sie in der Wohnung antreffen würden. Sie hatten das Objekt verprügelt und ihm den kleinen Finger der linken Hand gebrochen, nur zum Zeichen, daß es ernst wurde. Wenn Wegener die Augen schloß und die auffallend hellen Stimmen hörte, konnte er sich leicht zwei unreife Knaben in der Pubertät vorstellen: ohne Schuldgefühle, fast empört darüber, daß man ihnen nicht glaubte und sie wegen dieser ganz normalen Angelegenheit auch noch behelligte.

«Sehen Sie mal, wir haben sogar das Knöllchen bezahlt...»

Danach mußte er sich zusammenreißen, um nicht zu explodieren. Die Jensens hatten nach eigenen Angaben nur zehn Minuten für ihren «Auftrag» gebraucht und seelenruhig ihr Auto direkt vor dem Hauseingang abgestellt; einen Groschen in die Parkuhr zu werfen erschien ihnen überflüssig, sie würden ja gleich wieder wegfahren. Die Strafzettel schreibende Politesse hatten sie nicht bemerkt. Als sie zurückkamen, war ein Strafzettel unter den Scheibenwischer geklemmt, und als brave Bürger überwiesen sie den Betrag gleich am nächsten Morgen.

Harald Kamphausen war zwei Tage später gefunden worden, von seinem Vater, der mehr aus Zorn denn Unruhe den Hausmeister überredete, die Wohnungstür zu öffnen; sie war nicht verschlossen, aber ins Schloß gezogen. Die kriminaltechnische Untersuchung ergab, daß die Tür nie gewaltsam geöffnet worden war. Auch Dietriche schieden, wegen des Fehlens aller Spuren, so ziemlich aus. Der Kopf der Leiche sah scheußlich aus. Der Täter hatte eine volle Champagner-Flasche mit solcher Wucht auf Kamphausens Schädel niederkrachen lassen, daß die Flasche zersplittert war.

Kurt und Ewald gaben unabhängig voneinander zu Protokoll, daß sie über den Wohnraum nicht hinausgekommen seien. Ob sich zum Zeitpunkt der Abreibung, die sie Kamphausen verpaßten, noch eine andere Person in der Wohnung versteckt hielt, wußten sie nicht; es hatte sie nicht gekümmert und hätte sie auch nicht gestört.

«Sehen Sie, Herr Kommissar, wir wollen ganz offen sein. Deswegen haben wir ja die Knarre mitgenommen, verstehen Sie? Es sollte keiner auf die blöde Idee kommen, er müsse den Helden spielen.»

Unter den am Tatort gesicherten Fingerabdrücken waren auch die von Kurt und Ewald, der Polizei aus früherer erkennungsdienstlicher Behandlung der Brüder bekannt. Das Knöllchen, die Nachbarin, die sie sofort identifizierte – ein leichter Fall. Bis eben auf die unerschütterliche Behauptung der Brüder Jensen, Kamphausen habe zwar mächtig gewimmert und aus der Nase geblutet, als sie ihn verließen; es sei ihm aus körperlichen Gründen auch nicht mehr möglich gewesen, sie wie ein höflicher Gastgeber zur Wohnungstür zu begleiten. Aber tot, mit eingeschlagenem Hinterkopf? Nicht doch – lächerlich, albern, absurd.

Er hatte sich mit den Kollegen der Davidswache unterhalten, und deren Urteil fiel einhellig aus: Schläger – ja! Aber keine Auftragskiller. Und viel zu gewitzt, so plump einen Mord zu planen oder nach einem ungeplanten Totschlag einfach so zu tun, als sei nichts geschehen. Als den Jensens die Anklageschrift zugestellt wurde, fielen sie aus allen Wolken: «So blöd darf doch selbst ein Staatsanwalt nicht sein.» Gemeinschaftlich begangener Totschlag – sie äußerten massive Zweifel an der Vernunft der Justiz, sogar noch während der Verhandlung, und ihre krähenden Stimmen klangen so sehr nach altkluger Dreistigkeit, daß der Vorsitzende kochte.

Kurt und Ewald Jensen. Diesen Fall würde er nie vergessen. Jetzt brauchte er nur noch Bilder von den beiden. Vielleicht erinnerte sich jemand, wann genau diese beiden Schläger in Södjen herumgeschnüffelt hatten. Und wie intensiv sie sich nach Gesine erkundigt hatten. Kamphausen hatten sie einen Finger gebrochen. Gesine war der Arm gebrochen worden.

Mit diesem Gedanken schlief er ein, und im Traum plagte ihn Regines «Warum hast du das getan?» wieder so hartnäckig, daß er aufwachte. Er war müde und zugleich so aufgedreht, daß er genau wußte, er würde jetzt nicht mehr einschlafen können. Aber erst als er die Füße aus dem Bett geschwungen hatte, hörte er das leise, kratzende oder schabende Geräusch, das er unbewußt die ganze Zeit über vernommen hatte, nicht wirklich bedrohlich, aber doch fremd – nein, heimlich, wie ein schlechtes Gewissen.

Die Dunkelheit war undurchdringlich. Selbst nach einer Minute Gewöhnung sah er noch immer nichts. Er drehte den Kopf, aber auch vor dem Fenster hing die Schwärze wie Samt. Kein Stern, kein Mond, kein Licht über dem Dorf. Oder von Autos, die irgendwo, weit weg, fuhren. Das Schaben hörte auf. Er spürte eine Gänsehaut zwischen den Schulterblättern. Lautlos stand er auf, tappte auf nackten Füßen zur Tür, beide Arme weit vorgestreckt, erwischte auf Anhieb die Klinke. Vorsichtig zog er die Tür auf, trat auf den Flur, schlich zur Treppe. Wieder das Geräusch, als ob etwas geschliffen würde. Es kam eindeutig aus dem Erdgeschoß, doch aus welchem Zimmer? Die Treppe knarrte ganz leise unter seinem Gewicht. Plötzlich wieder Ruhe, nein, keine Ruhe, rhythmisch dumpfe Stöße – oder bildete er sich das nur ein? Er ging schneller, tastete sich eilig auf den Wohnraum zu, warum, das hätte er nicht begründen können, aber irgendwie war er plötzlich sicher, daß jemand versuchte, eine der Fenstertüren hochzuhebeln. Dann knackte es scharf; er stieß die Zimmertür auf und erstarrte. Vielleicht spielte ihm die Aufregung einen Streich, aber vor dem eine Spur helleren Hintergrund bemerkte er eine schattenhafte Figur, die sich mit einem Mal verdoppelte.

«Was willst du denn hier?»

«Das kann ich dich auch fragen.»

«Ich suche meine Freundin.»

«Ich auch.»

Was war das, ein Witz? – Dann begriff er. Die Lüftungsklappe in der Verandatür. Sie stand noch zur Hälfte offen, gerade weit genug, daß er das hastig-unterdrückte Flüstern verstehen konnte. Zwei Männer, die jemanden suchten – bei ihm? Glaubten die wirklich, hier hielten sich . . . ?

«Entweder sind beide drin – oder keine.»

Unendlich lange Sekunden verstrichen. «Meinetwegen.»

Er zwinkerte ungläubig, die Schatten verschwanden, jetzt identifizierte er auch die rhythmischen Stöße, schwere Schuhe auf den Steinplatten der Veranda – und dann Ruhe, eine Stille, die noch mehr an seinen Nerven zerrte. Viel, viel später sprangen weit entfernt zwei Motoren an, und danach schwindelte ihm vor Erleichterung.

Er machte Licht und schloß die festen, hölzernen Läden vor allen Türen und Fenstern des Erdgeschosses, kontrollierte zweimal, ob er von innen alle Riegel vorgelegt hatte. Den Rest der Nacht schlief er schlecht.

Das kalte Grau hatte sich verfestigt, der Tag würde nicht richtig hell werden, Horizont und Himmel waren nicht zu unterscheiden. Ein Tag für Depressionen. Seltsamerweise erschien er nicht so frostig, wie das Thermometer anzeigte. Null Grad.

Klaus Erdmann brummte und quengelte, als er endlich das Telefon abnahm: «Mann Gottes oder Weib Gottes, müssen Sie mitten in der Nacht anrufen?»

«Guten Morgen, Herr Erdmann, es ist kurz nach neun.»

«Sag ich ja, kurz nach Mitternacht. Wer spricht denn da?»

«Achim Wegener.»

Mit dem langen Schweigen hatte er fest gerechnet, auf Erdmanns Reaktion aber nur gehofft: «Gut, daß Sie sich mal wieder melden.»

Sie trafen sich um zwölf Uhr vor dem Eingang der Redaktion. Wegener war zuerst wie ein Irrer über die Autobahn gebraust und dann wie ein Verrückter durch die Innenstadt gekurbelt. Verkaufsoffener Samstag vor Weihnachten, ganz Hamburg schien zum Einkaufen in die City geströmt. Einen der vielen Nikoläuse hätte er beinahe umgefahren, als er mit Vollgas in eine frei werdende Parklücke wischte; der heilige Mann rettete sich mit einem preiswürdigen Sprung zur Seite und fluchte lästerlich; der Bart hing ihm im Nacken. Die Weihnachtsbäume schienen noch größer und bunter zu sein als im Vorjahr. Gegen das geschäftige Brausen rieselte «Stille Nacht, heilige Nacht» mit voller Pulle aus scheppernden Lautsprechern hernieder.

Erdmann gähnte, seine Nacht war kurz und feucht gewesen, aber als gewiefter Fotoreporter besaß er den siebten, achten oder neunten Sinn oder Riecher, der über jeden Brummschädel siegte.

«Haben Sie eine Spur?»

Sie liefen durch einen schmalen, hohen Gang auf den Aufzug zu. Das Bürogebäude war erschreckend still und leer, eine Oase der Einsamkeit nach dem Trubel vor dem Eingang.

«Bleibt das vorläufig unter uns?»

«Wenn ich die Story exklusiv kriege...»

«Versprochen! Zwei Typen vom Kiez, beide wegen Totschlags vorbestraft, haben sich Anfang Januar nach meiner Frau erkundigt.»

«Ach was!» So schnell war Erdmann nicht zu überraschen.

«Die Zeugen haben recht gute Beschreibungen geliefert, aber keine Namen nennen können. Deswegen möchte ich Bilder herumzeigen.»

Das Großraumbüro deprimierte. Keine Stimmen, keine klingelnden Telefone, alle Schreibmaschinen zugedeckt, die Bildschirme blind, aufgeräumte, fast ordentliche Schreibtische und leere Papierkörbe – nichts, was die billige Nüchternheit übertünchen konnte. Wie ausgestorben; ihre Schritte hallten unanständig laut.

Erdmann schloß sein Archiv auf. In der Redaktion galt er als schrullig und schwierig, weil er auf eigene Faust arbeitete, dienstliche Aufträge grundsätzlich vergaß, verschlief oder versiebte, jeden Nachmittag jedoch mit einer eigenen Geschichte eintrudelte, selten groß oder sensationell, aber immer druckbar, und meist um Bilder herum komponiert, die trotz der schlechten Druckqualität ins Auge fielen, ja, haften blieben. Die jüngeren Kollegen machten sich über das «Fossil» lustig, die älteren achteten ihn, worauf er allerdings wenig Wert legte. Eine Frau Mitte Dreißig, wortkarg und schwer gehbehindert, führte sein Archiv.

«An den Fall Kamphausen kann ich mich noch erinnern», knötterte Erdmann, routiniert die Karten eines Karteikastens durchblätternd. «Zwei Brüder, nicht wahr?»

«Kurt und Ewald Jensen. Je sieben Jahre wegen Totschlags.»

Darauf nickte Erdmann nur, zog eine Karte heraus und stellte die hintere hochkant. «Haben wir.» Mit gerunzelter Stirn studierte er die Eintragungen: «Reststrafen-Bewährung nach drei Vierteln. Gibt es eine Verbindung Kurt und Ewald Jensen – Harald Kamphausen – Gesine Wegener?»

«Gesine Hellbich, wenn schon», verbesserte er sachlich. Für die Hilfe des Reporters mußte er mit Informationen zahlen. «Theoretisch ist gut möglich, daß meine Frau vor der Ehe diesen Kamphausen gekannt hat.»

«Theoretisch?»

«Ich hab sie nie danach gefragt.» Was nicht einmal gelogen war, er hätte Gesine nicht fragen müssen, weil er es wußte.

«Dann woll'n wir mal!» Erdmann zog ein Fach auf, holte eine schmale Tüte aus einer Hängemappe und breitete die Bilder auf dem Tisch aus. Nur acht Bilder: Kurt und Ewald, recht gelungene Einzelporträts. Kurt und Ewald nebeneinander, nach dem Urteil vor dem Verhandlungssaal. Harald Kamphausen, allein. Neben seinem Vater. Im Kreise hübscher Mädchen. Als Leiche.

«Ich brauche nur die Porträts der Jensens.»

Erdmann studierte schon die zusammengehefteten Artikel, warf einen Blick auf die Rückseiten und brummte zustimmend: «Geht in Ordnung. Aber die Negative rücke ich nicht raus.»

«Die Abzüge reichen. Was bin ich schuldig?»

«Im Moment nichts und später . . .»

«. . . eine exklusive Story. Okay! Darauf einen Schluck?»

«Nee, lieber nicht.» Zum erstenmal lachte Erdmann ehrlich erheitert. «Nie wieder Alkohol.»

«Bis wann?»

«Mindestens bis 17 Uhr, höchstens bis 20 Uhr.»

«Dann verschieben wir's. Und vielen Dank.»

«Keine Ursache.» Das Schlitzohr blinzelte. «Die Jensens sind untergetaucht, nicht wahr?»

«Das weiß ich nicht. Wie kommen Sie darauf?»

«Ein Vögelchen mit kurzem Rock und langem Durst hat mir gezwitschert, daß sie sich verstecken müssen.»

«Ein herumflatterndes Vögelchen?»

«Nee, es sitzt im Nest.»

«Und wem gehört das Nest?»

«Dem lieben Attila.»

Sie musterten sich eine lange Zeit. Erdmann hatte viele Quellen und kam weit herum, das war bekannt, und er wurde an vielen Orten geduldet, weil er für niemanden den Spitzel machte.

«Als die Jensens diesen Kamphausen erschlugen, wollten sie angeblich Geld eintreiben. Natürlich haben sie nicht gesagt, für wen, aber Attila stand mit auf unserer Liste.»

«Aus dem Geschäft ist er raus.» Erdmann sagte es ganz nüchtern. Seine Information hatte er übergebracht, nun blieb es Wegener überlassen, was er daraus machte.

«Wir haben aber nie herausgefunden, warum sich Kamphausen soviel Geld geliehen hatte.»

Zwei, drei Sekunden sah Erdmann ihn zweifelnd an und sagte nüchtern: «Er soll seinen vielen Freunden nicht nur Potenz geliefert haben.»

«Sie meinen – Freundinnen?!»

«Sowohl als auch. Jedenfalls hatte er einen Lieferanten, ziemlich exklusiv, und das Zeugs soll über Skandinavien hereingekommen sein.»

«Das wäre mir neu, Herr Erdmann.»

Der Reporter zuckte nur die Achseln. Seine Warnung war deutlich genug gewesen. Wegener zwinkerte ihm zu und ging.

Die Autobahn war erstaunlich leer, und hinter Bordesholm hatte er sie praktisch für sich allein. Dafür erwartete ihn in der Kieler Innenstadt zum zweitenmal an diesem Samstag das reinste Chaos; er konnte erst am Wasser parken und mußte ein gewaltiges Ende zum Fotogeschäft zurücklaufen. Die Afro-Blondine kullerte ihre Augen, krauste die Nase und stöhnte: «Sie haben's bestimmt wieder eilig.»

«So ist es.»

Er würde schwören, daß die Wimpern wieder falsch waren, aber andere als beim erstenmal. Der Lippenstift paßte im Farbton exakt zum Nagellack, und als er sich vorbeugte, um ihr zuzuflüstern, kam sie ihm entgegen: «Zeit ist Geld, wissen Sie!» Ihr Parfum gefiel ihm, frisch und herb. Einen Moment sah sie ihn länger und fester an als nötig, so daß er schmunzelte. Daß sie tüchtig war, hatte sie schon bewiesen, und nun zeigte sie, daß sie auch die schöne Kunst des herzerwärmenden Flirtens beherrschte. Deshalb meinte sie auch den tiefen Seufzer ganz und gar nicht ernst: «Ihr Geld, bitte!»

«Je zehn Abzüge bitte.»

«Eilig, ganz eilig oder sofort?»

«Am liebsten sofort.»

«Dann versuche ich's mit Pola-Bildern. Sie können und dürfen warten.» In ihren Mundwinkeln zuckte es.

«Nach dem dritten Eilauftrag lade ich Sie zum Essen ein.»

«In einen Schnellimbiß, nicht wahr?»

Trotz der Eile leistete sie gute Arbeit, und während er das Wechselgeld einsteckte, beobachtete sie ihn so intensiv von der Seite, daß er bewußt trödelte. Sie hatte noch etwas auf dem Herzen.

«Entschuldigen Sie eine – eine aufdringliche Frage?»

«Ja, sicher.»

«Sie sind wirklich zufällig in mein Geschäft gekommen?»

«Ja», antwortete er verblüfft. «Rein zufällig. Mein Anwalt hat sein Büro gleich um die Ecke.»

«Ah, ja.» Ihre Verlegenheit wuchs sichtlich. «Sie wußten also nicht, daß ich mit Frau ... mit Frauke Thayer befreundet bin?»

Ihm ging ein Licht auf. «Nein. Denn dann wäre ich bestimmt nicht in Ihr Geschäft gegangen.»

Absichtlich hatte er grob gesprochen; ein schneller Blick streifte ihn, aber mehr forschend als ärgerlich. Noch kämpfte sie mit sich.

«Ich habe Ihrer Freundin übrigens die Bilder gezeigt, die Sie für mich entwickelt und abgezogen haben.»

«Ich weiß, sie hat's mir erzählt.» Mit den Gedanken war sie noch bei einer anderen Sache, so daß sie sein Erstaunen nicht bemerkte. Sieh mal an! Frau Oberkommissarin vertraute sich einer Freundin an. «Und wer sind diese beiden Männer?»

«Zwei Totschläger. Sie haben einen Mann umgebracht, mit dem meine Frau vor der Ehe ein Verhältnis hatte.»

Jetzt fuhr sie zusammen und sagte hastig: «Haben die beiden...?»

«Möglich.»

«Frauke hält Sie für den Täter.»

«Das weiß ich. Und nach meinem Freispruch ist sie doppelt sauer auf mich.»

«Sauer? – Nein, das ist nicht das richtige Wort.»

«Und welches wäre richtig?»

«Das kann ich nicht sagen.»

«Versuchen Sie's doch mal!» spottete er, aber das prallte an ihr ab. Hilflos hob sie beide Hände: «Sie wollte nicht nach Södjen raus, sie war ganz verzweifelt, und Sie müssen etwas gesagt oder getan haben, was Frauke völlig umgeschmissen hat.»

«Ich?»

Sein höhnisch zweifelnder Tonfall hatte sie nun doch erreicht, wütend fuhr sie ihn an: «Ja, Sie. Frauke kam zu mir und hat geheult wie ein Schloßhund.»

«Meinetwegen, Frau –? Entschuldigung, ich weiß nicht einmal Ihren Namen.»

«Korthaus. Ja, Ihretwegen.»

Sie war jetzt aufrichtig zornig, und deshalb beteuerte er nachdrücklich: «Wenn das so war, habe ich keine Ahnung, was Ihre Freundin so erregt hat. Das müssen Sie mir glauben.»

Doch dazu war sie nicht bereit, und als er das Geschäft verließ, war ihnen beiden klar, daß sie sich nicht wiedersehen würden.

Die Oberkommissarin Frauke Thayer wohnte in einem scheußlich gesichtslosen Hochhaus am Stadtrand. Alle Straßen und Bürgersteige waren vollgeparkt, und ohne die Farben der Autos hätte das vorherrschende Grau auch ihn deprimiert. Eine Siedlung für Selbstmorde. Er klingelte auf gut Glück und zuckte zusammen, als die Gegensprechanlage knackte: «Ja?»

«Frau Thayer? Hier ist Achim Wegener.»

Danach mußte er lange warten, bis sie antwortete: «Meinetwegen. Achter Stock.» Selbst der Öffner summte widerwillig.

Sie stand in der Wohnungstür und betrachtete ihn finster, als bereue sie inzwischen ihren Besuch in Södjen. Ihre langen Haare hatte sie achtlos hochgesteckt, die große Plastikzwinge saß abenteuerlich schief. Zu weiten, ausgebeulten Hosen trug sie ein flekkiges, buntes Flanellhemd, das ihr bis zu den Knien reichte. In diesem Aufzug gefiel sie ihm besser, weil sie darin nicht so jung, so kindlich-verletzlich aussah. Die dicken Wollsocken hatten vorn beachtliche Löcher.

«Darf ich reinkommen?»

«Ich putze gerade.»

«Ich bleibe auch nicht lange.»

«Na gut.» In Wahrheit war es schlecht.

Die Wohnung war so klein, wie er sich angesichts des Klingelbrettes ausgemalt hatte, und im Wohnzimmer wäre er beinahe über den Staubsauger gestolpert. Die Sessel waren umgedreht und zur Wand gerückt. «Was wollen Sie?»

«Können wir uns nicht setzen?»

Sie ging erst eine ganze Weile mit sich zu Rate. «Kommen Sie mit in die Küche. Ich kann einen Kaffee gebrauchen.»

Weil ihre Stirn nicht glatt wurde, schwieg er vorsichtshalber. Selbst nach dem ersten Schluck funkelte sie ihn noch wütend an; die herausziehbare Eßplatte war so schmal und die Küche so klein, daß sich ihre Knie bei jeder Bewegung berührten.

«Sind Ihnen bei Ihrer Ermittlung diese beiden Männer einmal über den Weg gelaufen?»

Stumm schaute sie sich die Porträts von Kurt und Ewald Jensen an. «Nein. Was ist mit denen?»

«Zwei berufsmäßige Schläger vom Hamburger Kiez. Je sieben Jahre wegen gemeinschaftlichen Totschlags, begangen an einem Mann, mit dem meine Frau vor der Ehe ein Verhältnis hatte.»

«Ja, und?»

«Sie haben sich im Januar nach meiner Frau erkundigt. Wann genau im Januar weiß ich noch nicht.»

Gut eine Minute kaute sie auf den Lippen. «Und warum kommen Sie damit zu mir?»

«Nur um zu hören, ob Ihnen diese Männer bekannt sind.»

«Mehr nicht?» Der Hohn überdeckte ihre Unsicherheit nicht.

«Nur deswegen.» Eilig trank er aus und zwängte sich hinter der

Platte hervor. «Das war's dann schon auch, vielen Dank, Frau Thayer!» Sie blieb sitzen, als er an ihr vorbei zur Wohnungstür lief, und schien kurz vor einem Tränenausbruch. Die Bilder hielt sie fest umklammert. Um seine Wut abzureagieren, stürmte er zu Fuß die acht Treppen hinunter. Eine Mimose war, verglichen mit Frauke Thayer, ein robustes, stoßfestes und strapazierfähiges Gewächs. Unten schaute er dennoch auf die Klingelbretter. «U. Korthaus» wohnte im sechsten Stock.

Nach einem Blick auf die Uhr entschloß er sich, doch noch nach Flensburg zu fahren. Es würde spät werden, aber besser spät unterwegs als allein im Haus. Heute abend würde er die Läden gleich schließen, er hatte seine beiden nächtlichen Besucher nicht vergessen, aber vorläufig zur Seite geschoben: eins nach dem anderen. Bei 110 km/h döste er auf der Autobahn vor sich hin. Durch den grauen Himmel senkte sich die Dämmerung wie ein Tuch herab.

Im Hellbich-Haus brannte nach vorn, zur Straße hinaus, kein Licht. Er schellte beunruhigt und knurrte erleichtert, als der Lautsprecher knisterte: «Ja, bitte?»

«Hier ist Achim Wegener.»

«Oh, oh», machte es unmotiviert, aber das Tor wurde entriegelt. Margareta Novak sah ihm unbewegt entgegen: «So schnell habe ich Sie nicht erwartet.» Das «Sie» stellte die Situation klar, und deshalb erwiderte er ernsthaft: «Ich wollte nicht zu Ihnen, sondern zu den Hellbichs.»

«Die sind nicht da, kommen aber in einer Stunde zurück.»

«Kann ich so lange warten?»

«Warum nicht?» Sie zuckte die Achseln und trat zur Seite: «Sie haben kein Hausverbot.»

Ihre Miene verriet eine gewisse Unfreundlichkeit, die ihn erstaunte. Er akzeptierte doch die Spielregeln: Hier war sie nur das brave, gesittete Hausmädchen in einem kurzen schwarzen Kleidchen, sogar mit einem albernen weißen Zierschürzchen, die Knöpfe über dem Busen sittsam geschlossen.

«Einen Moment!» hielt er sie unwirsch zurück. «Sind das die beiden Männer?»

Sie warf nur einen flüchtigen Blick auf die Bilder: «Ja.»

«Kein Irrtum möglich?»

«Irrtum ausgeschlossen.»

«Gut, damit haben Sie den einen Hunderter schon verdient. Den zweiten verdienen Sie, wenn Sie jetzt gar nicht merken, daß ich mir Gesines Zimmer einmal in Ruhe ansehe.»

«Ich bin sowieso blind, taub, stumm und lahm.» Ihr verächtliches Lächeln konnte er sich nicht erklären. Die Tür knallte hinter ihr ins Schloß.

Gesine hatte im Obergeschoß fast eine eigene kleine Wohnung besessen, Schlafzimmer, Wohnraum, Bad und einen langen, schmalen Flur mit deckenhohen Schränken links und rechts, so perfekt wie teuer eingerichtet. Was immer Vater und Mutter Hellbich bei der Erziehung versäumt hatten, am Geld war nicht gespart worden, ja, ihm war später der Gedanke gekommen, Gesine habe sich auch deshalb auf nichts freuen können, weil es ihr immer sofort geschenkt wurde. Ob sie sich deswegen so auf ihren Körper fixiert hatte? Doch warum hatte sie nichts wegwerfen können, wenn sie postwendend erhielt, was sie sich wünschte?

Er öffnete die Tür, tastete nach dem Schalter, knipste und blinzelte, irritiert von dem starken Licht. Eine einzige Glühbirne hing unter der Decke, die Drähte der nackten Fassung steckten in einer Lüsterklemme. Kein Teppich mehr, blankes Parkett. Das Schlafzimmer – nur eine grelle Glühbirne, keine Lampe. Das Bett war in die Regalwand fest eingebaut, aber sonst gab es kein Möbelstück mehr. Die Matratze war nicht bezogen, kein Bettzeug im Kasten, keine Bilder, leere Regalbretter, auf denen sich dicke Staubflocken gesammelt hatten. Alles ausgeräumt bis auf einen wackligen Stuhl. Überall markierten helle Flecken auf der Tapete, wo früher Bilder gehangen hatten. Selbst Gardinen und Stores waren verschwunden. Die Wandschränke im Flur – gähnende Leere. Nicht ein einziges Stück deutete darauf hin, daß hier mal ein Mädchen, eine junge Frau gelebt hatte.

Unvermittelt packte ihn die kalte Wut. Wo waren Gesines Sachen geblieben, die Adelheid Hellbich, lange Listen anfertigend, aus Haus Geese herausgeschleppt hatte? Was hatte das zu bedeuten?

«Rita!» brüllte er auf dem Gang, daß der Kristalleuchter leise zitterte. «Rita! Komm sofort rauf!»

Seine Wut schien sie nicht zu beeindrucken. Nach langer Zeit hörte er unten die Tür, gemächlich stieg sie die Treppe herauf und betrachtete ihn spöttisch-lauernd, lässig an die Wand gelehnt.

«Wo sind Gesines Sachen geblieben?»

«Verschenkt, verkauft, auf dem Müll, zerrissen, verbrannt.» Sie leierte es so gleichgültig herunter, daß es ihn in den Fingern juckte, diesen unverhüllten Hohn aus ihr herauszuprügeln. Offenbar witterte sie seine Stimmung. Denn ihr Körper straffte sich, sie trat zwei Schritte Richtung Treppe zurück.

«Und warum?» zischte er.

«Ich weiß es nicht. Es war ihre Idee.»

«Hat sie nie etwas dazu gesagt? Erklärt?»

«Nein.» Sie war jetzt höflich. «In meiner Gegenwart nie.»

«Aber Egon muß doch protestiert haben.»

«Sicher, hat er. Sogar, wenn ich es hören konnte. Aber du weißt doch, daß er nichts zu melden hat.»

Der letzte Satz, leicht hingeworfen, ernüchterte ihn. Weil er nämlich falsch war. Denn Egon konnte sich sehr wohl durchsetzen. Sein Fehler oder seine Schwäche bestand ja darin, daß er es zu selten tat. Möglich, daß dieses kleine Miststück glaubte, was es gerade behauptet hatte. Das bewies aber nur, daß sie nicht so klug war, wie sie sich selber einschätzte.

«Sie müssen dir aber doch irgendeine Begründung gegeben haben. Du hast doch sicher geholfen, die Sachen auszuräumen.»

Langsam nickte sie. Ihr Blick war abschätzig geworden, ohne Zweifel wußte oder ahnte sie was und überlegte nun, wieviel sie dafür herausschlagen konnte. Doch sie hatte gestern den Bogen überspannt, als sie mit keinem Wort diese Wegwerfaktion erwähnte. Deshalb bleckte er die Zähne, während sie rechnete. Nicht mit ihm! Und sie hatte mehr zu verlieren, als er durch sie gewinnen konnte! Zwei, drei Minuten fixierten sie sich bewegungslos. Endlich lächelte sie, aber er blieb auf der Hut. Ihre Geschichte mußte schon sehr gut sein, um ihn jetzt noch zu überzeugen.

«Die Alte ist im vorigen Jahr zu einem Seelenklempner gegangen – nein, frag mich nicht, zu wem oder warum. Später mußte Egon dann mit – er hat nie darüber gesprochen, aber ich hab mir immer gedacht, daß es sich um deine Gesine drehte. Als dann die – die

Leiche gefunden wurde, hat sie sich jeden Tag auf die Couch gelegt. Und noch mal während des Prozesses.»

«Da hatte sie Gesines Sachen schon aus Södjen geholt?»

«Klar. Es war das reinste Warenlager, in den Zimmern, im Keller, auf dem Dachboden, in der Garage.» Auch Gesines Auto hatte sie aus Haus Geese abfahren lassen. «Eines Tages begann sie auszusortieren. Ich mußte ihr helfen, sie wollte mir vieles schenken, aber der Gedanke, daß eine Ermordete – nein.» Wahrscheinlich hatte Adelheid geglaubt, ein armes Hausmädchen würde sich über abgelegte Sachen freuen. Menschenkenntnis hatte seine Ex-Schwiegermutter nie gehabt.

«Hat sie denn nichts zurückbehalten?»

«Doch, Bilder. Fotos.»

«Und wo sind diese Fotos?»

Ihr schmales Grinsen wurde häßlich. «In ihrem Zimmer, in einem kleinen Tresor, den kriegst du nicht auf. Den Schlüssel schleppt sie immer mit.»

Für die Unterstellung revanchierte er sich: «Du hast dir nichts heimlich genommen?»

«Nein, nichts», erwiderte sie so nüchtern, daß er geneigt war, ihr zu glauben. «Erstens hat die Alte aufgepaßt wie ein Luchs, und zweitens – ich hab hier wohl ein Zimmer, aber da kann ich nichts verstecken. Und erwischen lassen wollte ich mich nicht.»

Durchaus glaubhaft. Adelheid hätte sie eiskalt gefeuert, und eine so gute Tarnung für ihre Feierabendnebentätigkeit mußte sie lange suchen. Plötzlich zog sie eine kleine Uhr, die sie an einer Kette um den Hals trug, aus dem Ausschnitt: «Wir haben noch was Zeit.»

Bevor er antworten konnte, glitt sie an ihm vorbei und klinkte eine Tür auf. Das Zimmer war klein und spartanisch eingerichtet, wie sich Adelheid ein Dienstbotenzimmer vorstellte. Offenbar hatte sie seinen Blick erhascht. «Ich schlafe nicht oft hier!» blaffte sie bissig.

Es gab tatsächlich nur einen Stuhl. Sie setzte sich mit gekreuzten Beinen auf das Bett und zog das hinderliche Kleid bis über die Hüften hoch. Seine Blicke störten sie nicht.

«Dein teures Weib hatte tatsächlich mehrere Sparren locker.

Schon zur Schulzeit. In meiner Gegenwart reden die Leute ja nicht viel, aber einiges schnappt man doch auf. Sie muß von einem Skandal in den anderen gestolpert sein. Egon hat mit Geld ausgebügelt, und Adelheid hat sich blind gestellt.»

«Bis zu dieser psychiatrischen Behandlung.»

«Sieht so aus, ja. In Hamburg hat's Gesinchen wohl noch toller getrieben. Bis sie dich kennenlernte. Da hat sie sich wohl berappelt, hieß es. Aber nicht für lange.»

Nein, nicht für lange. Er hätte auf den Tag genau sagen können, bis wann. Aber das würde er ihr nicht auf die Nase binden. Ihren lauernden Blick ignorierte er deshalb: «Die beiden Alten müssen sich doch Gedanken gemacht haben, warum Gesine in das einsame Haus umgezogen ist. Und was sie dort getrieben hat.»

«Schon möglich. Aber davon weiß ich nichts. Eben nur, daß die Alte anschließend zu einem Arzt gegangen ist.»

Er holte seine Zigaretten heraus und bot ihr eine an, sie ließ sich Feuer geben und sagte, unvermittelt nachdenklich: «Ich habe nur eine Auseinandersetzung mitbekommen – das heißt, einen Teil davon. Die Alte wollte Gesine überreden, einen – eine – wie heißt das, wenn man in der Vergangenheit herumstochert?»

«Psychoanalyse?»

«Ja, genau. So was sollte Gesine machen. Aber sie wollte nicht, ums Verrecken nicht. Sie fing an zu schreien und zu kreischen wie ein verrücktes Huhn, und da hat Egon gedroht, richtig gedroht, entweder so eine – so eine...»

«Analyse», half er aus.

«Ja, oder sie hätte bald nur noch die Wahl zwischen Klapsmühle und Gefängnis.»

«Interessant», brummte er, und sie starrte ihn enttäuscht an. Mehr würde sie nicht aus ihm herauslocken. Das kleine Biest besaß zuwenig Skrupel, um ihr etwas anzuvertrauen, und etwas zu viel Geschäftssinn. Schweigend rauchte er zu Ende. Aus den Akten wußte er, daß sie nur pro forma vernommen worden war, und zwar nur zu der Frage, wann Gesine zum letztenmal im Flensburger Elternhaus gewesen war. Wahrscheinlich hatte sie dabei das verschüchterte Mädchen vom Lande gespielt und einen jungen, unerfahrenen Beamten an der Nase herumgeführt.

Sie zerquetschte die Zigarette und turnte vom Bett herunter. «Die Alten kommen gleich, und dann müssen Sie im Wohnzimmer sitzen.»

Egon und Adelheid kamen zwanzig Minuten später, er hörte aus der Diele einen erregten Wortwechsel, seine Ex-Schwiegermutter steigerte sich in einen schrill-hysterischen Ausbruch hinein, Egon beschwichtigte vergeblich, dann wurde plötzlich die Tür aufgerissen, und Adelheid schoß wie eine Rakete herein, laut kreischend: «Raus, raus, verlaß sofort mein Haus, du – du – Mörder...» Ihre Stimme überschlug sich, sie wurde rot vor Atemnot.

Er blieb sitzen und starrte sie an, ausdruckslos und fest, was sie, wie er aus früheren stürmischen Begegnungen wußte, aus der Fassung brachte. Sie war klein, rundlich und im Alter von jener Unscheinbarkeit, die sich bei Zorn oder Erregung in Häßlichkeit verwandelte. Irgendwann, vor Jahrzehnten schon, hatte sie sich darauf dressiert, immer lebhaft und in Bewegung zu sein, pausenlos zu plaudern, den anderen nie zu Wort kommen zu lassen. Die Intelligenz hatte sie nicht gepachtet, doch zweifellos war sie einsichtiger und klüger, als bei diesem Benehmen je sichtbar werden konnte, ja, er hegte den Verdacht, daß sie geradezu verhindern wollte, von einem Menschen länger und genauer betrachtet zu werden. Warum ihr nie jemand gesagt hatte, so sei sie unerträglich, war ihm stets ein Geheimnis geblieben – aber auch er hatte es vorgezogen, immer rasch zu fliehen.

Egon duckte sich hinter ihr in der Tür und sah unglücklich aus.

«Hau ab! – Hau ab! – Wir beantworten dir keine Fragen – du wirst dieses Haus nie, nie wieder betreten, ich verbiete es dir...»

Er lachte lautlos auf und ging zu Egon, hielt ihm die beiden Bilder hin: «Kennst du diese Männer?»

«Was soll das – du hast nicht – Egon, du sagst nichts...»

«Euer Dienstmädchen hat mir schon gesagt, daß diese Männer hier gewesen sind und nach Gesine gefragt haben.»

Hellbich zwinkerte ratlos.

«Egon, dieser – dieser – Mörder hat kein...»

«Halt jetzt endlich mal den Mund!» brüllte er sie an. «Hier geht es um ernste Dinge, nicht um deine albernen Launen.» Sein Zorn war nur gespielt, aber er wirkte, sie verstummte tatsächlich, und nach zehn Sekunden ungewöhnlicher Stille nickte Hellbich: «Ja, sie waren hier, hier am Haus.»

«Wann? Warum?»

«Wann? – Mitte Januar, würde ich – nein, früher. Sie wollten wissen, wo sie Gesine erreichen könnten. Ich hab ihnen gesagt, daß Gesine nicht mehr bei uns wohnt, da hat der eine abgewinkt, das wüßten sie, sie seien auch schon in Södjen gewesen, aber das Haus stünde leer. Deswegen hab ich dich ja in Hamburg angerufen.» Er beeilte sich, fertig zu werden, bevor Adelheid ihre Verblüffung überwunden hatte.

«Sind sie noch ein zweites Mal hier gewesen?»

«Nein.»

«Und Gesine war zum letztenmal über Weihnachten hier?»

«Ja.»

«Habt ihr der Polizei von diesen Männern erzählt?»

«Nein.» Ganz langsam errötete er, und Wegener atmete tief durch. Warum sollten sie auch?! Sie kannten ja den Mörder ihrer Tochter.

«Das war's dann schon! Vielen Dank, und halten wir uns alle die Daumen, daß wir uns nicht mehr sprechen müssen.»

Am Gartentörchen wartete Margareta Novak auf ihn. In Stiefeln, Wollmütze und dickem Mantel wirkte sie wirklich brav und etwas unscheinbar, kein Mädchen, nach dem man sich umdrehte.

«Bringen Sie mich nach Hause?»

«Was bekomme ich dafür?» Darauf runzelte sie so finster die Stirn, daß er lachen mußte: «Du bist doch im Geschäft, erst löhnen, dann leisten.»

«Arsch!» murmelte sie, blieb aber stehen.

«Na schön, steig ein!»

Jetzt waren die Straßen leer, dunkel und kalt, keine Zeit für Fußgänger. Sie hatte sich eine Zigarette angesteckt, ihm aber keine angeboten, und paffte schweigend. Weil er sich gestern den Stadtplan eingeprägt hatte, mußte er sie nicht nach dem Weg fragen. Das fiel ihr nach einiger Zeit offenbar auf: «Kennst du dich hier aus?»

«Ein wenig.» Die Antwort gefiel ihr nicht.

Vor dem Haus stieg sie aus, als sei abgemacht, daß er noch einmal mit hinaufginge. Gestern hatte der Dunst die Schäbigkeit des Hauses gnädig verschleiert. Auf der Treppe roch es feucht und dumpf.

Zielstrebig marschierte sie in das Schlafzimmer und kniete vor dem Bett nieder, zog einen Blechkasten hervor und klappte ihn auf, darauf bedacht, mit ihrem Körper den Inhalt vor seinen Blikken abzuschirmen. Bevor sie sich umdrehte, schob sie das wertvolle Stück wieder unter das Bett.

«Hier. Für die Fahrt.»

Es war eine alte, stumpf gewordene Fotografie. Egon und Adelheid, dümmlich-stolz in die Kamera strahlend. Das etwa sechsjährige Mädchen schaute dagegen ausgesprochen finster drein; vielleicht hielt Egon Hellbich deswegen seine Tochter Gesine so krampfhaft fest. Adelheid wiegte ein Baby auf dem Arm, von dem nicht viel zu erkennen war.

«Woher hast du das?»

«Gefunden. Als wir die Zimmer ausgeräumt haben.»

«Gesines Zimmer?»

«Ja, sicher.» Sie zog sich schon aus, als sei er gar nicht im Zimmer, und er musterte sie scharf: «Warum hast du die Aufnahme mitgenommen?»

«Nur so!» Dabei mied sie seinen Blick, und aus ihrem Tonfall konnte er nichts heraushören.

«Na schön! Hast du etwas über diesen Krischan herausbekommen?»

«Er hat früher in der Firma des Alten gearbeitet.»

«Wer sagt das?»

«Egon. Er war Prokurist oder so was. Und Adelheid mochte ihn auch sehr gut leiden – sagt Egon.» Obwohl sie danach die Lippen fest aufeinanderpreßte, ahnte er das anzügliche, fast schmierige Grienen. «Den Fünfziger hatte er mir nicht einfach so spendiert. Der Geizhammel dachte, das wäre schon die ganze Miete.»

«Hat er dich hier besucht?»

Sie nickte. «Bernd – mein Freund – kam etwas später und hat ihn rausgeschmissen.»

«Einen Kunden?» zweifelte er.

«Ich nehm nicht jeden!» verwahrte sie sich bissig. «Und alte Knaben, die einem zuerst ein paar Tabletten aufschwätzen wollen, weil sie ohne nicht mehr in Fahrt kommen, erst recht nicht. Den Tabletten-Trick kenn ich nämlich.»

Das war deutlich genug.

«Du mußt jetzt gehen. Ich erwarte einen Kunden.»

«Okay, und vielen Dank.»

Sie antwortete nicht und huschte ins Bad.

Er fuhr nur einmal um den Block und stellte sich so, daß er den Hauseingang mühelos beobachten konnte. Zwanzig Minuten später parkte ein anderer Wagen direkt vor der Tür; Egon Hellbich schloß eilig ab und verschwand mit eingezogenem Kopf im Haus. So etwas Ähnliches hatte er sich vorgestellt.

In seinem Hausbriefkasten steckte etwas Weißes. Ein billiger Umschlag ohne Anschrift und Briefmarke. Darin nur ein weißes Blatt: «Hau ab, wir brauchen keine Mörder in Södjen.» Krakelige Druckbuchstaben, groß und ungeschickt wie von Kinderhand. Eine lange Minute stand er still in der tröstlich hellen Diele und dachte an gar nichts.

Über Nacht hatte er alle Läden vorgelegt und fest verriegelt. An der einen Verandatür hatte er tatsächlich Kratzspuren im Lack festgestellt; ein Stück Holz, nur ein besserer Span, war abgesplittert. Ihm schien die Stelle recht frisch zu sein; jemand hatte versucht, die Tür aufzuhebeln. Vorsichtshalber kontrollierte er die Sperrschlösser über den Kipphebeln.

Zwei Männer vermuteten ihre Freundinnen ausgerechnet bei ihm!

Das Thermometer war gesunken, das Barometer dafür gestiegen, und am sehr viel helleren Himmel zeichneten sich vereinzelte blaue Flecken ab. In der Stadt wäre er nie auf die Idee gekommen, Wolken und Wetteraussichten zu begutachten. Die kahlen Äste der Bäume bewegten sich nicht. Zum erstenmal schnupperte er eine verheißungsvolle Kälte, die ihn vergnügt, fast unternehmungslustig stimmte. Die See lag so ruhig, als sei die sanft gekräuselte Oberfläche erstarrt. Wie ein schlecht ausgelegter, Falten werfender Teppich.

In den letzten Monaten ihres Zusammenlebens hatte er so viel Abstand gewonnen, um Gesine wie eine Fremde beobachten zu können. Nicht über längere Zeit, sie schien seine kühle Neugier regelmäßig zu spüren und hatte rasch herausgefunden, wie sie ihn so ärgern oder reizen konnte, daß er umgehend das Weite suchte, krampfhaft bemüht, dem irren Lachen zu entfliehen, das sie dann anschlug. Doch einige ihrer Gewohnheiten kannte er immer noch: ihre Bequemlichkeit. Oder ihre Verschlagenheit. Wenn sie in diesem Haus Kokain versteckt hatte, dann an einem leicht zugängchen Ort.

Er begann mit dem Dachboden, den er lange mit Gesines Augen abschätzte. Über die steile Falttreppe hatte sie bestimmt keinen Hocker hochbalanciert. Ein Versteck also maximal in Armhöhe. Und sie war zehn Zentimeter kleiner gewesen als er.

Nach einer Stunde stieg er mit leeren Händen wieder hinunter. Das Bad – negativ. Die Schränke – kein Ergebnis. Dielen, Fliesen, Bilder – keine Hohlräume. Er wollte ihr früheres Schlafzimmer schon verlassen, als sein Blick auf das Bett fiel. Mit einer Schmal- und einer Längsseite war es an die Wände gebaut, wesentlich breiter als eine Schiffskoje. Aber wie auf einem Boot war der Raum unter Rost und Matratze für ausziehbare Schubladen genutzt, die auf Rollen liefen und von Teleskopschienen geführt wurden.

Aus dem Werkzeugschrank im Keller holte er einen Zollstock und maß Tiefen und Breiten nach. Wenn die Schubladen ganz hineingeschoben waren, mußte es nach seinen Berechnungen zwischen Wand und Querbrett der Lade einen Hohlraum von dreißig Zentimetern geben. Lange und zunehmend ungeduldiger knobelte er an dem Führungsmechanismus der Schienen herum. Irgendwie mußte sich doch die Lade aus den Schienen ausklinken lassen, und sei es nur, um sie ganz herausziehen und in dem Hohlraum staubsaugen zu können. Der Sperr- und Klinkenmechanismus war eine Meisterleistung der Ingenieurkunst, ganz nach dem Motto: Warum einfach, wenn's auch kompliziert geht. Auf einem schwankenden Boot war diese bombensichere Arretierung wohl angebracht, aber doch nicht – dann machte er eine völlig sinnlose Bewegung, die Sperrhaken glitten harmlos nach oben und verharrten in dieser Position.

«Bravo!» klopfte er sich selbst auf die Schulter. Welchen Job auch immer er künftig ausüben würde – als Handwerker sollte er sich besser nicht versuchen.

Doch das Versteck war etwas raffinierter angelegt, als er sich das vorgestellt hatte. Es befand sich an der Außenseite der mittleren Schublade, und er stieß erst darauf, als er in seiner Hilflosigkeit die Innen- und Außenmaße miteinander verglich. Bei der mittleren Lade ergab sich eine Differenz von gut fünfzehn Zentimetern, und als er das dicke Abschlußbrett abklopfte, klang es hohl. Noch einmal zehn Minuten brauchte er, bis das Holz nachgab und er die scheinbare Rückwand hochziehen konnte. Ein gut fünfzig Zentimeter langes und halb so hohes Holz, an das im rechten Winkel eine andere Holzleiste so befestigt war, daß sie den Hohlraum perfekt abdichtete, staubdicht und selbst bei schärferem Hinsehen nicht als Deckel zu erkennen. Es lief in doppelten Stahlnuten so stramm, daß es sich nicht durch Wackeln verriet.

In dem zehn Zentimeter breiten Fach standen acht Flaschen aus milchiger Plastik mit schwarzen Schraubverschlüssen. Ungeduldig zerrte er die erste heraus. Diese kleinen Päckchen, rundum verschweißte Folie, kannte er von früher. Gut dreißig Stück – von was? Er hatte nie gelernt, Rauschgift am Geschmack zu unterscheiden, es konnte Kokain, Heroin, Milchpulver oder Soda sein.

Auf die beiden nächsten Flaschen hatte Gesine Etiketten geklebt und mit ihrer Krakelschrift bemalt: «Gerold». Ein feines, weißes Pulver, das zusammenklumpte. Er hatte keine Ahnung, was es sein könnte. Und wer war «Gerold»?

Eine Flasche voller rötlichbrauner Kapseln, «Nirwana» beschriftet. Die nächste Flasche enthielt kleine grüne Pillen: «Valium». Die nächste: Große Tabletten von einem gelblichschmutzigen Weiß, jede mit einer Bruchrille: «Pervitin». Das kannte er wenigstens dem Namen nach. Rote Kügelchen: «Speed». Tiefgelbe, eiförmige Gebilde, für ihn viel zu groß, um sie unzerkaut zu schlucken: «Klarer Blick».

Hatte Gesine alle diese Rauschmittel genommen? Die Flaschen waren unterschiedlich voll. Wer hatte ihr das Zeugs besorgt? Und warum in diesen Mengen? Hatte sie etwa gehandelt?

Langsam stellte er die Behälter zurück, schob den Deckel auf das Versteck – sogar die Maserung war so ausgesucht, daß es tatsächlich wie ein fester, massiver Holzblock aussah. Minuten quälte er sich mit dem Sperrmechanismus herum, dann gaben die Haken endlich nach, die Schublade glitt laut- und reibungslos unter das Bett. Ein harmloses Bett, gebaut von einem etwas spinnerten Mann, der partout jeden Hohlraum für Vorräte nutzen wollte... aber ein Versteck, das die Kripo bei einer sorgfältigen Durchsuchung hätte finden können – finden müssen.

Beunruhigt nahm er sich im Nebenzimmer sein Bett vor, das nach demselben Schema aufgebaut war. Auch hier enthielt die mittlere Lade ein Geheimfach, genau so angelegt wie nebenan. Doch zum Glück leer, er schnaufte erleichtert.

Der Kaffee schmeckte nicht mehr, er hatte zu lange auf der Wärmeplatte gestanden. Angeekelt goß er ihn weg und machte sich ein Bier auf, seine Gedanken kreisten um einen Punkt: Wenn Gesines Eltern diese Geheimfächer kannten – warum hatte Adelheid den Inhalt nicht beseitigt, als sie das Haus leerräumte? Oder hatte sie davon nichts gewußt? Oder, wegen der Zeugen, nicht gewagt, die Fächer zu öffnen?

Weit entfernt bimmelte eine dünne Kirchenglocke.

Er hatte erst mit vierzig geheiratet, weil er feste Bindungen scheute, aber unter Einsamkeit oder sexuellem Notstand hatte er nie gelitten. Er sah, wie er ohne Eitelkeit wußte, gut aus, groß, kräftig, breitschultrig, gerade häßlich genug, nicht schön zu wirken, und selbstbewußt genug, Frauen zu mögen, die sich sträubten. Sex war angenehm, doch nicht so wichtig; einige wenige Male war er verknallt, aber nie verliebt gewesen. Seine Freundinnen behandelte er mit einer Mischung aus Ehrlichkeit und Gleichgültigkeit, und bis zu dem Tag, an dem er Gesine traf, hatte er sich immer ohne Verstimmung verabschiedet.

Staatsanwalt Knüpfel hatte einen Flunsch gezogen: «Das gefällt mir nicht, Herr Wegener.» Heftig zerrte er an seinem schütteren Kinnbart. «Das gefällt mir ganz und gar nicht.»

Ihm gefiel es zwar auch nicht, aber vorerst hielt er den Mund. Natürlich waren Kurt und Ewald Verbrecher, alle wußten es, aber sie hatten es den Brüdern nie nachweisen können. Die Kollegen konnten damit leben, das gehörte nun mal zu ihrem Gewerbe, und deswegen verstand er nicht so recht, warum Staatsanwalt Knüpfel unbedingt auf Mord anklagen wollte. Selbst Totschlag war riskant. Kamphausen hatte ein Aufputschmittel geschluckt und darauf Alkohol getrunken, die Analyse war eindeutig; gut möglich also, daß er ausgerastet war und mit seinem albernen Widerstand die Jensen-Brüder so überrascht hatte, die mit soviel Dummheit nicht gerechnet hatten. Auf dem Hals der zertrümmerten Champagnerflasche waren jedoch keine Fingerabdrücke gesichert worden.

«Nein, Herr Wegener, das reicht mir nicht. Das Motiv – besorgen Sie mir das Motiv!»

«Ein Motiv für was?»

«Für den Mord an Kamphausen.»

«Warum sollten die Jensens ihn umbringen?» Wahrscheinlich war es ein Fehler gewesen, sich bei dieser Frage aufzurichten. Knüpfel war ein Zwerg und in diesem Punkt fürchterlich empfindlich: «Die Kripo macht es sich immer etwas zu leicht, Herr Hauptkommissar.»

Den ‹Saftarsch› hatte er heruntergeschluckt. Dem würde er es zeigen, diesem kleinkarierten Wichtelmännchen.

*Vorsitzender:* Herr Verteidiger, Sie haben sicher noch Fragen an den Zeugen. Bitte!

*Verteidiger:* Aber ja. Herr Zeuge, Sie haben von Anfang an die Ermittlungen geleitet?

*Zeuge:* Ja.

*Verteidiger:* Sie kennen also die Erklärung, die mein Mandant – oder genauer: die beide Angeklagten für ihr Verhalten in der Kamphausen-Wohnung abgegeben haben?

*Zeuge:* Natürlich.

*Verteidiger:* Hat diese Erklärung Sie überzeugt?

*Zeuge:* Ich würde es nicht ‹überzeugen› nennen.

*Verteidiger:* Sondern?

*Zeuge:* Auf den ersten Blick – und nach allem, was wir von den

Jensens wußten – schien es logisch zu sein. Sie wollten einem säumigen Schuldner eine Abreibung verpassen.
*Verteidiger:* Eine Abreibung, ja. Aber Tote zahlen nicht.
*Zeuge:* Richtig. Die Jensens haben von Anfang an behauptet, daß Kamphausen noch lebte, als sie die Wohnung verließen.
*Verteidiger:* Gibt es einen Beweis dagegen?
*Zeuge:* Nein. Sie haben aber auch ausgesagt, daß sie die Wohnungstür hinter sich ins Schloß gezogen haben. Wenn sie also Kamphausen nicht umgebracht haben, muß der später seinem Mörder die Wohnungstür geöffnet haben. Denn das Schloß war, als die Wohnungstür später vom Vater und vom Hausmeister geöffnet wurde, unbeschädigt. Das hat die kriminaltechnische Untersuchung bestätigt.
*Verteidiger:* Und was spricht dagegen, daß Kamphausen seinen Mörder selbst eingelassen hat?
*Zeuge:* Nichts. Nur die Wahrscheinlichkeit. Er war ziemlich vermöbelt worden, hatte Schmerzen, ein Finger war gebrochen, und das legt eigentlich den Schluß nahe, daß er zu einem Arzt gegangen wäre.
*Verteidiger:* Haben Sie sich denn bemüht, Feinde Kamphausens zu finden, Menschen, die ein Motiv hatten, ihn umzubringen?
*Zeuge:* Sicher, das haben wir. Aber ohne Erfolg.
*Verteidiger:* Kamphausen war das, was man mit Fug und Recht einen Playboy nennen darf?
*Zeuge:* O ja. Er hatte einen – hm, Verzeihung, Herr Vorsitzender – einen unglaublichen Frauenverschleiß. Aber es ist uns nicht gelungen, eine Frau zu finden, die nach dem Weggang der Jensen-Brüder an der Wohnungstür von Kamphausen geklopft oder geklingelt hat. Und von ihm eingelassen wurde.

Das war die Klippe. Er zappelte an ihrem Haken und fürchtete einen Meineid. Doch der Verteidiger, forscher als seiner Intelligenz oder Erfahrung angemessen, hatte aufgegeben und die entscheidende Frage nicht gestellt: «Haben Sie denn eine Person ausfindig gemacht, die sich in der Kamphausen-Wohnung versteckt hielt, als die Jensens Harald Kamphausen verprügelten?» Er stellte sie nicht, bestand auch nicht auf der Vereidigung des Zeugen Achim Wegener, und die Urteile, je sieben Jahre wegen gemeinschaftlich begangenen Totschlags, beschwerten ihn nicht. Die Brüder hatten sie mehr als reichlich verdient. Vor dem Prozeß waren die Informanten wie üblich vorsichtig gewesen, man wußte ja nicht, ob die Brüder wirklich hinter Gitter wandern würden. Doch als die dann saßen, kamen sie mit einigen Informationen über, nein, sieben Jahre waren schon gerecht.

Weil die Haustür offenstand, war er die zwei Treppen hochgestiegen und hatte an der Wohnungstür geklingelt. «Gesine Hellbich», angeblich eine der Kurzzeit-Gespielinnen Kamphausens. Eine von vielen. Es war heiß und drückend schwül, er trug das dünne Jackett über einer Schulter und hatte die Ärmel hochgekrempelt. Jetzt was Kaltes zu trinken! Eiskalt und viel! Sein Kopf dröhnte vor Hitze und gereizter Erschöpfung. Das Dämchen stand als letztes auf einer langen Liste am Ende eines langen Tages. Ungeduldig drückte er noch einmal auf den Knopf, produzierte ein hastig-heftiges Stakkato.

«Sofort!» Schnelles, rhythmisches Klacken von hohen Absätzen auf Parkett, ein Schlüssel wurde umgedreht, die Tür schwang auf, und Gesine Hellbich sagte erschrocken: «Verdammt!»

Er sagte gar nichts, es hatte ihm die Sprache verschlagen, sein Mund wurde schmerzhaft trocken. Vor ihm stand ein Traum, eine Fleisch gewordene Ausgeburt der Phantasie, eine Venus, eine Frau, auf die alle Männer in ihren Träumen pirschen. In den hochhackigen Schuhen war sie fast so groß wie er. Ihr hellbrünettes, beinahe dunkelblondes Haar hing ihr in kunstvoll unordentlichen Locken bis auf die Schultern. Riesige blaue Augen, in denen er sehr viel später erst das kühle Grau entdeckte. Eine Stupsnase über einem großen, vollen Mund, der jetzt verheißungsvoll geöffnet war und zwei Reihen perfekter Zähne zeigte. Der verwirrt-erstaunte Ausdruck machte ihr Gesicht fast schmerzhaft schön. Ein voller, straffer Busen, fest und weich zugleich, eine schmale Taille, zwei Männerhände stark, über hohen, schmalen Hüften. Unendlich lange, schlanke Beine, ihre Beckenknochen traten sanft hervor, wie ein angedeuteter Rahmen für die vollen Schamhaare, die den Anhänger der goldenen Kette verdeckten, die sie um die Taille trug.

«Verdammt», wiederholte sie atemlos, «Sie habe ich nicht erwartet.»

Er spürte die plötzliche Erektion fast peinigend, er ärgerte sich über seine Reaktion und noch einmal, daß sie sich unter der dünnen Hose so sichtbar abzeichnete. Und als sie mit den Lidern klimperte, wußte er auch, daß es ihr nicht entgangen war.

«Darf ich trotzdem reinkommen?» Seine Stimme krächzte heiser, war die eines Fremden, sein Hals trocknete zu Staub aus, gleich würde er eine Dummheit begehen.

Völlig verdutzt stammelte sie: «Ob Sie – also, das ist...»

«Bitte!» stieß er heraus. Ihre Brustwarzen waren doch auch steif und groß geworden. Dann konnte er sich nicht mehr beherrschen, streckte seine Hand aus, berührte ihre Taille, die tiefbraune Haut, fuhr mit der Hand über die feste, schmale, lange, handliche Pobacke. Sie trat schnell einen Schritt zurück, faßte nach seinem Arm, umklammerte sein Handgelenk, daß es schmerzte. Ihm schoß noch durch den Kopf, daß er ein Vollidiot war, daß sie jetzt schreien würde, Skandal, war er denn völlig verrückt – er stolperte in die Diele, wie blind und betäubt, die Tür krachte ins Schloß, und dann schob sie seine Hand zwischen ihre Oberschenkel.

«Langsam, langsam, wir haben viel Zeit.»

«Nein.» Er keuchte, er hielt es nicht mehr aus.

«Doch, doch! Komm, laß mich nur machen.»

Es war der längste, schönste und wildeste Orgasmus, den er je erlebt hatte, und mit den kreisenden Bewegungen ihres Beckens brachte sie ihn fast um den Verstand. Ihre Haut duftete nach Wärme, Sonne, Vagina und Parfum, er wollte nicht mehr aus ihr heraus, wollte tiefer in sie hinein.

«Du liegst mich platt», flüsterte sie ihm ins Ohr, und widerwillig rollte er sich zur Seite. «Durst!» jappste er dabei, und als sie laut auflachte, konnte er einstimmen.

Nach dem Duschen wollte er sich anziehen, aber sie schüttelte nur träge den Kopf: «Warum die unnötige Arbeit?» Sein Penis wuchs in ihrer Hand, und als er wieder in sie eindrang, wollten sie sich beide Schmerzen zufügen. Er ließ erst von ihr ab, als ihr schweißnasses Gesicht ihm plötzlich Angst einjagte.

«Du bringst mich um!» klagte sie.

«Und du saugst mich leer.»

Der Gin-Tonic stieg ihm sofort zu Kopf, schon nach dem ersten Schluck war er sich über die Folgen klar, Erschöpfung, Hitze, leerer Magen. Aber er wollte nicht vernünftig sein, nicht jetzt, sein Verstand schien sich zu spalten, und nur der kleinere Teil warnte ihn, zunehmend schwächer, vor der Dummheit, die er beging, und nicht eine Sekunde verlor er das Wissen, daß sie ihn durchschaute und mit ihm spielte. Unter der Dusche nahm sie sein Glied in den Mund, aber bevor er soweit war, richtete sie sich auf, drehte sich um und klemmte es zwischen die Pobacken. Er konnte sich nicht wehren und wollte es auch nicht. Ächzend, leer, zu keinem Gedanken mehr fähig, rutschte er im Zeitlupentempo an den Kacheln hinunter.

«Wie heißt du eigentlich?»

«Wegener, Achim Wegener.»

«Und was wolltest du von mir?»

«Ich bin von der Kripo, wollte dir ein paar Fragen stellen.»

«Zu spät, zu spät», jubelte sie. Die Duschstrahlen prasselten auf seinen Kopf wie kleine Stiche.

Als er morgens neben ihr aufwachte, zeigte der Wecker schon 8 Uhr 30. Sie schlief noch fest, und er schlich, leise die Tür hinter sich schließend, in das Wohnzimmer, fand das Telefon und rief seine Dienststelle an: «Peter? Achim hier. Du, ich kann heute nicht kommen, ich hab mir vielleicht den Magen verdorben, die ganze Nacht bin ich nur gelaufen...»

«Mensch, bessere dich!» Peter war mitleidig.

Gegen zwölf frühstückten sie miteinander. Die Sonne knallte unbarmherzig aus einem fahlblauen Himmel und heizte das Zwei-Zimmer-Apartment unerträglich auf. Die Übergardinen waren dunkel und doch zu dünn, die grelle Helligkeit zu dämpfen, die Fenster beider Zimmer lagen auch direkt nach Süden.

«Es geht um den Todesfall Kamphausen», zwang er sich endlich zur Sachlichkeit.

«Ja, davon hab ich in der Zeitung gelesen.»

«Du hast Harald Kamphausen doch gekannt?»

«Ja, flüchtig», sagte sie unbefangen.

«Wann hast du ihn zuletzt gesehen?»

«Ach du meine Güte, wann ... ? Vor zwei Monaten? Ich weiß es nicht mehr genau, auf irgendeiner Party. Er kreuzte mit so einer langen, dürren, bleichen Bohnenstange auf. Bleich wie die Wand und noch viel dümmer. Wie ausgekotzt, die ganze Frau.» Sie schüttelte sich. «Aber Harald hatte sowieso einen Haschmich.»

«Wie meinst du das?»

«Der war völlig verkorkst. Schluckte Speed und kippte Alkohol nach – he, Moment mal!» Sie griff unter den Tisch und hielt seinen Arm fest. «Du fällst ja gleich vom Stuhl!»

«Rück mal näher heran.» Willig gehorchte sie, und die feuchte Wärme zwischen ihren Beinen brachte ihn wieder um den Verstand.

Sie trieben Dinge miteinander, die er nie auszusprechen gewagt hätte und deren er sich erst viel, viel später schämte, als er begriff, daß sie nicht nur unersättlich war, sondern auch in der wildesten Toberei nie die selbstzerstörerische Brutalität gegen sich selbst verlor. An diesem glühendhitzigen Nachmittag hoffte, glaubte er jedoch in seiner Verblendung noch, er habe die Porno-Frau gefunden, die immer Willige, immer Bereite. Irgendwann, als es schon dämmerte und sie seine Hand abwehrte und sie beide schon viel getrunken hatten, plapperte sie: Weil der Harald ohne Tabletten und Alkohol keinen mehr hochkriegte, mußte er die beiden ärgern, «weißt du, die hatten so hohe Stimmen, wie Kinder, vor Impotenten hätt er keine Angst. Das war der Irrtum seines Lebens.»

Ein eiskalter Finger fuhr sein Rückgrat hinunter. Daß die Jensens festgenommen worden waren, hatte in den Zeitungen gestanden. Aber soweit er sich erinnerte, war mit keiner Silbe diese Eigenart erwähnt worden, diese auffallend hohen Stimmen. Er trank, um Zeit zu gewinnen, und war viel nüchterner als noch vor einer Minute: «Kennst du die beiden Jensen-Brüder?»

«Nie gesehen», antwortete sie ehrlich, wobei ihre Zunge anstieß, und kicherte schlüpfrig: «Und als sie was zu trinken haben wollten, sagte er nur so ganz hochmütig, der Champagner wäre für edlere Zwecke als zum Saufen gedacht, das Schwein.»

Zum zweitenmal erstarrte er innerlich. Auch das konnte sie nicht aus den Zeitungen wissen. Die Jensens hatten es in ihrer

Aussage erwähnt, sich aber darauf keinen Reim machen können, sowenig wie die Kripo, und deswegen hatten sie es nie an die Presse gegeben.

«Sag bloß, du kannst schon wieder!»

«Ich muß», keuchte er. Sie lachte laut und trunken, als sein Samen zwischen ihren Brüsten hervortropfte.

Am späten Abend fuhr er noch ins Präsidium. Die wenigen Kollegen, die ihm begegneten, bedauerten aufrichtig, daß er verdammt schlecht aussähe, und sein Magen drohte sich auch jeden Moment umzustülpen. In verbissener Furcht blätterte er geduldig und sorgfältig alle Zeitungen durch. Nichts! Sein Gedächtnis hatte nicht getrogen. Sie war also im Schlafzimmer gewesen, als die Jensen-Brüder Harald Kamphausen vermöbelten, und sie hatte Kamphausen hinterher mit der Champagnerflasche erschlagen.

Die Klingel schrillte und schrillte, riß ihn aus seinen Erinnerungen hoch. Ihm schwindelte unter der Woge von Übelkeit, die jetzt gegen ihn anrollte. Warum – und wann hatte er diese Unmengen Bier getrunken? Eine eklige Hitze erfüllte seinen Körper, wie war das noch? – Er wollte noch einmal nach Flensburg, zu den dämlichen Alten, und anschließend abends zu dieser kleinen, billigen Hure...

Die Klingel schrillte erneut.

«Ja, verdammt, ich komm ja schon!» grölte er und stieß sich vom Tisch ab. Welcher Idiot störte ihn, welcher Saftarsch, du lieber Himmel, jetzt bloß nicht an Ärsche denken, an... er taumelte aus der Küche, fünf, sechs, sieben Flaschen Bier konnten ihn doch nicht so schaffen, das war – die Erinnerung, diese verfluchten Bilder – er riß die Haustür auf, ein Wunder, eine Frau stand vor ihm, schwarz, schwarz, schwarz vom Kopf bis zu den Füßen, nur das Gesicht war bleich, zu bleich. Die kalte Luft traf ihn wie ein Schlag, er wankte, rülpste und röhrte: «Herein, du Gespenst, hier sind schon viele Gespenster, eines mehr kann nicht schaden...»

Monika Busche fuhr zurück, als habe er sie geohrfeigt, hektische rote Flecken erschienen auf ihren Backen. Welche Farben, er mußte wild und böse lachen, dann nach Luft schnappen, die Kälte spaltete seine Lunge, er bellte wie ein Wolf, grunzte und konnte endlich den Druck aus seinem Magen ablassen, seinen aufgeblähten, gasgefüllten, schmerzenden Körper entspannen, welch eine Erleichterung, auch wenn alles vor seinen Augen tanzte, der Garten, die Bäume, dieses komische Wesen mit den unscharfen Konturen. He, du, warum legst du dir keine festen Umrisse zu? Na? Ist das etwa zuviel verlangt?

«Sie sind ja betrunken.»

Na sicher doch, er war betrunken, duhn, abgefüllt, breit, sturzbesoffen. Sein gutes Recht – oder? Ein zwar bescholtener, aber freier Bürger durfte sich doch in seinem Haus einen auf die Lampe gießen, um anderes zu unterdrücken, sozusagen zu ersäufen, he, ja, durfte er nicht? Was geht dich das an? Hab ich dich gebeten, mich in meinen Schatten der Vergangenheit zu stören?

Er hörte sich unverständliches Zeug röcheln und heulen und beschloß, damit aufzuhören.

Diese schwarze Gestalt stand noch immer da, verschüchtert, hilflos, zu Zwergengröße zusammengeschrumpft. Die Kälte schmerzte immer noch, aber der Schmerz tat gut, vertrieb den Schwindel. Er schluckte, verschluckte die hochgestiegene Magensäure, und das schmerzte noch mehr und ernüchterte gleichzeitig. Wenigstens wurde die Gestalt klarer, eindeutiger, fester, und deswegen schämte er sich, daß er lallte: «Was willst du?»

«Ich wollte mit Ihnen reden.»

Ach ja, reden? Wenn die wüßte, was er von ihr wollte! «Ich bin ziemlich betrunken.»

«Das merke ich. Darf ich trotzdem reinkommen?»

«Warum nicht? Auf eigene Gefahr, versteht sich.» Er kicherte und fand sich großartig. Und schon wieder sah sie verletzt aus! Der Teufel sollte sie alle holen, Nutten waren doch eine runde Sache, löhnen, entladen, abziehen. Klare Verhältnisse, ohne diesen Beziehungsschmus und die Manierenkiste. Verächtlich winkte er ab und torkelte ins Haus zurück, fand wie durch ein Wunder die Toilette und stützte sich mit einer Hand an der Wand ab. Großartig erleichternd, eine volle Blase zu entleeren, fast so schön wie ein Bumser mit Gesine – als sie noch wollte. Ob die Kleine in Flensburg Gesines Qualitäten hatte? Oder diese Kindfrau, die ihn mit ihrer Unfähigkeit beinahe lebenslänglich hinter Gitter gebracht hatte? Oder was war mit dieser Schwarzlockigen, die ihn unbedingt besuchen wollte? – Richtig, Monika hieß sie. Alle durchprobieren, dann war man klüger.

Er riß das Fenster auf und atmete schwer. Diese verfluchten Gespenster aus der Vergangenheit. Eine nackte Frau in der Wohnungstür. Bekleidet mit einer Kette. Eine Totschlägerin, und er hatte sie geschützt. Nicht ausgeliefert. Nicht der Gerechtigkeit oder wenigstens dem Recht überantwortet. Sie hatte nicht gewußt, daß er es wußte, und ein letzter Rest von Klugheit hatte ihn immer zurückgehalten, ihr alles zu gestehen und sich offen zu ihrem Komplicen zu machen. Nach drei Monaten waren sie verheiratet. Ach, wie glücklich war Adelheid, die Glucke, gewesen. Endlich die Tochter unter der Haube, nein, so ein Glück aber auch, ein älterer, erfahrener, starker Mann. Von wegen! Die Angst, die panische Angst vor dem Gefängnis hatte Gesine für zwölf Monate treu sein lassen. Eine Frau, die das Gericht zu fürchten hat, heiratet doch keinen Kriminalbeamten, nein, das tut nur eine Unschuldige oder eine besonders raffinierte, abgebrühte Frau, eine, die alles zu verlieren hat und gar nicht weiß, daß der Mann, in dessen Schutz sie sich flüchtet, sie und ihre Tat längst durchschaut hat. Oder durfte sie etwa darauf bauen, daß ein Kommissar alles leugnete und über Bord warf, was er viele Jahre verteidigt hatte, nur weil er nicht auf sie verzichten konnte?

Eines Tages war das Urteil gegen die Jensens rechtskräftig. Er hatte es ihr nicht gesagt, und sie hatte ihn nie danach gefragt. Aber als sie ihn dann von einem Tag auf den anderen hemmungslos betrog, wußte er, daß sie sich in Sicherheit wiegte. Und er konnte nichts sagen, nichts andeuten, weder drohen noch warnen, er war mitschuldig geworden, in seiner Komplicenschaft gefesselt...

«Herr Wegener! Herr Wegener!»

Die Klinke rasselte, und langsam kam er zu sich, fröstelnd, mit den Zähnen klappernd. Jetzt fühlte er sich unendlich müde, elend, nutzlos.

«Herr Wegener!»

«Ja», ächzte er. «Was ist denn?»

«Ich hab schon befürchtet, Ihnen wär was zugestoßen.»

«Nein», stöhnte er laut, «ich komm gleich!»

Sie hatte Kaffee gekocht, doch schon bei dem Geruch wurde ihm übel. Konnte sie ihn nicht in Ruhe lassen?

«Sie sehen schlecht aus.»

Die nüchternen Momente kämpften gegen die verwirbelten, tanzenden Augenblicke an. «Mir ist auch ziemlich schlecht.»

«Wollen Sie sich nicht hinlegen?»

Das hätte er längst getan, wenn sie gegangen wäre. Zwei Totschläger auf Gesines Spur. Ein Warenlager, bei dessen Anblick jeder Junkie vor Begeisterung gekreischt hätte. Und ein Bild, Gesine, das Einzelkind, mit einem Geschwisterchen.

«Was starren Sie mich so an?!» Jetzt zitterte ihre Stimme, Angst hatte sie auch noch. Warum flüchtete sie dann nicht lieber?

«Nichts, nichts, ich bin nur schwer betrunken.»

Und weshalb lachte sie nun? «Das ist nicht zu übersehen. Hier, Sie müssen etwas essen – nein, das ist ein Befehl!»

Wie schön! Jetzt erteilte sie auch noch Befehle. Darüber hätte er gern laut gelacht, wenn er den Mund nicht so voll gehabt hätte. Woher kam dieses trockene, bröselige Zeugs ohne jeden Geschmack? Das klebte und klebte, er würgte und schluckte.

«Hier.»

Gottseidank, endlich was zu trinken. Salzig, aber angenehm, es prickelte so schön in der Nase, spülte den Pappbrei hinunter...

«Weiter, keine Müdigkeit vorschützen!» Wollte sie ihn umbringen? Pappe, flüssiges Salz, Pappe, widerlich starker Kaffee, er kaute, schluckte, trank, würgte, kam gar nicht dazu, ihr die verdienten Ohrfeigen zu verpassen, was stellte sie mit ihm an? Und wieso war sie so heiter? Tabletten – wozu brauchte ein gesunder Mann – und noch so ein ekliges Gesöff, fast schleimig, salzig, pfeffrig, jetzt bloß was Saures – er malmte hastig, welch eine Erlösung, Essiggurken – warum denn jetzt diesen widerlichen Kaffee?

Wenn dieses Biest nicht gleich aufhörte, würde er ihr den Hals umdrehen...

«Und jetzt müssen Sie ein paar Stunden schlafen.»

Das hatte er vor. Schon die ganze Zeit. Mit letzter Kraft

stemmte er sich hoch, für drei, vier Sekunden fuhr die Küche Karussell, er kniff die Augen zu, das Herumgewirbel ebbte ab, das Mobiliar fand seine waagerechte und senkrechte Position wieder. «Willst du nicht lieber gehen?»

«Nein.»

So jung und so entschieden. Er grummelte bösartig. Die akute Übelkeit war weg, nur in Armen und Beinen saß so eine Schwäche, aber die würde ihn nicht daran hindern – geduldig schleppte er sich die Treppe hoch. Wer ging da hinter ihm? – Ach ja, Monika hieß sie. Na schön, wenn sie nicht verschwinden wollte, hatte sie sich alles weitere selbst zuzuschreiben... Er saß auf seinem Bett und stellte die Schuhe sorgfältig zur Seite. Was fiel dem Gör ein, seine Schwäche mit sorgenvoller Miene zu betrachten? Heuchlerin – alle Frauen heuchelten. Plötzlich winkte er mit dem Finger, sie kam tatsächlich näher, die spann doch total, war sie so blöd? Wußte sie nicht, daß er sich jetzt für alle Kränkungen an ihr rächen würde?

«Willst du immer noch nicht gehen?» hörte er sich fragen und zog ihr den dicken Pullover über den Kopf. Sie wehrte sich nicht, aber sie half ihm auch nicht. «Ich will dir jetzt nämlich weh tun!» Diese blöden Unterhemdchen, zu dünn, um zu wärmen, aber so hinderlich.

«Ich weiß. Aber nicht jetzt. Schlaf erst!» Sie stand auf – wann hatte sie sich auf seine Knie gesetzt? – und bückte sich nach ihrem Pullover. Irgendwie fühlte er sich erleichtert, daß er nicht mehr aktiv sein mußte, jawohl, er würde jetzt schlafen, nicht lange, zehn Minuten, und dann würde er ihr's zeigen, dann schubste sie ihn nicht mehr herum...

Er wachte auf, und sein Kopf pochte nur ganz leise. Als ob er am Abend zuvor mächtig einen auf die Lampe – aber draußen vor den Fenstern war es stockdunkel. Und die Türöffnung bildete ein helles Viereck. Auf dem Flur brannte Licht. Seine Finger tasteten über etwas Flauschiges, er lag im Bett – die Erinnerung kehrte schlagartig zurück. Das Bier. Und dann Monika Busche, die sich nicht wegschicken lassen wollte – da war doch – du meine Güte, was hatte er angerichtet? Er rührte sich nicht und hoffte, es möge alles nicht wahr sein. Das nicht auch noch!

Unten klappte eine Tür, leise Schritte tappten die Treppe hoch, kamen näher, ein Schatten füllte das helle Viereck aus, eine Stimme flüsterte: «Schläfst du noch?»

«Nein», sagte er unsicher.

«Fein, wie geht's dir jetzt?»

«Mittelprächtig.»

«Kannst du aufstehen?»

«Ich denke doch. Wie spät ist es eigentlich?»

«Gleich acht.»

Du meine Güte, wie viele Stunden hatte er bloß verpennt? Sie schien seine Gedanken zu lesen: «Du hast vier Stunden lang versucht, das Haus umzusägen.»

«Schnarche ich so schlimm?»

«Noch schlimmer.» Sie lachte, aber es klang nett, und deswegen wagte er sich zu entschuldigen: «Monika, das mit dem Pullover – es tut mir leid, ich bitte um ...»

«Schon vergessen!» unterbrach sie ihn schnell. «Wenn ich dich jetzt allein lasse – stehst du dann auf oder schläfst du wieder ein?»

«Eine Minute, und ich steh senkrecht.»

«Viel Erfolg!» Das Rechteck wurde wieder hell. ‹Mittelprächtig› beschrieb es schon sehr genau, senkrecht war eine äußerst unbequeme und schwindelerregende Haltung, aber diese Anti-Kater-Kur, die sie ihm aufgezwungen hatte, schlug an. Als Wirtstochter verstand sie etwas von Alkoholfolgen. Unter der Dusche, abwechselnd heiß und kalt, lüftete sein Kopf endgültig aus.

Sie wartete in der Tür zu Gesines Zimmer und betrachtete ihn ernsthaft: «Wieder auf dem Damm?»

«Ja – dank deiner Gewaltkur.»

«Willst du mir jetzt den Pullover ausziehen?»

Eine Minute lang bewegte er sich nicht. Sie hatte ihre Entscheidung schon getroffen und verargte ihm nicht, daß er seine reiflich überlegte. Denn eine Entscheidung war es, ein Entschluß, der für beide Folgen haben würde, das wußten sie voneinander. Monika war in allem das genaue Gegenteil von Gesine, darin täuschte er sich nicht, und wenn er jetzt zögerte, dann wegen seines Zweifels, ob er schon wieder Verantwortung übernehmen wollte, für sich und für einen anderen Menschen.

«Nein», sagte er schließlich schwerfällig, obwohl er sich nach Zärtlichkeit sehnte. «Nicht heute und nicht hier.»

Sie senkte den Kopf, und deshalb nahm er sie in die Arme. «Monika, ich würde nicht mit dir schlafen, sondern in Gedanken mit einer anderen.» Er spürte, wie sich ihr Körper versteifte, aber er wußte nicht, was er noch mehr sagen sollte. Als sie sich stumm freimachte und die Tür zu Gesines Zimmer hinter sich schloß, fühlte er sich müde.

Viel später erschien sie im Wohnzimmer, und ihr zorniger Gesichtsausdruck erleichterte ihn. «Warum willst du mich nicht?»

«Weil es genau so wäre, wie ich gesagt habe – ich will dich schon. Aber reicht dir das?»

«Bei dir – vielleicht, ja.»

«Und nachher?»

Weil sie nicht wußte, was sie antworten sollte, ging sie zum Fenster, um die Vorhänge vorzuziehen.

«Halt!» bremste er. «Ich muß erst die Läden schließen.»

«Wieso denn das? Etwa meinetwegen?»

«Vor zwei Nächten haben zwei Männer versucht, hier einzusteigen. Allerdings wollten sie nichts klauen, sondern nach ihren Freundinnen schauen.» Wenn sie nicht so hastig den Kopf weggedreht hätte, wäre ihm nicht aufgefallen, daß sie blutrot wurde.

«Hei!» machte er verblüfft. «Was ist – sag bloß – ach du meine Güte – dein, dein ...?» Er hatte den Namen vergessen.

«Ja. Thomas.»

«Der sucht dich bei mir?»

Nach langer Zeit nickte sie so jämmerlich, daß er auf einen Kommentar verzichtete und erst die Fensterläden vorlegte und verriegelte. Das alles gefiel ihm immer weniger.

«Wer war denn der andere Mann?»

«Gerold.»

«Gerold und wie weiter?»

«Gerold Andersen.»

«Der vom Andersen-Hof da drüben?»

«Ja, der Sohn.»

Dann war das der junge Mann, der seinen Müll weggefahren hatte – «Hör mal, ich wußte gar nicht, wer das war, daß er überhaupt eine Freundin hat oder wie die heißt. Wie kommt dieser Gerold dazu, bei mir nach seiner Freundin zu schnüffeln?» Er stockte – noch während des Sprechens waren ihm die beiden Flaschen in Gesines Versteck wieder eingefallen, zwei Flaschen, mit «Gerold» beschriftet.

Monika hatte nichts bemerkt. «Andrea heißt sie. Sie ist etwas – komisch. Verkriecht sich bei Gerold auf dem Hof, man sieht sie praktisch nie.» Ihr Tonfall war höflich und seltsam teilnahmslos.

«Und was macht sie – ich meine, hat sie einen Beruf?»

«Nein, Gerold hat mal erzählt, daß sie während der Ausbildung schwer verunglückt und dann jahrelang von Klinik zu Klinik geschickt worden ist. Aber was sie hat und was sie jetzt so tut – nein, darüber spricht er nicht.»

«Hast du diese Andrea mal gesehen?»

«Ja, drei- oder viermal.»

«Ist dir an ihr etwas aufgefallen?»

«Nein», erwiderte sie verwundert. «Was soll denn mit ihr sein?»

«Ach, das war nur so eine Idee. Ich hab noch eine ganz andere Frage – diese Wohngemeinschaft in Breeken, die den alternativen Laden betreibt – was sind das für Leute?»

«Also, wenn du die Alten aus Södjen und Breeken hörst – halbe oder ganze Verbrecher. In Wirklichkeit sind das nette Typen, keiner hat viel Geld, einige wollen auch gar nicht viel verdienen, sie schlagen sich halt so durch.»

«Mit ehrlicher Arbeit?»

«Sicher.»

«Glaubst du, daß einer von diesen Leuten Rauschgift nimmt? Oder damit handelt?»

«Ausgeschlossen. Da bin ich ganz sicher. Was meinst du, wie scharf Kroppjahn diesen Leutchen auf die Finger sieht.»

Das Argument leuchtete ihm ein. Ein alternativer Laden samt Wohngemeinschaft in einem winzigen, stockkonservativen Dorf – kein halbwegs intelligenter Dealer würde sich so etwas als Tarnung aussuchen. Das Zeugs war also wohl aus einer Großstadt gekommen. Er stand auf und holte Bilder von den Jensen-Brüdern: «Hast du diese beiden Männer schon einmal gesehen?»

«Nein, nie!» sagte sie entschieden.

«Kannst du die Aufnahmen im Dorf herumzeigen und fragen, ob und wann jemand die beiden in Södjen bemerkt hat?»

«Wer sind die denn?»

«Zwei Totschläger. Vor kurzem aus dem Gefängnis entlassen.» Sie zuckte zusammen. «Ich weiß, daß sie sich an anderer Stelle nach Gesine – nach meiner Frau erkundigt haben. Anfang Januar waren sie bei Gesines Eltern in Flensburg.»

«Glaubst du, die beiden haben...»

«Liebe Monika, ich glaube gar nichts. Ich will wissen! Einen Mord klärt man nicht mit Glauben oder Vermutungen, sondern mit Fakten.»

Sie spürte seine unterdrückte Wut und nickte eingeschüchtert: «Gut, ich frage einmal herum. Anfang des Jahres... Soll ich auch zu Kroppjahn gehen?»

«Er wird dich fragen, woher du die Bilder hast.»

«Ja, und?»

«Du kennst doch das Dorf. Dann ist im Nu herum, aha, die Monika Busche hängt mit diesem Achim Wegener zusammen.»

«Stört dich das?»

«Ich denke nicht an mich, sondern an dich.»

«Das laß mal meine Sorge sein!»

Vorsichtshalber entgegnete er nichts. Weil er über zwanzig Jahre älter war, lag die Versuchung nahe, sie wie ein Kind zu behandeln, aber sie war eine erwachsene Frau und wußte wohl in der Tat sehr genau, was sie wollte und wie sie sich im Dorf zu behaupten hatte.

«Du willst doch nicht in Södjen bleiben», sagte sie plötzlich.

«Nein.»

«Ich auch nicht.» Ihr Plauderton täuschte nicht über das hinweg, was sie eigentlich hatte sagen wollen.

«Monika, ich kann dich nicht mitnehmen.»

Eine andere Antwort hatte sie nicht erwartet, und deshalb gelang es ihr zu lachen, ohne ihre Enttäuschung zu verraten: «Nicht so eilig! Ich komme wieder!»

Gut eine halbe Stunde später klingelte das Telefon. «Wegener.»

Am anderen Ende blieb es lange still, er strengte sich an zu lauschen, bis er ein schweres Atmen vernahm.

«Hau ab, du Schwein. Wir brauchen keine Mörder.»

Eine tiefe Männerstimme, heiser flüsternd, verstellt und trotzdem – dann knackte es, und er legte nachdenklich den Hörer auf, nicht ängstlich, eher erstaunt. Zuerst der Zettel im «Krug», dann der Brief, den jemand aus dem Dorf in seinen Hausbriefkasten geworfen haben mußte. Und jetzt per Telefon. Was sollte das? Wer wollte ihn vertreiben? Und warum?

Die Södjener hatten zu Haus Geese und den Eigentümern durchaus ein gespaltenes Verhältnis. Das war ihm sofort aufgefallen. Am ersten Wochenende waren Gesine und er nach Södjen gefahren, die Hitze dauerte unvermindert an, und er hatte sich im Wasser aufgeweicht. Gesine döste im Schatten eines Sonnenschirmes und meinte gähnend: «Wir laden die Södjener ein, am nächsten Wochenende. Ich muß dich doch vorstellen, das gehört sich hier so.» Da hatten sie schon, fast beiläufig, über Heirat gesprochen.

Am nächsten Samstag war es etwas kühler, aber noch immer trocken und warm. Die Södjener kamen, langsam, einige abweisend bis zur Unhöflichkeit, steif und zugleich neugierig; er hatte sich das Benehmen nicht recht erklären können und Gesine gefragt. «Alles Spinner vom Land», trillerte sie, und damit hatte er sich zufriedengegeben, trotz der manchmal hämischen, mitunter aber auch gehässigen Blicke und des Getuschels, aus dem er Schadenfreude heraushörte. Daß sie ihn und Gesine nicht mochten, wurde ihm schnell klar; eine Stunde lang fragte er sich, warum sie dann überhaupt gekommen waren, aber nach zwei Stunden, als das riesige Buffet leergegessen und alle Flaschen ausgetrunken waren, begriff er die Rechnung, die sich die Södjener aufgemacht hatten.

Nur ein junges schwarzhaariges Mädchen, das ihm bekannt vorkam, benahm sich anders. Sie hieß Monika, den Familiennamen hatte er nicht verstanden, und sie war rührend ungeschickt bei dem Versuch, freundlich zu ihnen zu sein und die plump-dreiste Unhöflichkeit der Södjener zu überspielen.

Zufällig belauschte er sie, als sie zwei Männern Vorwürfe

machte: «Wenn ihr hier freßt und sauft, könnt ihr wenigstens freundlich sein.» Die Männer gluckten und kollerten, die Vorwürfe nahmen sie in ihrer Schnapsheiterkeit nicht ernst. «Warum seid ihr dann überhaupt gekommen?»

«Bei Freibier sage ich nie nein.»

«Wollt doch mal sehen, was aus dem Gesinchen geworden ist.»

«Hat sich prächtig rausgemacht.»

«Und sogar einen Dummen geangelt.» Prustendes Gelächter.

«Wer hätt das gedacht!»

«Der Kerl erinnert mich sehr an Krischan Zander, hähähä.»

«Hast völlig recht. Sieht ganz so aus wie der Krischan.»

«Der is ja auch für immer verduftet.»

Jetzt verschluckten sich die angetrunkenen Lästermäuler vor sabberndem Lachen. Das schwarzhaarige Mädchen zischte wütend: «Ihr seid doch – doch...»

«Willste den etwa verteidigen, den Krischan?»

«Is man 'nen bißchen spät, was?»

«Da denken andere ganz anders, was, Fiete?»

«Ja, ja, der neue erinnert sehr an Krischan, den Lumpen.»

«Schämt euch, ihr – ihr...» Das Mädchen war in hilflosem Zorn weggelaufen, die beiden Alten kicherten noch eine ganze Weile schlüpfrig und zogen genußvoll die Nasen hoch.

«Is das eigentlich sicher, das mit dem Krischan...?»

«Weiß nich. Hab nie wieder mit ihr gesprochen. Mußt du mal den Thies fragen.»

«Ja, ja, du hast ja wohl ein Rad ab! Ausgerechnet den Thies.»

Selbst Gesine gab abends zu, daß es wohl keine gute Idee gewesen sei, die Södjener einzuladen, aber weil sie dabei gerade ihr Kleid über den Kopf zog, verzichtete er darauf, sich nach Krischan Zander zu erkundigen.

Wieso fiel ihm diese Szene gerade jetzt wieder ein?

Um Mitternacht ging er zu Bett und schaute zufällig, als er das Licht schon ausgeschaltet hatte, zum Fenster hinaus. In den letzten Stunden hatte es geschneit, über alles war ein weißes Tuch gebreitet, das die Nacht seltsam hell, fast zwielichtig machte. Ohne diesen hellen Hintergrund hätte er den Schatten nicht entdeckt, der sich hartnäckig auf das Haus zukämpfte, stolpernd und schwankend, mal groß und deutlich, dann wieder klein und unscharf.

Er beobachtete den Mann ohne Überraschung. Sein Gesicht konnte er nicht erkennen, aber an seiner Absicht bestand kein Zweifel, er wollte an das Haus heran. Ein Einbrecher? Der würde wenig Glück haben, Türen und Fenster waren fest verrammelt, geräuschlos konnte er auf keinen Fall einsteigen. Bis vor wenigen Minuten hatte im Haus noch Licht gebrannt, der Unbekannte da unten mußte also eigentlich wissen, daß er kein leeres Haus vorfand.

Der Schatten verharrte, etwa zehn Meter von der Veranda entfernt. Wartete er ab – oder war er unschlüssig? Wegener machte kehrt und huschte die Treppe hinunter. Mit aller Vorsicht drehte er die Schlüssel an der Haustür um, zog Millimeter um Millimeter den Riegel zurück. Wie gut, daß er beim Einzug das feste, altmodische Stück geölt hatte. Danach schlich er in die Küche zurück, tastete nach dem Lichtschalter. Die Tür des Windfangs hatte er nur angelehnt. Herr Unbekannt sollte keine Mühe haben, das Haus zu betreten.

Drei, vier Minuten geschah nichts. Er lauschte konzentriert. Angst hatte er nicht, mit einem einzigen Mann, der sich im Haus nicht auskannte, wurde er allemal fertig. Wenn er nur endlich kam! Und endlich schabte es. Die Haustür, das Abschlußblech kratzte auf der Metalleinfassung der Fußmatte, die im Windfang versenkt eingelassen war. Unwillkürlich grinste er: Nur hereinspaziert! Seine Augen hatten sich auf das Halbdunkel umgestellt, die helle Kante der Windfangtür bewegte sich, verschwand hinter einem Schatten; fast anerkennend registrierte er die Lautlosigkeit seines ungebetenen Besuchers. Er atmete aus, schloß die Augen, knipste das Licht an und blinzelte nur durch die Lider, um nicht geblendet zu werden. In der Diele stand ein Mann, wie erstarrt, den Kopf zur Küche gedreht, aber die Augen – genau, wie er kalkuliert hatte – für eine, vielleicht zwei Sekunden vor der unerwarteten Helligkeit zugekniffen. Daß Wegener mit zwei langen Schritten vorstürmte, erfaßte er wohl noch, aber dem linken Schwinger in den Magen und dem sofort folgenden rechten Aufwärtshaken genau auf das Kinn konnte er nicht mehr ausweichen. Sein Kopf flog nach hinten, er verlor das Gleichgewicht, taumelte rückwärts, ruderte mit den Armen, stürzte und knallte zum Schluß mit dem Hinterkopf gegen die Wand, daß es dumpf-bedrohlich dröhnte.

Wegener trat zurück und schaltete die Dielenlampe ein. Den Mann kannte er nicht, er mochte um die dreißig sein, mittelgroß und nicht sehr kräftig, kein Gegner, den er fürchten mußte. Der Eindringling war nicht k. o., aber schwer angeschlagen und zudem durch die Überrumpelung wie gelähmt. Nein, der würde es nicht auf einen Kampf ankommen lassen.

Zuerst schloß er die Haustür, von der es kalt hereinzog.

«Wer sind Sie?»

Der Fremde robbte leise stöhnend zurück, damit er sich aufrichten und mit dem Rücken gegen die Wand lehnen konnte. Seine Augen zuckten, doch seine Miene wurde trotzig. Er antwortete nicht.

«Hören Sie, es gibt eine echte Alternative», drohte Wegener verärgert. «Entweder kriegen Sie die Zähne auseinander, oder ich verpasse Ihnen eine anständige Tracht Prügel und rufe dann Kroppjahn.»

Nach einer sehr langen Bedenkpause krächzte der Mann: «Ich heiße Schwartz, Thomas Schwartz.»

«Ach nee! Der Freund von Monika?» Schwartz nickte widerwillig. «Haben Sie schon wieder Ihre Freundin bei mir gesucht?»

Damit überraschte er ihn so, daß ihm ein «Ja» herausfuhr.

«Na prima!» lachte Wegener trocken. «Ihre Freundin ist vor gut drei Stunden gegangen, und Sie stehen jetzt auf, damit wir uns vernünftig unterhalten können.»

«Worüber denn?!» bockte Schwartz, aber das war so kläglich, daß sich Wegener einfach umdrehte und in die Küche ging. Vier Bier, zwei Gläser – der junge Mann wußte noch nicht, daß er viel und ausführlich reden würde. Tatsächlich schob sich Schwartz Minuten später ins Wohnzimmer. Sein Gesichtsausdruck reizte zum Lachen, wie ein geprügelter Hund.

«Prost», sagte Wegener und gab sich keine Mühe, seine Verachtung zu verbergen. «Wir haben allerhand zu bequatschen.»

Schwartz wagte keinen Protest, sondern trank hastig.

«Damit die Fronten klar sind: Ihre Freundin besucht mich häufiger. Sie dürfen vermuten, was Sie wollen, aber zwischen uns ist nichts. Wenn es zwischen Ihnen und Monika kriseln sollte, bin ich nicht der Grund.»

«Doch!» widersprach Schwartz weinerlich. «Doch, seit Sie hier wohnen, will Monika nichts mehr von mir wissen.»

«Das glauben Sie doch selbst nicht.»

«Hat sie mir selbst gesagt!» Seltsamerweise hörte er sich ehrlich an. Er schmollte, trotzte, war gekränkt, aber was er sagte, klang aufrichtig.

«Wenn Monika Sie schneidet, haben Sie ihr ja allen Grund gegeben.»

«Ich?» Schwartz riß Mund und Augen auf.

«Wie war denn das mit den Besuchen meiner Frau bei Ihnen?»

«Aber das hatte Monika doch nie gewußt!» Schwartz empörte sich regelrecht, er war wohl so dumm, wie er sich jetzt präsentierte. Ein Mann durfte sich die Hörner abstoßen, Hauptsache, er beachtete dabei das elfte Gebot «Laß dich nicht erwischen!». Und auf den Gedanken, der Ehemann könne den ehemaligen Liebhaber seiner verstorbenen Frau noch nachträglich vermöbeln, kam dieser Dorf-Casanova nicht. «Und das mit der Ingrid war doch...» Er brach ab.

«Wer ist Ingrid?»

Vor Ärger verzog Schwartz das Gesicht, aber er hatte sich schon verraten, und weil er feige war, sträubte er sich nicht: «Ach, so eine Studentin, die da in dem alternativen Laden gewohnt hat. Wir sind drei- oder viermal – na ja, aber das war doch nichts. Monika hat ein Riesengeschrei veranstaltet, als sie die Ingrid sah, aber wir haben doch nur Silvester gefeiert, ich meine, diese Langweiler aus dem Laden sind um elf ins Bett gekrochen, und da ist sie eben zu mir gekommen, ich meine, beim neuen Jahr darf man das ja wohl.» Schwartz war so aufgebracht, daß Wegener lieber den Mund hielt. «Aber die Moni stellt sich ja immer an.» Nun ja, aus seiner Sicht konnte man das so beurteilen. «Und überhaupt, diese blöde Eifersucht.» ‹Bei ihr›, ergänzte Wegener stumm. Schwartz durfte das, er war ja der Mann, der seinen Besitz verteidigte. Arme Moni! «Eigentlich hat sie sich schon immer zickig angestellt, und dabei sollte sie froh sein, daß ich sie...»

«Daß Sie was?» forschte Wegener nach einer langen Pause.

«Ach nichts. Die Moni soll froh sein, daß sie einen Mann bekommt. Wenn sie glaubt, sie wär was Besseres...» Schwartz kippte voll ehrlicher Entrüstung sein Bier und goß nach, als Wegener ihm schweigend die Flasche hinschob. Um das Bier tat's ihm fast leid, er war gastfreundlich, aber diesem Unsympath hätte er selbst in der Wüste ein Glas Wasser verweigert.

«Na schön», brummte er endlich. «Daß Sie Ihre – hm – Freundin bei mir suchen, verstehe ich ja noch, Monika besucht mich tatsächlich häufiger. Aber warum glaubt Gerold Andersen, seine Freundin könne bei mir sein? Ich kenne seine Freundin überhaupt nicht, habe sie nie gesehen und weiß erst seit heute von Monika, daß sie Andrea heißt. Was läuft da?»

Nun überlegte Schwartz, seine Blicke irrten unruhig hin und her. Wegener ließ ihm Zeit. Er hatte so viele Menschen verhört, daß er den Gedankengang des anderen wie ein offenes Buch lesen konnte. Sollte er sich jetzt dumm stellen – oder etwas zugeben? Und wenn ja, was? Welche Lüge würde den Frager täuschen? Und wenn schon Lüge – was wußte der andere bereits? Die kleinen Rädchen drehten sich hektisch, Wegener betrachtete ihn ausdruckslos. Wenn dieser Knabe einen schwachen Schimmer davon hätte, wieviel Intelligenz überzeugendes Lügen erforderte – er würde lieber gleich mit der vollen Wahrheit herausplatzen.

«Sie heißt Andrea Koslowski, ich weiß nicht genau, wie alt sie ist, Ende Zwanzig vielleicht.» Na, das begann ja ganz ordentlich. «Gerold hat sie in Hamburg kennengelernt. Sie war wohl Studentin und hat einen schweren Unfall gehabt.»

«Was für einen Unfall?»

«Keine Ahnung. Verkehrsunfall oder so was. Jedenfalls lag sie lange im Krankenhaus, und Gerold hat sie nachher auf den Hof geholt.»

«Ist sie jetzt wieder gesund?»

«Also, gesund – ne, gesund sieht sie nicht aus. Ziemlich blaß und mickrig. Seit sie bei ihm ist, läßt sich Gerold nicht mehr viel blicken», setzte er übergangslos hinzu.

«Hm. Wie kommt Gerold darauf, seine Andrea könne bei mir sein?»

Schwartz umklammerte das Glas viel zu fest: «Sie ist wohl häufiger hier im Haus gewesen.»

«Wer? Andrea?»

«Ja.» Da fehlte noch viel; Wegener schnaufte und starrte Schwartz böse an. Nach einer halben Minute schaffte es der Schwächling nicht mehr, den Blick zu ignorieren; er zog förmlich den Kopf zwischen die Schultern, nein, ein geübter Lügner war er nicht. «Mit Gerold.»

«Also Gerold und Andrea haben häufiger meine Frau besucht?»

«Ja... aa!» Ein erbärmliches Flüstern.

«Zusammen oder getrennt?»

«Das kann ich nicht sagen.»

«Und warum diese Besuche?»

«Das weiß ich nicht.» Plötzlich perlten dicke Schweißtropfen auf seiner Stirn. Er preßte die Finger so fest zusammen, daß die Knöchel leuchteten. Genausogut hätte er sich ein Schild umhängen können «Ich lüge», aber Wegener hatte keine Lust mehr, sich noch länger mit ihm zu beschäftigen. Er holte die Jensen-Bilder heraus und hielt sie Schwartz vor die Nase: «Kennen Sie diese Männer?»

«Was ist mit denen?»

«Nur, ob Sie die Männer schon mal gesehen haben!»

Schwartz schaute hoch, sein Gesichtsausdruck veränderte sich. «Ja», sagte er erstaunt, «ja, die kenne ich.»

«Und woher?»

«Von Ingrid.»

«Ingrid ist diese Studentin aus dem alternativen Laden?» Schwartz nickte. «Was hat sie mit den Männern zu tun?»

«Das war – also, irgendwo hat Ingrid – sie ist immer per Anhalter gefahren. Und eines Tages ist sie mit diesen beiden Kerlen nach Breeken gekommen, aber die wollten wohl – na ja, Sie verstehen schon, die Ingrid ist aus dem Auto gesprungen und in den Laden gelaufen, die beiden hinterher, und dann hat's eine Prügelei gegeben.»

«Woher wissen Sie das?»

«Ich hatte das zufällig gesehen und bin auch gleich in den Laden.» ‹Zufällig!› mokierte sich Wegener, aber Schwartz hatte ein gutes Gewissen und strahlte: «Die haben eine kräftige Abreibung gekriegt.»

«Wie schön! Und wann war das?»

«Wann? Anfang Januar – ja, so in der Kante.»

«Genauer wissen Sie's nicht mehr?»

«Ne, da müssen Sie sich in der Kommune erkundigen.» Den so gehässigen wie verräterischen Unterton merkte Schwartz nicht einmal; Wegener klemmte die Mundwinkel ein, um ernst zu bleiben: «Hören Sie mal, Schwartz, Sie haben doch Namen und Anschrift dieser Ingrid.»

«Ich?» Du meine Güte, jetzt wurde er auch noch knallrot, und als er die Hitze selbst spürte, schrumpfte er in seinem Sessel zusammen und holte ein zerfleddertes Notizbuch heraus, blätterte und hielt es Wegener stumm hin.

Ingrid Jorges, Kiel, Wilhelmstraße 33, dreimal bei Krüger klingeln. Eine Telefonnummer. «Nach Mausi fragen.»

Am liebsten hätte er dem jungen Dummkopf dankbar die Hand geschüttelt, aber weil es das Weltbild dieses Widerlings restlos zerrüttet hätte, zwang er sich zur Unfreundlichkeit: «Okay, Schwartz, hauen Sie ab! Ich werde Kroppjahn – und Monika – nichts von Ihrem – hm – Besuch erzählen. Allerdings rate ich Ihnen dringend, sich nicht ein zweites Mal erwischen zu lassen.»

Schwartz war wortlos abgezogen; Monika zu erwähnen hatte er nicht mehr gewagt. Auf seine Art liebte er sie wohl wirklich, und Wegener kannte jetzt die besitzergreifende Häßlichkeit solcher Beziehungen zu gut, um sich darüber lustig zu machen.

Die Jensen-Brüder hatten Gesine gesucht. Gesine brauchte plötzlich regelmäßig sehr viel mehr Geld. Die Vermutung lag nahe, daß sie erpreßt wurde. Von den Jensens? Unterstellt, die Jensens hatten ihr die Daumenschrauben angelegt – womit? Es gab keinen Beweis dafür, daß Gesine Hellbich den Playboy Harald Kamphausen erschlagen hatte, zumindest keinen materiellen Beweis, da war er sicher. Und wie waren die Jensens überhaupt darauf gekommen, daß Gesine...? Handelte es sich gar nicht um den Fall Kamphausen? Sondern um – zum Beispiel – Rauschgift?

Er stand noch lange am Fenster seines dunklen Schlafzimmers und starrte in den Garten. Es schneite immer noch, die Flocken schienen ihm jetzt dünner zu sein, schneller zu fallen. Die Stille nährte die Angst vor Einsamkeit und Kälte und dem, was Schwartz ausgesagt hatte, ohne die Bedeutung seiner Worte zu erkennen.

## KAPITEL 6

Er wachte spät auf. Draußen war es nicht richtig hell geworden, aus dem niederen Himmel schwebten die Flocken noch immer mit bedrückender Gleichförmigkeit herab. Das Radio warnte pausenlos vor einem Verkehrschaos. Alarmiert inspizierte er seine Auffahrt: Keine Chance, die Straße zu erreichen. Wenn er nicht stundenlang schippen wollte, mußte er heute den Wagen in der Garage lassen. Trockener Pulverschnee, minus sechs Grad und ein Himmel, der noch viel weiße Pracht versprach, er saß fest. Verwundert lachte er auf: In der Stadt wäre ihm das nie passiert.

Er lief einfach Richtung Westen, der Schnee lag hoch genug, alle Unebenheiten auszugleichen, Wege gab's ohnehin nicht mehr, und die Pappeln am Rande der Wuhle boten genug Orientierung. Auf der anderen Seite führte ein Weg von der Senke direkt zum Andersen-Hof. Mit dicken Skisocken in hohen Gummistiefeln war es sogar ein ganz angenehmes Laufen. Einen harten Winter hatte er erlebt, die Ostsee war in Strandnähe zugefroren, und er war über das Eis mehrere hundert Meter hinausmarschiert, bis zu den Hügeln, Türmen und Zacken aus hochgeschobenen, zerbrochenen Eisschollen. Hinter dem Wall trieben kleine Placken auf einem heimtückisch schwarzen Wasser. Ab und zu knackte das Eis, es klang bedrohlich und gefährlich, und einmal spürte er in den Fußsohlen das leise, alarmierende Zittern. Seitdem verstand er, warum Erdbeben die Menschen im doppelten Sinne des Wortes erschütterten; er hatte eilig kehrtgemacht. Unwillkürlich trat er jetzt fester auf. Die Pappeln schienen nicht einen Schritt näher gekommen zu sein.

Sport hatte er nie getrieben, aber er war schon immer gern gelaufen. Ganz anders als Gesine, die jede unnötige Bewegung scheute. Viel, viel später hatte er sich manchmal gewundert, daß sie bei ihrer Trägheit und ihrem zum Teil unmäßigen Saufen kein Fett ansetzte oder jene aufgedunsenen Züge bekam, die den Säufer kennzeichneten. Ihr Gesicht blieb bis zuletzt straff.

Dann stand er zwischen den Pappeln und schaute in die Wuhle hinunter. Die vier Teiche waren erst an den Rändern zugefroren, der Schnee bedeckte die Dämme und verhüllte die Wehre. Das überlaufende Wasser blitzte trotz des bedeckten Himmels, es war ein bescheidenes Rinnsal, das lautlos den links und rechts abgleitenden Schnee verschluckte. Nach dem Ausbaggern hatte Andersen einen neuen Steg über den Damm errichtet, der den zweiten vom dritten Teich trennte. Nur das Holzgeländer markierte ihn noch, alles andere war unter dem Schnee verschwunden.

Gesine hatte um die fünfzig Kilo gewogen, und selbst für einen kräftigen Mann war es ein hartes Stück Arbeit gewesen, sie vom Haus bis zur Wuhle zu schleppen. Und zwar nachts – tagsüber war der Marsch durch das freie, offene Gelände viel zu riskant. Danach mußte er ein zweites Mal den Weg zurückgelegt haben, um die Felgen zu holen, mit denen er die Leiche beschwerte.

Wegener drehte sich um. Vor dem Hintergrund des Waldes war das Haus kaum zu erkennen.

Hatte er Licht brennen lassen, um zurückzufinden? Und woher kannte er die Wuhle, die Fischteiche? Warum hatte er die Leiche überhaupt versenkt?

Dr. König beharrte auf diesem Punkt.

*Verteidiger:* Frau Thayer, haben Sie bei Ihren Ermittlungen eine Erklärung dafür gefunden, warum der Mörder die Leiche versteckt hat?
*Zeugin:* Ihr Mandant mußte den Eindruck erwecken, als ...
*Verteidiger:* Verzeihung, ich fragte, warum der Täter so gehandelt hat.
*Zeugin:* Für mich besteht kein Zweifel, daß Ihr Mandant der Täter ist.
*Verteidiger:* Das mag ja Ihre persönliche Auffassung sein. Aber

als Leiterin der Ermittlung waren Sie kraft Gesetz gehalten, auch die entlastenden Indizien zu überprüfen.
*Zeugin:* Das habe ich getan.
*Verteidiger:* Gut. Dann erklären Sie mir bitte, warum der Täter die Leiche beseitigt hat.
*Zeugin:* Sie sollte nicht im Haus Geese gefunden werden.
*Verteidiger:* Und warum nicht?
*Zeugin:* Weil dann der Verdacht sofort auf Ihren Mandanten gefallen wäre.
*Verteidiger:* Das verstehe ich nicht. Warum auf meinen Mandanten? Der von seiner Frau getrennt lebte? Warum nicht auf einen anderen Mann, einen Bekannten, Freund, Besucher?
*Zeugin:* Es hat keine Freunde und Besucher gegeben.
*Verteidiger:* Woher wollen Sie das wissen? Sie können doch nur aussagen, daß Sie keine Freunde und Besucher ermittelt haben. Oder irre ich mich?
*Zeugin:* Nein.
*Verteidiger:* Sehr schön. Die Anklage unterstellt, daß mein Mandant seine Frau irgendwann zwischen dem Mittag des 31. Dezember und dem 12. Januar ermordet hat. Unterstellt, er ist der Täter, dann entnehme ich der unpräzisen Zeitangabe, daß er während dieses Zeitraums nicht in Södjen gesehen worden ist. Richtig?
*Zeugin:* Richtig.
*Verteidiger:* Dann erklären Sie mir bitte, warum mein Mandant, mit Mordermittlung und kriminalpolizeilicher Vorgehensweise weiß Gott vertraut, die Leiche nicht einfach im Haus hat liegen lassen.
*Zeugin:* Er mußte befürchten, daß sie bald gefunden wurde...
*Verteidiger:* Entschuldigung! Von wem denn? Von den Besuchern und Freunden, die es laut Ihren Ermittlungen nicht gegeben hat? Gründet der Mordvorwurf nicht gerade auf Ihrer Behauptung, Gesine Wegener habe in Haus Geese wie eine Eremitin gelebt? Und nur Besuch von ihrem Ehemann bekommen?

Es war ein billiger Trick; der Staatsanwalt widerlegte ihn auch, aber er hatte zu spät eingegriffen. Die Zeugin hatte zu lange geschwiegen, und ihre Verwirrung oder Unsicherheit stärkte die Zweifel des Vorsitzenden, der ohne jedes Wohlwollen die Kindfrau betrachtete. Durch die hohen Fenster des Sitzungssaales fielen die Sonnenstrahlen gerade auf den Zeugenstand, und das Licht machte sie noch jünger und noch angreifbarer.

Vorsichtig einen Fuß vor den anderen setzend hangelte er sich an dem Geländer entlang. Der Bohlensteg war nicht breit, aber fest, und der trockene Schnee gab Halt. Erleichtert stapfte und kletterte er die Anhöhe hinauf. Bis zum Andersen-Hof waren es noch gut zwei Kilometer.

Das Haupthaus sah alt und heruntergekommen aus. Im rechten Winkel dazu standen eine ungepflegte Fachwerkscheune und, auf der anderen Seite des Hofes, ein moderner Stall. Nichts regte sich, kein Laut war zu hören, und der Eindruck von Leere und Leblosigkeit deprimierte ihn. Der Schnee auf dem Hof lag noch unberührt, Spuren gab es nur zwischen Scheune und Stall.

Neben der Haustür hing ein altmodischer Porzellangriff an einem Draht; er zog vorsichtig und löste ein mißtönendes Scheppern aus. Schwere Schritte näherten sich, die Tür wurde aufgerissen: «Ja?»

«Guten Tag, Herr Andersen...»

Er mußte nicht weiterreden, Andersen hatte ihn erkannt, das verriet das zuerst erschrockene, dann häßliche Blinzeln des großen, dicken Mannes.

«Ich hätte gern mit Ihrem Sohn Gerold gesprochen...»

Andersen zeigte kurz auf die Scheune: «Da drüben!»

«Vielen...» Das zweite Wort wurde ihm schon von der zufahrenden Tür abgeschnitten. Ein Grobian, dafür war Andersen selbst bei den dickschädeligen Södjenern verschrien. Achselzuckend drehte er sich um und lief quer über den Hof. An der rückwärtigen Schmalseite war die Scheune besser instand gehalten, roter Klinker, weiß gestrichene Doppelfenster – eine eigene Wohnung zu ebener Erde, vielleicht als Altenteil gedacht. Und an der Tür eine elektrische Klingel.

Gerold Andersen wollte ihn nicht hereinlassen, aber wagte nicht, ihn einfach wegzuschicken, seine Unruhe konnte er nur schlecht verbergen: «Sie hätten mich doch anrufen können...»

«Anrufen?»

«Wenn Sie noch einmal eine Müllfuhre haben.»

«Ach so, nein, deswegen bin ich nicht da.»

«Nein?»

«Nein, ich möchte gern hören, wie Sie dazu kommen, Ihre Freundin, die Sie vermissen, ausgerechnet in Haus Geese zu suchen.» Der Junior wurde blaß. «Und was diese eigenartigen Besuche bei meiner Frau zu bedeuten hatten.»

Andersen wandte sich zur Seite und fuhr mit den Händen sinnlos immer wieder über den Pullover, als wollten die Handflächen einfach nicht trocken werden. Zum Schluß seufzte er und trottete mit gesenktem Kopf voran.

Wegener zog im gekachelten Vorraum die Stiefel aus und nahm sich ein Paar Holzsandalen. Von der Diele führten drei Türen ab. Er folgte dem wortlosen Andersen in eine große, gemütliche Wohnküche. An dem langen Tisch, der mit einer Schmalseite unter das Fenster gerückt war, saß eine junge Frau. Sie hatte gelesen und legte nun das Buch zur Seite, zuerst verwundert, aber dann, als sie Wegener erblickte, tödlich erschrocken. «Der Jowe!» platzte sie heraus und schlug, eine Zehntelsekunde zu spät, eine Hand vor den Mund.

Wegener erstarrte. Woher kannte sie seinen alten Spitznamen? Dann schaute er auf Andersen, der sich unendlich müde auf einen Stuhl sinken ließ, wie ein alter, geschlagener, mutloser Mann. Dabei blickte er zu Boden, sein Kopf wankte mutlos hin und her. Seine Freundin preßte jetzt beide Hände fest auf den Tisch, als brauche sie mehr Halt. Ihre Lippen zitterten immer stärker. Das ganze Elend dieser Welt schien über sie hereingebrochen.

Weil keiner etwas sagen wollte, nahm er sich einen Stuhl und setzte sich leise. Der Raum war groß, aber niedrig, eigenwillig eingerichtet, mit alten Bauernmöbeln und einer modernen Einbauküche. Der Fußboden bestand aus dunkelroten, glänzenden Fliesen, die Fugen waren mit schwarzer Farbe nachgezogen. In einer Ecke bewunderte er einen massiven Holzständer, aus altem Holz geschnitzt, daran hing an sechs breiten roten Bändern mit goldener Borte ein mächtiger Adventskranz; eine der dicken gelben Kerzen brannte mit ruhiger Flamme. Keine Einrichtung nach seinem Geschmack, und für die jungen Leute vor ihm etwas zu altbacken.

Er seufzte, das Schweigen wurde ihm lästig: «Sie tun so, als ob ich Ihnen ein Todesurteil überbracht hätte.»

Andrea Koslowski zwang sich, seinem Blick nicht länger auszuweichen. Er schätzte sie auf Ende Zwanzig, Anfang Dreißig, brauner Pagenschnitt und dunkle Augen in einem hübschen Gesicht, das früher einmal zart gewesen war, nun aber fahl und aufgedunsen wirkte. Oder krank, das war's, die junge Frau war nicht gesund. Die bis auf die Knochen abgemagerten Arme paßten nicht zu dem Gesicht.

«Woher kennen Sie meinen Spitznamen?»

«Von – Kollegen. Ich habe auf der Scheibe gearbeitet. Bis sie mich auf dem Hansaplatz hochgenommen haben.»

«Weswegen?»

«Weil ich gedealt habe.» Sie schnaufte bitter. «In der Show und auf der Straße habe ich nicht mehr genug verdient.»

«Also voll drauf?»

«Mehr als voll. Zum Schluß drei Drücke pro Tag, drei Therapien ohne Erfolg. Bis der brave Junge vom Lande mich aufgabelte.»

«Laß das, Andrea!» befahl Andersen, und Wegener musterte ihn nachdenklich. Es hatte besorgt geklungen, besorgt und liebevoll. Und wie ein braver Junge sah Gerold Andersen eigentlich nicht aus, dazu wirkte er zu groß, zu kräftig. Auch ‹naiv› war nicht das rechte Wort.

«Und dann? Er hat Sie aufgegabelt. Wie ging's weiter?»

Unvermittelt sprang sie auf und ging in die Küchenzeile, begann Tee zu kochen, um nicht antworten zu müssen. Aber weil sie nicht versuchte, ihn loszuwerden, wappnete er sich mit Geduld und streckte die Beine aus. Als er sich eine Zigarette anzündete, holte Andersen tief Luft: «Ich hab sie aus Hamburg weggeholt. Sie sollte nicht mehr – ich wollte ihr helfen.»

«Sie brauchte Stoff», stellte Wegener fest und bemühte sich, niemanden anzuklagen.

«Ja, den hab ich besorgt.»

«Wo?»

«Das will ich nicht sagen.»

«Gut, einverstanden.»

«Etwas hatte ich gespart, außerdem hab ich alle möglichen Arbeiten angenommen. Zu Anfang – ging's.»

«Haben Sie sich nicht mehr um eine neue Therapie bemüht?»

«Nein. Andrea hatte – Angst vor einem neuen Entzug.»

«Schön. Aber wie weiter? Kein Mensch überlebt drei Drücke pro Tag.»

«Das wissen wir. Ich habe viel über Sucht und Rauschgift gelesen – wir hofften, ein Arzt würde uns Methadon verschreiben.»

«Das ersetzt eine Abhängigkeit durch die andere.»

«Ja, natürlich. Aber die eine Abhängigkeit ist die Hölle und die andere ein kleines Stück normales Leben.»

Andersen sprach so ernst, daß er auf weitere Einwände verzichtete. Von der ganzen Sache verstand er auch zuwenig, vielleicht stimmte, was der weizenblonde Lockenkopf behauptete.

«Dann bin ich Ihrer Frau begegnet.»

«Wie? Und wann?» Absichtlich fragte er kurz und hart, aber Andersen ließ sich nicht aus der Ruhe bringen. Andrea deckte den Tisch, mit gläsernem Geschirr, einer Schüssel voll Kandiszucker und einer Flasche Rum; die Unterhaltung schien sie nicht zu erreichen. Sie hatte sich völlig in sich zurückgezogen, und das machte sie ansprechender.

«Im Februar – vorigen Jahres. Ihre Frau war mit dem Wagen von der Straße abgekommen und in einer Schneewehe steckengeblieben. Mein Vater kam mit dem Traktor vorbei und zog sie raus, schleppte sie bis zum Haus Geese. Sie fragte ihn, ob er nicht helfen könne, im Garten sollten zwei Bäume gefällt werden, und außerdem wollte sie zwei Büsche rausgerissen haben.»

«Das hat dann Ihr Vater ...?»

«Nein, ich. Er hatte keine Zeit oder keine Lust, jedenfalls hab ich zwei Tage für Ihre Frau gearbeitet. Und als ich fertig war, holte sie mich ins Haus und bot mir was zu trinken an.» Andersen stand auf und nahm Tabak und Blättchen, er rollte bedächtig und geschickt. «Ihre Frau hatte da schon eine Menge getrunken.»

Er nickte, er konnte sich die Szene gut vorstellen.

«Zum Schluß wollte sie – mehr.» Andersen riß ein Streichholz an, paffte, schüttelte das Flämmchen aus und legte das Holz bedächtig in einen Aschenbecher. Dann entfernte er penibel eine Tabakkrume von seiner Zungenspitze.

«Sie können ruhig weitererzählen. Es gibt nichts, was mich noch überraschen oder verärgern könnte.»

«Ja, gut. Ich wollte nicht.»

«Warum nicht?»

«Wegen Andrea. Und wegen – ich mag keine Frauen, die sich aufdrängen oder – anbieten.»

«Das wird die liebe Gesine aber mächtig verstimmt haben.»

«Ja, aber erst hinterher. Vorher blieb sie – hartnäckig. Wenn ich schüchtern oder gehemmt sei, hätte sie ein tolles Mittel dagegen.»

«Ah ja? Was denn?»

«Koks.»

Jetzt atmete er tief durch. Die Geschichte bekam Konturen, häßliche zwar, aber deutliche. Andersen musterte ihn geistesabwesend; Andrea schien mit dem Tee nicht fertig zu werden; der dämmrige Raum vibrierte plötzlich vor schmerzhafter Spannung.

«Ich hab abgelehnt. Ich hab ihr sehr grob gesagt, was ich von Rauschgift halte. Ich bin zu dumm und zu erregt und zu unvorsichtig gewesen und hab ihr verraten, daß meine Freundin an der Nadel hängt. Ich war – wütend über soviel Dummheit.»

Da allerdings irrte der liebe Junge. Gesine war gewissenlos, aber nicht dumm, ganz im Gegenteil, sogar sehr gerissen, sobald es darum ging, anderen ein Geheimnis zu entlocken – wie dem braven Gerold.

«Sie tat, als hätt sie – Mitleid. Heroin sei schlimm, aber Kokain mache doch nicht süchtig. Sie wollt mir jedoch nichts aufschwatzen, sie könnt ja verstehen, warum ich so gereizt wär.»

Beinahe hätte er geschmunzelt. Es war die Kurzversion einer wirkungsvollen Technik mit dem Namen ‹Wie wickle ich einen Mann um den Finger?›.

«Und blöd, wie ich bin, hab ich dann auch noch erzählt, wir suchten verzweifelt nach einem Arzt, der uns Methadon verschreibt.»

«Haben Sie das ernsthaft hier in der Umgebung versucht?»

«Nein.» Andersen verzog das Gesicht zu der Andeutung eines

Lächelns. «In Hamburg, in Frankfurt, in Hannover. Immer ohne Erfolg.» Andrea machte sich noch immer in der Küchenzeile zu schaffen und kehrte ihnen den Rücken zu. «Als Ihre Frau dann mit dem Striptease begann, bin ich gegangen. Zwei Wochen später rief sie hier an, sie hätt jetzt Methadon, aber es hätt einen Preis.»

«Welchen?»

«Das – Bett. Allein mit mir oder mit Andrea oder mit uns beiden. Es war – widerlich.»

Andrea drehte sich um. Die gläserne Teekanne stand auf einem gläsernen Rechaud, in dem das Teelicht schon brannte; er überlegte einen Moment, was diese Vorliebe für Glas zu bedeuten habe. Sie trug das Tablett vorsichtig zum Tisch und setzte es genau vor ihm ab: «Für Gerold war es widerlich», verbesserte sie ruhig. «Ich war nur wieder da, wo ich hingehörte.»

«Laß das! Es war der einzige Weg, dir und mir zu helfen.»

Sie achtete nicht auf ihren Freund und schaute Wegener an: «Er hat es für mich getan.»

Er nickte, während sie die Tassen füllte. Der Tee roch gut und stark, die Kandisstücke knackten. Weil er wenig gefrühstückt hatte, nahm er nur einen winzigen Schuß Rum. «Und? Hatte Gesine – meine Frau Methadon besorgt?»

Für Erklärungen war Gerold zuständig, sie lächelte nur melancholisch. «Ja. Mal gab sie Andrea und mir viel, mal wenig, wir konnten es vorher nie abschätzen...»

«Woher hatte sie das Methadon?»

«Ich weiß es nicht – natürlich hab ich sie mehr als einmal danach gefragt. Sie machte immer nur Andeutungen, weil sie wußte, warum ich immer wieder – von einem alten Bekannten, einem uralten Bekannten, hat sie gesagt. Der habe ihr schon die Flasche gegeben, ich hab das so verstanden, als meinte sie, er kenne sie schon als Baby. Ein Mann in Hamburg, der viele Geschäfte mache. Mit Skandinavien zum Beispiel. Ein Mann, der oft in Södjen gewesen sei – sie war ein – Biest, sie merkte genau, was ich erfahren wollte, hat mir immer so ein paar Bröckchen hingeworfen, mit denen ich nichts anfangen konnte. Und das hat sie sehr – erheitert. Ein Mann, der alles beschaffen könne, nicht nur Methadon.» Andersen ballte die Fäuste, und Wegener erkannte die Wut, die ihn damals erfüllt hatte. Solche grausamen Spiele hatte Gesine geliebt, und wehe dem Menschen, der von ihr abhängig wurde.

«Und wenn das Methadon alle war...»

«... mußten wir Ihre Frau anrufen. Sie diktierte den Preis. Einmal wurde ich wütend und verlangte mehr, drohte mit Gewalt, aber sie hat mich nur ausgelacht. Es wär alles aufgeschrieben, und wenn ihr etwas zustoßen würd, wäre die Polizei schneller auf dem Hof, als wir dächten.»

«Seine Eltern wissen nichts von meiner Sucht», warf sie traurig ein. «Sie mögen mich nicht und würden mich hochkant hinauswerfen, wenn sie's erführen.»

Er schaute zu Andersen, der düster bekräftigte: «Ja.»

«Und warum erzählen Sie mir das alles?»

Einen Moment zwinkerte der Lockenkopf verständnislos: «Warum sollten wir leugnen?»

«Sie sind goldig. Ihre Ehrlichkeit in allen Ehren...»

«Sie wissen es doch schon», sagte sie matt.

«Ich? Wissen? Woher denn?»

«Sie haben doch die Sachen Ihrer Frau – ich hab doch einen Teil auf die Kippe gefahren.» Andersens Stimme war unsicher geworden, nun zögerte er, wechselte beunruhigte Blicke mit seiner Freundin, die sich nervös vorbeugte: «Ihre Frau hatte doch alles aufgeschrieben, und Sie haben's beim Aufräumen gefunden...» Auch sie hatte immer langsamer gesprochen und verstummte nun ratlos.

«Nein, ich habe nichts gefunden.» Er sagte es laut und fest, sie durften jetzt nicht den Eindruck gewinnen, er habe geblufft oder sie bewußt auf den Leim geführt. «Ich bin zu Ihnen gekommen, weil Gerold Sie am vergangenen Freitag im Haus Geese gesucht hat, Sie, von deren Existenz ich nicht einmal etwas wußte. Der Grund hat mich interessiert.»

Zwei Minuten saßen sie wie versteinert, dann griff Andersen nach seiner Tasse, und die Bewegung brach den Bann. «Ich bin und bleibe ein Vollidiot», sagte er flach, und bevor Wegener widersprechen konnte, hatte sie seine Hand gefaßt. «Nein. Du mußt dir keine Vorwürfe machen, du nicht.»

«Ich dachte schon, als Sie wegen des Mülls anriefen...»

«Herr Andersen, lassen Sie uns vernünftig reden.»

«Was gibt's denn da noch...»

«Wann haben Sie das letzte Mal Methadon von meiner Frau erhalten?»

«An Silvester.»

«Wann genau an Silvester?»

«Über Mittag. Ich hatte sie bei Peddersen getroffen, im Supermarkt in Södjen, ich mußte sie anbetteln, wir hatten praktisch nichts mehr. Sie war mit den Gedanken ganz woanders und wollt mich nur loswerden, ich sollt über Mittag kommen.»

«Sie sind hingegangen?»

«Was blieb mir andres übrig?»

Er sah Andrea an, die noch immer seine Hand hielt und nun leise fortfuhr: «Es war so viel wie noch nie. Es hat bis Ende Januar gereicht.»

«Und dann?»

«Wir wußten, daß Sie Ihre Frau als vermißt gemeldet hatten. Ich habe – ich habe es eben an anderer Stelle – besorgt.» Das winzige Zögern war ihm nicht entgangen. Auch Methadon wurde illegal gehandelt, und es gab auf dem Land Apotheken, die vielleicht nicht so gegen Einbruch gesichert waren wie in der Stadt, nein, er wollte gar nicht hören, wie und wo Gerold Andersen die Ersatzdroge für seine Freundin beschaffte; es ging ihn nichts an.

«Möchten Sie noch einen Tee?»

«Gerne», antwortete er überrascht. Mit Methadon konnte sie leben und wieder arbeiten. Bevor sie süchtig wurde, hatte sie eine Schneiderlehre abgeschlossen, und jetzt nähte, strickte, reparierte und änderte sie, es reichte zum Leben nicht aus, das nicht, aber sie lag Gerold nicht mehr so auf der Tasche. Er verstand, daß sie sich und ihren Freund rechtfertigen wollte, das war nicht nötig, aber er wollte sie auch nicht unterbrechen. Vielleicht war es sogar eine Art Vertrauensbeweis. Sie würde gern mehr tun, aber ihr Körper – zehn Jahre, so schätzte er, hatte sie ihn ausgebeutet, und die Jahre rächten sich. Einem Arzt konnten und wollten sie sich nicht anvertrauen, und Gerold war an den Hof gebunden. Anderes hatte er nicht gelernt, und rechnen mußten sie mit jedem Pfennig. Nein, deswegen beichtete sie nicht, sondern wegen der Umstände

– sie hatte sich ihre Gedanken gemacht, gerechnet, sie kannte die Drogenpreise und sie hatte Gesine einmal das halbe Geständnis entlockt, daß sie Schmuck verkaufte, um Koks und Methadon zu beschaffen.

«Nur Ihnen zu Gefallen?» fragte er ungläubig. Gesine als Wohltäterin, das überstieg sein Fassungsvermögen. Und seine Vorstellung.

«Sie bekam einen – einen Gegenwert.»

Halb amüsiert, halb verärgert lauschte er dem trotzigen Unterton nach. ‹Gegenwert› war das falsche Wort, ‹Gegenleistung› traf's schon besser, war aber zu zynisch für diese Verstrickung. Hatte Gesine sich Sex kaufen müssen? Eigentlich unvorstellbar, und doch: War die Tatsache, daß sie sich in Södjen verkrochen hatte, nicht genauso unvorstellbar?

«Nicht nur den Gegenwert, an den Sie jetzt denken.» Andrea sprach so leise, daß er Mühe hatte, sie zu verstehen. «Sie wollte noch etwas anderes, etwas, das ich früher mehr als einmal erlebt hatte. Sie wollte demütigen, in den Schmutz treten, zerstören. So, wie sie auf dem besten Wege war, sich selbst zu zerstören. Weil sie sich selbst haßte, brauchte sie andere Menschen, die sie hassen konnte.»

«Und warum?» fragte er gedehnt.

«Ich weiß es nicht. Aber ich kenne dieses Gefühl, diese Wut, alles falsch gemacht zu haben. Diesen Haß auf andere.»

Eine süchtige Nutte. Vielleicht wußte sie sogar, wovon sie sprach.

«So komisch das klingt – sie hat mir manchmal leid getan ... doch, trotz allem, Herr Wegener. Aber sie konnte kein Mitgefühl mehr ertragen. Erst recht kein Mitleid.»

Hatte sie sich solche Erklärungen und Interpretationen vorher zurechtgelegt? Möglich, daß sie in Gesines Verhalten ihr eigenes Leben wiedererkannt hatte, möglich aber auch, daß sie – gewitzter als Gerold – ihn ablenken wollte. Er konnte sich nicht entscheiden, ob er ihr trauen sollte.

«Hat meine Frau mal erwähnt, warum sie aus Hamburg weggegangen ist? Und ausgerechnet nach Södjen?»

Wie auf ein geheimes Kommando sahen sich die beiden rat- und hilflos an. Nein, darauf wußten sie keine Antwort, obwohl sie genau diese Frage immer wieder laut und leise gestellt hatten. Nicht aus Anteilnahme, sondern aus Angst, diktiert von der Furcht, Gesine könne aus Södjen so plötzlich verschwinden, wie sie aufgetaucht war. Und mit ihr die kleine, limitierte Chance auf ein Stück normales Leben. Plötzlich ahnte er, wie es sein mußte, wenn Menschen in der unerbittlichen Abhängigkeit vegetierten, in zwei, drei Stunden einen neuen Schuß zu brauchen, wenn die ganze Welt auf diesen Zwang zusammengeschnurrt war. Er trank seine Tasse aus und suchte die beiden Bilder der Jensens heraus: «Kennen Sie die Männer?»

Andrea und Gerold betrachteten die Bilder gründlich, und als sie dann die Köpfe schüttelten, glaubte er ihnen.

«Danke», sagte er ruhig. «Alles, was wir beredet haben, bleibt in diesen vier Wänden. Darauf gebe ich Ihnen mein Wort.» Es war eine große Wohnküche, aber ein Gefängnis konnte gar nicht so groß sein, daß es das Wissen auslöschte, eingesperrt zu sein.

Kurz vor drei erst, aber schon schien sich die Dunkelheit herabzusenken. Mit einemmal wurde er unruhig, er durfte sich in dieser Kälte nicht verirren. Als er nach Luft japste, merkte er, daß er wie ein Irrer auf die Pappeln am Rande der Wuhle zustürmte. Der Schneefall hatte nachgelassen, jetzt schwebten nur noch vereinzelte Flocken zu Boden, aber seine Spuren vom Herweg waren alle verdeckt. Mit noch größerer Vorsicht hangelte er sich an dem Geländer entlang, den kleinen Abhang hinaufzuklettern bereitete ihm echte Mühe, und oben, zwischen den Pappeln, rang er nach Luft. Das Haus war gerade noch zu erkennen, wie getarnt vor der dunklen Kulisse des Waldes mit seinen schwarzen, weißen und grauen Längsstreifen. Langsamer lief er weiter. Der unerschütterliche Achim Wegener wäre beinahe in Panik geraten. Ihm kam es nicht einmal spaßig vor.

Das Telefon klingelte gegen 18 Uhr, und Kroppjahn sagte erleichtert: «Da sind Sie ja endlich.»

«Ich war unterwegs, bin viel gelaufen.»

«Gelaufen? Bei diesem Schnee?»

«Ich komme halt aus der Stadt.» Er lachte in sich hinein, als er sich das Gesicht des Polizisten vorstellte. «Leicht meschugge.»

«Na, ich wollt nur sagen, daß wir's mit dem Räumen nicht geschafft haben. Sie sitzen ganz schön fest, was?»

«Macht nichts, ich hab alles im Haus.»

«Sehr gut. Bis morgen mittag wird's wohl noch dauern, aber wenn Sie früher Hilfe brauchen, rufen Sie mich ruhig an, Tag und Nacht.»

«Mach ich, danke, Herr Kroppjahn.» Er legte auf und schnitt eine Grimasse. Ein hilfsbereiter, fürsorglicher Dorfpolizist, in der Tat. Auch ein sehr gewissenhafter Kontrolleur?

Gerold Andersen konnte nicht wissen, was er über Gesine ausgesagt hatte. Männern gegenüber hatte sie tatsächlich nie den ersten Schritt getan, deswegen waren ja so viele Männer hinter ihr her. Und hier erpreßte sie nun Gerold und seine Freundin Andrea zum Sex. Was doch wohl heißen mußte, daß sie nicht aus Hamburg weggegangen war, um ihr Leben zu ändern. Also nicht freiwillig fortgezogen war. Also gab es einen Grund – und den würde er jetzt suchen, in den unendlichen Massen von Papier, die Gesine aufgehoben hatte. Solche Arbeit kannte er, sie machte ihm sogar Spaß: Jedes Stück, harmlos auf den ersten Blick, konnte eine Aussage enthalten, die freilich nur erkannte, wer die richtige Frage stellte. Und jetzt wußte er auch, worauf er zu achten hatte.

Gesines Sammelwut mußte kurz vor oder gleich nach der Einschulung begonnen haben: Heftchen, Bilder, Fotos, Postkarten, Zeichnungen mit kindlichen Vorstellungen oder völlig unverständlichen Symbolen, Kinokarten, Zettelchen mit unverständlichen Wörtern oder Buchstabenfolgen, die auch bei phantasievollem Lesen keinen Sinn ergaben. Immer wieder Ausrisse aus Zeitungen und Zeitschriften, ganze und halbe Seiten, in neun von zehn Fällen Bilder. Vorgestanzte, bunte Figuren aus einem festeren Papier; manchen waren mit einer Schere Arme oder Beine amputiert worden.

Er las, überlegte, zerriß. Der Haufen auf dem Boden wuchs.

Zeichen- und Kritzelblöcke. «Gesine Hellbich», II., III. und IV.

Klasse. Die Schrift blieb widerspenstig groß und rund, ohne Entwicklung, auf den ersten flüchtigen Blick klar und ordentlich, doch fast unleserlich, wenn sie einmal hatte klein schreiben müssen.

Die Bilder gaben ihm nichts, außer der Einsicht, daß sie schon als Kind alles bekleckst oder mit Fett beschmiert hatte. Zwei Erwachsene, in düsterem Schwarz gezeichnet, fast Riesen im Vergleich zu dem kleinen Kind im Vordergrund, das eine unproportioniert große Puppe auf dem Arm trug. Diese Dreiergruppe tauchte häufiger auf, meist vor einem Haus mit vergitterten Fenstern, das von vielen Bäumen umstanden war. Die Äste trugen keine Blätter, dafür hatten die Stämme sichtbare Wurzeln. Ein Kind saß mit dem Gesicht vor einer hohen Mauer. Zwei Riesen lagen rechts und links von einem blauen Fleck. Das Kind mit der jetzt schwarzen Puppe, alles blau übermalt. Merkwürdige Doppelbilder, links eine Puppe, der jeweils ein Arm oder ein Bein fehlte, in der Mitte des Blattes ein krakeliger Strich von oben bis unten, rechts komische Strichfigürchen, dicht an dicht. Ein großes Auto, voll besetzt, fuhr davon; hinter dem Auto rollte ein Ball auf die Straße, ein Strichmännchen-Kind rannte dem Ball nach.

Dann wieder Fahrscheine und Fahrkarten. Ein Ferienpaß. Einzelne, herausgerissene Seiten – aus einem Tagebuch? Die Schrift wechselte praktisch von Mal zu Mal, steil, eckig, nach links überkippend, Druckbuchstaben. «Heute war ich in Hagenbeck. Die Elefanten sind groß und haben böse Rüssel. Ich darf ihnen keine Äpfel geben.»

Große Briefumschläge, vollgestopft mit Figuren, die aus Zeitschriften herausgeschnitten waren. Alle Aufnahmen waren bemalt und verändert. Männer trugen danach Brillen oder Augenklappen. Viele Frauen zierte ein Schnurrbart. Bei Mädchen in Bikinis hatte Gesine Ober- und Unterteil mit Farbstiften zu einem vollständigen Badeanzug ergänzt. Paare wurden durch dicke schwarze Striche getrennt. Babies hatten blutende Nasen. Schwarze Felsen oder Steine fielen auf Autos in Anzeigen herab. Bei Gruppenbildern waren oft alle Gesichter, bis auf eines, unkenntlich gemacht. Die ersten sexuellen Andeutungen. Fröhlichen Strandurlaubern hingen riesige Penisse aus den Badehosen. Frauen hatte sie schwarze Löcher zwischen die Oberschenkel gemalt. Nackte Busen hinter schwarzen Gittern. Und immer wieder ein Kind, das von einem blauen Fleck weglief, manchmal hinter einem Ball her, der auf ein Gitter zurollte. Eine Frau, erkennbar an den Riesenbrüsten, lag auf dem Rücken, ein Mann schwebte über ihr, völlig unmotiviert eine Reihe von Fenstern über dem Paar. Briefmarken, einfach aus den Umschlägen herausgerissen, die Zahnungen unvollständig oder beschädigt. Postwurfreklame. Preisausschreiben: «Gewinnen Sie...» Das Wort «gewinnen» war oft durch «verlieren» ersetzt, fast immer falsch geschrieben: ferlieren oder verliren oder auch ferlihren.

Für diesen Abend gab er es auf. Der Stapel auf dem Boden hatte eine beachtliche Höhe erreicht; dagegen schienen sich Gesines gesammelte Bestände überhaupt nicht verringert zu haben. Es war spät, als er Stiefel und Anorak anzog, um noch einmal im Garten auf und ab zu laufen. Er hatte zu lange aussortiert, zu viel geraucht, er mußte seinen Kopf im doppelten Sinn des Wortes lüften.

Vor der Tür dehnte und reckte er seine verkrampften Muskeln, atmete tief durch und versuchte eine Kniebeuge. Das Klirren der Glasscheibe und das dumpfe Plopp hörte er im selben Moment. Erschrocken richtete er sich auf – was war? – den zweiten Schuß registrierte er gleichzeitig mit dem wilden Zupfen an seinem linken Arm. Dieser Ruck und die schnelle Bewegung brachten ihn aus dem Gleichgewicht, so daß der dritte Schuß ihn verfehlte, er stolperte, ließ sich fallen, preßte sich an den Boden, bemerkte um sich herum den hellen Widerschein der Dielenlampe auf dem makellos weißen Schnee, die Haustür war nur angelehnt – er begann zu robben. In den Schatten, um jeden Preis in den Schatten... minutenlang krallte er sich regelrecht in den Schnee, doch jetzt blieb alles ruhig, kein Schuß mehr, kein Geräusch, keine Bewegung...

Die Kälte brachte ihn zur Besinnung. Nach dem zweiten Schuß war er umgefallen, der Schütze mußte glauben, er habe getroffen – dann war er in den Schatten der Hauswand gekrochen. Hatte der Unbekannte das noch gesehen? Oder war er nach dem dritten Schuß verschwunden?

Millimeter für Millimeter hob er den Kopf. Den Lichtfächer vor der Haustür mußte er meiden. Wenn er bis an die Grenze der Helligkeit zurückkroch, sich dort aufrichtete und mit zwei, drei Sprüngen die Diele erreichte? Unwahrscheinlich, daß der Mann das Gewehr so lange im Anschlag hielt... Wie eine Schlange begann er sich zu winden, stützte sich an der Hauswand ab, holte tief Luft, sprang auf, jagte los, zwei, drei Sätze, er war im Haus, warf die Haustür donnernd ins Schloß und hörte durch den Krach das dumpfe Platschen einer Kugel, die ins Holz fuhr.

Erst jetzt überflutete ihn die Furcht, das Zittern schüttelte seinen Körper, er rang nach Luft, vor seinen Augen tanzten rote Flekken, Wände und Möbel einen chaotischen Wirbel, der nur langsam abebbte und eine eklige Erschöpfung zurückließ, unter der er den Schweißausbruch spürte.

Ein verdammt guter Schütze! Bei diesen Lichtverhältnissen – und wie lange mußte er gewartet haben! Geschützt gegen die Kälte; denn als sich ihm die Chance bot, waren Finger und Arme warm genug, vier verflucht gut gezielte Schüsse abzugeben. Gerold Andersen? Und warum hatte Kroppjahn angerufen?

Später dichtete er das vergitterte Dielenfenster mit einem Stück Pappe ab, kontrollierte zweimal, ob alle Türen und Fenster verschlossen und verriegelt waren. Er schlief schlecht, immer wieder hochgeschreckt und nicht existierenden Geräuschen nachlauschend. Erst die fahle Dämmerung beruhigte ihn so weit, daß er tief in einen traumlosen Schlaf versank.

Kurz nach Mittag röhrte es gewaltig in seiner Nähe. Ein Kettenfahrzeug mit schräg angesetzter Räumschaufel schob den Schnee auf die Seite und türmte ihn zu einer kegelförmigen Straßenmauer auf. Er stand an der Einfahrt und staunte wie ein Kind, der Fahrer grüßte durch Handaufheben, drehte sein Gefährt mit der Zierlichkeit eines Rhinozerosses auf der Stelle und brummte schlingernd davon. Haus Geese hatte wieder Anschluß an den Rest der Welt.

Den Vormittag hatte er weiter gesichtet, sortiert, weggeworfen. Einiges war ihm aufgefallen. So fehlten zum Beispiel Fotografien, auf denen Gesine abgebildet war. Daß Gesine solche Bilder sorgfältig in ein Album geklebt haben sollte, konnte er sich nicht vorstellen; wahrscheinlich waren sie in Schachteln und Kisten herumgefahren wie alles andere auch. Mutter Adelheid, so vermutete er, hatte mächtig aufgeräumt, beseitigt, mitgenommen. Aber einiges war ihr wohl nicht wichtig erschienen, und diese wenigen Papiere studierte er ausgiebig.

Erwin Allers, Malermeister, hatte Gesine für die Renovierung des Obergeschosses (alte Tapeten abgerissen, neue Rauhfasertapeten geklebt, gestrichen, neue Fliesen in Bad und WC verlegt, ferner parterre neue Bodenfliesen in der Küche) 1500 Mark berechnet, für Arbeit und Material. Zuerst hatte er die Rechnung nur achtlos zur Seite gelegt, weil er Allers versprochen hatte, den Betrag sofort zu überweisen; im Unterbewußtsein hatte es weiter getuckert, bis das Unbehagen in eine klare Überlegung mündete: 1500 Mark für Material und Arbeit? Das war entweder ein Schreibfehler oder ein Freundschaftspreis, wie man ihn heutzutage nur noch auf dem Lande – ein Freundschaftspreis? Eine Freundschaft? Ein Freund? Er saß ganz still und dachte an Gerold Andersen. Und dann an einen Schützen.

Danach stockte er auch bei den verschiedenen Überweisungsformularen, eingerissen, zerknüllt, verschmutzt. Und alle sauber mit der Schreibmaschine ausgefüllt, routiniert und streng nach Vorschrift. Gesine hatte nie eine Schreibmaschine angerührt, geschweige denn eine besessen. Kreissparkasse, Zweigstelle Södjen. Wie waren diese unterschriftsreifen Papierchen ins Haus gelangt? Vollständige Formulare, nicht nur der letzte Durchschlag für den Kontoinhaber. Uwe Tackenberg hatte den Kundendienst oder Service sehr großzügig ausgelegt. Sehr weit. Wie weit?

Unter diesem Gesichtspunkt gewannen auch die langen Papierstreifen eine andere Bedeutung. Sie stammten aus einer modernen Registrierkasse, die über der Rechnung den Namen des Geschäftes ausdruckte: Supermarkt Södjen, Jens und Christa Peddersen. Plus Datum. Am Ende der Zahlenkolonne pflegte dann zu stehen: Summe – Gegeben – Zurück – und irgendeine Floskel: Wir danken für Ihren Besuch. Auf diesen Kassenzetteln war wohl die Kaufsumme vermerkt, aber die folgenden Rubriken fehlten. Technisch hieß das ja, daß nicht an der Geschäftskasse gezahlt worden war, sondern – wo? Hier im Hause? Bar, mit Scheck oder anders?

Von fünf Leuten wußte er jetzt also schon, daß sie Haus Geese einmal oder mehrfach betreten hatten: Gerold Andersen und seine Freundin Andrea. Erwin Allers, Malermeister. Uwe Tackenberg, Kreissparkassenfilialleiter. Jens Peddersen, Kaufmann – das hieß, bei diesem Namen war vorerst noch ein Fragezeichen angebracht; vielleicht fuhr ihm ein anderer die Bestellungen aus.

Die Abfälle verbrannte er im Garten. Schwarze Flocken segelten davon und sprenkelten die weiße Decke mit Flecken. Das Zündeln machte verboten viel Spaß. Die Kugeln hatte er nicht gefunden, abgesehen von der letzten, die tatsächlich in der Haustür steckte, kaum als Geschoß erkennbar. Zur Identifizierung des Gewehrs taugte sie nicht mehr, und deshalb pulte er sie nicht heraus. Das blieb Kroppjahn überlassen.

Kroppjahn musterte ihn ausgiebig und eine Spur unfreundlich, so, als würde er das Gespräch gern vermeiden, ohne zu wissen, wie er das anstellen sollte. Der Polizeiposten war karg eingerichtet, und der Hauptmeister war kein Mann, ein nüchternes Dienstzimmer durch persönliche Dinge freundlicher zu gestalten. Selbst der Metallbecher, den er Wegener anbot, überzeugte durch Haltbarkeit, nicht durch Formschönheit.

Den Bericht hatte er wortlos angehört, nur ab und zu die Stirn gerunzelt, was mehr Ärger als Überraschung anzeigte. Wegener hatte plötzlich das Gefühl, als erzähle er dem Polizisten nichts Neues.

«Die letzte Kugel steckt noch in der Haustür.»

Der Hüne schnaufte nur einmal kurz und heftig, bevor er die Augen schloß. Einen Moment schien er zu beten, sein Gesicht verriet Trauer, aber nicht, um wen oder was er betrübt war. Die Hände hatte er fest um den Kaffeebecher gefaltet. «Wollen Sie Anzeige erstatten?» flüsterte er schließlich.

«Nein, ich will, daß Sie diesen tödlichen Unsinn beenden. Ich lasse mich nicht aus Haus Geese vertreiben, weder durch anonyme Briefe oder feige Anrufer oder Schüsse.»

«Gut.»

«Ich besorge mir jetzt eine Waffe.»

«Das kann ich Ihnen nicht verargen.» Kroppjahn wußte ganz genau, daß Wegener seine Dienstpistole abgegeben hatte und keinen zivilen Waffenschein besaß. «Aber das wird nicht nötig sein. Dieser – dieser Unsinn wird sich nicht wiederholen.»

Darauf schwieg Wegener, wieder einmal unsicher, wo bei Kroppjahn der Södjener aufhörte und der Polizist begann. Seine Aufgabe war es, Ärger gar nicht erst entstehen zu lassen, auch unter dem Schnee das Gras wachsen zu hören. Aber alles konnte ein Mann auch nicht unter Kontrolle halten. Der Mord an Gesine, so begriff er plötzlich, mußte für den Hünen eine Niederlage gewesen sein. Einen zweiten gewaltsamen Todesfall konnte er nicht dulden, der wäre – fern aller Gesetze oder Dienstvorschriften – eine persönliche Schmach.

«Na schön, ich verlasse mich auf Sie.»

«Unter einer Bedingung.»

«So?»

«Monika.» Kroppjahn sagte es völlig ausdruckslos, aber gerade das ließ ihn aufhorchen. Lange Zeit schaute er den Polizisten nachdenklich an und zuckte endlich die Achseln: «Sie besucht mich aus freien Stücken, ich habe sie nicht eingeladen. Und sie hat mir von sich aus gestanden, daß sie ihren Thomas nicht heiraten will.»

«Das dachte ich mir.»

«Außerdem ist sie volljährig.» Zum Teufel, mußte er sich vor dem Dorfpolizisten rechtfertigen? Unvermittelt grinste Kroppjahn: «Das Problem ist nicht Monika, sondern Albert.»

«Ich habe mit Albert Busche nichts zu schaffen.»

«Er macht Stimmung gegen Sie. An Ihrer Stelle würde ich ihm aus dem Wege gehen.»

«Besitzt Albert Busche ein Gewehr?»

In Kroppjahns Gesicht zuckte kein Muskel: «Wie fast alle Männer in Södjen. Der Södjener Schützenverein erringt bei den Landesmeisterschaften immer einen der vorderen Plätze.»

«Sie machen mir richtig Mut!»

«Das war nicht meine Absicht.»

Hatte Kroppjahn die flapsige Ironie bewußt mißverstanden? Wieder wurde er aus dem Polizisten nicht schlau. Hatte die Södjener Abneigung gegen alle Bewohner des Hauses Geese auch auf ihn abgefärbt? Auf der anderen Seite traf der Riese keine Anstalten, das Gespräch abzubrechen; er hielt es nicht von sich aus in Gang, aber er schien bereit, auf alle Fragen zu antworten – nicht mehr und nicht weniger. Deswegen holte Wegener die Jensen-Bilder heraus und schob sie über den Tisch: «Haben Sie...»

«Die kenn ich schon. Monika zeigt sie überall im Dorf herum. Wer sind die Männer?»

«Kurt und Ewald Jensen. Sieben Jahre wegen gemeinschaftlichen Totschlags. Das Opfer hieß Harald Kamphausen. Meine Frau – meine frühere Frau war vor der Ehe mit diesem Kamphausen befreundet.» Jetzt kaute Kroppjahn auf seiner Unterlippe. «Ich habe meine Frau im Laufe der Ermittlungen gegen die Jensens kennengelernt. Sie sind draußen, auf Reststrafenbewährung. Und die Jensens haben um die Jahreswende herum meine Frau gesucht.»

«Ah ja?» warf Kroppjahn bedächtig ein.

«Sind Ihnen die Brüder aufgefallen?»

«Nein.» Hinter soviel Gleichmut konnte sich keine Täuschung verbergen. «Hier in Södjen habe ich sie nicht gesehen. Später habe ich aus Breeken gehört, daß zwei fremde Männer dort eine Schlägerei anfangen wollten, aber von den Leutchen aus dem alternativen Laden ziemliche Prügel bezogen haben.»

«Haben Sie das der Kripo gemeldet?»

«Sicher, aber Frauke hat's nicht sehr interessiert.»

Beinahe hätte er den Hinweis überhört; Kroppjahn hatte es völlig gelassen gesagt, ohne die Stimme zu heben. «Wie lange kennen Sie Frauke Thayer eigentlich schon?»

«Seit ihrer Geburt.»

«Stammt sie etwa auch aus Södjen?»

«Nein, aus Kleinhagen.» Kroppjahn gestattete sich ein winziges Lächeln. «Das dritte meiner Dörfer.»

«Dann kannte Frauke Thayer alle Leute, die sie in meinem Fall vernommen hat, schon von früher?»

«Zumindest indirekt. Ihr Vater war Lehrer an der Volksschule – wie sie damals hieß – in Kleinhagen.» Kroppjahn nickte bekräftigend, während er aufstand: «Noch Kaffee?»

«Gern, danke. Herr Kroppjahn, warum sind die Bewohner von Haus Geese hier im Dorf so verhaßt?»

«Nicht alle Bewohner.» Er verteilte den Rest aus der Glaskanne der Kaffeemaschine gerecht auf beide Becher. «Nicht alle. Aber die Hellbichs hatten früher viele Besucher, und einige haben sich so aufgeführt, daß es die Södjener empörte.»

«Wie aufgeführt, Herr Kroppjahn?»

«Oh, sie haben Dinge getan, die als – unschicklich galten.» Dabei blinzelte er entschuldigend. «Das war vor zwanzig Jahren, und die Meinung der Leute hier war noch einmal zehn, fünfzehn Jahre zurück.»

«Warum sagen Sie – ‹das war vor zwanzig Jahren›? Haben sich die Hellbichs seitdem verändert?»

«Seit der Zeit sind sie nur noch selten gekommen.»

«Gab es oder gibt es einen bestimmten Anlaß dafür?»

«Vielleicht.»

«Und welchen, Herr Kroppjahn?»

«Eine junge Frau hat sich vergiftet.»

«Wo? In Haus Geese?»

«Nein, im ‹Dorfkrug›.»

«Im ‹Dorf...› – die Frau von Albert Busche?»

«Ja. Monikas Mutter.» Er seufzte, aber nur ganz leise. «Sie hat einen Abschiedsbrief hinterlassen, und aus dem erfuhr Albert, daß er nicht der Vater von Monika ist.»

«Sondern?»

«Ein Mann, den die Hellbichs früher oft mitgebracht hatten. Der Name spielt keine Rolle. Nach Monikas Geburt wollte dieser Mann von Marja – so hieß Monikas Mutter – nichts mehr wissen. Deshalb hat sie sich umgebracht.»

Und Monika besuchte einen fremden Mann in Haus Geese – er begriff Kroppjahns Warnung, sich vor Albert Busche zu hüten. Anders als in der Stadt gehörten Skandale zur Geschichte des Dorfes, nicht vergessen und nicht verziehen, und wer ein Haus bezog oder eine Frau heiratete, erbte die unversöhnliche Abneigung, die sich an Haus oder Familie geheftet hatte. Es war unlogisch, aber Realität.

Kroppjahn kniff sich in die Nasenwurzel. Seine Stimme kratzte jetzt müde und rauh: «Sie können sich den Gegensatz wohl nicht richtig vorstellen. Die Dörfer hier sind nicht arm, aber auch nicht wohlhabend. Hier wird schwer gearbeitet. Und dann da eine Familie mit vielen Freunden. Lockere Sitten, und das Geld mit vollen Händen aus dem Fenster geworfen. Das sitzt tief, Herr Wegener. Und die jungen Leute gehen fort, wenn sie nur können. Sie mögen glauben, die Dorfgemeinschaft sei noch intakt, aber das täuscht.»

«Gegen Fremde hält sie zumindest noch zusammen», widersprach er.

«Sicher. Was bleibt ihr auch anderes übrig?» Das war nicht nur eine rhetorische Frage. Eine Erklärung, ja, aber auch eine leise Warnung. Ohne nachzudenken sprach er aus, was ihm durch den Kopf schoß: «Wie lange sind Sie schon in Södjen, Herr Kroppjahn?»

«Im Januar werden es 31 Jahre.»

«Haben Sie nie versucht, sich versetzen zu lassen?»

«Nein.» Sein breites Lächeln steckte an. «Den Hof hat mein älterer Bruder übernommen, tja, und ich wurde Polizist. Dann starb er, der Bruder, und meine Schwägerin hat das Land verpachtet, allein schaffte sie es nicht, und meine Hilfe wollte sie nicht. Damals nicht. Mit Frauen ist das so 'ne Sache, tja. Heute ist es zu spät. Ich wohne mietfrei und habe meinen großen Garten, wissen Sie, einer muß sich um das Haus kümmern. Wenn Sie so wollen, bin ich nie aus Södjen fortgewesen.»

Fast wider Willen ergänzte er: «Ich bin nirgendwo heimisch.»

«Auch in Hamburg nicht?»

«Nein, das habe ich gemerkt, als ich mich so schnell durch das Verhalten meiner Freunde und Kollegen vertreiben ließ. Auch Haus Geese ist nur eine Zwischenstation.»

«Ja, das weiß ich.» Kroppjahn trank seinen Becher leer, das Gespräch war beendet. «Ich behalte die Bilder mal hier.»

Erst als er aufstand, bemerkte er, wie kühl es in dem kahlen, jetzt fast dunklen Raum war.

Bei Peddersen kauften nur zwei Leute ein, er schob sein Wägelchen an die Kasse, und der kleine Dicke mußte sich zu geschäftsmäßiger Freundlichkeit geradezu zwingen.

«Ach, eine Frage, Herr Peddersen – wenn's bei mir mal knapp wird, könnt ich telefonisch was bestellen?»

Das Mündchen wurde verkniffen, aber der Geschäftssinn siegte: «Das ginge schon, Herr Wegener. Aber ich hab niemanden zum Ausfahren und könnt's dann erst abends, nach Geschäftsschluß, vorbeibringen.»

«Das wär kein Problem.» Er lachte so fröhlich, daß der Kaufmann vor unterdrückter Wut rot anlief.

Das Chaos lichtete sich. Gegen Ende der Stapel fand er noch ein paar Zeichnungen, da mußte Gesine wohl sehr viel älter gewesen sein, die Proportionen stimmten besser, die Gesichter bestanden nicht mehr nur aus harten Strichen. Eigenartige Bilder: Blicke durch Fenster oder Türen, ganz oder nur einen Spalt geöffnet. Tiere, die wie eine Mischung aus Pferd, Kuh und Hund aussahen. Sie standen in einer Art Pferch dicht nebeneinander. Überall und immer wieder Gitter. Landschaften mit kahlen Bäumen links und rechts eines Zaunes. Gebäude mit vergitterten Fenstern, für Gefängnisse zu klein, für Wohnhäuser zu düster.

Zwei zerfetzte Blätter mit braunen Stockflecken, bekritzelt in einer fahrigen Schrift, die nach oben und nach unten ausbrach, zwischen riesigen Buchstaben und winzigen, unleserlichen Kringeln schwankte: «Ich bin brav, ich bin brav, ich bin immer brav, ich hasse euch, ich will weg...»

«...er hat mir versprochen, was Tolles zu zeigen, wenn ich mich ausziehe. Er hat mich rumgekriegt, ich wollte gar nicht...»

Wenn das alles nur einen Sinn ergeben würde! Er hatte gehofft, Schriftliches zu finden, im Idealfall ein Tagebuch. Aber wenn so etwas existiert hatte, war Adelheid schneller gewesen. Und mit dem Rest – er zögerte und holte dann doch sein schwarzes Buch. Über Jahre hatte er in diese dicke, feste Kladde Namen, Anschriften, Telefonnummern und Bemerkungen, Hinweise eingetragen, seriöse Millionäre neben abgehalfterten Mafiosi, die einen machten Bankgeschäfte, die anderen Zuträgerdienste – Vischer, Aloys. Bei Elmshorn, ein winziges Nest gerade außerhalb –

Nach dem dritten Läuten wurde abgenommen: «Vischer.»

«Guten Abend, Herr Vischer. Wegener hier.»

Zehn Sekunden blieb es still, dann röhrte der Baß: «Das ist aber eine angenehme Überraschung...»

Wegener wußte, daß man bei Vischer nicht mit der Tür ins Haus fallen konnte. Außerdem scheute sich der Psychologe nicht, seiner unersättlichen Neugier hemmungslos zu frönen. Wer ihm in die Finger oder ans Telefon geriet, wurde erbarmungslos ausgequetscht. Deshalb konnte er seinen Wunsch erst nach zehn Minuten vorbringen: «Ich würde Ihnen gern eine Menge Material vorlegen und Sie um ein Urteil über den – na, sagen wir – den Hersteller des Materials bitten.»

«Ein Gutachten?»

«Nein. Nur eine fachkundige Interpretation. Nichts Dienstliches oder Offizielles, ich brauche es privat und würde Sie aus eigener Tasche bezahlen.»

«Hm. Wo ist dieser verfluchte Terminkalender wieder – aha, so, nun, schön. Können Sie mir morgen mittag das Material bringen?»

«Mit Vergnügen.»

«Das wird sich erst noch zeigen.«

Nachdenklich packte er zusammen. Die Unterlagen, die Vischer beurteilen sollte, bildeten ein kiloschweres Paket. Den Rest würde er verbrennen. Zwischendurch hielt er inne und überlegte, warum das Haus so still war, obwohl das Radio leise vor sich hindudelte. Vielleicht lag es an den fest verriegelten und verrammelten Fenster- und Türläden; er traute Kroppjahn nicht hundertprozentig.

Gegen 22 Uhr klingelte es; als er zur Haustür schlurfte, wußte er, daß es Monika war.

«Achim! Ich hab tolle Neuigkeiten!» Wie ein Wirbelwind huschte sie ins Haus, pellte sich aus ihrem dicken Mantel, zog unter so viel Ächzen und Stöhnen, daß er schmunzeln mußte, die Stiefel aus und stellte sich in Positur: «Na, gefall ich dir?»

Der klecksig-bunte Overall stand ihr gut. Bei ihrem bleichen Gesicht und den schwarzen Haaren konnte sie es sich leisten, knallige Farben zu tragen. Ein kleiner, fester Busen und schmale Hüften – er nickte wohlgefällig: «Prächtig! Das Gemälde war wohl noch nicht trocken?»

«Welches Gemälde?»

«Auf das du gefallen bist.»

«Bäh!» streckte sie ihm die Zunge heraus. Aber sie hatte tatsächlich Neuigkeiten mitgebracht, und ihr Eifer amüsierte ihn. Kurt und Ewald Jensen waren mehrfach in Södjen bemerkt worden.

«Wann?» Seine gute Laune verflog.

«So genau kann sich natürlich keiner mehr erinnern, das ist ja jetzt auch ein Jahr her.» Im Dezember letzten Jahres. Und dann noch mal kurz nach Neujahr, irgendwann im Januar. Der Stolz auf das, was sie herausbekommen hatte, machte sie schön.

Wie er nach Kroppjahns Kritik befürchtet hatte, war sie mit den Bildern unermüdlich durchs Dorf gelaufen und hatte alle Södjener gelöchert, einige Breekener und sogar zwei Leute aus Kleinhagen.

«Kleinhagen?» wollte er schon fragen, als es ihm einfiel: vier winzige Häuser, eine leere Schule und zwei Getreidesilos an einer Nebenstraße von Södjen nach Breeken, einem besseren Feldweg.

Bei Peddersen hatten die Jensens zwei- oder dreimal Schnaps gekauft – «zum Aufwärmen». Tackenberg waren sie unter die Augen gekommen, als sie in der Sparkasse einen Hunderter in Münzgeld umwechselten, «fürs Telefon». Anschließend hatte er die Männer beobachtet, die über eine Stunde lang die Telefonzelle blockierten und pausenlos Geld nachwarfen, «wie für ein Auslandsgespräch». Im «Krug» hatten sie versucht, Albert auszuhorchen, sie erkundigten sich nach einer Frau, die hier in der Gegend leben sollte; Vor- oder Nachnamen wußten sie nicht, aber nach der Beschreibung hatte Albert vermutet, es handle sich um Gesine.

«Hat dein Vater den beiden ...»

«Aber wo denkst du hin! Du kennst doch die Södjener! Die konnten Gesine – deine Frau zwar nicht leiden, aber sie wohnte wenigstens hier. Und das zwei Wildfremden auf die Nase binden?»

Er lachte leise in sich hinein, die Szene im «Krug» konnte er sich gut vorstellen. Busche hatte sie zum Schluß vor die Tür gesetzt. Doch irgendwie hatten sie Gesine dann doch gefunden.

«Woher willst du das wissen?»

Gustav Andersen hatte sie gesehen, im Januar. «Kennst du den?

Der kriegt ja die Zähne nicht auseinander...» Er stutzte und schaltete mit Verspätung. Sie meinte Gerolds Vater. Nach Dreikönig mußte das gewesen sein, glaubte Gustav wenigstens. Er hatte im Wald hinter Haus Geese gearbeitet, und als er zurückging, verließen zwei Männer das Haus. Er hatte sich nichts dabei gedacht; bis er im «Krug» hörte, daß sich zwei unangenehme Typen aus Hamburg nach einer Frau umgehört hatten, deren Beschreibung auf Gesine Wegener paßte...

«Na, was sagst du nun?»

«Großartig, Monika, das hilft mir weiter!»

«Ich bin auch bei Kroppjahn gewesen, aber der sture Hund hat nur gebrummt, ich sollte es dir erzählen, du wüßtest schon, was du damit anfangen könntest.» Einen Moment war ihm kalt. «Er knurrte ziemlich rum und hätt mich am liebsten rausgeschmissen.»

«Kroppjahn hat ganz recht, damit kann ich dieser Oberkommissarin auf die Pelle rücken», sagte er, weil ihm nichts Besseres einfiel.

«Nicht auf die Pelle!» befahl sie mißtrauisch.

«Ja, warum denn nicht?»

«Die Pelle ist mir zu hübsch», platzte sie heraus und lachte laut, weil sie ihn aufs Eis geführt hatte. In ihrer Freude achtete sie nicht auf seine Attacke, quietschte und strampelte zwar noch, aber er hatte sie schon zu fest gepackt, und so ernst war ihre Gegenwehr auch nicht gemeint. Nach dem Kuß forschte sie in seinem Gesicht, und ihn störte, daß dabei dieser leichte Zug von Melancholie zurückkehrte. «Was ist, Monika?»

«Nichts», flüsterte sie und machte sich frei.

«Du hast doch was?»

«Nein», widersprach sie mühsam und rutschte von seinen Knien. «Es ist nur...» Sie entfernte sich ein paar Schritte, wühlte mit beiden Händen in den Haaren, bevor sie sich zu ihm umdrehte. Was immer sie hatte erklären wollen – der Mut hatte sie verlassen. Eine lange Minute ging ihr Blick durch ihn hindurch. Unvermittelt zwinkerte sie, als kehre sie in die Gegenwart zurück. Sie senkte den Kopf, während sie langsam den Reißverschluß aufzog, den Overall über Arme und Beine herabstreifte und aus dem

Stoffbündel zur Seite trat. Er schwieg. Die Figur eines jungen Mädchens, das er nicht begehrte. Aber er wagte es ihr nicht zu sagen. Sie öffnete den Verschluß ihres BHs, ließ ihn fallen. Noch immer hielt sie den Kopf gesenkt und wartete auf etwas, das er nicht kannte. Als sie den Slip herunterzog, klingelte das Telefon, und mitten in der Bewegung erstarrte sie, nach vorn gebeugt, wie ein Modell auf dem Podest. Die schwarzen Locken verbargen ihr Gesicht.

Das Telefon klingelte, zum zweiten-, zum drittenmal, und plötzlich richtete sie sich auf, zog ihren Slip hoch und strich sich die Haare zurück.

«Du mußt rangehen», riet sie erstickt, und er gehorchte, seltsam erleichtert, daß sie ihm die Entscheidung abgenommen hatte.

«Wegener.»

«Guten Abend, Herr Wegener. Hier ist Kroppjahn.»

«Ja, was gibt es denn?» So ganz konnte er seinen Ärger nicht unterdrücken, aber Kroppjahn wollte ihn nicht wahrnehmen: «Ich habe mit einigen Leuten im Dorf gesprochen. Es wird keine anonymen Briefe und Anrufe mehr geben. Und auch keine Schüsse mehr.»

Er atmete tief durch und sah zu, wie sie sich anzog, schnell, traurig und weit, weit weg von ihm.

«Und jetzt habe ich noch eine Bitte, Herr Wegener. Schicken Sie Monika sofort nach Hause.» Am meisten verwunderte ihn, daß ihn Kroppjahns Worte nicht erstaunten. Der Hüne hatte schon immer mehr gewußt, als er erkennen ließ.

«Gehört das zu dem Handel, den Sie mit Busche geschlossen haben?»

«Nein, es hat keinen Handel gegeben. Lassen Sie mich bitte mit Monika reden.»

Achselzuckend hielt er ihr den Hörer hin, sie nickte ohne Überraschung: «Ja, hier ist Monika.» Er wollte zur Seite treten, aber sie griff nach seiner Hand und legte sie auf ihren Busen. Aus dem Hörer quäkte es leise, sie hörte schweigend zu, drehte sich nur zur Seite, als er beide Hände um ihre Hüften spannte. Jetzt, wo er sie gehen lassen mußte, begehrte er sie.

«Ja», hauchte sie zum Schluß nur und legte auf.

«Du willst gehen?»

«Ja.»

«Kommst du wieder?»

«Ich weiß es noch nicht.» Ohne ihn anzuschauen verließ sie das Zimmer, und er stand regungslos, bis er die Haustür ins Schloß fallen hörte.

Er träumte wieder von Regine.

## KAPITEL 7

Über Nacht hatte es geschneit, nicht viel, gerade genug, alte Spuren aufzufüllen, angeschmutztes Weiß zu überdecken und Glatteis zu verbergen. Das Thermometer zeigte minus fünf Grad. Die See lag spiegelglatt, aber der Spiegel wies Flecken auf, blinde Stellen. Ob das schon Eis war?

Nach dem Frühstück räumte er Gesines Versteck aus. Im Keller war er über einen alten Topf aus massivem Gußeisen gestolpert, in dem er mit einem Kartoffelstampfer alle Pillen und Tabletten zerbröselte. Die beiden Plastikflaschen mit der Aufschrift «Gerold» hatte er zur Seite gestellt; vermutlich war es Methadon. Geduldig stampfte er, es artete in richtige Arbeit aus, das Zeugs zu Pulver zu zerkleinern. Dann füllte er Wasser ein, rührte den Brei um und goß ihn, immer wieder Wasser nachfüllend und nachspülend, in einen Ausguß, schrubbte den Topf gründlich aus und spekulierte, wieviel Geld er gerade weggekippt hatte.

Doch die gute Tat wurde umgehend belohnt. Er wählte die Kieler Telefonnummer, die Schwartz notiert hatte; eine Frau stellte sich ein, und als er bat, mit Ingrid Jorges sprechen zu können, berichtigte sie schnippisch:

«Mit Mausi! Moment!»

Mausi stutzte eine Sekunde bei dem Namen Wegener und lachte unsicher: «Sind Sie der Mann, der – ich meine, diese Geschichte in Södjen, die da ... ?»

«Genau der. Fräulein Jorges, ich würde Sie gern einmal sprechen.»

«Ich bin den ganzen Tag hier. Meine Anschrift haben Sie ja wohl.»

«In einer Stunde etwa, einverstanden?»

«Na klar doch!»

Gerold Andersen nahm das Telefon noch während des ersten Läutens ab, schluckte und versprach mit dünner Stimme, sofort zu kommen.

Wegener bot ihm einen Kaffee an und stellte die beiden Plastikflaschen auf den Tisch: «Mehr gibt es nicht im Haus.»

Der Blonde rührte in der Tasse, als wolle er das Porzellan zerreiben. «Warum tun Sie das? Sie sind doch – doch Polizist.»

«Außer Dienst. Und lange genug dabei, das Urteilen anderen Menschen zu überlassen.» Gerold warf ihm einen schnellen Blick zu, und er sah, daß der Blonde ihn nicht verstanden hatte.

Von Södjen bis zur Bundesstraße schlich er im zweiten Gang. Zwar gab es inzwischen wohl eine ausgefahrene Spur, aber über Nacht war das Schmelzwasser wieder gefroren und bildete jetzt vereinzelte Eisflächen, deren Spiegelglätte sich heimtückisch unter neuem Schnee verbarg. Mit viel Stoßseufzern und Vorsicht erreichte er die Bundesstraße, auf der die Autos fast normales Tempo fuhren.

Das Haus Wilhelmstraße 33 hatte seine besten Tage vor dem Ersten Weltkrieg erlebt, ein repräsentatives Mietshaus für die gehobenen Stände, mit riesigen Wohnungen, hohen Geschossen und einem Treppenhaus, in dem eine Kompanie exerzieren konnte. Seit siebzig Jahren war es dann mit der Pracht abwärts gegangen, und heute diente es Studenten, Ausländern und Arbeitslosen als letzte, weil gerade noch eben bezahlbare Zuflucht. Gegen den sichtbaren Verfall würde keine Renovierung mehr ankommen.

Ingrid Jorges lebte, wie er angesichts des Klingelbretts schon vermutet hatte, in einer Wohngemeinschaft, offenbar sogar in privilegierter Position. Denn ihr Zimmer, klein und dunkel, eine frühere Dienstmädchenkammer, hatte sie für sich allein.

«Quetschen Sie sich rein!» forderte sie ihn burschikos auf, und er verzog hinter ihrem Rücken das Gesicht. Solche Töne behagten ihm nicht, sowenig wie ihr Aufzug, ein kurzer Pullover über einem knappen Höschen; seit mehr als einer Stunde wußte sie, daß sie Besuch von einem fremden Mann bekommen würde. Er mochte auch keine Matratzen auf dem Boden und windschiefe Regale, auf denen Bücher, Wäsche und Geschirr durcheinanderfuhren. Und Mausi selbst gefiel ihm auch nicht sonderlich: ein bißchen zu flott und zu keß, der Blick etwas zu abschätzig, die rötlichen Haare etwas zu wild und zu strähnig. Doch dann korrigierte er sich: Vor zwanzig Jahren hätte er sie auch mit anderen Augen betrachtet.

«Was kann ich für Sie tun?»

Vorsichtig ließ er sich auf dem einzigen, altersschwachen Stuhl nieder; sie schwang sich im Schneidersitz auf den Tisch, der gefährlich schwankte.

«Ich würde gern wissen, ob Sie diese beiden Männer kennen.»

Sie reagierte sofort. «O ja. Und ob!» Dabei drückte sie ihm die Bilder so heftig in die Hand zurück, als verbrenne sie sich die Finger an den Fotos. «Ich hab damals in Breeken gewohnt, in dieser alternativen WG, weil ein Freund von mir – und gefahren bin ich oft per Anhalter. Die beiden haben mich eines Tages hier in Kiel mitgenommen, Breeken kannten sie nicht, aber ich sollt ihnen nur den Weg zeigen. Die waren – na ja, die haben sich was ausgerechnet. So, und dann passierte was Komisches. Wir fahren auf Södjen zu, da steigt der am Steuer in die Eisen, fährt rechts ran und sagt zu seinem Bruder: ‹Du, Mensch, das ist die Straße durch Södjen.› Der andere sagt: ‹Scheiße, bloß nicht!› Und stellen Sie sich vor – die wollten mich glatt raussetzen. Na, ich hab denen eingeheizt, erstens gäb's 'ne Straße um den Ort herum, da am Strand entlang, und wenn sie mich bis nach Hause brächten, würd ich auch sehr nett sein.»

Er hütete sich, etwas zu sagen oder seine Verachtung zu zeigen.

«Das haben die also gemacht, na ja, und vor dem Laden wollten sie – der eine hatte schon die Hand in meinem Ausschnitt – sie wurden verdammt zudringlich ...»

«Den Rest kenne ich», schnitt er ihr das Wort ab, und sie lachte laut auf. Nein, wie die Typen hießen, woher sie kamen und warum sie nicht durch Södjen kutschieren wollten, wußte sie nicht. Sie hatte sie auch nie wiedergesehen.

«Und wann war das?»

Bei diesem wichtigen Detail versagte ihr Gedächtnis. Erste Hälfte Januar, auf mehr wollte sie sich nicht festlegen.

«Na schön, das ist auch nicht so wichtig. Ich würde Sie gern noch nach einer anderen Sache fragen, die unter Umständen etwas peinlich ist.»

«Peinlich? Mir? – glaub ich nicht!»

Davon war er eigentlich auch überzeugt. «Thomas Schwartz.»

«Ach der!» winkte sie sofort verächtlich ab. «Ein – na, vergessen wir's.» Mit der linken Hand warf sie einen imaginären Gegenstand über die Schulter hinter sich.

«Nicht so schnell!» bremste er sie. «Silvesternacht.»

«Auch das noch!» Sie flötete geziert, aber ihre Augen blieben kühl. «Meine lieben WGler lagen vor Mitternacht in den Betten. Entweder blau oder ganz stolz, daß sie diesen bürgerlichen Silvesterquatsch nicht mitmachten. Also bin ich zu Thomas rüber, der war zwar nicht viel amüsanter, hatte aber noch was zu trinken im Kühlschrank. Natürlich wurd er zärtlich, aber als diese Schwarzhaarige reinplatzte, war noch nichts passiert.»

«Was sie aber nicht geglaubt hat.»

«Nee, fürchterliches Geschrei, und weg war sie.»

«Hm! Fräulein Jorges, sind Sie...»

«Sagen Sie ruhig Mausi, das tun alle. Und am nächsten Morgen hat sie uns in aller Herrgottsfrühe aus dem Bett gerissen. Die kann vielleicht keifen und heulen!»

«Ah ja. Mausi, sind Sie eigentlich mal meiner Frau begegnet?»

«Nein, nie. Aber ich hab viel von ihr gehört, sie war sozusagen Dorfgespräch.»

«Dann herzlichen Dank.» Sie hatte nicht damit gerechnet, daß er schon gehen wollte, und er lächelte so dümmlich, wie er nur konnte.

Bis Elmshorn brauchte er beinahe zweieinhalb Stunden, und Vischer erwartete ihn schon ungeduldig: «Wo haben Sie sich nur herumgetrieben?»

Wenn Vischer nicht wollte, konnte man nicht mit ihm diskutieren. Der hagere Sechzigjährige mit den wehenden weißen Haaren hörte dann grundsätzlich nicht zu, war ständig in Bewegung, vergaß alles, verlegte alles, zappelte wie ein Kleinkind und nervte alle Besucher bis zu einem Punkt, wo sie die Beherrschung verloren und deutlich oder unfreundlich wurden. Genau in der Sekunde begann er zu grinsen, wurde ruhig und hörte zu, unendlich geduldig und sehr viel genauer, als die meisten dann schon zornigen Besucher ahnten.

«Ich wollte Sie auch mal nervös machen!»

«Hach, Sie glauben doch nicht im Ernst, daß Ihnen das je gelingen wird. Rein mit Ihnen!»

Das Arbeitszimmer hatte sich seit seinem letzten Besuch vor drei oder vier Jahren nicht verändert. Mit «Chaos» war der Zustand milde umschrieben. Kein anderer Mensch konnte so hohe Papierstapel aufrichten, die zwar eine gewisse Neigung aufwiesen, aber seltsamerweise nicht umfielen. Die Regalböden bogen sich unter der Last der in Doppelreihen stehenden Bücher, auf denen Vischer besonders schwere Werke quer ablegte. Beim erstenmal hatte er das System ungläubig bestaunt, bis Vischer in seinem Rücken kicherte: «Bücher kann man leihen, aber wer leiht einem schon Regale?» Das Paket mit den Unterlagen füllte auf den Millimeter den letzten freien Platz auf seinem Schreibtisch.

«Ihre Frau?»

Einen Moment runzelte Wegener ärgerlich die Stirn, was Vischer natürlich nicht entging. Er schien Augen im Hinterkopf zu haben. «Na klar, ich hab telefoniert. Oder haben Sie was anderes erwartet?»

«Nein.» Er seufzte. Vischer arbeitete oft für die Polizei oder die Staatsanwaltschaft. Als Psychologe hatte er einen ausgezeichneten Ruf, dachte aber nicht im Traum daran, mehr zu praktizieren als unbedingt nötig. Seine Liebe galt der Jugendpsychologie und Kindertherapie, die wenig einbrachte; die Bücher, die er über besondere Fälle veröffentlichte, hatten ihn allerdings reich gemacht.

«Was wollen Sie wissen?»

«Alles was Sie aus dem Material herauslesen können.»

«Sind Sie auf einer Reise in die Vergangenheit Ihrer Frau – Ihrer verstorbenen Frau?»

«Oha! Verstorben ist gut, ermordet ist richtiger.»

«Aber Sie waren's nicht?»

«Nee. Obwohl ich vor unserer Trennung häufiger daran gedacht habe.»

«Sehen Sie! Deshalb habe ich nie geheiratet.»

«Das habe ich anders gehört.»

«Häh?» Vischer schüttelte verblüfft den Kopf.

«Sie haben doch immer diese ausnehmend hübschen Praktikantinnen.»

«Raus!» tobte Vischer los. «Raus mit Ihnen – Sie Verleumder, Sie Ignorant, Sie – Sie – Sie sind ja nur neidisch.»

Wegener lachte. Vischer tat nur beleidigt, in Wahrheit fühlte er sich geschmeichelt, und das mit den Praktikantinnen hatte schon einen wahren Kern: Vischer liebte die Frauen und wurde wiedergeliebt. Weltfremd war er ganz und gar nicht.

«Wann kann ich Sie wieder heimsuchen?»

Der Weißhaarige schätzte das Paket ab: «Morgen abend?»

«Gut, ich rufe auf jeden Fall vorher an.»

In Hamburg ging er in ein kleines Hotel, gar nicht weit von seiner letzten Wohnung am Bahnhof Hasselbrook. Es war sauber und billig, das Telefon funktionierte, und das Wirtsehepaar bemühte sich noch um seine Gäste. Und weil es einen sicheren, unauffälligen Hinterausgang gab, hatten sie hier manchmal gefährdete Zeugen oder Aussagewillige untergebracht.

«Schön, Sie wieder mal zu sehen, Herr Wegener.»

«Sie nehmen mir den Satz aus dem Mund, Frau Büttner.»

«Für zwei Nächte?»

«Vorerst, ja. Ich sag rechtzeitig Bescheid.»

Nach Gesines Auszug hatte er die große Wohnung in Eppendorf aufgegeben. Ein Zufall half, ein Kollege ging nach Niedersachsen, und er konnte dessen Drei-Zimmer-Wohnung in einem der anonymen Hochhäuser zu einer Miete übernehmen, die schon damals in

Hamburg an ein Wunder grenzte. Er brauchte es auch, sein Konto war restlos geplündert, und selbst als er alle überflüssigen Dinge aus der großen Wohnung verscherbelt hatte, blieb noch ein Minuszeichen. Er lebte sparsam, nicht nur wegen der Schulden, die Anfang Herbst abgetragen waren. Er mied Menschen, bis er wieder zu sich selbst gefunden hatte, und Brigitte war die erste Frau, die er aus freien Stücken anrief, um sich mit ihr zu verabreden.

Klaus Erdmann war nicht in der Redaktion. «Könnten Sie ihm sagen, er möchte hier anrufen?» bat er.

«Meinetwegen.» Seine Assistentin hatte die Höflichkeit nicht erfunden, war aber zuverlässig. Erdmann rief eine Stunde später an. «Sie wollen mir sicher eine Sensationsstory erzählen», nuschelte er munter.

«Leider bin ich noch nicht soweit. Heute brauche ich noch einmal Ihre Hilfe.»

«Aha! Aber unser Geschäft gilt?»

«Natürlich. Kurt Jensen – Sie erinnern sich? – hatte eine Freundin. Wie heißt sie und wo kann ich sie erreichen?»

«Da muß ich erst nachschauen.»

«Gut. Und noch eine Frage, Herr Erdmann. Sie haben mir gesagt, ein Vögelchen hätte Ihnen geflötet, daß die Jensens untergetaucht seien. Ist es möglich, daß Sie mir den Namen dieses Vögelchens verraten?»

Erdmann überlegte lange. Dann lehnte er entschieden ab: «Nein.»

«Auch nicht, wenn es wichtig ist?»

«Ich hab's dem Vogel versprochen.»

«Na dann... könnten Sie trotzdem unserem gefiederten Freund mitteilen, daß ich ihn oder sie sprechen möchte? Es geht um die Jensens, das schon, aber sagen Sie ihr bitte nicht, wer ich bin und warum ich die Jensens suche.»

«Hach, hm, häh...» Erdmann war alles andere als begeistert. «Meinetwegen. Wo stecken Sie jetzt?»

«In einem Hotel.» Er gab Namen, Anschrift und Telefon durch.

«Okay, ich versprech nichts. Und jetzt warten Sie bitte einen

Moment.» Daraus wurden mehrere Minuten, dann muffelte Erdmann: «Karin Bollnow. Mit -o-w am Ende. Keine Anschrift. Das Lokal heißt ‹Ampel›.»

«Danke, Herr...» Das Klicken schnitt den Satz ab.

Soviel Öde und Schäbigkeit wie auf der Reeperbahn gehörten verboten. Selbst die Aufreißer froren, nicht wegen der Kälte, sondern vor der unlösbaren Aufgabe, etwas anzupreisen, was niemand haben wollte. Dazu weihnachtete es sehr, auch hier, und kleine Plastik-Tannenbäumchen verdeckten schamhaft die Bilder nackter Frauen in den Schaukästen. Er mußte ein ganzes Ende herumstrolchen, bis er die «Ampel» fand, eine Eckkneipe, in die vier Stufen hinunterführten. Dichte Vorhänge vor den Fenstern, die fast zu ebener Erde lagen, gegen Betrunkene mit brusthohen Gittern geschützt. Eine imitierte Verkehrsampel mit korrekten Lichtwechseln: Rot – Rot/gelb – Grün – Gelb – Rot. Die Preistafel war groß und gut beleuchtet, die Flasche Bier kostete vier respektive sechs Mark, der Unterschied war nicht erklärt. Über der Tür sausten zwei Ventilatoren und quirlten Rauch, warme Luft und Bierdunst auf die Straße. Hinter der Tür mußte er einen im Halbrund aufgehängten Filzvorhang zur Seite schieben. Alle Tische waren besetzt, mit Männern oder auch Paaren, und die unvermeidliche Musik spielte erfreulich leise. In den Windlichtern brannten echte Kerzen.

An der Theke waren alle Hocker frei, und er setzte sich so, daß er den Eingang im Auge behalten konnte. «Einen Bourbon bitte», bestellte er bei der Frau hinter dem Tresen. Sie lächelte geschäftsmäßig. «Und viel Soda bitte.»

Ihr Alter war schwer zu schätzen, irgendwo zwischen dreißig und fünfzig. Ein glattes, sehr ansehnliches Gesicht und ein Ausdruck, der sich jede plumpe Annäherung verbat. Sie war mittelgroß und gut proportioniert, braune, lockige Haare. Trotz des engen schwarzen Pullovers mit dem tiefen Ausschnitt und des strammen BHs, der alles präsentierte, was sie an beachtlicher Oberweite besaß, und trotz des engen Lederrocks wirkte sie auf ihn nicht wie eine Professionelle.

«Haben Sie eine bestimmte Marke?»

«Four Roses?» Das «Sie» paßte zu seiner Vermutung. Die Wirtin und der zufällige Gast. Aus den Augenwinkeln beobachtete er, daß sie ohne Maßglas einschenkte, und zwar reell.

«Bitte sehr.»

«Danke.» Er trank, er hatte wirklich Durst, und sie kümmerte sich nicht weiter um ihn. Sie hatte auch gut zu tun, ab und zu quäkte eine Gegensprechanlage Bestellungen durch. Dann verschwand sie mit einem beladenen Tablett in einem Durchgang, vor dem einer dieser raschelnden Kettenvorhänge befestigt war. Gemurmel, Wortfetzen, manchmal lautes Gelächter. Aber kein Gegröle, kein Lärm, kein Gekreisch. Der schmächtige Kellner allein konnte es nicht sein, sie hatte ihr Lokal gut im Griff.

Nach einer Viertelstunde kam ein Mann aus dem Durchgang in das Lokal und setzte sich an die Theke. Ein auffallend gut aussehender Mann, Mitte Fünfzig, aber sehr sportlich und kräftig, mit geschmeidigen Bewegungen. Ein langes Gesicht mit einem kräftigen Kinn, tiefbraune Haut. Und teuer angezogen, für diese Umgebung eine Spur zu elegant. Bei seinem Anblick hatte die Wirtin leise seufzend nach einer Cognacflasche gegriffen und einen Schwenker gefüllt, den sie wortlos vor ihm abstellte. Wegener beobachtete sie amüsiert.

«Danke, mein Schatz.» Eine tiefe Stimme, die voller Lachen und zugleich Energie steckte. Ein beeindruckender Typ. Und offenkundig ein Stammgast, der sie aber nicht hundertprozentig erfreute.

«Mir wäre lieber, du würdest nicht kommen, Krischan.»

«Aber Schatz! Ich bin doch nett und zuverlässig und zahle immer brav. Und ich schmeichle mir sogar, nebenan beliebt zu sein.»

«Du oder deine Geschäfte?»

Der Mann lachte aufrichtig erheitert und hob drei Finger: «Ich schwöre, daß ich mich immer an deine Befehle halte. Keine Geschäfte in der ‹Ampel›.» Seinem kühnen Grinsen konnte auch sie sich nicht entziehen, ihre Mundwinkel zuckten wider Willen, und weil sie das merkte, winkte sie nur ärgerlich ab. Der Gast trank seinen Cognac in einem Zug, legte einen Fünfhunderter auf das

Holz und verabschiedete sich mit einem flüchtigen «Tut mir leid, Süße, aber ich komm wieder». Sie sah ihm lange nach.

Als er den zweiten Whisky orderte, sagte er halblaut: «Ich suche Kurt Jensen.»

Sie blickte ihn flüchtig an, als habe sie nichts gehört, doch während sie das Glas vor ihm abstellte und den Aschenbecher auswechselte, fragte sie leise: «Sie sind Achim Wegener?»

Er nickte freundlich: «Bin ich. Woher kennen Sie mich?»

«Aus dem Prozeß gegen Kurt. Sie sind als Zeuge aufgetreten.»

«Mein Kompliment für Ihr Gedächtnis.»

Ein schnelles Lächeln huschte über ihr Gesicht: «Was wollen Sie von Kurt?»

«Ich muß mit ihm reden, mit ihm oder mit Ewald.»

Ihrer Miene ließ sich nichts entnehmen. Auch ihre Hände lagen ganz still auf dem Holz. Dann sagte sie ruhig: «Warten Sie bitte!»

Sie lief schnell durch den raschelnden Vorhang und kam nach einer Minute zurück, mit ernstem Gesicht: «Nehmen Sie bitte Ihr Glas, gehen Sie nach nebenan und fragen Sie nach Dagmar.» Einen Moment zögerte er, und wenn sie sein Mißtrauen spürte, so zeigte sie es nicht. «Gut», gehorchte er.

Hinter den Ketten stieß er eine Schwingtür auf und stand in einem runden, schwach beleuchteten Raum mit vier Nischen auf der einen Seite, einer winzigen Tanzfläche und einer langen Bank auf der anderen. Bei zwei Nischen waren die Vorhänge vorgezogen. Rote Plüschsofas, nein, das hatte er nicht erwartet. Erst nach dieser Enttäuschung bemerkte er die Wendeltreppe. Auf der Bank saßen drei Frauen, alle in weißen Corsagen, weißen Netzstrümpfen und weißen, hochhackigen Schuhen, die im Licht der UV-Lampen unnatürlich gleißten. Das mechanische Lächeln formte ihre an sich hübschen Gesichter hart und abstoßend.

«Guten Abend», grüßte er flach, «ich suche Dagmar.»

Die Blonde stand auf. «Ich bin Dagmar. Die Chefin schickt dich?»

Er nickte nur.

«Komm mit!» Sie ging zur Wendeltreppe voraus, und er folgte ihr mit einem unguten Gefühl. Ihre Schuhe klapperten auf den

Eisenstufen. Oben klinkte sie eine Tür auf: «Geh schon mal rein, ich hole noch was zu trinken.»

Er wollte widersprechen, verzichtete aber. Karin Bollnow bestimmte das Spiel. Das Zimmer war winzig, ein großes Bett, zwei Stühle, ein Waschbecken. Kein Fenster, er sah sich um, irgendwo rauschte eine Lüftung. Unruhig suchte er nach den Lichtschaltern und fühlte sich wohler, als eine große Lampe aufleuchtete.

Sie kam mit einem Sektkühler und drei Gläsern zurück. «Die Chefin hat gesagt, ich soll dir Gesellschaft leisten, bis sie unten fertig ist.» Während sie redete, drehte sie geschickt den Korken auf, es endete mit einem sanften «Plopp». Frau Wirtin wollte also ungestört – was? – telefonieren?

«Magst du?»

«Nein, danke, ich bleibe bei meinem Whisky.»

«Aber ich.» Plötzlich lachte sie wie eine normale Zwanzigjährige. «Der ist von der besseren Sorte, weißt du, nicht das Gesöff für die üblichen Kunden.»

«Dann mal Prost!» wünschte er und griff nach seinen Zigaretten.

«Gibst du mir auch eine?»

«Bitte.»

Leise stöhnend ließ sie sich auf das Bett nieder, streifte die Schuhe ab und massierte ihre Füße. Die Schuhe sind einfach zu eng. Die Corsage auch. Soll ich sie ausziehen?»

«Lieber nicht. Was soll die Chefin dazu sagen?»

Ihr zweifelnder Blick erheiterte ihn. «Die Chefin ...?» murmelte sie ungläubig. «Doch nicht die Chefin ...»

«Nein?»

«Die ist doch nicht im Geschäft ...»

Auf die versteckte Frage antwortete er nicht, sondern betrachtete sie schmunzelnd, was ihr gar nicht gefiel. Beleidigt rückte sie zur Seite und lehnte sich an das Oberteil. Er rauchte stumm und entspannte sich. Natürlich sollte sie auf ihn aufpassen, aber die Frage war, ob sie das wußte. Karin Bollnow kam zehn Minuten später und öffnete die Tür, ohne anzuklopfen. «Danke, Dagmar», sagte sie kurz. Blitzschnell sammelte das Mädchen seine Schuhe ein und verschwand, machte selbst die Tür leise hinter sich zu.

«Ich bin Karin Bollnow. Was wollen Sie von Kurt und Ewald?»

Auch sie setzte sich auf das Bett, und er bewunderte ein Paar langer, schlanker Beine, bevor er ein Glas eingoß und es ihr reichte: «Die Brüder sind im vorigen Jahr auf Reststrafenbewährung entlassen worden.»

«Ende September, richtig.»

«Im Dezember und im Januar haben sie sich nach meiner Frau erkundigt. Ihre Leiche ist Anfang April aus einem Fischteich geborgen worden. In dem sie, wie die Sachverständigen behaupten, etwa drei Monate gelegen hat.»

«So daß Sie jetzt vermuten, Kurt und Ewald hätten Ihre Frau ermordet und in diesem Fischteich versenkt.»

«Nein, ich vermute gar nichts, ich brauche Auskünfte.»

«Man hat Sie wegen des Mordes angeklagt.»

«Ja, und freigesprochen.» Die volle Wahrheit würde sie ihm nicht erzählen, dazu konnte er sie auch nicht zwingen, aber wenn sie überhaupt mit ihm sprach, hatte sie keinen Grund, ihn von A bis Z zu belügen.

«Na gut», begann sie stockend, nach Worten suchend und sich jeden Satz vorher zurechtlegend. «Ich war mit Kurt Jensen befreundet, als er und Ewald verurteilt wurden. Ihm gehörte dieses Lokal zu zwei Dritteln.»

«Für wen hatten die Brüder damals Geld eintreiben sollen?»

«Für Attila», antwortete sie ohne Zögern. Wegener griente, Attila war kein großes, aber auch kein kleines Licht gewesen, und Attila hatte auf ihrer Liste der möglichen Auftraggeber gestanden.

«Wissen Sie zufällig, wofür sich Kamphausen das Geld geliehen hatte?»

«Nur ungefähr. Er hatte bei einem alten Bekannten ins Geschäft einsteigen wollen. So hieß es wenigstens.»

«Die Art des Geschäftes kennen Sie nicht?»

«Nein», sagte sie scharf, wohinter sich viel verbergen konnte. «Attila war anständig und sorgte dafür, daß ich in Ruhe gelassen wurde, solange Kurt saß. Ich konnte eine Menge zurücklegen, und kurz bevor Kurt entlassen wurde, war ich bei ihm und habe ihm angeboten, ihn auszuzahlen.»

Das klang vernünftig. Die Jensens brauchten Geld nach ihrer

Entlassung, und die Kaufsumme ersparte ihnen, gleich wieder krumme Dinger zu drehen.

«Wir haben das alles im Oktober perfekt gemacht. Bei einem Notar. Ich habe bar bezahlt, und seitdem haben wir uns nicht mehr gesehen.»

«Wirklich nicht?» zweifelte er bewußt spöttisch. «Ich denke, Sie waren mit Kurt befreundet?»

Sie lächelte ironisch: «Ich bin ein paar Jahre älter als Kurt. Und so innig war unser Verhältnis nie.» Ihre Offenheit verblüffte ihn, aber er ließ sich nichts anmerken. «Aber Anfang April erschien er hier in der Bar. Ziemlich aufgeregt – ja, und besorgt. Wir haben nicht viel miteinander gesprochen, er tobte nur: ‹Ich fürchte, dieser Scheiß-Wegener hat uns schon wieder geleimt.› Mehr wollte er nicht erklären, er schimpfte nur, jetzt müßten sie abtauchen und einen Prozeß abwarten. Ich wollte mehr hören, aber da biß ich bei ihm auf Granit.»

«Hm. Hat er Sie um Geld angebettelt?»

«Hat er, ich hatte aber nur zwei Tausender in der Kasse, und er war so nervös, daß er umgehend abhauen wollte.» Sie setzte sich bequemer hin, und er riskierte einen Blick unter ihren Rock. «Dann vergingen wieder Monate, in denen die beiden nichts von sich hören ließen.»

«Lassen Sie mich mal raten. Bis Mitte Oktober.»

«Bravo! Woher wissen Sie das?»

«Da stand nämlich in der Zeitung, der wegen Gattenmordes angeklagte Hamburger Kriminalrat Achim W. sei vom Landgericht Kiel freigesprochen worden.»

«Genau!» lobte sie ironisch. «Kurt hat am Telefon fast geheult. Jetzt wär alles aus, jetzt müßten sie wirklich verduften. Und bevor ich was fragen konnte, hatte er eingehängt. Seitdem –» Sie breitete beide Arme aus und gickste erschrocken, als der Sekt überschwappte. «Das ist alles, was ich weiß.»

«Wirklich alles?» höhnte er, und sie erwiderte sein Lächeln, zum erstenmal so offen daß er ihren Charme erkannte: «Vielleicht nicht alles, aber jetzt sind erst mal Sie an der Reihe.»

«Gut. Meine Frau hatte sich von mir getrennt und war in ein Ferienhaus in Södjen gezogen. Das ist ein winziges Nest an der

Ostseeküste, halbwegs zwischen Kiel und Eckernförde. Im Dezember vorigen Jahres und im Januar dieses Jahres haben sich die Jensens nach meiner Frau erkundigt, und zwar so, daß sie aufgefallen sind.»

Ungläubig hob sie die Augenbrauen: «Wie bitte?»

«Kurt und Ewald haben meine Frau erpreßt.»

«Erpreßt? Weshalb?» Gespannt beugte sie sich vor, und er schaute demonstrativ in ihren Ausschnitt, was sie mit einem schmalen Lächeln quittierte. Sie wußten, was sie voneinander zu halten hatten.

«Erstens weiß ich's nicht, und zweitens würde ich's Ihnen nicht auf die Nase binden. Anfang oder Mitte Januar ist dann meine Frau verschwunden, ich habe sie als vermißt gemeldet. Anfang April wurde die Leiche gefunden, und die Jensens haben kalte Füße bekommen, weil sie fürchteten, die Polizei könne sie verdächtigen. Schließlich waren sie offen mit ihrem Auto durch den Ort gegondelt, als sie sich nach meiner Frau umhörten. Vielleicht hatte sich ja jemand das Kennzeichen gemerkt. Oder ihre Visagen. Dann wurde ich verhaftet, auch das stand in den Zeitungen, zwar verklausuliert, aber für die beiden gut verständlich. Nun ist eine Verhaftung keine Verurteilung, also blieben sie in ihrem Versteck, bis das Urteil veröffentlicht wurde: Freispruch. Oder anders: Die Jagd nach dem Mörder war wieder offen. Sie mußten endgültig abtauchen.»

«Das klingt logisch», sagte sie ausdruckslos und füllte ihr Glas nach.

«Ich bin gar nicht davon überzeugt, daß die beiden meine Frau umgebracht haben.»

«So?» Ihr Blick wurde kühl und mißtrauisch.

«Sie haben meine Frau erpreßt. Warum die Gans schlachten, die goldene Eier legt?»

«Mit dem Argument haben sich Kurt und Ewald im Kamphausen-Fall auch verteidigt. Es hat ihnen sieben Jahre eingebracht.»

«Richtig», seufzte er. «Ich weiß auch, daß die beiden mir nicht trauen, weil ich sie vor Gericht gebracht habe. Obwohl sie immer wieder ihre Unschuld beteuerten. Tja, das war's dann wohl.» Er erhob sich, und sie riß erstaunt die Augen auf: «Sie wollen schon gehen? Das war alles?»

«Ja, alles. Oder gibt es noch etwas, das wir bereden sollten?»

Sie zwinkerte so verblüfft, daß er sie unruhig betrachtete, weil er sich ihre Reaktion nicht erklären konnte. Eigentlich mußte sie doch froh sein, daß er sie nicht weiter behelligte.

«Haben Sie noch was auf dem Herzen?»

Ihre Miene veränderte sich, aus ehrlichem Erstaunen wurde verschlossene Vorsicht. Nein, es war noch nicht alles zwischen ihnen ausgesprochen, aber er hatte nicht die geringste Vermutung, was sie verheimlichte. Nach der stummen gegenseitigen Musterung senkte sie als erste den Blick, «Warum sind Sie eigentlich gekommen?» Ihre Stimme kratzte, sie mußte sich räuspern.

«Wie ich Ihnen sagte – ich möchte mit Kurt oder Ewald sprechen.»

«Ich weiß wirklich nicht, wo die beiden stecken.»

«Mit Verlaub, Frau Bollnow – das glaube ich Ihnen nicht.»

«Was Sie von mir denken, ist mir ziemlich gleichgültig. Ich habe wirklich keine Ahnung.»

«Nein? Und warum dann dieses Gespräch? Unter diesen Umständen?»

«Weil Sie mir einen alten Verdacht bestätigt haben», erwiderte sie halb scharf, halb höhnisch.

«Das freut mich!» konterte er trocken. «Wo kann ich meine beiden Whiskys bezahlen?»

«Nicht nötig, Sie waren mein Gast!» Ihre plötzliche Wut verstand er nicht, aber wenn sie ihn damit aus der Fassung bringen wollte, hatte sie sich verrechnet. «Vielen Dank», verbeugte er sich ironisch. Er schloß die Zimmertür leise und lauschte, aber hörte nichts, und danach polterte er betont laut die Wendeltreppe hinunter. Die Prostituierten sahen ihm neugierig entgegen. Ein Pärchen tanzte, wenn man das Klammern und Schwanken als Tanz bezeichnen wollte. In einer Nische, deren Vorhang nicht zugezogen war, mühte sich ein Betrunkener vergeblich, die Hände unter ihre Corsage zu schieben, während sie ungeniert die Geldscheine in seinem Portemonnaie zählte. Er wunderte sich, daß dieser plumpe Nepp ihn plötzlich maßlos aufregte.

Das Hotel lag schon im Dunkeln, er benutzte den Haustürschlüssel, den alle Gäste mitnehmen mußten, die nach 22 Uhr zurückkommen wollten. In dem Fach mit seiner Schlüsselnummer steckte ein Zettel. Eine Telefonnummer und der Hinweis: «Nach Martina fragen.»

Er überlegte und ging auf sein Zimmer.

Nach dem dritten Läuten gurrte eine Frauenstimme: «Hier ist der ‹Chat Noir›, guten Abend.»

«Guten Abend», stotterte er eilig, «hier ist der Klaus. Kann ich mal – kann ich mal die Martina sprechen?»

«Aber sicher doch, lieber Klaus!» Unwillkürlich hielt er den Hörer ein Stück weg, damit ihm der klebrige Zucker nicht ins Ohr lief. Im Hintergrund schmalzten Geigen.

«Hier ist die Martina», meldete sich eine andere Frauenstimme.

«Guten Abend», antwortete er mit seiner normalen Tonlage, «hier ist der Mann, den Sie heute nachmittag in einem Hotel angerufen, aber nicht angetroffen haben.»

Nach einer Verwirrpause ölte sie: «Ach, du bist das.»

«Wenn Sie meine Telefonnummer haben, kennen Sie auch die Anschrift. Um zwei Uhr vor dem Hotel-Eingang? Ich warte auf Sie.»

«Ach, das ist aber schade, daß du heute nicht kommen kannst. Aber dann sehen wir uns später, ja? Ist das versprochen?»

«Versprochen.»

Um Viertel vor zwei verließ er das Hotel und stellte sich auf der anderen Straßenseite in einen dunklen Hauseingang. Er hatte keine Lust, irgendein Risiko einzugehen, und wenn einer der Jensens sie vorgeschickt hatte, um den Neugierigen abzulenken oder gar zu überrumpeln, der sich für Kurt und Ewald interessierte, würden sie vergeblich auf ihn warten. Die Hausklingel des Hotels wurde um 22 Uhr ebenfalls abgestellt. Die Stille und Leere der Straße waren ungewohnt, fast feindlich.

Kurz vor zwei rollte ein kleines japanisches Auto langsam heran, als suche der Fahrer nach einer Hausnummer. Tatsächlich bremste der Winzling genau gegenüber dem Hoteleingang, schlich dann aber weiter bis zur nächsten Parklücke. Als der Wagen an seinem Eingang vorbeiglitt, bückte er sich: Soweit er erkennen konnte, nur eine Person hinter dem Steuer. Dreißig Meter weiter rechts kurbelte sie geschickt in eine Lücke; er beobachtete sie, wie sie ausstieg, abschloß und dann zielstrebig quer über die Straße dem Hotel zustrebte. Eilig huschte er zu ihrem Auto: leer, auch die Beifahrertür versperrt. Ein Blick auf das Kennzeichen – lautlos hastete er zurück. Sie stand jetzt vor dem Eingang, rüttelte an der Klinke und suchte dann nach der Klingel.

Jetzt konnte er sich aufrichten und offen auf sie zugehen. Erst sehr spät hörte sie seine Schritte und drehte sich um; ihr Blick war scharf und mißtrauisch.

«Martina? Aus dem ‹Chat Noir›?» Widerstrebend nickte sie. «Wir haben miteinander telefoniert. Komm rein!»

Im Treppenhaus registrierte er ihre abschätzigen Blicke. Wenn sie überhaupt «Hausbesuche» machte, dann wohl selten in solch bescheidener Umgebung. Sobald er die Zimmertür geschlossen hatte, warf sie ihren Mantel zu Boden und erklärte pampig: «Ich kriege fünfhundert.»

«Du bist nicht zum Bumsen gekommen», entgegnete er nüchtern. «Und wieviel deine Informationen wert sind, entscheide ich. Nachher.»

Zu seinem Erstaunen protestierte sie nicht, sondern setzte sich aufs Bett und nörgelte: «Gibt's in dieser Puppenstube was zu trinken? Ich hab Durst.»

«Ich habe nur Whisky.»

«Meinetwegen.» Im Bad füllte er die beiden Zahnputzgläser und verdünnte mit Leitungswasser. Sie nahm ihr Glas finster entgegen, nippte stumm und ertrug erst einmal seine Musterung. Groß und drall, ein viel zu enger Pullover über einem schon unanständig mächtigen Busen. Ein kurzer, enger Rock aus einem glänzenden Material. Rund und zu gut gepolstert auch ihr Gesicht, ein großer Mund und die Lippen zu dick violett geschminkt. Zu ihren Kunden zählten weniger die Ästheten als die handfesten, zupackenden Typen. Sie schien Mitte Zwanzig zu sein.

«So, dann leg mal los. Kurt oder Ewald Jensen. Am liebsten beide.»

«Kurt kenne ich gar nicht. Ich bin mit Ewald gegangen.»

Er hütete sich, über ihren stolzen Ausdruck zu lächeln. Sie hatte also an den jüngeren Bruder abgeliefert. «Wann habt ihr euch kennengelernt?»

«Voriges Jahr. Im Oktober. Da kam er gerade aus dem Knast, und Attila meinte, ich sollte ihn was verwöhnen.»

«Attila kenn ich», warf er ein, gespannt, ob sie die Lüge durchschauen würde, doch sie merkte nichts: «Ewald und er können gut miteinander. Schon lange.»

«Bekannt. Und dann ist Ewald mit seinem Bruder plötzlich verduftet.»

«Woher weißt du?» staunte sie. Die Intelligenz hatte sie nicht gepachtet. Doch wie gewitzt war sie?

«Ich suche ihn. Als er damals in den Kahn fuhr, schuldete er mir zehn Riesen. Ich hab lange stillgehalten, aber jetzt ist er über ein Jahr draußen und hat sich nicht einmal bei mir gemeldet.»

«Er kann nicht», verteidigte sie Ewald hastig und kippte das noch halbvolle Glas auf einen Schluck. «Er muß sich vor den Bullen verstecken.»

«Warum denn das?» zweifelte er.

«Das hat er mir nie verraten.»

Ausdruckslos schaute er sie an. Entweder war sie naiver als in ihrem Gewerbe angebracht und hatte ihn wirklich noch nicht als Polizisten erkannt. Oder sie war um Klassen schlauer und schickte sich gerade an, ihn gewaltig zu verladen. «Trinkst du noch einen?»

Diesmal machte er ihre Mischung stärker und füllte sein Glas mit Wasser auf. Offenbar schmeckte sie den Unterschied nicht und trank genußvoll.

«Warum willst du Ewald jetzt verpfeifen?»

«Is doch meine Sache!»

«So? Und warum soll ich dir glauben?» Jetzt nippte sie, Schlückchen für Schlückchen. Kurzer Rock und langer Durst – Erdmann hatte sie mit geübtem Blick richtig beurteilt. «Weshalb willst du Ewald in die Pfanne hauen?»

«Weil er mich beschissen hat!» Plötzlich sprudelte es nur so aus ihr heraus. Drei Monate hatten die Brüder auf großem Fuß gelebt und mit den Hundertern nur so um sich geschmissen. Weil sie von dem Segen etwas für sich beiseite schaffen wollte, hatte sie immer wieder an Ewalds Ohrläppchen geknabbert, doch Ewald blieb stur und verschwieg eisern, wieviel und wo sie gebunkert hatten. Die Herrlichkeit dauerte man gerade bis in den Januar – aus, Sense, kein Moos, aber Schulden, zum Beispiel für das große neue Auto. Keine Geschenke mehr von Ewald, sondern Prügel, weil sie nicht mehr anschaffen gehen wollte. Und noch mal Prügel. Also zurück in den ‹Schwarzen Kater› zu Attila.

Zwei Monate. Er rechnete stumm. Januar und Februar?

Dann der große Knall im April. Ewald in Panik: Nix wie weg! Alles mußte sie hergeben, Auto, Pelzmantel, Schmuck, Sparbuch, die eiserne Reserve aus dem Schlafzimmerschrank. Den letzten Pfennig hatte er aus ihr rausgequetscht. Und Attila, dieses Schwein, hielt jetzt den Daumen drauf; die anderen Mädchen im ‹Schwarzen Kater› durften von jedem Kunden hundert behalten, sie nur fünfzig. «Ist doch für den lieben Ewald», höhnte Attila jedesmal. Aber wie viele Kunden hatte sie schon?

Er betrachtete sie aufmerksam. Diese Wehklage sprach eigentlich für ihre Ehrlichkeit.

Und nebenbei anschaffen war gar nicht so leicht. In ihrer Wohnung mußte sie aufpassen, daß die Nachbarn nichts spitzbekamen. Und in den Firmen in der Umgebung...

«Warum haust du nicht ab?»

«Bist du blöd? Weißt du, was Attila dann mit mir macht? Wo soll ich mich denn verstecken?»

«Hast du einen Beruf gelernt?»

Sie lachte bitter auf. «Na klar doch! Friseuse. Examen mit Eins. Und dann nichts als Blasen und Entzündungen und Eiter an den Händen.»

«Eine Allergie?»

«Was denn sonst?»

«Okay. Wo steckt Ewald Jensen?»

«Was zahlst du?»

«Dreihundert. Und Ewald braucht in zwei, drei Wochen kein Geld mehr.»

«Ist das sicher?»

«Ziemlich!» knurrte er.

«Soll ich mich nicht ausziehen?»

«Ne! Das wird mir zu teuer. Nur die Anschrift.» Er fächerte

drei Hunderter vor ihrer Nase auf. Umständlich kramte sie einen Zettel aus ihrer Handtasche: Eine vierstellige Vorwahl und eine sechsstellige Telefonnummer.

«Woher hast du das?»

«Abgeschrieben. Von Attilas Telefonblock, zu Hause. Dem darf ich's nämlich kostenlos besorgen. Ein – Geschenk von Ewald.»

«Hast du da schon mal angerufen?»

«Nee, ich hab mich nicht getraut. Attila ist – jähzornig.»

Es mochte stimmen. Wortlos stopfte er ihr die Scheine in die Tasche, und sie kratzte sich die Handflächen.

Das Zimmer roch noch am nächsten Morgen nach ihrem billigen Parfum, obwohl er das Fenster weit aufgerissen hatte. Die Vorwahlnummer kannte er, Duisburg, und nach endlosem Läuten nahm jemand ab.

«Ja, hallo?» Eine Männerstimme.

«Guten Tag, Reisebüro Nord, Ahrens. Mit wem spreche ich?»

«Krone ist mein Name.»

«Krone? Bin ich nicht mit der Firma Suttner & Co. verbunden?»

«Nein, hier ist Peter Krone. Privat.»

«Dann muß ich mich verwählt haben. Entschuldigen Sie bitte, auf Wiederhörn.»

Unten stellte ihm die Wirtin unaufgefordert eine zweite Kanne Kaffee hin. Er lachte versteckt, und sie zwinkerte ihm zu.

Der alte Hempel betrieb noch immer sein «An- und Verkauf»-Geschäft neben dem U-Bahneingang, und sein Gesicht zerfiel in Seelenschmerz, als er endlich seine Brille gefunden und aufgesetzt hatte.

«Herr Kriminalrat!» Er sabberte wie eh und je. Der mit Gerümpel überfüllte Laden war kalt.

«Nix, Hempel, ich bin privat hier.» Hempel verkaufte Informationen an die Kripo, und die drückte gelegentlich ein Auge zu, wenn er zwielichtiges Gut verscherbelte. «Ich brauche eine Pistole. Privat.»

«Herr Kriminalrat! Was denken Sie bloß von mir?! Ich und

Pistolen?! Soll das eine Falle sein?!» Er konnte Punkt, Komma, Ausrufe- und Fragezeichen gleichzeitig reden, das irritierte zu Anfang und endete sehr rasch, wenn man nicht antwortete. «Wie soll unsereins an Pistolen kommen?! Trauen Sie mir etwa Kriminelles zu?!»

Gerade die letzte Frage verlockte zu einer Erwiderung, aber Wegener blieb standhaft. Nach zwanzig Minuten waren sie handelseinig, Wegener berappte fünfhundert für eine fast fabrikneue Colt Magnum plus Munition und Zusatzmagazin; Hempel würde sie binnen vier Wochen für vierhundert unter der Bedingung zurücknehmen, daß kein Schuß abgefeuert worden war.

«Okay, Hempel, einverstanden. Und nun alles über Attila.»

Natürlich protestierte Hempel erneut, er wisse rein gar nichts, und wie solle er auch... als ob ausgerechnet er, alt, zittrig, ehrlich, Beziehungen zur Unterwelt... nach zehn Minuten beruhigte er sich und klaubte sein Gedächtnis zusammen. Attila war auf dem besten Weg nach oben, als Geldverleiher, Lokalbesitzer und «Zwischenhändler», was soviel bedeutete wie «Hehler en gros». Warum er dann stolperte und binnen weniger Monate von der Bildfläche verdunstete, konnte Hempel nicht erklären: «Aber es wurde gemunkelt, zwei seiner Geldeintreiber hätten einen Schuldner erschlagen, und dieses Gerücht hat dem Geschäft wohl mächtig geschadet.»

«Was macht er heute?»

«Ihm gehört der ‹Schwarze Kater›. Wahrscheinlich hat er auch zwei, drei Bienchen laufen – aber sonst?»

«Na fein, vielen Dank, Hempel.»

Weil er noch viel Zeit hatte und keinem Bekannten begegnen wollte, fuhr er nach Öjendorf und lief einmal um den See. Am Rand, um die Inseln herum und an dem flachen, mit Binsen bewachsenen Teil hatte sich Eis gebildet, auf dem die Enten in seltsam traurigen Haufen zusammenhockten. Eine junge Frau warf unermüdlich Schneebälle, hinter denen ihre beiden Cockerspaniels ebenso ausdauernd herrasten. Mit unerschöpflicher Begeisterung zerbissen sie die weißen Kugeln, spuckten das kalte Zeugs aus und wälzten sich im Schnee.

Zwischen den Jensen-Brüdern und Attila gab es also immer

noch Verbindungen; eigentlich erstaunlich, wenn es stimmte, daß Attila wegen des Todesfalles Kamphausen geschäftliche Verluste erlitten hatte. In dem Puzzle fehlten offenbar noch einige Teile.

Auf dem Rodelberg herrschte lebhafter Betrieb. Einen Moment überlegte er, wie es wäre, wenn er Kinder hätte, aber er konnte es sich nicht vorstellen. Für viele Dinge, die er später vermissen würde, war es schon zu spät, und mit diesem Gedanken hatte er sich zum erstenmal in der U-Haft abgefunden. Von der nächsten Telefonzelle rief er Vischer an, der ziemlich ernst knurrte: «Am besten kommen Sie sofort – ja, gleich.»

Vischer bot ihm einen Rotwein an, den er ablehnte: «Ich muß noch fahren.»

«Gut, wie Sie wollen!» Sein Ernst konnte regelrecht beunruhigen. «Ich hab mir alles angesehen, die Nacht geopfert, vieles aussortiert, weil es wenig Anlaß zu Interpretationen bietet. Der Rest jedoch um so mehr.» Ohne es zu merken, hatte er eine Wanderung durch das große Zimmer aufgenommen, hin und her. «Es sind Zeugnisse und Ausdrucksformen eines schwer gestörten Mädchens, das meiner Meinung nach zwei traumatisierende Schocks erlebt hat. Den ersten ungefähr im Alter von sechs oder sieben Jahren, den zweiten im Alter von vierzehn, fünfzehn. Das kann ich Ihnen...»

«Nein», unterbrach er leise. «Keine Beweise. Ich würde sie doch nicht verstehen.»

«Gut. Erstaunlicherweise stammen auch die meisten Belege, die Sie mitgebracht haben, aus eben dieser Zeit. Kaum etwas aus der Zeit vor dem sechsten, sehr wenig aus der Zeit nach dem fünfzehnten Lebensjahr. Ihre Frau hat viel aufgehoben?»

«Alles! Ich habe säckeweise altes Gerümpel ausmisten müssen.»

«Ja. Vergewisserung der eigenen Vergangenheit. Waren darunter auch Sachen, die sie nach dem – sagen wir – sechzehnten oder siebzehnten Lebensjahr gesammelt hatte?»

Er überlegte. Die Konzertprogramme, Eintrittskarten. «Ja.»

«Aber keine Bilder oder Zeichnungen mehr?»

«Gefunden habe ich keine. Aber meine Ex-Schwiegermutter hat, während ich in U-Haft saß, viel entfernt und weggeworfen.»

«Aha. Fragen Sie doch mal, ob darunter auch Zeichnungen waren. Meiner Ansicht nach nein, aber das würd ich schon gern wissen.»

«Ich will's versuchen.»

«Gehen wir chronologisch vor. Das kleine Mädchen ist hochgradig neurotisch, an der Grenze zu einer Psychose. Es haßt seine Eltern und fürchtet sie zugleich. Es fühlt sich von den Eltern bestraft, zurückgesetzt und akzeptiert das zugleich als gerecht oder verdient. Die daraus entstehende Wut richtet es gegen sich selbst. Da sind selbstzerstörerische Tendenzen sichtbar, und ich glaube, sie haben sich später sexuell manifestiert.» Vischer marschierte gleichmäßig hin und her, wie ein Dozent oder ein rücksichtsvoller Mensch, der sein Gegenüber nicht ansehen wollte. «Das Kind entwickelt ein völlig verkrampftes Verhältnis zum nackten Körper. Einerseits ist es von jeder Form von Nacktheit fasziniert, andererseits beseitigt es jeden Anklang daran, an Nacktheit, Sexualität und Geschlecht. Dieser Konflikt muß spätestens in der Pubertät manifest geworden sein.» Eine lange Minute knarzten nur die Sohlen seiner Schuhe. «Natürlich habe ich nach Gründen gesucht. Nach Erklärungen. Aber mir fehlen Kenntnisse. Auf einigen Zeichnungen sind die Eltern überlebensgroß dargestellt, wie Riesen. Diese Riesen stehen immer wieder zwischen dem Kind und einer hohen Mauer. Die Mauer schützt das Kind, das im Mittelpunkt des Bildes steht. Aber sie begrenzt auch die Bewegungsfreiheit des Kindes, und die Eltern beteiligen sich an diesem Einsperren. Sie schützen und beschützen das Kind und sperren es gleichzeitig ein. Technisch könnte es eine Form von Overprotection sein, von übertriebener Liebe und Ängstlichkeit, die viele Eltern zeigen, die zu spät Kinder bekommen. Wenn da nicht – tja, wenn da nicht die Bilder mit der Puppe wären.» Er holte tief Luft. «Das Kind hält eine Puppe im Arm, und diese Puppe zeigt alle Merkmale der Eltern, zu groß, viel zu groß für eine Puppe, schwer, schwarz, bedrohlich. Und wenn man die Strichführung genau nachmißt: Die Puppe ist der eigentliche Mittelpunkt des Bildes. Es kann keine Puppe sein, es muß ein Geschwisterkind sein, und Ihre

Frau hat diesen Bruder oder diese Schwester gehaßt, weil sie glaubte, die Eltern würden das Nachgeborene mehr lieben als sie.»

«Meine Frau war ein Einzelkind», wehrte er automatisch ab – und stockte. Ein Einzelkind? Gesine und ihre Eltern hatten nie was von Geschwistern oder einem anderen Kind erzählt, das ja. Aber die Aufnahme, die Margareta Novak beiseite geschafft hatte? Mit Egon, Adelheid, Gesine und einem Baby? Die Eltern, dümmlich-stolz strahlend, daneben die finster dreinblickende Gesine? Wo hatte er – «Moment», sagte er mit rauher Stimme und holte die Brieftasche heraus. «Ich muß Ihnen was zeigen, ja, hier ist es. Dieses Bild.»

Vischer betrachtete die Aufnahme stumm, völlig konzentriert, bis er die Stirn runzelte. Unwillkürlich stülpte er die Lippen vor und zurück und seufzte endlich. «Danke, behalten Sie das Bild gut.» Schon hatte er seine Wanderung wieder aufgenommen. «Herr Wegener, Sie wollen ja kein Gutachten, sondern Hilfsmarken für Ihre Reise in die Vergangenheit Ihrer Frau – doch auf diesem Wege sind Sie längst, auch wenn Sie mich jetzt gern berichtigen möchten, Sie suchten nach dem Mörder Ihrer Frau. Um Ihnen zu helfen, wage ich drei Behauptungen, die ich vor Gericht nie vortragen würde. Erstens: Das andere Kind ist im oder in der Nähe des Elternhauses gestorben – oder umgekommen. Zweitens: Ihre Frau ist subjektiv oder objektiv, das hat für sie keinen Unterschied gemacht, am Tode dieses Kindes mitverantwortlich. Drittens: Aus diesem Grund ist Gesine für längere Zeit von den Eltern weggegeben worden, in ein Heim oder in ein Krankenhaus, jedenfalls war es eine Trennung für längere Zeit. Gesine hat diese Trennung minuziös gezeichnet. Übrigens auch die Folgen. Die Bäume auf den Bildern haben plötzlich keine Wurzeln mehr. Oder sie haben Wurzeln, dann keine Blätter. Die Eltern fahren weg, und ein Ball rollt hinter dem Auto auf die Straße. Das Kind läuft hinter dem Ball her, schaut aber auf das wegfahrende Auto. Ein Spielzeug, also etwas Kindliches, befindet sich auf der gefährlichen Straße, die den Eltern dazu dient, das Kind allein zu lassen. Allein zu lassen in einem Gebäude, dessen Ein- und Ausgänge vergittert sind. Zumindest zu Anfang. Dann stehen die Fenster und Türen halb offen, aber Gesine wagt nicht, durch die Tür zu gehen oder aus dem Fenster zu springen. Die Welt, die Wirklichkeit findet immer hinter einem Gitter statt. Auch die Sexualität, deren sekundäre Merkmale schwarz, groß, bedrohlich sind. Sie hat den halbnackten Frauen in den Zeitschriften keine Bikini-Oberteile mehr angemalt, sondern vor die Brüste Gitter gehängt.» Wieder lief er eine ganze Zeit stumm auf und ab. «Na ja, wenn ich mich schon so weit aus dem Fenster gehängt habe, kann ich mich auch ganz lächerlich machen. Herr Wegener, diese Zeichnungen hatten einen therapeutischen Zweck. Ich weiß, das hört sich für Sie seltsam an, aber Gesine hat ihre Ängste und Neurosen malend zu bewältigen versucht. Ja, so kann man's wohl formulieren. Aber dann bricht das plötzlich ab...»

«Ich sagte schon, meine Ex-Schwiegermutter hat aufgeräumt.»

«Gut möglich.» Vischer schien es aber selbst nicht zu glauben. «Unterstellen wir einmal, es gab keine Zeichnungen wegzuwerfen, sondern Gesine hat mit dem Malen von jetzt auf nachher aufgehört. Dafür muß es einen Grund geben. Einen massiven, traumatisierenden Grund.»

«Den Sie nicht kennen?»

«Nein, hier würde eine Anamnese einsetzen.»

«Meine Frau ist tot.»

«Die Eltern leben noch – oder?»

«Was müßte ich sie fragen?»

Vischer schüttelte den Kopf: «Ich weiß es nicht... ja, ich vermute etwas, aber ich will Sie nicht auf eine falsche Spur hetzen.» Er blieb stehen und lächelte schräg: «Na, war ich dramatisch genug?»

«Nicht dramatisch, Herr Vischer, sondern hilfreich.»

«Schildern Sie doch einmal Ihre Frau, wie Sie sie gesehen haben.»

«Gesoffen wie ein Loch. Gespielt. Zum Schluß Rauschgift genommen. Herumgehurt wie eine läufige Hündin. Nicht einmal in ihrem Leben etwas Vernünftiges getan oder gearbeitet. Immer nur geschnorrt. Menschen ausgenutzt und verletzt. Gelogen, daß sich die Balken bogen.»

«Das wundert mich nicht.» Er bückte sich und holte das bereits verschnürte Paket hervor. «Und wenn Sie die Reise in die Vergangenheit Ihrer Frau bewältigt haben, fangen Sie mit sich selbst an. Bis Sie eine Antwort auf die Frage gefunden haben, warum Sie an eine solche Frau geraten sind.»

«Ich habe als Siebzehnjähriger ein zwei Jahre jüngeres Mädchen vergewaltigt. Ein Nachbarskind, das ich liebte, das mich aber immer nur ausgelacht hat.» Jetzt hatte er es zum erstenmal einem anderen Menschen gestanden, und es hatte ihn erleichtert.

Vischer nahm seine Wanderung wieder auf. Seine Miene verriet nichts. «Dafür sind Sie nie bestraft worden?»

«Nein, das Mädchen hat geschwiegen.»

«Warum?»

«Weil es mich mochte. So hat sie gesagt.»

«Das Mädchen hat Sie gemocht und sich Ihnen verweigert.»

«Ja, die anderen Jungens durften ihren Freundinnen unter den Rock fassen. Oder einmal den BH aufmachen. Regine hat mich nur ausgelacht und ist weggelaufen.»

«Und Ihre Frau hat Sie nicht geliebt, nicht einmal gemocht, aber sofort ins Bett gezerrt.»

«Ja. In letzter Zeit träume ich wieder von dieser Regine, dieser Gegensatz ist mir klargeworden.»

«Lebt diese Regine noch?»

«Ich weiß es nicht. Vermutlich ja.»

«Warum suchen Sie sie nicht und holen sich Ihre Verzeihung?»

«Sie hat mir damals schon verziehen.»

«Vielleicht. Aber Sie haben es nicht geglaubt. Sie glauben es bis heute nicht.»

Unwillig schnaubte er: «Ich suche den Mörder meiner Frau, Herr Vischer, ich betreibe keine Vergangenheitsbewältigung.»

«Das, mein Lieber, ist der Irrtum, den ich Ihnen verdeutlichen will... nein, nein, bitte keine Erklärungen oder Rechtfertigungen. Warum Gesine Sie geheiratet hat, weiß ich nicht, vermute aber stark, daß Sie es ganz genau wissen, doch nicht gestehen wollen. Oder sich eingestehen wollen. Warum Sie jedoch auf diese Frau hereingefallen sind, ist mir klar, Ihnen übrigens auch.»

Wegener stand schwerfällig auf: «Ja, inzwischen. Vielen Dank, Herr Vischer. Was bin ich Ihnen schuldig?»

«Nichts. Setzen Sie sich noch mal! Ich muß einen Vertrauensbruch begehen.»

Seine Stimme klang so ernst und drängend, daß Wegener wieder schweigend Platz nahm.

«Eine Oberkommissarin Thayer, Frauke Thayer, ist bei mir gewesen. Im Frühjahr, im April oder Mai.»

«Ich kenne sie. Besser, als mir lieb ist.»

«Sie hat mir genau diese Frage vorgelegt: Warum ein Mann wie Sie eine Frau wie Gesine Hellbich geheiratet hat.» Wegener lächelte verkrampft. «Sie hatte sich sehr gründlich informiert, über Sie beide, und der Schluß, den sie zog, war logisch. Nämlich: Gemeinsam hatten Sie etwas zu verbergen, und die Heirat war demnach nur die juristische Rückversicherung dafür, daß ein Ehepartner nicht gegen den anderen aussagen mußte.»

«Eine sexuelle Hörigkeit hat sie also ausgeschlossen?»

«Ja und nein. Sie konnte sich nicht entscheiden. Wenn ja, dann gab es ein Motiv für Sie, Ihre Frau zu ermorden, weil sie sich Ihnen durch die Flucht in dieses Ostseekaff verweigerte. Aber dagegen sprachen die Aussagen Ihrer Kollegen, daß Sie erleichtert waren, als Ihre Frau aus Hamburg abgedampft war.»

Er lachte dumpf. «Und wenn nein, dann gab es eine gemeinsame Leiche im Keller. Die zu entdecken Frauke Thayer sich nicht zutraute, weil ein erfahrener Achim Wegener sie zu gut versteckt hatte. Warum ist sie nie offen zu mir gewesen?»

Fast wütend streckte Vischer den Kopf vor: «Herrgott, und warum sind Sie nicht mutig genug, sie offen danach zu fragen?»

Er fuhr langsam zurück, alle Gedanken abgeschaltet und ganz auf die Straße konzentriert, aber er hätte nicht sagen können, ob viel Verkehr herrschte. Oder die Straßen glatt waren. Er spürte weder Hunger noch Durst noch Müdigkeit, er wünschte nur, sein Ziel nicht zu erreichen, sich ewig entfernen zu dürfen und nie ankommen zu müssen. Als er vor dem Hotel den Zündschlüssel drehte, wäre er am liebsten nicht ausgestiegen.

Abgesehen von den seltenen und immer kurzen Besuchen bei seinen Eltern hatte er seine Geburtsstadt nach dem Abitur für immer verlassen. Und heute, über ein Vierteljahrhundert später, kam sie ihm enger, ärmlicher und kleiner vor, als er sie in Erinnerung hatte. Vieles erkannte er nicht wieder, Hochhäuser und Parkplätze hatten Vertrautes verdrängt, die Innenstadt ähnelte mit ihren Fußgängerzonen jeder anderen deutschen Stadt, gesichtslos und auf langweilige Art funktional; sie hatte Charme und Heimat eingebüßt. Der schmutzige Schnee an den Straßenrändern verstärkte sein unbehagliches Gefühl, hier fremd, ja unerwünscht zu sein, und auf der Suche nach den alten Straßen bereute er die lange Fahrt.

Seine alte Schule existierte noch, aber auch sie hatte sich verändert, moderne Flachbauten links und rechts, eine neue Fassade und ein asphaltierter Schulhof an Stelle des alten Asche- und Rasenplatzes hatten ihr die erinnernswerte Eigenwilligkeit geraubt. Dagegen schien die Sonnenstraße die Zeit verschlafen zu haben. Sie war fast erschreckend unverändert, nur etwas grauer, älter und gedrückter, inzwischen renovierungsbedürftig. Oder hatte er das früher nur nicht wahrgenommen? Die Autos parkten sogar auf den Bürgersteigen, die Bäume waren verschwunden, zu seiner Schulzeit hatten sie auf der Straße noch Fußball gespielt, zum Ärger der schimpfenden Anwohner. Mehr als einmal hatte er sich an den Kosten für eingeschossene Fensterscheiben beteiligen müssen, was jedesmal ein riesiges Loch in sein ohnehin knappes Taschengeld riß.

In Nummer 18 wohnte noch immer «Teubler», oberes Stockwerk rechts. Schon damals waren sie ihm uralt vorgekommen, und deswegen schnaufte er halb erleichtert, halb verwundert, als ihm die alte Frau, gebückt und weißhaarig, unter der Tür entgegenblinzelte. Mitte Siebzig mußte sie sein, um die fünfzig waren sie damals also gewesen. Perspektiven wechselten, aber das lernte man erst, wenn man selber älter wurde.

«Guten Tag, Frau Teubler, Sie erinnern sich noch an mich?»

«Guten Tag», erwiderte sie mit dünner, hoher Stimme und starrte ihn aus kurzsichtigen Augen angestrengt an. «Kenne ich Sie?»

«Ich hoffe», sagte er munter und spürte die Anstrengung, sie anzulächeln.

«Ja, Sie kommen mir – ja, ich hab Sie schon mal gesehen – aber wann? Und wo?»

«Hier im Haus. Ich bin allerdings vor mehr als fünfundzwanzig Jahren fortgegangen.»

«Hier im... ja, im Parterre, nicht wahr? Ein Junge, sicher doch, Moment, und später haben Sie manchmal Ihre Eltern – ich weiß wieder, du bist der Achim, der Achim Wegener.»

Der unbewußte Wechsel auf das vertraute «Du» erheiterte ihn so, daß er aufrichtig lachen konnte: «Genau, der bin ich.»

«Der Achim – welche Überraschung – komm rein, mein Junge, komm rein!» Sie zerrte ihn regelrecht in die Diele, und ihre Freude dämpfte seine Ungeduld. Sie kochte Kaffee, nachdem er eine Einladung zum Essen höflich, aber nachdrücklich abgelehnt hatte, und plapperte wie ein Wasserfall. Der Junge erinnerte sich an ihre frühere Geschwätzigkeit, der Mann ahnte ihre Einsamkeit, und deshalb nahm er sich zusammen. Viel mußte er zur Unterhaltung gar nicht beisteuern, ihr fiel wieder ein, daß er zur Polizei gegangen war, und als er andeutete, er sei dienstlich unterwegs und hätte die Chance nutzen wollen, die alte Heimat – Erklärungen mußte er nicht abgeben. Später lenkte er das Gespräch auf die Nachbarn, «können Sie sich noch an die Schillings erinnern...», ja, das konnte sie, das Mädchen hatte bald nach dem Abitur geheiratet, wie war das noch? Er war älter, bald gestorben – oder? und die Eltern, ach Gott, Achim, das war schlimm, stell dir vor, im Urlaub in Italien mit dem Auto verunglückt, er war sofort tot, sie starb drei oder vier Wochen später an den Verletzungen, nein, das war ein Schlag gewesen... manchmal ging sie am Grab vorbei, auf dem Ostfriedhof, ihr Mann lag da ja auch seit zehn Jahren, Krebs, weißt du, man sollte sich nicht versündigen, aber der Tod war schon eine Erlösung für ihn... Er nickte, und es war mehr als Höflichkeit. Respekt von den Schicksalen anderer Menschen hatte er gelernt.

Als er sich verabschiedete, versprach er, auf jeden Fall bei ihr hereinzuschauen, sollte ihn der Weg noch einmal in die alte Heimat führen. «Ich bin viel allein, und dann wird die Vergangenheit wichtiger als die Gegenwart», dankte sie. Auf dem kleinen Adventskranz hatte erst eine Kerze gebrannt. Er wagte nicht zu fragen, wie sie Weihnachten verbringen werde.

In der Verwaltung des Ostfriedhofs wollte die junge Frau schon Schluß machen; er mußte schärfer werden, als ihm lieb war, und wütend beschrieb sie ihm, wo das Grab der Schillings lag. Er war der einzige Besucher, die kahlen Bäume und Büsche, unbeweglich und wie steif gefroren, deprimierten ihn. Die rote Asche knirschte unter seinen Schuhen. An schattigen Stellen glänzte noch Rauhreif, der Frost hatte die Erde zu einem schmutzigen Graubraun verbacken.

Das Grab der Schillings fand er auf Anhieb, und wie er gehofft hatte, war es mit Fichtenzweigen abgedeckt; das Schildchen der Friedhofsgärtnerei steckte im Boden. So genau er Regines Bild noch vor Augen hatte, so wenig konnte er sich an die Eltern erinnern. Er wußte nicht einmal mehr, ob sie ihn gemocht hatten. Und die Wohnung war ihm ganz aus dem Gedächtnis geschwunden. Regine hatte keine Geschwister gehabt.

Die Friedhofsgärtnerei stand im Telefonbuch, mit dem Auto waren es keine zehn Minuten, und auch dort bereitete sich ein älterer Mann auf den Feierabend vor.

«Ja, stimmt, wir pflegen das Grab Schilling.» Sein Mißtrauen tropfte aus jeder Silbe. «Warum wollen Sie das wissen?»

«Ich suche die Tochter der Schillings. Regine heißt sie mit Vornamen, sie hat geheiratet, und ich kenne ihren neuen Familiennamen nicht.»

«Und wieso glauben Sie, daß wir ...»

«Jemand muß die Grabpflege bezahlen.»

Der Mann zog sich noch weiter zurück. Er hatte ein verkniffenes Gesicht und trug einen schmuddeligen Anzug. «Wir geben keine Auskünfte über unsere Kunden.»

Seine Stimme schraubte sich in die Höhe, gehässig, aber alles andere als fest, und seine Blicke huschten unangenehm flink über Wegeners Gestalt. Die Hände krallten sich um eine dünne Akte, und Wegener betrachtete geistesabwesend die kurzen, dicken Finger mit den schmutzigen Nägeln. Ein verdruckster Mann, der sich nicht bitten ließ.

«Vielleicht doch!» Er seufzte und holte betont umständlich seine Brieftasche hervor. Er hatte gelauscht und keine anderen Geräusche gehört, sie waren allein im Büro. «Nur Namen und Anschrift.»

Wenn er so weitermachte, war er bald pleite. Zum Glück hatte er Fünfziger eingewechselt, der erste Schein stahl sich ans Licht, flatterte herausfordernd auf den Tisch, blieb vor dem Mann liegen, der die Augenbrauen zusammenzog, aber schwieg. Wegener hob den Kopf und starrte auf einen Kalender. Den Ausdruck von Gier hatte er zu oft gesehen, um ihn zu verkennen, aber er wollte sich nicht ausnehmen lassen. Der andere legte die Akte auf den Tisch.

Der zweite Fünfziger erschien, bedeckte zur Hälfte den ersten. Der Mann fuhr mit der Zunge im Mund hin und her. Er hatte angebissen und wollte mehr, aber er verstand nicht zu handeln und würde auch in Zukunft verlieren. Wegener lächelte und streckte die Hand nach dem Geld aus. «Na, dann nicht», sagte er drohend.

«Moment!» Der Mann fuhr hoch, stand zum erstenmal hoch aufgereckt. «Ich muß nachsehen – einen Moment.» Wegener behielt die Hand auf den Scheinen, nahm sie erst zurück, als der Mann flüsterte: «Bitte.»

«Ich warte.»

Umständlich suchte der Mann einen Aktenordner und setzte sich dann an einen anderen Tisch, ihm den Rücken zukehrend. Selbst von hinten sah er, daß der alte Knabe Last mit dem Schreiben hatte, und die Buchstaben auf dem Zettel, den er schließlich hinhielt, waren wie gemalt. «Das ist die Anschrift.»

«Danke», sagte Wegener kurz und machte kehrt. Regine Heimann. Eine Anschrift in Essen. Er griente schräg: Nach Duisburg mußte er ohnehin. Etwas Aberglaube war gestattet, ein kleines Zeichen.

Die Fahrt dauerte ewig. Die Autobahnkreuze um Köln herum bewiesen ihren schlechten Ruf, und in Essen mußte er sich bei völliger Dunkelheit mehrfach durchfragen. Die Siedlung lag auf einer Anhöhe über dem Ruhrtal, ruhige, schmale Straßen und viele kleine Häuser. Hier hatte es weniger geschneit, die Straßenränder waren fast frei, aber vom Tal wehte es kühl herauf. Noch als er das Auto abschloß, wußte er nicht, ob er den Mut zum Klingeln finden würde. Vor dem Reihenhäuschen parkte ein Kleinwagen, der etliche Jahre auf dem Buckel hatte, und im Licht der Haustürleuchte spiegelten sich die Beulen und Schrammen wider.

Als sie öffnete und vor ihm stand, nahm es ihm den Atem. Er erkannte sie sofort, hätte sie bei jedem zufälligen Treffen auf jeder Straße wiedererkannt, verändert und doch unverändert die Regine seiner Träume.

«Ja, bitte?» fragte sie, durch sein Schweigen etwas beunruhigt.

«Guten Abend, Regine», brachte er mühevoll heraus. Ihre Augen zuckten, wurden größer, er spürte ihre forschenden Blicke, und nach einer langen Minute sagte sie leise: «Achim.» Und noch einmal: «Achim», überrascht, verwundert, aber nicht böse oder zornig. Ein Zentnergewicht fiel ihm von den Schultern.

«Achim! Komm rein.»

«Danke.»

In der engen Diele schaute sie ihn an, als könne sie es nicht glauben. Natürlich hatte sie sich verändert, fast dreißig Jahre gingen an keinem Menschen spurlos vorbei, und die Fältchen um ihre Augen zeigten, daß sie nicht nur schöne Tage erlebt hatte. Aber sonst war sie seine Regine geblieben, der zur schönen Frau herangewachsene Wirbelwind, und was immer er ihr angetan hatte, hinderte sie nicht, ihm offen in die Augen zu sehen.

«Das ist aber eine Überraschung.» Noch immer wollte sie es nicht glauben, aber zwischen ihnen hatte sich jene Vertraulichkeit eingestellt, die erst durch seine Tat zerstört worden war.

«Wie geht es dir, Regine?»

«Ganz gut. Und dir?»

«Ich kann nicht klagen...» Läppisch war das, aber ihm wollte nichts anderes über die Lippen kommen.

«Und was führt dich – ich meine, daß du jetzt – nach all den Jahren...?»

«Ich wollte dich sehen, mit dir reden.»

«Ja?»

«Ich habe einige böse Monate hinter mir. Und seit dieser Zeit träume ich häufiger von dir.»

«Von mir?» Sie lachte unsicher.

«Von dem, was ich dir angetan habe.» Endlich war es heraus, ihm schwindelte vor Erleichterung. Sie antwortete nicht und senkte den Kopf, aber ihr Gesicht blieb offen. Es mußte ausgesprochen werden, und es war gut, daß er es sofort getan hatte.

«Das habe ich dir doch damals schon vergeben.»

«Ja, du, aber ich mir nicht.»

Sie atmete tief ein und nahm seine Hand: «Brauchst du Hilfe?»

«Ja. Von dir.»

«Dann komm! Du hast mir damals sehr weh getan, und ich habe es lange mit mir herumgeschleppt. Aber was ich damals gesagt habe, hat immer gestimmt, ich habe es dir verziehen und dir auch heimlich nie vorgeworfen.»

Im Wohnzimmer lief der Fernseher, den sie mit einer ärgerlichen Bewegung abschaltete. Die kleine Lampe verbreitete nur ein schwaches Licht, und unausgesprochen war ihnen das Halbdunkel recht. Auch so fiel es noch schwer, ein Gespräch zu beginnen, und sie machte den Anfang, und je freier sie redete, desto deutlicher vernahm er die alte, vertraute Stimme. Nach dem Abitur hatte sie eine Lehre als Buchhändlerin begonnen, sich in ihren Chef verliebt, ihn geheiratet, er war fünfzehn Jahre älter und ein fast zu ruhiger Mann, der die Bücher liebte, die er verkaufen mußte. Sie bekamen ein Zwillingspärchen, Sabine war technische Zeichnerin und arbeitete in Stuttgart. Andreas hatte nach Abitur und Wehrdienst die Aufnahmeprüfung bei der Lufthansa bestanden und wurde zur Zeit als Pilot ausgebildet. Von Büchern wollten die beiden – leider – nichts wissen. Vor vier Jahren war ihr Mann gestorben. Da waren sie mit ihrer Buchhandlung gerade über dem Berg. Sie hatte ihm im Laden geholfen, es war nicht einfach gewesen, und als sie nach seinem Tod ein gutes Angebot bekam, verkaufte sie das Geschäft, in dem sie jetzt als Angestellte arbeitete. Nein, sie hatte keinen Grund zum Klagen, aber ihr war wenig geschenkt worden.

«Und jetzt erzähl du mal!»

Zum erstenmal verschwieg er nichts, versuchte auch nicht, sein Verhalten gegenüber den Jensen-Brüdern zu rechtfertigen oder zu entschuldigen. Sie konnte und wollte er nicht belügen.

«Das war Unrecht, und du hast es immer gewußt», sagte sie nur.

Als er fertig war, stand sie auf und knipste wortlos die Deckenlampe an, räumte Aschenbecher, Gläser und Flaschen zusammen und ging in die Küche. Ihre Miene war verschlossen, und er wartete auf sein, auf ihr Urteil.

«Hast du schon ein Hotel?» erkundigte sie sich sachlich, als sie zurückkam.

«Nein.»

«Du kannst in Andreas' Zimmer schlafen. Ich muß jetzt ins Bett, morgen ist langer Samstag, und das wird ein harter Tag für mich.»

«Ja, danke.»

«Schreib mir deine Anschrift und Telefonnummer auf.» Ein kurzes Lächeln huschte über ihr Gesicht. «Morgen schmeiße ich dich zeitig raus.»

Er begriff, daß sie nach seiner Beichte Zeit brauchte. Sie waren zu lange getrennt gewesen, um ihre Zuneigung mit jeder Ehrlichkeit belasten zu können. Und Mitleid, das er nicht verdiente, hätte er ihr verargt.

Am Morgen verließen sie zusammen das Haus, und sie meinte ruhig: «Das war etwas zuviel, um es in einer Nacht zu verdauen, Achim.»

«Das habe ich befürchtet.»

«Ich rufe dich an – ja, das ist versprochen.»

«Danke, Gine.» Sie lächelte; gestern hatte er sich nicht getraut, ihre alten Kosenamen zu verwenden.

«Und was immer du jetzt unternimmst – sei vorsichtig.»

Ihrem Auto, das für seine Winzigkeit erschreckend laut knatterte, schaute er lange nach. Der Tag war grau und trüb, dichte Wolken verhießen Schnee und unfreundliches Wetter.

Die Mont-Cenis-Straße schlug ihm aufs Gemüt. Auf der einen

Seite erstreckte sich ein freies Gelände, auf dem wohl mal eine Fabrik gestanden hatte, die nun niedergerissen war. Eisenträger, Schutthaufen, verrostete Tonnen und vergessene Container machten es zu einer gefährlichen Hügelwildnis, die er freiwillig nicht betreten würde. Auf der anderen Seite der Straße zogen sich fünf- und sechsstöckige Häuser hin, alt, heruntergekommen, duster von Ruß und Staub. Manche Wohnungen schienen leer zu stehen, Fensterscheiben waren eingeschlagen und bildeten blinde, klaffende Wunden. Nicht ein Baum, nicht ein Kind, leer wie zu später Nachtstunde. Viele Autos dagegen, alt und angerostet. Trotz der Kälte schwebte der Geruch von feuchtem Moder und Verfall in der Luft.

So hatte er sich die Umgebung nicht vorgestellt. Außerhalb des Autos hatte er keine Deckung, er würde sofort auffallen, wenn er hier irgendwo wartete oder die Straße auf und ab lief. Es gab auch keine Kneipe, von der aus er beobachten konnte. Entweder marschierte er direkt in die Höhle des Löwen oder scheuchte die Jensens per Telefon auf.

Jenseits des Geländes tutete ein Schiff. Noch weiter entfernt rasselte ein Güterzug vorbei. Die kalte Luft trug den Schall sehr weit.

Nummer 19 unterschied sich in nichts von seinen Nachbarhäusern. Der Eingang lag in einer Durchfahrt zum Hof, den er vorsichtig inspizierte. Garagen, eine kleine, leere Werkstatt, und jeder Meter mit Autos zugestellt. Er wollte sich schon abwenden, als ihm ein grauer Japaner mit Hamburger Kennzeichen auffiel, gleich rechts neben der Durchfahrt eng an die Wand rangiert, von draußen nicht zu sehen. Alle Türen verschlossen, wie der Kofferraum. Kurt und Ewald würden auf jeden Fall versuchen, mit ihrem Wagen zu türmen. Wenn er nur etwas bei sich hätte, den Karren fahruntüchtig zu machen... Für alle Fälle notierte er sich das Kennzeichen.

Weil ihm gar nichts anderes übrigblieb, holte er sein Auto und parkte so, daß er die Toreinfahrt beobachten konnte. Damit die Scheiben nicht beschlugen, mußte er sie herunterkurbeln, und nach einer halben Stunde war er trotz Mantel, Schal und Handschuhen bis auf die Knochen durchgefroren.

Die wenigen Leute, die an ihm vorbeischlurften, warfen ihm höchstens einen einzigen Blick zu, an nichts als an ihren eigenen Nöten und Sorgen interessiert. Nach drei Stunden verließ ein Mann das Haus Nummer 19, und zu diesem Zeitpunkt schien auch sein Gehirn vereist; er registrierte automatisch die Gestalt, die aus der Toreinfahrt herauskam und sich einigermaßen zielstrebig die Straße hinunter entfernte. Aber erst Sekunden später drang der Alarm in sein Bewußtsein: Das war einer der Jensen-Brüder gewesen. In den letzten Tagen hatte er die Bilder so oft betrachtet, daß er sich seiner Sache sicher war. Einer der Jensens – er gab sich einen Ruck. Es hatte keinen Zweck, noch länger abzuwarten, die Kälte schaffte ihn. Mit einem Jensen und «Krone», der Stimme nach ein alter Mann, wurde er fertig. Mußte er fertig werden. Im Telefonbuch hatte hinter der richtigen Nummer und dem Namen Krone nur «Rentner» gestanden. Als Jensen um die nächste Ecke gebogen war, stieg er aus, klopfte zur Vergewisserung auf die rechte Manteltasche, in der die Pistole steckte, noch gesichert und nicht durchgeladen, und lief eilig auf das Tor zu.

Nach dem Klingelbrett zu urteilen wohnte «Krone» im ersten Stock. Die Haustür bestand aus Holz, das sich verzogen hatte, und deshalb war sie nicht richtig ins Schloß gefallen. Mit einem kräftigen Schubser drückte er sie auf. Leise stieg er die Treppe hinauf. Sie knarrte unter jedem Schritt.

Die Wohnungstür war für seine Zwecke günstig, wenig Holz und viel gewelltes, grau-undurchsichtiges Glas, dafür kein Spion. Kein Geräusch, kein Schritt. Sachte zog er die Pistole heraus, lud durch, entsicherte und klingelte.

Ein alter Mann öffnete und brachte kein Wort heraus, als er den Pistolenlauf auf die Stirn gedrückt bekam. Wegener legte einen Finger auf die Lippen und schob den vor Entsetzen halb gelähmten Mann in den Gang zurück. Leise schloß er die Wohnungstür und schaute schnell nach rechts und links. An beiden Enden des Flures standen Türen offen. Noch immer hatten sie keinen Laut verursacht; der Alte atmete flach und hastig, Wegener roch seine säuerliche Angst.

«He, Opa, wer war das?»

Unverkennbar; eine helle, fast krähende Männerstimme. Sie

kam aus dem Zimmer rechts. Mit einem Griff drehte er den alten Mann um, stellte sich hinter ihn und hielt ihm deutlich sichtbar den Lauf ans Ohr.

«Mensch, Alter, warum sagst du nichts?»

Ein wütender Unterton, Gepolter. Dann stand fünf, sechs Schritte entfernt ein Mann in der Zimmertür und erstarrte. In der Hand hielt er eine Bierdose.

Wegener erkannte ihn auf Anhieb, obwohl er sich verändert hatte. Als er mit den Jensens zu tun hatte, waren sie drahtige, kräftige Männer; der völlig Überrumpelte hatte jetzt einen Bierbauch und aufgeschwemmte Züge. Ein früher einmal weißes Unterhemd, eine blaue dreckige Trainingsanzugshose. Ungekämmt, mit einem wenigstens zwei Tage alten Bart.

Er spürte, daß der Alte neben ihm immer schneller nach Luft japste. Deswegen versetzte er ihm einen kleinen Stoß in den Rücken: «Vorwärts – und du bleibst schön da stehen, wo du jetzt bist. Und bitte keine Bewegung, die mich erschrecken könnte, die Hände offen zeigen!»

Im Schneckentempo näherten sie sich der Tür; der Biertrinker faßte sich endlich, rülpste und platzte heraus: «Der Wegener.»

«Auf Kriegspfad! Wer bist du, Kurt oder Ewald?»

«Ewald.»

«Wo ist Kurt?»

«In die Stadt...» er brach ab, hatte aber schon zuviel gesagt. ‹In die Stadt› hieß wohl soviel wie in die Innenstadt, und selbst mit einem Taxi war er zwanzig, dreißig Minuten dorthin unterwegs. Noch viel länger, wenn er Bus oder Straßenbahn benutzte. Nein, es hatte sich mehr als günstig getroffen.

«Okay, lassen wir den alten Mann aus dem Spiel?» Er wartete Ewalds Antwort nicht ab, sondern hielt den Alten an der Schulr fest. «Verschwinden Sie für zwei Stunden aus der Wohnung und machen Sie keinen Blödsinn. Dann vergesse ich auch, daß Sie Straftäter versteckt haben.» Krone zitterte wie Espenlaub, gehorchte aber. Ewald hatte sich eine Chance ausgerechnet, erstarrte aber wieder zur Salzsäule, als der Pistolenlauf herumschwenkte und erneut auf seinen Bauch zielte. «Langsam rückwärts!»

«Sie werden doch nicht...»

«Verlaß dich lieber nicht auf das, was ich tun oder lassen werde.» Mit Millimeterschritten betraten sie eine große, hohe Wohnküche. Die meisten weißen Fliesen waren gesprungen. Mitten im Raum stand ein Tisch mit einer geblümten Wachstuchdecke, darum herum vier verschiedene Stühle.

«Setz dich! Die Hände flach auf den Tisch – nein, an die Schmalseite.»

Ewald folgte, seinem Gesicht war anzusehen, daß er jetzt erst richtig begriff, was geschah. Wegener betrachtete ihn abschätzig und lauschte. Als die Wohnungstür zugezogen wurde, nahm er sich einen Stuhl und setzte sich weit weg vom Tisch so, daß er den Arm mit der Waffe auf einem Schrank abstützen konnte.

«So, nun erzähl mal, was ihr mit meiner Frau angestellt habt.»

«Mit Ihrer Frau?» Ewald gluckerte und blubberte.

«Laß den Quatsch! Ich weiß und habe Zeugen, daß ihr meine Frau gesucht habt. Anfang Januar, also zu der Zeit, als sie nach Aussage der Sachverständigen ermordet wurde.»

«Wir haben Ihre Frau nicht umgebracht!» beteuerte er hastig.

«Nein?»

«Nein, wirklich nicht.»

«Aha! Und warum habt ihr sie dann gesucht?»

«Wir haben sie doch nicht gesucht!» Ewald schien ehrlich verwirrt, und Wegener drückte sich die Daumen: «In Flensburg, im Haus ihrer Eltern. Und in Södjen.»

«In Södjen?» Ewald zwinkerte und vergaß für Sekundenbruchteile, daß er den harmlosen Mann spielen wollte, der von rein gar nichts wußte und ein blütenweißes Gewissen hatte. «Wie kommen Sie denn darauf? In Södjen?»

«Ihr habt euch nach meiner Frau erkundigt. Beim Krugwirt zum Beispiel. Dem Leiter der Sparkassenfiliale seid ihr aufgefallen. Und dem Eigentümer vom Supermarkt, als ihr dort Schnaps gekauft habt. Und im Januar hat euch ein Bauer gesehen, wie ihr Haus Geese verlassen habt.»

«Wa-aa-aas?» Ewald riß Mund und Augen weit auf. «Sie spinnen.»

«Aussagen von Zeugen.»

«Die sind doch nicht ganz dicht! Warum sollten wir uns nach der Hellbich erkundigen? Wir wußten doch, wo sie wohnt.»

Ein eiskalter Finger fuhr sein Rückgrat hinunter. Wenn sie Haus Geese kannten... mit fast übermenschlicher Anstrengung beherrschte er sich, grinste Ewald weiter verächtlich an: «Aha! Und in Breeken? Die Schlägerei in dem alternativen Laden?»

«Das hatte doch nichts mit Ihrer Frau zu tun! Mensch, wir hatten dieses geile Stück mitgenommen, auf der Fahrt hat sie mich heißgemacht, und dann wollte sie plötzlich nicht mehr.»

«Na schön! Ihr wußtet also, wo meine Frau wohnt...»

«Na sicher doch!»

«Dann seid ihr also doch im Haus Geese gewesen?»

«Sicher, sind wir. Gleich nach unserer Entlassung.»

«Prima. Und was wolltet ihr von meiner Frau?»

Ewald hatte schon den Mund geöffnet, bis jetzt war seine Verblüffung größer gewesen als sein Verstand, aber nun schaltete er. Sein Gesicht wurde verkniffen, und dann preßte er die Zähne zusammen. Jetzt bockte er, ausgerechnet jetzt. Dieser Schwachkopf! Wegener spürte, wie die Wut in ihm hochschoß. «Hör zu, Jensen, mit meiner Geduld steht's nicht zum besten. Meine Frau ist erpreßt worden, es fehlt Geld, es fehlt der Schmuck, und sie hat sich Geld beschaffen wollen. Ihr seid Ende September aus dem Knast gekommen und habt sofort auf großem Fuß gelebt. Bis zum Januar, da ist meine Frau verschwunden, ermordet, wie sich später herausgestellt hat. Und im selben Monat ist euch der Kies ausgegangen. Was würdest du an meiner Stelle denken, he?» Obwohl er sich bemühte, konnte Ewald nicht verhindern, daß er bleich wurde. «Ihr seid auf Reststrafen-Bewährung draußen. Erpressung ist schlecht, wie? Aber Mord ist schlimmer, Jensen! Erst sieben Jahre wegen Totschlags, dann ein Mord, das ist lebenslänglich.»

Ewalds Augen huschten hin und her, er überlegte fieberhaft, kam aber nicht zu einem Ende. Leise räuspernd hob Wegener die Pistole: «Okay, ich nehm dich fest, Jensen. Deinen Bruder kriegen wir auch noch.»

«Sie glauben mir ja doch nicht.»

«Warum sollte ich?»

«Im Kamphausen-Fall haben Sie uns ja auch nicht geglaubt. Wir haben den Kerl nicht erschlagen.»

«Ach nee! Habt ihr nicht? Wer war's denn?»

«Ihre Frau. Die Hellbich.»

Er lachte verächtlich auf, um zu überdecken, wieviel Mühe es ihn kostete, sich nichts anmerken zu lassen: «Nun bist du völlig übergeschnappt.» Also doch! Sie waren dahintergekommen, die Pokerpartie hatte begonnen. Die Anspannung fuhr wie ein Stromstoß durch seinen Körper.

Ewald hatte nichts bemerkt. «Sie hat's doch selber zugegeben!» jammerte er.

«Wer hat was zugegeben? Wann?»

«Im Oktober. Nachdem wir draußen waren. Wir sind in dieses Nest da an der Ostsee gefahren, und Kurt hat Ihrer Frau auf den Kopf zugesagt, daß sie Harald Kamphausen mit einer Sektpulle erschlagen hat. Sie hat's ja auch gar nicht geleugnet, sondern nur rumgekreischt und Zirkus veranstaltet. Kurt hat ihr ein paar gescheuert, damit sie wieder vernünftig wurde, und dann haben wir uns geeinigt. Alles Bargeld sofort, und dann jeden Monat zehntausend. Bar auf die Hand. Und dann hat sie unterschrieben, daß sie den Kamphausen gekillt hat. Und dann hat sie im November und Dezember gelöhnt.»

«Woher hatte sie das Geld?»

«Sie hat ihren Schmuck verscherbelt – ne, ne, wir haben das Zeugs nicht angerührt, war viel zu heiß für uns, in der Bewährung mit fremdem Schmuck gefaßt zu werden, sie hatte doch auch jemanden an der Hand, 'nen alten Knacker aus Hamburg, der sollt das für sie erledigen.»

«So so! Wie und wo hat meine Frau euch die monatlichen – Raten bezahlt?»

«Wir haben sie angerufen und spät abends in dem Haus besucht. Da hat sie ohne Zicken geblecht. Und wir sind gleich wieder weg. Im Januar haben wir wieder angerufen, aber da hat sie sich nicht gemeldet. Ein paar Tage nicht. Eines Nachts sind wir hin, aber das Haus war dunkel und verrammelt. Dann haben wir uns bei den Eltern in Flensburg umgehört, aber da war sie auch nicht.»

«In Södjen habt ihr nicht nachgefragt?»

«Nee, warum denn? Damit diese sturen Böcke neugierig wurden?»

Ausdruckslos musterte er den jetzt schwitzenden Ewald, der mehr verraten hatte, als ihm bewußt war. «Und warum seid ihr abgetaucht, als die Leiche gefunden wurde?»

«Weil wir einen Bock geschossen haben, als wir uns in Flensburg bei den Eltern sehen ließen. Und bei so einem Flittchen, das da das Hausmädchen markiert.»

«Na schön, Jensen. Im Märchenerzählen bist du nicht schlecht.»

«Das ist kein Märchen», begehrte Ewald auf.

«Nein? Ihr kommt aus dem Knast, wo ihr angeblich unschuldig wegen Totschlags gesessen habt, fahrt los und findet sofort die Frau, die an eurer Stelle den Kamphausen erschlagen hat! Das glaubst du doch selbst nicht!»

«Fragen Sie Kurt, der kann Ihnen alles erklären.»

«Was erklären?»

«Der hat's von seiner Freundin erfahren.»

«Von welcher Freundin?»

«Bollnow heißt sie, Karin Bollnow. Die hat ihn im Knast besucht und erzählt, daß die Hellbich – äh – Ihre Frau den Kamphausen umgebracht hat.»

«Karin Bollnow? Aus der ‹Ampel›?» Einen Moment fuhr die Küche Karussell, daß ihm übel wurde. Das konnte doch nicht wahr sein – den Bruchteil einer Sekunde hatte er vor Überraschung die Augen geschlossen, und ohne das häßliche Schaben der Stuhlbeine auf den Fliesen hätte Jensen ihn erwischt. Aber so riß er im letzten Moment die Augen wieder auf, Jensen stürzte schon auf ihn zu. Instinktiv sprang er hoch und drehte sich zur Seite; Jensens Hände verfehlten ihn um Zentimeter, der Schwung riß ihn nach vorn, so daß er sich auf dem Schrank abstützen mußte, und für einen Augenblick bot er Wegener Genick und Hinterkopf wie auf dem Präsentierteller dar. Aus einem simplen Reflex hatte er den Arm mit der Pistole hochgerissen gehabt und schmetterte nun die Waffe mit ungeheurer Wut auf Ewalds Hinterkopf. Der Aufprall schlug Jensens Kinn auf den Schrank, Wegener sprang zur Seite, aber Ewald ging schon zu Boden, seine Füße rutschten nach hinten weg, und als er mit dem Kopf auf die Fliesen knallte, war er schon bewußtlos.

Wegener brauchte eine lange Minute, bis er seinen schweren Atem wieder unter Kontrolle hatte. Da hatte nicht viel gefehlt... mit immer noch zitternden Knien bückte er sich. Ewald lebte, sein Puls schlug langsam und schwach, aber regelmäßig... Gottseidank, etwas tiefer, und er hätte die Nackenwirbel getroffen... nicht daran denken! Eilig, vor Angst noch schwitzend, machte er sich daran, die Wohnung zu durchsuchen, und weil sich die Jensens sicher gefühlt hatten, fand er schon nach fünf Minuten ein abgeschabtes Aktenköfferchen. Im Deckelfach steckten drei zusammengefaltete Blätter, auf denen Gesine in ihrer verrückten Handschrift gestand, daß sie Harald Kamphausen mit einer Champagnerflasche erschlagen hatte.

Er nahm nur das Geständnis und verließ ungesehen die Wohnung. Auf der Treppe mußte er würgen.

An der nächsten Tankstelle füllte er den Tank bis zum Deckel auf. Sein Motor brauchte fast einen Liter Öl, kein Reifen hatte noch den vorgeschriebenen Druck, in der Batterie fehlte destilliertes Wasser, und weil er schon einmal dabei war, füllte er auch die Waschanlage auf. Der Tankwart, ein pfiffiger Italiener, der breitesten Ruhrgebietsdialekt sprach, schwatzte ihm noch eine Anti-Frost-Mischung für die Kühlung auf: «Jetz isser wie neu, wa?»

Der Emscherschnellweg war fast leer. Er war ein Idiot, ein kompletter Idiot, und wenn er nur einmal seinen Verstand gebraucht hätte, wäre dieser Ausflug nach Duisburg nicht nötig gewesen. Der Himmel war noch niedriger und grauer geworden, eine Kuppel, die seinen Trübsinn und die Trostlosigkeit links und rechts verdichtete.

Beim Anstieg auf den Teutoburger Wald tanzten ihm die ersten zarten Flöckchen entgegen und wirbelten fröhlich die Scheiben entlang. Widerwillig nahm er Gas weg, die Wischer knarrten noch trocken. Hinter dem Scheitelpunkt wurde der Schnee dichter und nasser, die Wischer schwenkten jetzt gleichmäßig und lautlos. Alle Autos fuhren langsamer. Noch blieben die Flocken nicht liegen, verwandelten sich sofort in schmutziges Wasser und Matsch, aber das Licht der Scheinwerfer wurde schon reflektiert, und bald steuerte er durch eine vor ihm flüchtende Zone blendender Helligkeit in ein schwarzes Loch. Allmählich verfestigte sich der Schnee zu Watte, und als der Motor zum erstenmal rüttelte, schaute er ungläubig auf den Tacho: Die Nadel zitterte um die Zahl 50 herum. Resigniert schaltete er in den dritten Gang zurück, und alle Fahrer vor und hinter ihm schienen im selben Moment das gleiche zu tun.

Jetzt verhöhnte der Schnee alle, die er belästigen konnte. Mal fiel er in schweren, dichten Flocken, die sich nur widerwillig vom Auto zur Seite schieben ließen. Dann tanzten rasende Wirbel trockenen Pulvers an den Scheiben entlang und strebten scheinbar nach oben. Über lange Strecken flitzten die weißen Punkte waagerecht den Windschutzscheiben entgegen, hafteten auf dem Glas, bis der Wischer sie zur Seite schob.

Wenn er einmal mehr als die Spur des Vordermannes sah, bemerkte er, daß der Schnee jetzt liegen blieb, eine immer dichtere, höhere Decke bildete, vereinzelt schon zu Wehen hochgeblasen war. Ab und zu glühten vor ihm rote Augen auf, oder im Rückspiegel glimmten für Sekunden matte Pünktchen, aber sonst hatte er den Eindruck, allein auf dieser Welt in einem von Dunkelheit umgebenen Käfig mit weißen Wänden zu fahren, zu ewiger Einsamkeit verdammt. Jedes Zeitgefühl ging verloren. Irgendwann kämpfte er mit Müdigkeit und schweren Augenlidern, wurde wach, als er das unangenehme Schlenkern auf glattem Untergrund verspürte.

Kurz vor der Weserbrücke ließ der Schneefall nach. Für 120 Kilometer hatte er knapp drei Stunden gebraucht, seine verkrampften Muskeln protestierten, aber die Müdigkeit war zu groß, anzuhalten und auszusteigen. Hier war es auch viel kälter, er stellte die Heizung hoch und überlegte, ob er es wirklich bis Södjen riskieren sollte. Wenn er überhaupt durchkam. Die Autobahn war noch befahrbar, doch wie würde es auf den Bundesstraßen und zum Schluß auf der Uferstraße aussehen? Die Dunkelheit war abenteuerlich, tiefe Nacht am späten Nachmittag. Der Elbtunnel wurde zum hellsten Stück seiner Strecke, und die Stadt ahnte er nur, eine diffuse Helligkeit links und rechts.

Nördlich von Hamburg fiel noch weniger Schnee, der ihn bis

vor Kiel begleitete und sich selbst in den Reifenspuren hielt, fest, kalt und trocken. Er schlich nur noch; wer jetzt anhielt, kam nie wieder los. Die Bundesstraße war leer und glatt, weiß wie Papier über tückischem Eis und spiegelglattem Altschnee. Er reagierte nur noch wie ein Automat, wagte das Bremspedal nicht mehr zu berühren. An den Seitenscheiben hatte sich Eis gebildet, und auf der Heckscheibe hielt sich trotz der Heizung hartnäckig ein grauer Film. Berge waren bis an die Straße herangewachsen, die er verwundert betrachtete, erst spät als Schneewehen erkannte.

Er schaffte es. Er hätte nicht sagen können, wie, aber er kam durch, nach Hause, er packte sogar die Auffahrt, hörte das Jaulen und Zischen der durchdrehenden Räder und betete, während das Auto immer langsamer wurde und sich zum Schluß Zentimeter um Zentimeter über die Kuppe schob. Dann beging er den einzigen Fehler, er nahm Gas weg, kuppelte aus, knirschend schob sich das Auto in den tiefen Schnee und blieb leise schaukelnd stehen, endgültig stecken. Er versuchte alle Tricks, die er kannte, aber nun wollte der Karren nicht mehr. Die dreißig Meter bis zur Garage verweigerte er. Um zwölf Minuten nach Mitternacht war endgültig Schluß.

Er schloß ab und stapfte auf das Haus zu. Stellenweise versank er bis zu den Oberschenkeln im Schnee, und die nasse Kälte verdoppelte den Protestschmerz in seinen steifen Muskeln. Unter der heißen Dusche entspannte er sich, aber die widerliche Mischung von körperlicher Erschöpfung und aufgekratztem Hellwachsein löste sich erst nach dem zweiten Whisky.

Als er wach wurde, traute er seinen Augen nicht. Strahlender Sonnenschein aus einem fahlblauen Himmel. Das Außenthermometer zeigte minus zwölf Grad, das Radio überbot sich mit Katastrophenmeldungen: Glatteis, Schneewehen, abgeschnittene Dörfer, unpassierbare Straßen. Alle Fähren hatten den Betrieb eingestellt, vor den Kanalschleusen in Holtenau und Brunsbüttel wurde Eis gebrochen – er schaltete ab und suchte nach den Stiefeln. Wenigstens den Zugang zum Haus mußte er freischaufeln. Er grub sogar zwei Fahrrinnen, die er zum Teil mit Holz auslegte; selbst die Gelenke des Garagentors waren eingefroren. Danach orgelte er die halbe Batterie leer, bis der Motor hustete und ansprang und der Wagen holpernd und bockend in die Garage schlitterte.

Das Thermometer blieb im Minusbereich. Er verließ das Grundstück nicht, verzehrte seine Vorräte, wechselte notgedrungen von Kaffee auf Tee, kaute lustlos altes, hartes Brot und komponierte jeden Tag einen neuen Eintopf. Jeden Abend verriegelte er sorgfältig alle Läden; aus Erfahrung wußte er, wozu Menschen fähig waren, die Angst hatten und mit wachsender Ungeduld darauf warteten, daß etwas geschah. Niemand rief an, und der Postbote versuchte wohl gar nicht erst, bis zum Haus Geese vorzudringen, obwohl am Mittwochvormittag der laut tuckernde Schneeräumer vor seiner Auffahrt herumrangiert hatte. Über Mittag hörte er ein anderes Auto, das vor dem Haus hielt und öffnete die Haustür, als Kroppjahn gerade klingeln wollte. Der Polizist war wie zu einer Polar-Expedition vermummt, und sein düsterer Blick verhieß Ärger.

«Tag, Herr Kroppjahn.»

«Tach. Hätten Sie mal 'ne Stunde Zeit, Herr Wegener? Ich muß Ihnen was zeigen.» Vor dem Haus stand ein Jeep mit laufendem Motor, dicke Schneebatzen an den Radkästen, Lehmspritzer bis zu den Scheiben hoch.

«Warum nicht?»

«Aber ziehen Sie sich warm an! Und Stiefel!»

Mit Vierradantrieb und Schneeketten auf den Reifen konnte Kroppjahn sogar recht flott fahren; Wegener sah ihn drei-, viermal von der Seite an, und jedesmal spielten die Kaumuskeln seines Nachbarn bedrohlich. An der Einmündung der Auffahrt war Kroppjahn nach links, Richtung Strand, abgebogen, hatte die Uferstraße aber bald wieder verlassen und steuerte nun einen Schlängelweg hoch. Wegener kannte diese schmale Straße; sie mündete südlich von Södjen auf die Bundesstraße und war der beste Weg, Haus Geese ungesehen zu erreichen, weit um das Dorf herum. Links und rechts gab es noch alte Bäume, Reste des Waldes, der einst zur Befestigung der steilen Bruchkante angepflanzt worden war. Vor der letzten Kurve versperrte ein Abschleppwagen die Straße; die roten Warnlichter rotierten, und zwei Mann zogen den Kranarm nach rechts, so daß er über den fast senkrecht abfallenden Hang schwenkte. Auf der anderen Seite blockierten zwei Streifenwagen die Straße, auch ihre Blaulichter zuckten, mehrere Polizisten warteten und schienen froh, daß die Friererei jetzt ein Ende hatte.

«Wir müssen da runter!» sagte Kroppjahn kurz und sprang aus dem Jeep. Der festgefahrene Schnee war noch immer höllisch glatt, trotz der dicken Profilsohlen schlitterte er auf den Straßenrand zu. Im dichten Schnee ging es besser, der Abhang war hier auch nicht so steil wie dreißig Meter weiter vorn.

Das Auto lag auf der Seite und zeigte ihnen das Bodenblech. Mit dem Dach war es gegen einen Baum gerutscht oder geknallt, und der Aufprall hatte das Blech tief eingedrückt. Markante Spuren zogen sich schräg den Hang hinauf, und am Rand der Straße hatte der herabstürzende Wagen frische Erde aufgebrochen; das Braun sah wie eine Wunde im weißen Tuch aus.

«Wir haben ihn erst heute gefunden, als geräumt werden sollte», knurrte der Hüne. «Kennen Sie den Wagen?»

Ein grauer Japaner. Um das Kennzeichen zu lesen, mußte er den Kopf schräg legen. «Ja. Zum ersten und einzigen Mal habe ich ihn am vergangenen Samstag gesehen, gegen zehn Uhr. Auf dem Hof des Hauses Mont-Cenis-Straße 19 in Duisburg.»

«Und wem gehört er?»

«Ich vermute, Kurt oder Ewald Jensen.»

«Hach», machte Kroppjahn, nicht im mindesten überrascht. «Können Sie ihn identifizieren?»

In seinem Leben hatte er genug Leichen gesehen, um auch diesmal nicht zu erschrecken. Der Mann saß hinter dem Steuer, den Kopf unnatürlich, fast in einem rechten Winkel, nach vorn gebeugt, auf die Brust heruntergezwungen durch das eingebeulte Dach. Der Wagen lag auf der Seite der Fahrertür, sie konnten die Leiche hier nicht bergen, und der Dauerfrost hatte die Verwesung verhindert. Aus einer Platzwunde war noch Blut über die Backe gelaufen, eine schwarze, eingetrocknete Spur auf fahlweißer Haut.

«Nach dem Augenschein – Kurt Jensen.»

Kroppjahn antwortete nicht, sondern winkte den Männern, die über ihnen auf der Straße standen und herunterschauten.

«Kommen Sie, Herr Wegener.»

Der Motor des Abschleppwagens wurde lauter. Sie kletterten den Abhang hoch, oben drehte er sich um. Zwei Männer in orangefarbenen Overalls bemühten sich schon, ein Drahtseil um den Wagen zu schlingen. Sie mußten ihn erst wieder auf die Räder stellen und dann um 90 Grad drehen, bevor der Kran ihn hochziehen konnte. Einen Moment kaute er auf seinen Lippen. Ein Unfall, kein Zweifel. Jensen hatte das Warnschild «Gefährliche Kurve» nicht ernst genommen. Oder zu spät gesehen. Die Vorderräder waren noch nach rechts eingeschlagen, aber auf der glatten Straße hatte das Auto seine alte Richtung beibehalten. Selbst ein Geländer hätte es nicht mehr aufgehalten.

Kroppjahn schien mit den Gedanken weit weg zu sein: «Haben Sie schon mal so viel Schnee im Dezember erlebt? Ich kann mich nicht daran erinnern.»

«Wann ist das passiert?»

«Der Unfall? Irgendwann am Sonntag, würde ich denken.»

Ja, das mochte stimmen. Irgendwann am Samstag war Kurt Jensen in die Mont-Cenis-Straße zurückgekommen, und Ewald hatte gebeichtet. Ewalds Kopf brummte wohl noch, aber Kurt dachte logisch. Wegener hatte den Bruder nicht festgenommen, obwohl Ewald genug gestanden hatte, ihre Reststrafen-Bewährung zu verlieren: Körperverletzung, Hausfriedensbruch, Erpressung. Der Bulle beglich also private Rechnungen, und die kleine Chance wollte Kurt nutzen.

«Er wird eine Waffe im Auto haben», bemerkte er beiläufig; Kroppjahn schaute ihn neugierig an: «Wollte er Sie umlegen?»

«Aus seiner Sicht wäre es vernünftig gewesen. Mit dem, was ich jetzt weiß, kann ich die Brüder vor Gericht bringen.»

«Wegen des Mordes an Ihrer Frau?»

Er antwortete nicht sofort, sondern lauschte dem Tonfall nach: neugierig, aber auch eine Spur gehässig und lauernd. Kroppjahn legte sehr viel mehr Wert auf die Auskunft, als er je zugeben würde. Aber der Dorfpolizist konnte nicht wissen, was er inzwischen erfahren hatte. Sie würden beide weiter pokern.

«Wahrscheinlich nicht», sagte er endlich nüchtern.

«Aber dieser Jensen war doch einer von den beiden Männern, die sich in Södjen nach Ihrer Frau erkundigt haben.»

«Sicher. Sie sind ein paarmal in Södjen gewesen.» Er lachte unterdrückt, die Antwort war eine ehrliche Lüge. «Monika hat die Zeugen ja für mich aufgetrieben.»

Kroppjahn brummte etwas Unverständliches. Er fragte nicht, warum Kurt Jensen den Hamburger Kriminalrat Achim Wegener nicht in Hamburg, sondern in Södjen, Haus Geese, gesucht hatte, und er war viel zu intelligent, diesen Widerspruch zu übersehen.

«Kommen Sie, ich bringe Sie nach Hause.» Um den Jeep zu wenden, rangierte er schwungvoll bis auf Zentimeter an den Abhang heran; Wegener schmunzelte, bis es auch Kroppjahn auffiel.

«Die schriftliche Aussage machen wir dann später.»

«Wann immer Sie wünschen.» Obwohl der Strand jetzt weiß war und das Wasser draußen beinahe schwarz, gab es eine breite, graue Zone, die verdeckte, wo das Land aufhörte und die See begann. Kroppjahn war seinem Blick gefolgt. «Eis», sagte er anklagend, «Eis im Dezember. Es ist zu verrückt.» Wem seine Entrüstung wirklich galt, war nicht auszumachen. «In einem der letzten Kriegswinter sind die Leute zu Fuß nach Dänemark gewandert. Heißt es. Na ja, wohl eher geflohen. Aber hinterher wird ja immer viel Garn gesponnen. Obwohl – bevor wir Wasser auf den Hof bekamen, haben wir im Winter auch Schnee schmelzen müssen, wenn die Brunnen einfroren. Und Kohlen waren knapp. Und die vielen Flüchtlinge, mit ihren komischen Dialekten. Wir hatten noch Glück, mit den Lebensmitteln, meine ich. Bei Breeken gab's ein Vorratslager der Luftwaffe, wissen Sie, und der Major soll ein komischer Kauz gewesen sein. Hat das Lager sozusagen zur Plünderung freigegeben, bevor er sich erschoß, 1945. Verrückte Zeiten.» Er lachte rauh und schoß mit beängstigend viel Gas die Auffahrt hoch.

Am Abend klingelte das Telefon, und sein Herz hüpfte albern.

«Achim? Hier ist Regine.»

«Schön, daß du anrufst.»

«Ich hab's mir lange überlegt. Und auch mit den Kindern telefoniert. Was machst du über Weihnachten?»

«Nichts», entgegnete er atemlos.

«Dann komme ich am 23. abends. Bis Neujahr habe ich mir Urlaub genommen – wenn du nichts dagegen hast.»

«Du weißt, daß ich mich freue.»

Sie kicherte plötzlich wie ein fröhlicher Backfisch. «Ich auch. Die Kinder waren sehr verwundert, daß die alte Mutter auf ihre alten Tage einen alten Freund besuchen will. Das hatten sie mir nicht mehr zugetraut.»

«Dann wird's höchste Zeit, sie zu belehren.»

«O ja.» Sie schwieg einen Moment. «Bist du weitergekommen?»

«Nein. Noch nicht. Aber bald.»

«Ich hab gehört, daß ihr so furchtbar eingeschneit seid.»

«Es geht schon wieder.»

«Dann mach's gut. Bis bald.» Sie hatte rasch eingehängt.

Am Freitag verhieß der Wetterbericht, eine Tiefdruckrinne werde noch in der Nacht wärmere Luft von Westen heranführen, und danach wählte er die Nummer seiner Ex-Schwiegereltern.

«Egon? Hier ist Achim.»

«Achim! Wie geht es dir?» Noch während dieser fünf kurzen Wörter hatte er die Stimme gesenkt.

«Durchwachsen. Ich muß mit dir reden.»

«Jetzt?»

Mein Gott, durfte ein erwachsener Mann soviel erbärmliche Angst zeigen? «Nein, nicht am Telefon. Unter vier Augen, ungestört.»

«Willst du nach Flensburg ...?»

«Ich erwarte dich morgen vormittag. Hier, in Haus Geese.» Ohne Gruß legte er auf. Die Zeit der Höflichkeiten war abgelaufen, und wenn Egon Hellbich das nicht begriff, gab es keinen Grund mehr, Rücksicht zu nehmen.

## KAPITEL 9

Ausnahmsweise hatte der Wetterbericht nicht gelogen. Es taute mit Macht, und sorgenvoll betrachtete er den See, der sich vor seiner Haustür gebildet hatte; ein auffrischender Wind kräuselte die Oberfläche. Um die Stirn spürte er einen leichten Druck, das Barometer war zu rasch gefallen, das Thermometer zu schnell gestiegen.

Egon erschien pünktlich, und sein Auto sah aus, als sei er damit den größten Teil der Strecke unter Wasser gefahren. Wegener begrüßte ihn ohne Wärme, und Hellbich begriff, daß etwas in der Luft lag; seine aufgesetzte Munterkeit verflüchtigte sich im Handumdrehen, auf seinem Gesicht breitete sich Unbehagen aus. Sie setzten sich in das Wohnzimmer, und Wegener schob ihm wortlos die Aufnahme hin, die ihm Margareta Novak zugesteckt hatte.

Hellbich betrachtete sie lange und ohne jeden Ausdruck, bis er wehmütig seufzte und nickte.

«Gesine war also kein Einzelkind?»

«Nein, wir haben sechs Jahre später noch einen Sohn bekommen.»

«Auf den Gesine eifersüchtig war?»

«Rasend eifersüchtig. Es hat uns richtig Angst eingejagt, wie sehr sie ihren Bruder gehaßt hat.»

«Hat sie ihn umgebracht?»

Der alte Mann schnappte nur einmal kurz nach Luft, bevor er scheinbar unbewegt antwortete: «Umbringen ist ein – ist das falsche Wort. Berthold konnte noch nicht laufen, er krabbelte in einem Laufstall, und sie muß ihn über das Gitter gehoben haben.»

«Hat das keiner gesehen?»

«Nein, ich war – ich hatte auf der Veranda gesessen, war aber ins Haus gegangen.» Jetzt klang der gleichmütige Tonfall so gepreßt und falsch, daß er dazwischenfuhr: «Weshalb, Egon? Warum hast du die beiden Kinder allein gelassen?»

Täuschte er sich? Hatte der alte Mann, der so rasch den Kopf wegdrehte, tatsächlich einmal geschluchzt? Er blieb stumm, unschlüssig und plötzlich unsicher, ob er wirklich die Wahrheit erfahren wollte. Als Hellbich tonlos zu reden begann, schrak er zusammen. «Wegen einer Frau. Adelheid hatte das Haus verlassen, und ich war mit dem Dienstmädchen allein. Als ich wieder auf die Veranda kam, war Berthold in das Schwimmbecken gefallen und ertrunken.» Er lachte, kurz und häßlich. «Adelheid wußte sofort, warum ich nicht aufgepaßt hatte. Seitdem sind wir – nun ja. Seitdem führen wir keine Ehe mehr.»

«Bertholds Tod ist vertuscht worden?»

«Sicher. Ich habe das Laufgitter beschädigt und umgestoßen. Die Polizei hat an einen tragischen Unfall geglaubt, und wenn der Staatsanwalt seine Zweifel gehabt hat, mochte er denken, wir seien gestraft genug.»

«Und weil ihr wußtet, daß Gesine ihren Bruder aus dem Gitter gehoben hat, wolltet ihr sie nicht mehr im Hause haben.»

«Adelheid wollte – nein. Wir haben sie in ein Internat gesteckt.»

«Aber dort ist sie nicht geblieben.»

«Doch. Bis sie fünfzehn war. Dann mußten wir sie zurückholen.»

«Warum?»

«Sie ist dort vergewaltigt worden.»

«Was?»

«Oh, nicht, was du jetzt denkst. Nicht von Mitschülern oder Lehrern, nein, nein, viel schlimmer. Von ihrem Onkel, der sie besucht und auf einen Wochenendausflug mitgenommen hat. Dabei hat er wieder so viel gesoffen, daß er die Beherrschung verloren hat. Oder was weiß ich. Sie waren ja beide geübte Lügner, Gesine und ihr Onkel.» Wieder lachte er so bitter und verächtlich, daß Wegener fror. «Er hat natürlich alles abgestritten, und Gesine war ja als notorische Lügnerin verrufen. Aber sie hat sich gerächt.»

«An wem?»

«An ihrem Onkel. Sie hat seinen einzigen Sohn erschlagen.»

Die Wände und die Decke schrumpften plötzlich, kamen in rasender Eile auf ihn zu. «Wen hat sie erschlagen?» Er erkannte seine Stimme nicht mehr.

«Ihren Cousin. Harald hieß er, Harald Kamphausen.»

In seinen Ohren dröhnte es mit einemmal unerträglich laut, das Geräusch wollte seinen Kopf zerreißen, und er war fast dankbar für die schmerzhafte Erstarrung, die seinen Körper, seinen Verstand lähmte, seinen Schultern ein Zentnergewicht aufpackte.

«Wir haben es nicht gewußt, Achim. Wir wußten nicht einmal, daß Gesine überhaupt noch Kontakt zu ihrem Onkel und ihrem

Cousin hatte. Wir hatten nach diesem – diesem Vorfall im Internat jeden Kontakt und jede Beziehung zu Norbert Kamphausen abgebrochen, Adelheid erlaubte nicht, daß der Name ihres Bruders auch nur erwähnt wurde.»

«Hat euch Gesine nicht erzählt ...?»

«Nein, kein Wort. Damals wenigstens nicht! Sie hatte Harald Kamphausen zufällig in Hamburg wiedergetroffen, er war ein genauso widerwärtiges, dreckiges Schwein geworden wie sein Vater, weißt du, Harald war tablettensüchtig und hat Gesine dazu verführt. Bis sie ihn dann – du kennst doch den Fall, mit diesen beiden Jensen-Brüdern. Die verprügelten Harald, weil er irgendeinem Manne Geld schuldete. Gesine war im Schlafzimmer versteckt und hat Harald nachher erschlagen.»

«Das wußte ich nicht», log er. Er haßte sich für seine Feigheit, aber er wollte sich endlich von Gesine befreien, wollte sein eigenes Leben leben, wie auch immer, ohne die Last der Erinnerungen, die ihm andere aufbürdeten.

«Wir wußten es doch auch nicht, Achim. Gesine hatte uns nie etwas verraten, wir hatten nicht einmal von Haralds Tod gehört, verstehst du? Eine Todesanzeige haben wir nicht bekommen, und Hamburger Zeitungen lesen wir nicht. Von Haralds Tod haben wir erst erfahren, da wart ihr schon zwei Jahre verheiratet.»

«Und wann – wann hat euch Gesine gestanden, daß sie – daß sie ...» Warum war nie bekanntgeworden, daß Gesine Hellbich und Harald Kamphausen verwandt waren? Aber hatte er sich überhaupt darum gekümmert, hätte er es damals wissen wollen? Und hätte es etwas an seiner Bereitschaft geändert, die Täterin zu decken?

«Hast du was zu trinken?»

«Wir sind noch nicht fertig. Und du mußt nachher noch fahren.»

Hellbich zuckte zusammen, sein Blick wurde ängstlich.

«Wann hat Gesine euch gestanden, daß sie ihren Cousin Harald Kamphausen umgebracht hat?»

«Im Januar letzten Jahres – das ist eine irrwitzige Geschichte. Eines Tages steht Norbert bei uns in Flensburg vor der Tür ...»

«Wer ist Norbert?»

«Norbert Kamphausen. Mein Schwager. Gesines Onkel.»

«Der sie vergewaltigt hat...»

«Das hat sie behauptet, er leugnet es immer noch – ach was, Schwamm drüber. Adelheid wollte sofort mit dem Brotmesser auf ihren Bruder los, Norbert blieb aber ganz friedlich, weil er – lassen wir die Einzelheiten. Er hatte in einem Spielclub auf St. Pauli eine junge Frau kennengelernt, die ihm irgendwie bekannt vorkam.»

«Nur ‹vorkam›?»

«Er hatte Gesine fünfzehn Jahre nicht mehr gesehen. Sie schmiß sich ihm an den Hals, so stellte er es jedenfalls dar, und er nahm sie mit nach Hause. Und im Schlafzimmer wollte sie ihn erschlagen. Mit einer Champagnerflasche. Im letzten Moment sprang er zur Seite und überwältigte sie, na, langer Rede kurzer Sinn, sie hatte ihren Personalausweis in der Handtasche. Und als er sie zur Rede stellte, begann sie zu kreischen und zu fluchen und zu toben, bis sie Schaum vor dem Mund hatte. Diesmal hätte er Glück gehabt, aber sie würde es wieder versuchen, ja, ja, wegen dieser Vergewaltigung oder was immer da vorgefallen ist, er wär schon zum Tode verurteilt, und keiner, der ihr weh getan habe, verdiente es, noch länger zu leben.» Einen Moment starrte er ins Leere. «Norbert kam nach Flensburg und sagte ernsthaft, Gesine sei krank. Geisteskrank, gemütskrank, was soll's. Krank jedenfalls, nicht mehr normal.» Wieder schaute er in sich zurück. «Wir sind gleich nach Hamburg gefahren und haben Gesine zur Rede gestellt. Du warst schon wieder abgereist, auf deinen Lehrgang. Sie drehte durch und gestand alles. Achim, es war – es war – nein, ich will nicht mehr daran denken. Sie hat uns entsetzliche Vorwürfe gemacht. Wir hätten immer nur Berthold geliebt. Wir hätten sie mit dem Internat bestraft. Wir hätten ihr nicht geglaubt, als der Onkel Norbert sie – wir hätten sie nach Hamburg abgeschoben. Und jetzt wolle sie sich rächen, an allen. Eine Rache sei ihr schon geglückt, ihren Cousin Harald habe sie schon umgebracht, den Onkel Norbert würde sie auch noch kriegen, und zum Schluß müßtest du daran glauben. Alle, alle Menschen. Wir seien schuld, daß sie einen Menschen erschlagen habe, nur unseretwegen würde sie jetzt saufen und Pillen schlucken und koksen und herumhuren.» Erregt schlug er mit der Faust auf den Tisch. «Ich wollte die Polizei rufen. Oder einen Arzt. Man durfte sie doch nicht mehr allein lassen. Aber Adelheid...» Er verstummte und sackte zusammen wie ein Ballon, aus dem die Luft entweicht. «Adelheid dachte nur – die Form, die Fassade, Egon, was sollen die Leute, die Nachbarn, die Freunde – und denk doch an die Firma. Adelheid hat ihren Kopf durchgesetzt. Nach Hause wollte sie Gesine nicht holen, was würden die Nachbarn – aber Gesine mußte aus Hamburg weg, nach Södjen, und so komisch sich das anhört, ich hatte den Eindruck, daß sie gar nicht böse darüber war.»

«Nein», stimmte er müde zu. Vielleicht war sie nach vielen Jahren ohne Halt sogar dankbar, daß ihr jemand die Verantwortung abnahm. Vielleicht war Haus Geese in diesem Sinne nicht einmal eine schlechte Wahl, eine Rückkehr in die Kindheit, der Anfang eines langen Weges, den sie gehen mußte und doch ohne Hilfe und Begleitung nicht bewältigen konnte. Aber wer hätte ihr helfen und beistehen sollen? Die Mutter, die selbst erst ihren Seelenschutt beiseite räumen mußte und vorher gar nicht in der Lage war, der Tochter den Tod des Sohnes zu verzeihen? Der Vater? Der Ehemann, der nur zu froh war, sie nicht mehr anzutreffen? Nein, da war niemand, Gesine hatte den höchsten Punkt überschritten und mußte allein, immer schneller in die Schwärze hinunterlaufen. Andrea, die Süchtige, hatte es verstanden.

«Ich hab daran gedacht, dich um Hilfe zu bitten.»

«Und warum hast du es nicht getan?»

«Adelheid wollte – kein Mensch sollte erfahren, was Gesine getan hatte. Mit ihrem Bruder Berthold. Oder mit Harald Kamphausen. Und dann – du mußtest doch damals den Fall aufklären, du hast diese Brüder vor Gericht gebracht. Ich hab mich nicht getraut, dir zu erklären, daß du dich damals geirrt hast.»

War er eigentlich besser als dieses Wrack von Mann und Vater und Ehemann? Wollte er nicht auch eine Lüge, einen Schein aufrechterhalten?

«Habt ihr Norbert Kamphausen etwas von diesem Geständnis erzählt?»

«Nein, nein!» Egon schüttelte ratlos den Kopf. «Norbert hätte nie geschwiegen. Und Adelheid rechnete schon wieder – Norbert hatte das Leben unserer Tochter zerstört, Gesine hatte sich an ihrem Onkel gerächt – ja, ja, sag nichts, ich weiß, es ist alles – Achim, was sollte ich denn tun? Ich weiß, ich bin feige und schwach, aber es ist doch alles sinnlos geworden. Sohn und Tochter tot, die Frau ferner als auf dem Mond, bei billigen Nutten hol ich mir ein billiges Vergnügen und hab selbst dabei Angst, ich würd erwischt. Nein, ich hab's weit gebracht, mir bleibt nur noch die Fassade, und die wollte ich nicht auch noch zerstören.»

«Margareta Novak.»

«Ja. Woher weißt du?»

«Ich habe gesehen, wie du ins Haus gegangen bist.»

«Das war – ich hatte ihre Telefonnummer aus der Zeitung, und sie wußte nicht, wer ich war. Dann stellte sie sich bei uns vor, als Hausmädchen, Adelheid war ganz angetan von ihr. Und jetzt – ich geh einmal die Woche zu ihr, eine Gegenleistung dafür, daß ich den Mund halte.» Die Verachtung galt ihm, keinem anderen, auch nicht der kleinen Hure. «Ein Geschäft, was, Achim? Alles im Leben ist ein Geschäft, und wenn die Rechnung mit deinen wenigen Lebensjahren nicht aufgeht, dann hast du halt mit faulen Zitronen gehandelt.»

Jetzt begriff er auch, warum ihm Margareta überhaupt geholfen, von Gesines Kokserei erzählt und ihm das Familienbild zugesteckt hatte. Das war ihre Rache für die demütigende Erpressung, die ihr Egon Hellbich jede Woche einmal antat. Fast schade, daß sie nie erfahren würde, wie erfolgreich sie intrigiert hatte. Er zog die drei Blätter mit Gesines Geständnis heraus und reichte sie über den Tisch: «Kennst du das? Hast du das schon mal gelesen?»

Egon las sorgfältig und flüsterte: «Nein.»

«Aber du wußtest doch, daß Gesine zum Schluß erpreßt wurde?»

«Ich habe es vermutet. Über Weihnachten war sie bei uns und wollte Geld, viel Geld, mehr, als ich ihr geben konnte. Zur Begründung heulte sie nur immer wieder, die beiden Brüder seien draußen.»

«Hast du dabei an die Jensens gedacht?»

«Natürlich. Aber dann – im Januar – da standen zwei Männer, Brüder, in Flensburg vor unserer Tür. Wo Gesine sei, wollten sie wissen. Da wurde ich unsicher – daß sich Erpresser so dreist bei den Eltern ihres Opfers erkundigten – und woher sollten sie überhaupt erfahren haben, daß Gesine ihren Cousin erschlagen hatte?»

«Eine logische Frage», kommentierte er trocken und packte Bild und Geständnis wieder ein. «Die werde ich jetzt mal aufklären.»

«Wie?»

«Hast du die Anschrift von deinem Schwager Norbert Kamphausen?»

«Ja, die habe ich – aber du glaubst doch nicht...?»

«Lieber ehemaliger Schwiegervater, eure Fähigkeit, euch nicht der Realität zu stellen, ist phänomenal. Gesine will ihren Onkel mit einer Champagnerflasche erschlagen. Der einzige Sohn dieses Mannes ist mit einer Champagnerflasche umgebracht worden, und Norbert Kamphausen weiß, daß Gesine seinen Sohn Harald kannte. Soll er noch dümmer sein als ihr beide?»

«Aber Norbert – mit zwei Verbrechern...?»

Darauf wußte er auch keine Antwort. Eben das mußte er herausfinden: Wie hing Norbert Kamphausen mit Kurt und Ewald Jensen zusammen? Es würde ihn nicht wundern, wenn es eine enge, alte Beziehung gab. Selbst in seiner Zerknirschung hatte Egon noch längst nicht alles erzählt. Nein, bis zuletzt würde er versuchen, die Reste der Fassade zu verteidigen.

«Okay. Nur eines noch: Wer ist Christian Zander?»

«Ein ehemaliger – Prokurist.» Egon blubberte, überrascht von dem Themenwechsel. «Was ist mit ihm?»

«Er hat Gesine gekannt?»

«Natürlich. Von Geburt an. Er ging bei uns ein und aus. Bis ich ihn entlassen mußte, weil er – der Zoll hatte ihn erwischt.»

«Was macht er jetzt?»

«Er soll eine eigene Firma in Hamburg haben. Import, Export.»

«Für was? Rauschgift?»

Egon heuchelte nicht einmal mehr Bestürzung. «Daß er krumme Dinger dreht, glaube ich schon lange.»

«Hast du gewußt, daß er Gesine mit Pillen und Kokain versorgt hat? Wahrscheinlich über Jahre?»

«Nei... ein. Erst als sie – tot war. Da war er ein paarmal bei uns in Flensburg. Kondolieren wollte er, aber so, wie er uns dabei angrinste, dachte ich mir, daß er mit Gesine – nun ja, daß er Kontakt zu ihr hatte.»

«Welche Art von Kontakten?»

«Frag mich nicht. Kontakte – ich hab Gesine doch gar nicht gekannt. Nichts von ihr gewußt.» Und Egon hatte nicht gewagt, seinen früheren Angestellten zu der ehrlichen Auskunft zu zwingen, was ihn nach so vielen Jahren wieder nach Flensburg getrieben habe. Die Antwort hatte im Geheimfach unter Gesines Bett gestanden; der Dealer mußte sich vergewissern, ob die Polizei Ware und Lieferant entdeckt hatte. «Adelheid wollte von ihm hören, wann er Gesine zum letztenmal getroffen hatte, aber das hat er nicht gesagt. Nur daß er früher auch mit Harald Kamphausen – daß er mit Harald – nun, wie – also, Geschäfte gemacht hatte.»

«Großartig!» höhnte er, und Egon riskierte einen ängstlichen Blick: «Norbert, also, mein Schwager, hat uns immer vor Krischan Zander gewarnt. Er konnte ihn nicht ausstehen.»

«Aber bei euch war er wie ein Kind im Haus, was?»

«Adelheid...» Dabei errötete er so tief, daß sich Wegener für ihn schämte.

«Na prima. Damit ist meine letzte Frage beantwortet. Ich brauche dich nicht mehr.»

Egon Hellbich fuhr wortlos ab, sein Wagen hatte eine Wasserfontäne aufgeworfen. Der Wind frischte immer noch auf und brachte eine unangenehme, klebrig-feuchte Wärme mit. Blasse Wolken zogen eilig auf die See hinaus, die selbst von hier oben unruhig aussah. Das gestern noch unberührte Weiß ringsum war fleckig, stockig und schmutzig geworden.

Nach langem Zögern steckte er doch Pistole und Munition ein.

Er ließ sich Zeit, ohnehin konnte kein Mensch bei dieser Nässe schnell fahren. Auf der Bundesstraße hing er hinter einem Kleintransporter, und gegen das hochspritzende Dreckwasser kamen die Scheibenwischer selbst im Schnellgang nicht an. Alles schwamm.

Norbert Kamphausen bewohnte eine ältere Villa in Hamburg-Wandsbek. Das Haus mit Spitzdach, Erkerchen und Giebeln, mit hohen Sprossenfenstern und Jugendstil-Gesimsen war liebevoll hergerichtet. Auf der einen Seite war eine Doppelgarage nachträglich angebaut worden, die sich gut in das Bild einpaßte. Zwei hohe

Bäume breiteten ihre Äste bis weit über die Straße, auch hier tropfte alles von Nässe. Auf der anderen Seite der Straße standen neuere Häuser, mit blauen Fensterrahmen und in mattbraunen oder stumpfroten Ziegeln geklinkert. Eine ruhige Gegend, ohne viel Verkehr. Aber mit vielen Autos, die schmale Straße war auf der einen Seite vollständig zugeparkt.

Er klingelte lange, weil er bei einem Kontrollgang zur Seite in einem Fenster Licht gesehen hatte. Erst nach dem siebten Läuten wurde die Haustür geöffnet, und ein überaus unwirscher Mann knurrte ihn an: «Ja?»

Wegener grinste und antwortete absichtlich nicht sofort. Vielleicht erinnerte sich Kamphausen noch an ihn, sie hatten sich vor gut fünf Jahren häufiger getroffen, und der Hausherr musterte ihn, zuerst unfreundlich, dann nachdenklich. Er hatte die Mitte der Sechzig überschritten und war nicht sehr groß, hielt sich aber straff. Sein Haar war vollständig ergraut, doch dicht, und seine blauen Augen blickten fest. Er hatte ein schmales, kräftiges Gesicht, das schon eine gewisse Ähnlichkeit mit Adelheid Hellbich aufwies. Aber was bei ihr weich und verschwommen wirkte, vermittelte bei ihm den Eindruck von bedächtiger Energie. Aus seinen früheren Begegnungen hatte Wegener noch gut die Selbstbeherrschung dieses Mannes in Erinnerung.

«Wir kennen uns, nicht wahr? Aber auf Ihren Namen komme ich nicht mehr.»

«Ich heiße Wegener. Achim Wegener, Herr Kamphausen.»

«Wegener – es klickt. Sie sind Kriminalpolizist.»

«Ja und nein, im Moment bin ich vom Dienst suspendiert.»

«Jetzt weiß ich wieder – wir haben uns getroffen, als mein Sohn ermordet wurde. Und Sie waren angeklagt, meine Nichte Gesine umgebracht zu haben.»

«Richtig. Und eben darüber möchte ich mit Ihnen sprechen.»

Der Grauhaarige zögerte: «Sie kommen sehr ungelegen. Ich habe Besuch, der sich ...»

«Ich fürchte, Ihr Besuch wird warten müssen.» Er sagte es in betont höflichem Ton, aber er würde sich nicht wegschicken lassen. Und Kamphausen verstand die Botschaft. Achselzuckend trat er zur Seite: «Kommen Sie herein.»

Er führte ihn in ein Zimmer, das Wohnraum, Bibliothek und Arbeitszimmer zugleich war, sehr stilvoll mit Ledermöbeln und dunklen Bücherschränken eingerichtet. Helle Teppiche und zwei große Blumensträuße in Bodenvasen hoben den ersten Eindruck eines bewohnten Museums auf.

«Kann ich Ihnen was zu trinken anbieten?»

«Nein, vielen Dank, ich muß noch fahren und habe noch einen langen Tag vor mir.»

«Was halten Sie dann von einem Kaffee?»

«Den würde ich gern annehmen.»

«Dann gedulden Sie sich bitte noch etwas!» Kamphausen verließ das Zimmer und zog nachdrücklich die Tür hinter sich zu. Er wollte wohl nicht nur Kaffee kochen, sondern auch seinen Besuch instruieren. Die Stille in diesem Haus war etwas zu aufdringlich. Wie die Wärme. Kamphausen ließ ihn fast zwanzig Minuten warten und sagte beim Eintreten nur flüchtig: «Entschuldigen Sie bitte!» Sein Gesicht war ernst, und er setzte das Tablett so vorsichtig ab, als fürchte er ein Unglück.

Nach dem ersten Schluck reichte ihm Wegener das Geständnis. «Lesen Sie das bitte!»

Verwundert gehorchte Kamphausen, und bei der Lektüre verfiel seine Miene, wurde grau, alt und schlaff. Seine Hände zitterten, als er die Blätter zurückgab: «Das ist – das ist...» Wahrscheinlich hatte er so etwas Ähnliches vermutet, vielleicht sogar geahnt, aber er hatte nie sicher sein können und begriff nun, daß die Vergangenheit auch ihn einholte.

«Herr Kamphausen, wie war das mit der Vergewaltigung Gesines?»

«Woher haben Sie diese – dieses Schreiben?»

«Das will ich Ihnen später gern erzählen. Aber jetzt sind Sie an der Reihe.»

Einen Moment überlegte Kamphausen, ob er sich diesen Befehl in seinem Haus verbitten sollte, aber Förmlichkeiten spielten keine Rolle mehr. «Ich habe Gesine nie angerührt. Geschweige denn vergewaltigt. Wenn Sie mir das nicht glauben, ist es sinnlos, daß wir miteinander reden.»

«Ich weiß, daß Gesine eine notorische Lügnerin war.»

«Ja, aber das ist alles sehr viel komplizierter – wußten Sie, daß Gesine noch einen Bruder hatte?»

«Ja. Berthold hieß er. Sie hat ihn gehaßt, aus dem Laufgitter gehoben und damit verschuldet, daß er im Schwimmbecken ertrank.»

«Ja. Kennen Sie auch die Rolle meines Schwagers bei diesem – diesem Unglück?»

«Er hatte auf die beiden Kinder aufpassen sollen, war aber ins Haus gegangen, um sich mit dem Dienstmädchen zu vergnügen.»

Ein ärgerlicher Ausdruck huschte über Kamphausens Gesicht, aber seine Stimme blieb unverändert. «Ja. Adelheid rief mich an, sie war völlig daneben, sie ist über den Tod Bertholds nur schwer hinweggekommen – nein, ich fürchte, sie hat ihn nie verwunden. Und sie vermutete von Anfang an, daß Egon nicht aufgepaßt hatte, weil er mit dem Dienstmädchen ins Bett gegangen war. Aber das wollte sie nicht – wissen Sie, Herr Wegener, meine Schwester hat immer nach dem Urteil anderer Menschen gelebt. Ihr Mann mit der Hausangestellten? Nein, nie! Aber sie wollte Karin loswerden, sofort, so rasch wie möglich.»

«Karin?»

«Das Mädchen. Karin Bollnow – Sie kennen sie doch, Sie sind doch bei ihr gewesen.»

Es traf ihn wie ein Faustschlag in den Magen, der ihm die Luft nahm. «Karin Bollnow?» keuchte er. «Aus der ‹Ampel›?»

«Ja. Wußten Sie das nicht?» Kamphausen schien ehrlich verwundert.

«Nein, woher denn? Alles was mit Gesines Vergangenheit zusammenhängt, hat jeder vor mir verschwiegen, vertuscht, vernebelt.»

Eine lange Minute betrachtete Kamphausen ihn ungläubig, dann begann er zu überlegen, was es bedeutete, wenn sein Besucher die Wahrheit gesagt haben sollte. Die Zweifel schwanden aus seiner Miene und machten Ratlosigkeit Platz.

«Ich muß Ihnen glauben, daß Sie Gesine nie angerührt haben, und Sie müssen mir glauben, daß ich alle diese Zusammenhänge nicht kenne.»

«Gut.» Der Grauhaarige atmete tief durch und richtete sich auf.

«Was Adelheid nur vermutete, hat mir Egon gestanden. Damals, sofort nach dem Tod von Berthold. Ich habe Karin mitgenommen, sobald sie bei der Polizei ausgesagt hatte.»

«Was hat sie denn behauptet?»

«Daß sie zu der Zeit in ihrem Zimmer gewesen sei und Sachen von Gesine gebügelt und geflickt und gestopft habe. Die Polizei hat ihr geglaubt – es wurde übrigens nie der Verdacht geäußert, Egon und sie – na ja, Sie verstehen schon. Ich habe sie nach Hamburg mitgenommen, finanziell für sie gesorgt. Damals lebte meine Frau noch, sie war aber schon schwer krank – ja, Sie vermuten richtig, Karin ist ein Jahr nach dem Tod meiner Frau meine Geliebte geworden. Ich habe sogar daran gedacht, sie zu heiraten, aber sie wollte nicht.» Kamphausen stand auf und holte aus einer Schreibtischschublade Pfeifentasche und Tabak; dankbar nutzte Wegener die Chance, sich eine Zigarette anzuzünden, nach der er schon lange gierte.

«Ich muß jetzt Ihre Phantasie bemühen, Herr Kommissar.»

«Wegener. Ich bin nicht dienstlich hier.»

«Gut, Herr Wegener. Ich bin weder ein Tattergreis noch ein alter Lustmolch. Ich kann zwischen Sex und Zuneigung immer noch unterscheiden.»

«Und für Karin Bollnow verspürten Sie Zuneigung.»

«Ja. Wir sind immer in Kontakt geblieben. Wir mochten uns und haben sogar noch miteinander geschlafen. Nicht oft, alle drei, vier Monate, wenn sich eine Gelegenheit dazu ergab.»

«Bis heute?»

«Bis heute!» Kamphausen lächelte kurz. «Und eine dieser Gelegenheiten ergab sich vor – ich weiß nicht mehr, wann es war. Gegen Ende der Schulferien, die Gesine im Internat verbringen mußte. Weil Egon und meine Schwester sie nicht in Flensburg ertragen konnten. Ich hatte auf Sylt noch Zimmer gefunden, für drei oder vier Tage. Ein Doppelzimmer für Karin und mich und ein Einzelzimmer für Gesine. Es war ein wunderschöner Sommer, und Gesine tat mir leid. Karin wollte mit dem Zug fahren, und ich holte Gesine im Internat ab.»

«Wußte Gesine, daß Karin Bollnow und Sie ...?»

«Nein. Und so begann das Drama wahrscheinlich. Ich wollte ihr

Karin als Bekannte vorstellen, die ich zufällig auf Sylt getroffen hatte. Aber das klappte dann nicht. Karin war noch nicht da, als wir in die Pension kamen, und sie traf erst ein, als Gesine schon ins Bett gegangen war. Unsere Zimmer lagen nebeneinander, vielleicht waren wir nicht leise genug, ich weiß es nicht – Gesine überraschte uns. Plötzlich stand sie in der offenen Tür, knipste das Licht an und starrte uns an – sehen Sie, Herr Wegener, ich habe einen Fehler begangen, einen großen Fehler. Mir war es natürlich peinlich, daß uns Gesine nackt im Bett – und dann noch – aber ich dachte, sie sei in ihrem Alter schon aufgeklärt – aber Gesine sagte gar nichts, wurde nur totenbleich und raste in ihr Zimmer zurück. Am nächsten Morgen bestand sie darauf, daß ich sie ins Internat zurückbrachte – natürlich wollte ich das nicht, ich habe versucht, ihr alles zu erklären, sie zu beruhigen, sie umzustimmen – ich mußte sie zurückbringen. Auf der Fahrt hat sie kein Wort gesprochen. Totenblaß, wie ein lebendes Gespenst. Ich habe mir Sorgen gemacht, aber die falschen.» Dabei lachte er so grimmig, daß Wegener ihn nicht zu unterbrechen wagte. «Im Internat begegnete uns die Hausmutter, die fragte natürlich verwundert, warum sie denn schon wieder zurück sei, sie hätte doch vier Tage an der See bleiben wollen. Da endlich machte Gesine den Mund auf: Ich hätte sie vergewaltigt. Und dann begann sie zu schreien – es war – ach, schlimm ist ein viel zu harmloses Wort. Sie schrie, tobte, kreischte und beschrieb Einzelheiten – die Hausmutter mußte es natürlich melden. Tja, und den Rest dürfen Sie sich vorstellen.»

«Ist es zu einer Anklage gekommen?»

«Nein. Als ich merkte, daß es ernst wurde, habe ich auf einer gynäkologischen Untersuchung bestanden. Zusätzlich zu Karins Aussage. Adelheid hat sie verhindert, und so...» Er zuckte die Achseln, aber die Bewegung konnte nicht über die Wut und Demütigung hinwegtäuschen, die ihn damals erfüllt hatten. «Aus, Ende. Vierzehn oder fünfzehn Jahre habe ich nichts von Gesine gesehen oder gehört.»

«Auch nicht, daß Ihr Sohn Harald...»

«Mein Sohn ging Wege, die ich nicht guthieß, Herr Wegener. Und er tat gut daran, mir keine Einzelheiten zu erzählen.»

«Schön. Dann sind Sie Gesine wieder begegnet.»

«Ja, in einem Spielclub auf St. Pauli. Es war ganz eigenartig. Sie drängte sich regelrecht auf. Ich wußte, ich hatte diese Frau schon gesehen, unter unerfreulichen Umständen, aber ich kam einfach nicht darauf, wer es war. Ich habe mich mit meinem richtigen Namen vorgestellt, was ich, wie ich gern zugebe, in solchen Etablissements durchaus nicht immer riskiere – aber sie behauptete steif und fest, mich nicht zu kennen. Das war gelogen, auch das wußte ich, aber – ob wir nicht privat weiterpokern könnten, um Geld oder Kleidung oder mehr – Herr Wegener, sparen Sie sich jede moralische Entrüstung, ich habe sie hierhin mitgenommen, aber ich war unruhig, vorsichtig. Sie wollte Champagner, ich habe eine Flasche und Gläser geholt, sie legte fast zwanzigtausend Mark auf den Tisch – nun ja.»

Vielleicht bewegte sich das alles nur entlang der Wahrheit. Aber mehr Einzelheiten brauchte er nicht, wollte er auch nicht erfahren.

«Ich bin ins Schlafzimmer gegangen, um aus dem Tresor Bargeld zu holen. In letzter Sekunde habe ich ein Geräusch gehört...»

«Gut, den Rest kenne ich, den hat mir Ihr Schwager Egon schon erzählt. Nur zwei Unklarheiten noch, Herr Kamphausen: Ist Ihnen nicht der Verdacht gekommen, Gesine könne auch Ihren Sohn erschlagen haben?»

«Doch. Zweimal eine Champagnerflasche – aber Harald hatte mir nie erzählt, daß er Gesine in Hamburg getroffen hatte. Und ich wußte, daß zwei Männer deswegen verurteilt worden waren. Nein, nein, Herr Wegener, außer einer vagen Vermutung...»

«So, und dann meine letzte Frage: Haben Sie Karin Bollnow von diesem Zwischenfall mit Ihrer Nichte Gesine erzählt?»

Ein Geräusch ließ ihn herumfahren. Die Schiebetür zum Nebenzimmer wurde geöffnet, und Karin Bollnow blieb in der Öffnung stehen, beide Arme zur Seite gestreckt und gegen die Türkanten gestemmt. Die Bewegung hatte den knöchellangen, weißen Hausmantel geöffnet, dessen Gürtel sie nicht verknotet hatte, und die weiße Corsage erinnerte ihn an die Mädchen in der «Ampel», die das gleiche Modell trugen.

«Ich habe gelauscht», sagte sie ruhig. «Guten Tag, Herr Wegener.»

«Guten Tag», erwiderte er, von ihrem Aufzug enttäuscht, der sie billig erscheinen ließ. Ihr Blick verriet, daß sie seine Gedanken gelesen hatte, aber sie wollte ihren Körper präsentieren, wie die käuflichen Mädchen in ihrem Bordell.

Kamphausen räusperte sich, doch sie kam ihm zuvor: «Ich würde gern mit Herrn Wegener unter vier Augen sprechen, Norbert.»

«Muß das – ich weiß nicht...»

«Bitte!» drängte sie. Der Grauhaarige sah unruhig von ihr auf seinen Gast, schnaufte aber nur, als Wegener aufstand: «Es wäre sehr freundlich von Ihnen, Herr Kamphausen.»

«Bitte, wenn Sie meinen...»

Energisch schloß sie die Schiebetür. «Gehen wir nach oben», schlug sie vor.

«Bitte, Sie kennen sich hier aus.»

Auf der Treppe war sie ihm einen halben Schritt voraus, der Seidenmantel wehte, und ein leiser Luftzug trug ihr Parfum zu ihm. Erst jetzt fiel ihm auf, daß sie auf nackten Füßen lief. Im ersten Stock klinkte sie eine Tür auf. Es war ein Gästezimmer, eher praktisch als elegant eingerichtet. Als er hörte, daß sie den Schlüssel umdrehte, legte er unbehaglich den Kopf schräg; ihr leises Lachen gefiel ihm nicht.

«Ich will alle Ihre Fragen beantworten, Herr Wegener, allerdings nur unter einer Bedingung: Jedes Wort bleibt in diesen vier Wänden.» Weil sie ihn dabei fest anschaute, überlegte er sich die Antwort gründlich. Was ihre Bedingung bedeutete, mußte ihm niemand erklären, und einen Zeugen würde er nicht haben.

«Einverstanden.»

«Gut.» Sie setzte sich auf das Bett. «Also – ja, er hat mir von dem Zwischenfall erzählt. Dabei ist mir zum erstenmal der Verdacht gekommen, Gesine könne auch Harald Kamphausen erschlagen haben. Und jetzt vermuten Sie ganz richtig: Ich bin nach Fuhlsbüttel ins Gefängnis gefahren und hab's Kurt Jensen erzählt.»

«Warum, Frau Bollnow?»

«Weil ich nie geglaubt habe, Kurt und Ewald hätten Kamphausen junior erschlagen. Verstehen Sie mich richtig: Die Jensen-Brüder sind nie Engel gewesen, und ich wußte ziemlich genau, womit sie ihr Geld verdienten. Aber Mord und Totschlag – nein.»

«Dann muß Ihnen aber auch klargewesen sein, daß Kurt versuchen würde, Gesine zu erpressen.»

«Natürlich. Und ich fand sogar, das hatten die beiden als Entschädigung auch verdient.» Sie brachte es so ruhig vor, daß er mutlos den Kopf schüttelte: «Wußte und weiß Kamphausen senior, daß Sie mit den beiden Jensens befreundet sind?»

«Nein.» Sie war sehr ernst geworden. «Nein, Herr Wegener, und deshalb habe ich unten gelauscht. Er darf es nie erfahren.»

Kurt Jensen und Norbert Kamphausen – das waren in der Tat zwei Welten. Schwer vorstellbar, daß diese Frau vor ihm beiden Männern Loyalität schuldete, daß sie sich nie für eine der beiden Sphären entschieden hatte. Aber er verdammte Grenzgänger nicht mehr, und wer wollte schon beurteilen, wie ausgeprägt diese Grenze war.

«Gut, versprochen», murmelte er, und sie entspannte sich, bereit oder gewillt, etwas zu rechtfertigen, was er doch nur berichtet haben wollte. Mit Kurt Jensen hatte sie einmal Tür an Tür gewohnt, und Kurt war vernünftig oder gerissen genug, sich in seiner Freizeit höflich zu geben. Als sie erfuhr, wie Kurt und Ewald ihr Geld verdienten, gefiel ihr das nicht, aber zu der Zeit hatte sie schon zuviel Unerfreuliches erlebt und erlitten, um sich noch moralisch zu entrüsten. Sicher, bei Kamphausen hätte sie jederzeit unterkriechen können, aber das wollte sie nicht. Über Attila hatte Kurt eines Tages erfahren, daß die «Ampel» zum Verkauf stand. Kamphausen hatte ihr Geld geliehen, zinslos; den fehlenden Betrag gab Kurt Jensen, gegen eine saftige Beteiligung. Drei Partner in einem Geschäft. Sie mochte beide Männer, mit beiden war sie locker liiert, ohne sich von einem vereinnahmen zu lassen. Das Leben in zwei Welten hatte ihr nie Schwierigkeiten bereitet, bis eben zu dem Tag, an dem Harald Kamphausen einem gewissen Attila zuviel Geld schuldete. Natürlich kannte sie Harald Kamphausen und mochte ihn nicht, seit er versucht hatte, sie zu vergewaltigen, weniger aus einem sexuellen Trieb heraus, den sie noch akzeptiert hätte, als aus dem pubertären Wunsch, seinen Vater zu beleidigen, indem er dessen Geliebte überwältigte. Nein, Haralds Tod hatte sie nicht berührt. Oder nicht wirklich, sie hatte Harald über Kurt Jensen mit Attila in Verbindung gebracht, rein geschäftlich; daß Attilas Name im Prozeß nicht erwähnt wurde, war ihr schon eine Beruhigung. Aber sonst... und der Familie Hellbich war sie weder zu Dankbarkeit noch zu Rücksichtnahme verpflichtet. Bei dem Besuch in Fuhlsbüttel hatte Kurt sie gefragt, was denn aus dieser Gesine Hellbich geworden sei. Als sie ihm mitteilte – was ihr Kamphausen senior berichtet hatte –, Gesine habe einen gewissen Achim Wegener, einen Kriminalbeamten, geheiratet, bekam Kurt sein Schlägergesicht und schickte sie los.

Von den Nachbarn erfuhr sie, Gesine sei weggezogen, und weil sie Haus Geese noch aus der Zeit kannte, in der sie bei den Hellbichs gearbeitet hatte, war sie nach Södjen gefahren. Dort sah sie Gesine auch, beobachtete sie spätabends durch ein Fenster.

«Reden Sie ruhig weiter!» forderte er sie spöttisch auf.

«Sie war nicht allein. Ein – Paar war bei ihr. Das war auch – unbekleidet.»

«Sie erzählen mir nichts Neues.»

Ihr Tip erwies sich dann als goldrichtig. Kurt erschien nach seiner Entlassung bei ihr, strahlend und grinsend, schwenkte drei Blätter durch die Luft und jubelte, sie hätten eine Goldmine aufgetan – ja, das war ziemlich früh im Oktober vergangenen Jahres. So begeistert war Kurt, daß er ihr seinen Anteil an der «Ampel» für einen Apfel und ein Ei verkaufte.

Eigentlich konnte er sich Kurt Jensen schwer als großzügig und überschwenglich vorstellen, doch warum sollte er sie zwingen, das Geschäft Informationen gegen Lokalanteil zu offenbaren? Deswegen verzichtete er darauf, ihr Gesines Geständnis zu zeigen, es gab schon genug Mitwisser.

«Sie haben doch mit Kurt über den Fall Harald Kamphausen gesprochen, nicht nur in Fuhlsbüttel...»

«Nein, oft, und ich will Ihnen die nächste Frage gleich beantworten: Kurt meinte, ein Kommissar Wegener habe ihn und seinen Bruder hinter Gitter gebracht, um seine Geliebte Gesine Hellbich zu schützen.»

«Er hatte also auch mit mir noch ein Hühnchen zu rupfen.»

«Ein Hühnchen? Einen ausgewachsenen Schwan.»

«Hat er das versucht?»

«Ich glaube, ja. Aber Kurt hat mich nicht eingeweiht, und was ich nicht weiß, macht mich nicht heiß.»

Nach einer Pause lächelte er fast befreit. Das ergab Sinn. Ein Kriminalbeamter hat mit der Frau, die er inzwischen haßt, eine gemeinsame Leiche im Keller. Und Kurt Jensen, zum Abtauchen gezwungen, fiebert danach, daß jemand wegen des Mordes an Gesine Wegener, geborene Hellbich, verurteilt wird – Rache nehmen und sich zugleich Sicherheit verschaffen. Und das Mittel dazu besaß er in Form von drei Blättern...

«Hören Sie, Herr Wegener, ich muß Ihnen noch etwas erzählen. Nur Ihnen. Vor jedem anderen Menschen werde ich es leugnen.»

«Ja?»

«Es betrifft Gesine. Und den Tag, an dem in Flensburg ihr Brüderchen Berthold ertrank.» Hastig drückte sie ihre Zigarette aus und zündete sich sofort eine neue an. Der Mantel klappte wieder weit auseinander, und er bewunderte ihren Körper. «Als ich mit Egon Hellbich im Bett lag, ging die Tür auf. Lautlos. Und Gesine stand da, ich konnte sie sehen, wir haben uns angeschaut, vielleicht für fünf Sekunden, aber für mich und das Kind waren es Ewigkeiten. Ihr Vater kehrte ihr den Rücken zu, er hat nichts bemerkt, und ich habe es ihm nie erzählt. Nie. Auch Norbert nicht. Das Kind hat gesehen, was wir taten, ja, und schauen Sie, ich will nicht melodramatisch werden, aber Sie müssen mir glauben, in den Sekunden ist für Gesine eine Welt zusammengebrochen. Ich konnt's in ihrem Gesicht verfolgen, als wäre...» Sie holte tief, fast schmerzhaft Luft, und diesmal schielte er nicht auf ihren Busen. «Ich bin fest davon überzeugt, daß sie erst danach Berthold aus dem Laufgitter gehoben hat.»

Der Satz hing klebrig-lange Sekunden zwischen ihnen, erklärte vieles und machte manche Tat verständlich. Aber er war unvollständig, und deshalb fixierte er sie geduldig, bis sie nickte: «Auf Sylt, mit Norbert, hat sie mich sofort wiedererkannt.»

Doch auf Sylt fand Gesine kein Opfer für die ungeheure Wut,

die sie erfüllte, und der Onkel wehrte sich gegen ihre Beschuldigung, stempelte sie zur Lügnerin. Ihre Rache an Harald genügte ihr nicht, und den Onkel konnte sie nicht überrumpeln. Es fehlte nicht mehr viel zur vollen Wahrheit.

«Wie sind Sie eigentlich zu der Stelle bei den Hellbichs gekommen?»

«Hat Thies Ihnen das nie erzählt?»

«Wer ist Thies?»

«Thies Kroppjahn. Unser Polizist in Södjen.»

«Sie sind aus Södjen?» Warum fragte er so fassungslos? Mit jedem Schritt, den er vorangekommen war, hatte er sich doch einem immer engeren Netz von Beziehungen und Verflechtungen genähert. Er war der Außenseiter, nicht die anderen.

«Nein, aus Breeken. Meine Eltern waren Flüchtlinge und sind dort hängengeblieben. Wir waren – nicht gut gelitten.»

Kroppjahn hatte ihn darauf vorbereitet.

«Nur einer machte eine Ausnahme.»

«Wer?» Die Antwort kannte er eine Sekunde, bevor er sie hörte: «Thies Kroppjahn. Er war – er ist zehn Jahre älter als ich und wollte mich heiraten. Ihm gefiel nicht, daß ich bei den Hellbichs arbeitete, ihm gefiel das ganze Haus Geese nicht, aber ich wollte endlich einmal auf eigenen Füßen stehen. Nicht von einer Abhängigkeit in die andere wechseln, ich wollte einmal nach meinem Geschmack leben. Wir haben uns fürchterlich gestritten, und Thies hätte mich verprügelt, wenn er gewußt hätte, daß Egon Hellbich mir Geld angeboten hatte.»

«Geld? Wofür?» Jetzt sah er sie doch aufmerksam an.

«Raten Sie mal!» fuhr sie ihn bitter an. Das Schweigen dauerte zu lange, bis sie endlich seufzte: «Und nach – Bertholds Tod konnte ich nicht mehr zu Kroppjahn zurück.»

«Weiß er, was in Flensburg...»

«Nein. Aber er ahnt etwas. Nach dem – danach haben wir uns nur ein einziges Mal wiedergesehen, und seitdem bin ich ihm aus dem Weg gegangen. Vielleicht weil ich ihn so schlecht belügen kann.» Unvermittelt sprang sie auf die Füße, und bei der schnellen Bewegung glitt der offene Mantel von den Schultern. «Gesine Hellbich hat oft genug in mein Leben eingegriffen.»

Oder umgekehrt, aber das würde sie nicht anerkennen. Keiner wollte Schuld tragen. Er musterte sie neugierig: «Haben Sie sie umgebracht?»

«Nein!» Die aufschießende Wut verzerrte ihr Gesicht. «Nein, das habe ich nicht.»

«Warum sollte ich Ihnen das glauben?»

«Weil es die Wahrheit ist.»

Jetzt lächelte er nur schmal: «Und warum zeigen Sie sich mir in dem Aufzug Ihrer – hm – Mädchen aus der ‹Ampel›?»

«Damit Sie merken, wohin ich gehöre.»

«Was haben Sie dann in der Villa Kamphausen verloren?»

«Es ist mein letzter Anker in der sogenannten anständigen Welt», höhnte sie und wiegte sich in den Hüften, die Beine breit gestellt, die Brust vorgeschoben. Sie benahm sich bewußt ordinär, aber erreichte ihr Ziel: Die winzige erotische Spannung zwischen ihnen verflog. Gleichmütig schüttelte er den Kopf: «Da muß Ihnen schon was Überzeugenderes einfallen.»

«Soll ich auch noch Norbert verraten?»

Sie stand jetzt bewegungslos vor ihm. Eine Frage, die unter Umständen viel beantwortete. Ein Mann, der nach eigenen Angaben viel spielte. Der unter Umständen mehr Geld brauchte, als er besaß oder verdiente. Und sie kannte – wie lange eigentlich? Das hatte sie verschwiegen! – einen professionellen Geldverleiher, einen Zinshai, und seine beiden Eintreiber, nein, man mußte nicht alles aufdecken. Und über die alberne Geschichte von dem guten, höflichen Nachbarn Kurt Jensen, der eines Tages mit der netten, freundlichen Nachbarin Karin Bollnow intim wurde, hätte er bei einem Verhör nicht einmal lächeln können.

«Sie haben Glück», versetzte er deswegen zynisch. «Kurt ist tot.»

«Nein!» Ihre Lippen begannen zu zittern.

«Doch. Er war auf dem Weg ins Haus Geese, um mich umzubringen. Dabei ist er mit dem Auto von der eisglatten Straße abgekommen und einen kleinen Hang hinuntergestürzt.»

Ganz langsam akzeptierte sie, daß er die Wahrheit sagte. Ihre Augen flackerten, alle Farbe wich aus ihrem Gesicht. Er beobachtete sie abschätzig und war ziemlich sicher, daß die Nachricht sie nicht erschütterte. Überraschte, erschreckte, das ja, aber nicht erschütterte. Sie war schon lange von Kurt Jensen weggegangen. Keine Frau konnte echte Zuneigung für zwei Männer empfinden, von denen der eine – so hatte es doch ausgesehen – den Sohn des anderen erschlagen hatte. Gut, sie hatte behauptet, nie von der Schuld der Jensens überzeugt gewesen zu sein. Aber was hieß das schon? Eine Schutzbehauptung, vor sich selber. Mehr nicht.

«Wir sind bald fertig.» Sie nickte mechanisch, ihr halbnackter Aufzug stellte keine Vertraulichkeit mehr zwischen ihnen her. «Kroppjahn hat nicht geheiratet?»

«Nein.» Sie bestätigte es ohne jeden Triumph, eher bedrückt und traurig, aber das mußte nicht Kroppjahn gelten.

«Kroppjahn hat mir erzählt, daß die Kriminalbeamtin, die den Fall meiner Frau bearbeitet hat, aus Kleinhagen stammt.»

«Ja, Frauke Thayer.»

«Kennen Sie sie zufällig?»

«Sicher», bejahte sie geistesabwesend. «Sie war die Tochter des Volksschullehrers. Das Püppchen. So hieß sie bei uns.»

«Ist sie auch irgendwie mit den Hellbichs oder Haus Geese verbunden – so wie alle?»

Sie tauchte aus ihren Gedanken auf, als sei sie weit weg gewesen, erstaunt, daß er vor ihr saß, und erstaunt über die Erinnerung. «Ja, doch, da war was. Vor – wann? – zwanzig Jahren? Ein Gerücht oder gehässiger Klatsch – wie war das noch? Es hatte was mit einem Mann zu tun, einem Gast der Hellbichs, glaube ich. Oder mit den Wochenenden – nein, ich kriege es nicht mehr zusammen.»

«Aber Kroppjahn könnte es mir erklären?»

«Sicher. Thies weiß alles, was im Dorf geschieht.»

Ein guter Schluß. Mehr wollte er gar nicht erfahren. «Meinen Sie, ich könnte das Telefon hier benutzen?»

«Natürlich.»

«Dann brauche ich von Ihnen die Privatnummer von Attila. Ich muß ihn sofort sprechen.»

«Warum?»

Gleichmütig wehrte er ab: «Nein, Ihr Name bleibt aus dem Spiel.»

Sie starrte ihn lange an, aber er verzog keine Miene, und sie begriff, daß sie sich nicht sperren konnte. «Meinetwegen.»

Während sie die Nummer tippte, achtete sie darauf, daß ihr Körper das Telefon verdeckte, danach trat sie rasch zur Seite und hielt ihm den Hörer hin. Er las die Angst in ihren Augen.

«Ja?» Eine dunkle Männerstimme ohne jeden Ausdruck.

«Hör mir gut zu, Attila, ich sag's nur einmal. Vor sechs Jahren haben Kurt und Ewald Jensen in deinem Auftrag einen gewissen Harald Kamphausen erschlagen. Das nennt man Anstiftung zum Mord, und die ist noch nicht verjährt. Die Jensens sind wieder draußen, und du hast sie mit Bargeld versorgt. Kurt ist aber tot, und Ewald ist abgehauen. Der Junge hat keine Nerven mehr und wird singen, wenn man ihn schnappt. An deiner Stelle würd ich jeden Kontakt zu den Jensens abbrechen.»

«Wer spricht denn da?»

«Ein Freund.»

«Du hast ja den Arsch offen.»

«Paß auf, daß man deinen nicht auf ewig zusammenkneift. Ruf Peter Krone in Duisburg an.» Er unterbrach sich, aber Attila blieb stumm. «Mach's aber von einer Zelle aus. Wie ich die Bullen kenne, wird Krones Telefon abgehört.»

Damit legte er auf. Angst hatte er Attila bestimmt nicht eingejagt, aber Typen wie Attila war die Vorsicht in Fleisch und Blut übergegangen. Natürlich würde er Krone anrufen und jeden Kontakt zu Ewald Jensen abbrechen, sobald er erfahren hatte, was in der Mont-Cenis-Straße vorgefallen war. Und damit war das Versprechen erfüllt, daß er der fetten Martina aus dem «Schwarzen Kater» gegeben hatte.

Sie schätzte ihn mit einem undefinierbaren Ausdruck ab. Absichtlich hatte er sie zur Mitwisserin gemacht und damit zum Schweigen verurteilt, und sie war gewitzt genug, das zu begreifen. Als er ihr zuzwinkerte, holte sie tief Luft und ging an den Kleiderschrank. Während er hinter Erdmann hertelefonierte, sah er ihr zu, wie sie sich anzog, kämmte, schminkte, in eine anständige Frau verwandelte.

«Gut, Herr Erdmann. In einer dreiviertel Stunde. Ja, die Kneipe kenne ich.»

Frauke Thayer nahm nach dem dritten Läuten ab und blieb lange still, als er sich vorgestellt hatte. Seinen Vorschlag beantwortete sie nur mit einem dünnen «Nein».

«Okay, ganz wie Sie wollen. Sie wissen ja, wo ich zu erreichen bin, falls Sie es sich anders überlegen. Und vergessen Sie bitte nicht, daß auch meine Geduld Grenzen hat... Guten Tag.»

«Sie räumen gründlich auf», bemerkte sie leise und ohne Vorwurf. Das weinrote Kleid mit dem großen Ausschnitt stand ihr ausgezeichnet, Kamphausen konnte sich mit ihr sehen lassen.

«Soll ich noch Rücksicht nehmen?» Er wunderte sich selbst über seinen Zorn.

«Nein», besänftigte sie, «jetzt nicht mehr.»

Dabei griff sie in eine Tasche und holte ein Schmuckstück hervor, eine Halskette aus Silber, mit zehn Steinen...

«Helfen Sie mir mit dem Verschluß?»

«Woher... woher...» Er röchelte so angstvoll, daß sie herumfuhr: «Was ist los?»

«Woher – woher haben Sie das?»

«Was?»

«Die Kette.» Vor Erregung war er bleich geworden, und jetzt spürte er, wie ihm eine hitzige Röte ins Gesicht schoß. «Woher haben Sie die Kette?» schrie er.

«Was ist denn mit dieser...?»

«Woher?»

Hastig stolperte sie einen Schritt zurück, sie fürchtete ihn und seine unerklärliche Erregung: «Die habe ich von einem alten Bekannten gekauft.»

«Wie heißt er?» Seine Stimme dröhnte in dem Zimmer.

«Krischan. Christian Zander.» Auch sie stammelte, jetzt von seiner Erregung angesteckt, die sie nicht verstand.

«Sie ist – sie war mein Hochzeitsgeschenk für meine Frau.»

Wie versteinert verharrte sie vor ihm, beide Hände abwehrend ausgestreckt, und nach einer langen Pause flüsterte sie: «Nein.» Und wieder, entsetzt: «Nein.»

Das war nicht gespielt, sie war ehrlich erschüttert, und das half ihm, sich zu fangen, obwohl er noch lange schwer atmen mußte. Heiser flüsterte er: «Kennen Sie diesen Zander schon lange?»

Sie nickte, und das Erschrecken in ihrem Gesicht machte einer unerfreulichen Erinnerung Platz: «Er war in Hellbichs Firma angestellt. Ein unangenehmer Mensch. Mit unruhigen Fingern. Später ist er rausgeflogen, hab ich gehört. Er hat krumme Geschäfte gedreht – Sie haben ihn doch auch gesehen.»

«Ich? Wann und wo?»

«Als Sie in die ‹Ampel› gekommen sind. Da hat er sich ebenfalls an die Bar gesetzt.»

Es fiel ihm wieder ein. Der Mann, der schwor, keine Geschäfte in der «Ampel» zu tätigen. Sie griente, immer noch erschrocken: «Er handelt mit allem möglichen.»

«Auch mit Rauschgift?»

«Vermutlich. Aber nicht in der ‹Ampel›!» stellte sie grimmig klar.

Vielleicht stimmte das sogar. «Was hat er überhaupt in Ihrem Lokal verloren?»

«Er ist ein alter Hurenbock – okay, er macht keinen Ärger, zahlt anstandslos und regt mich jedesmal auf, weil er mich schmierig anschmachtet, er würd mir halt gern was zu verdienen geben.»

«Und woher hatte er diesen Schmuck?»

«Von einer Frau – nein, Namen hat er nicht genannt, er lebt von der – hm – Diskretion. Sie hätt Schulden, und er verkaufe für sie den Schmuck.»

«Haben Sie das geglaubt?»

«Doch, ja, hab ich. Er ist viel zu klug, sich als Hehler erwischen zu lassen. Wollen Sie die Kette wiederhaben?»

«Nein, behalten Sie sie ruhig!»

Sie schüttelte den Kopf und warf sie heftig, als sei sie glühend heiß, in die Tasche zurück. Die scheinbar so spontane Bewegung ernüchterte ihn plötzlich. Wahrscheinlich war sie in diesen Augenblicken sogar ehrlich, doch mit allem, was sie tat und darstellte, befand sie sich auf der anderen Seite eines Grabens, den er gar nicht näher beschreiben konnte, von dem er im Moment nur wußte, daß er ihn nicht überschreiten wollte.

«Meine Frau hat sich während der Ehe viel herumgetrieben. Ist sie nie in der ‹Ampel› gewesen?»

«Doch, einmal.»

«Allein?»

«Nein. In Begleitung von Krischan Zander. Sie hat mich hinter der Bar gesehen, wir haben uns sofort wiedererkannt, und sie hat auf dem Absatz kehrtgemacht.»

Das war's dann. «Danke», sagte er kurz und ging; sie blieb stumm zurück.

Am Fuß der Treppe wartete Kamphausen schon auf ihn, und in seinem unsteten Blick stritten Empörung und Besorgnis. «Alles in Ordnung?» stieß er mit rauher Stimme hervor.

«Ja. Wir werden uns wohl nicht wiedersehen, Herr Kamphausen. Vielen Dank, daß Sie soviel Zeit für mich hatten.» Seine drohende Höflichkeit verschloß dem Grauhaarigen den Mund, und Wegener beeilte sich, das altmodische Haus zu verlassen. In der kalten Nässe draußen fröstelte er.

Mit Erdmann hatte er sich in einer ruhigen Kneipe in Eppendorf verabredet. Der Journalist machte sich keine Notizen und jaulte zum Schluß in gespielter Verzweiflung auf: «Schon wieder eine Geschichte, die man nicht schreiben kann. Ich bin und bleibe ein Pechvogel.»

«Sie wissen, daß ich meine Schulden bezahle.»

«Heißt das, Sie werden wieder Polizist?»

«Ich habe nichts anderes gelernt, Herr Erdmann, und bin zu alt, etwas anderes anzufangen.»

«Falsch! Sie fühlen sich zu alt, das ist ein großer Unterschied.»

Erdmanns letzter Satz hatte ihn getroffen, und deswegen trödelte er auf einem großen Umweg zur Autobahn zurück. Der kalte Niesel färbte die Stadt unfreundlich-grau, dagegen kamen die Weihnachtsbäume, Kerzen und Lametta-Dekorationen nicht an. Die wenigen Fußgänger hasteten mit hochgezogenen Schultern an den schon erleuchteten Schaufenstern vorbei, selbst die Autofahrer schienen zu frieren.

Auf die erste Spur hatten ihn die Fußabdrücke gebracht, die zur Tür der Abstellkammer an der Rückseite der Garage führten.

Kroppjahn lebte lange genug in Södjen, um das Wetter an der Küste zu kennen. Und hatte ein wachsames Auge auf Haus Geese gehabt, aus vielen Gründen, da war sich Wegener sicher. Doch über seinen Schatten hatte der Riese nicht springen wollen. Nur Spuren im Rauhreif, kalt und vergänglich.

Nächste Woche war Weihnachten. Leise kicherte er in sich hinein. Vielleicht fühlte er sich nicht alt, sondern nur müde, erschöpft wie ein Langstreckenläufer kurz vor dem Ziel. Diese Linie mußte er überquert haben, bevor Regine eintraf.

Auch Monika Busche hätte er früher durchschauen müssen. Kroppjahn hatte es getan und sie mit wenigen Worten am Telefon von ihrem Plan abgebracht, ihn aus Södjen wegzulocken. Daß sie ihn mochte, wußte er schon lange, und deswegen verspürte er keine Gewissensbisse. Noch weniger Verärgerung; von ihrer Seite war es nicht nur angstvolle Berechnung gewesen, einen Mann zu schützen oder zu retten, dem sie viel verdankte, den sie deshalb nicht verurteilen konnte.

Vor Haus Geese parkte ein dunkles Auto, und er grinste häßlich vor sich hin. «Guten Abend, Frau Thayer», sagte er laut in Richtung der schattenhaften Gestalt, die wortlos ausstieg; selbst auf die Entfernung glaubte er, ihre Zähne klappern zu hören. Wie lange hatte sie auf ihn gewartet?

In der Diele half er ihr aus dem gefütterten Mantel, unter dem sie wieder ihren Jeansanzug mit dem flauschigen rosa Rollkragenpullover trug. Rosa Lippenstift, rosa Nagellack – «Lolita läßt grüßen», entfuhr es ihm, und sie bat müde, ohne Überraschung: «Lassen Sie das doch bitte!»

«Entschuldigung, ich wollte Sie nicht beleidigen.»

«Nicht mit Worten, aber in Gedanken, Herr Wegener.» Das war kein Protest, keine Klage, sondern nur eine nüchterne und richtige Feststellung, die ihn für eine Sekunde betroffen machte.

Nach dem langen Tag hatte er sich auf einen Whisky gefreut, und zu seiner Überraschung nahm sie auch einen. Auf sein forsches «Zum Wohl» hob sie nur stumm das Glas. Ihr verschleierter Blick gefiel ihm nicht.

«Sie wollten mir etwas zeigen.»

«Ich bin sicher, daß Sie es schon gelesen haben. Nicht das Original, sondern eine Kopie.» Er reichte ihr die drei Blätter mit Gesines Geständnis. «Lesen Sie!»

Unsicher gehorchte sie, aber ihr Gesichtsausdruck veränderte sich anders, als er vermutet hatte, aus Ratlosigkeit wurde Spannung, Erregung und plötzlich eine ungeheure Wut, die jeden Anklang an ein hilfloses Püppchen wegwischte; vor ihm saß eine vor Zorn, Haß und Energie fast zerspringende Frau.

«Ist das echt?» zischte sie so heftig, daß sie ihn für Augenblicke verwirrte.

«Ja.»

«Woher haben Sie das?»

«Ich habe es den beiden Jensens abgenommen, den Männern, die sich hier in Södjen nach meiner Frau...»

«Warum zeigen Sie mir das?»

«Weil ich von Ihnen hören will, warum Sie es im Ermittlungsverfahren unterschlagen haben.»

«Wollen Sie mich verhöhnen?» Sie schrie ihn an, die Fäuste geballt, der ganze Körper wie eine Sehne gespannt; jetzt war sie fähig, ihn umzubringen. Ihre Stimme kippte über, sie zitterte am ganzen Körper, riß sich zusammen...

«Nein, wieso sollte ich?!»

«Das ist der Beweis, das Motiv, nach dem ich die ganze Zeit gesucht habe. Der Grund, warum Sie Ihre Frau ermordet haben.»

«Nein, albern, machen Sie sich nicht lächerlich...»

«Wenn ich das in die Finger bekommen hätte, säßen Sie jetzt lebenslänglich.»

«Aber Sie haben es doch...»

«Ich sehe es jetzt zum erstenmal, leider, erst jetzt, oh verdammt, wenn ich nur früher – Sie – Sie...» Und dann hielt es sie nicht mehr an ihrem Platz. Wie der Blitz schoß sie hoch, stieß den Tisch zur Seite, warf sich auf ihn, die Hände vorgestreckt, als wolle sie nach seiner Kehle greifen, prallte gegen ihn und schlug zu, fester, als er ihr je zugetraut hätte, und noch einmal, ihre ganze Wut und Erregung brachen in einem unmenschlichen

Schrei aus ihr heraus, sie trommelte mit den Fäusten auf ihn ein, schmerzhaft fest, hart, tobend und rasend, er mußte sein Gesicht vor ihren Fingernägeln decken, sie hatte ihn völlig überrumpelt, beschämend lange brauchte er, bis er ihre Handgelenke zu fassen bekam, festhielt, sie strampelte, trat, traf Knöchel und Schienbeine, vor Wut immer wieder schreiend. Bis er sich endlich von der Sitzfläche abstieß, sie mit hochriß, jetzt auch blind wütend, mit aller Kraft ihre Gelenke umklammernd. Mit voller Wucht boxte er ihr die eigenen Hände unter das Kinn, ihr Kopf flog zurück, aber er hatte noch nicht losgelassen, riß sie wieder zu sich heran, stieß sie weg, jetzt wankte sie wie eine hilflose Marionette vor und zurück, mit einem Fuß trat er rücksichtslos ihre Beine zur Seite und ließ sie los, wie eine Stoffpuppe fiel sie hin.

«Sind Sie völlig übergeschnappt?!» brüllte er sie an.

Der Sturz hatte sie für einen Moment betäubt. Sie reagierte nicht, wohl zu ihrem Glück; denn er war jetzt bereit, sie wie einen Gegner zu behandeln und körperlichen Einsatz mit Gewalt zu beantworten. Doch ihre Kraft schien erschöpft, plötzlich rollte sie sich zur Seite und rappelte sich auf, langsam, müde, gebrochen, kein Gegner mehr, auch keine Gegnerin, und als er das begriff, verstand er endlich auch, daß in dem komplizierten Puzzle-Spiel das letzte Stück aufgetaucht war. Während sie sich setzte, sah sie ihn nicht an, fuhr aber zurück, als er sich vorbeugte, um die Blätter einzusammeln. Ihre Angst vor seiner Gewalttätigkeit verschloß ihr den Mund. Doch jetzt achtete er nicht weiter auf sie, faltete sorgfältig das Geständnis, steckte es in die Tasche zurück und zog das Telefon heran.

«Polizeidienststelle Södjen, Kroppjahn.»

Ging der Polizist eigentlich nie nach Hause? «Guten Abend, Herr Kroppjahn, hier ist Wegener. Entschuldigen Sie bitte die späte Störung, aber Sie müssen mir eine Frage beantworten.»

«Ja, wenn ich kann?»

«Haben Sie im April oder Mai einen anonymen Brief zum Fall Gesine Wegener bekommen?»

«Möglich.»

«Drei Seiten in Kopie. Ein Geständnis meiner Frau, daß sie einen gewissen Harald Kamphausen erschlagen hat?»

Kroppjahn schöpfte unendlich tief Luft: «Ja.»

«Lag noch ein Schreiben dabei?»

«Ja, Moment.» Weit entfernt raschelte Papier. «Ohne Anrede, ohne Absender, keine Unterschrift, mit der Maschine getippt. Wer den Fall Gesine Wegener bearbeitet, sollte wissen, daß Hauptkommissar Wegener damals für den Fall Harald Kamphausen zuständig war und wenig später die Gesine Hellbich geheiratet hat. Warum wohl? Textende.»

«Herr Kroppjahn, Sie haben doch sicherlich den Umschlag aufgehoben?»

«Selbstverständlich.» Wieder knisterte Papier. «Ohne Absender. Aufgegeben in Hamburg. Die Anschrift lautet nur: An die Polizei in Södjen.»

«Mehr nicht?»

«Nein.»

«Warum haben Sie den Brief nicht an Frauke Thayer weitergegeben?»

«Damit hätte sie ihr Mordmotiv gehabt, das sie so verzweifelt suchte.»

«Und das wollten Sie ihr nicht geben?»

«Ich konnte nicht.»

Ja, so war es wohl gewesen. Versonnen starrte er auf das Telefon und mußte sich vor der nächsten Frage regelrecht einen Ruck geben: «Herr Kroppjahn, wie hieß der leibliche Vater von Monika Busche?»

Sie hob den Kopf. In der Leitung rauschte es lange, bis Kroppjahn seufzte: «Ist Frauke bei Ihnen?»

«Ja.»

«Christian Zander. Ein Angestellter bei Egon Hellbich. Seien Sie gnädig, Herr Wegener.»

«Das will ich gern sein, aber die Wahrheit muß sie schon sagen.»

Jetzt senkte sie den Kopf wieder und verschränkte die Hände so fest, daß ihre Fingerknöchel weiß leuchteten.

«Ach, Monika ist übrigens in der Silvesternacht nicht bei Thomas Schwartz geblieben. Er hatte schon eine andere Frau in der Wohnung.»

«So war das.» Kroppjahn keuchte. «Das wußte ich nicht. Aber das erklärt alles.»

«Wir sehen uns dann morgen abend im ‹Krug›.»

«Das muß ja wohl so sein. Gute Nacht, Herr Kriminalrat.»

«Gute Nacht, Kroppjahn.»

Ihr schwerer Atem hatte sich beruhigt, und als er sie aufmerksam betrachtete, wagte sie nicht, ihm in die Augen zu schauen. Zusammen waren sie einen langen Weg gegangen, sie mochte noch hoffen, daß ihr die letzten Meter erspart bleiben würden, aber was er überhaupt noch an Mitgefühl besaß, hatte er verausgabt.

«Ich muß mich entschuldigen», begann er nüchtern. «Ich weiß jetzt, daß Sie dieses Schreiben nie gesehen hatten.»

«Woher ... wer hat ...?»

«Aber damit wird eine andere Frage wichtig. Warum haben Sie die Untersuchung nicht niedergelegt?»

«Niedergelegt? Wieso denn das?»

«Sie hätten sich für befangen erklären können.»

«Befangen?» echote sie, so leise, daß er sie kaum verstand.

«Christian Zander.»

Sie brauchte eine Sekunde, bis ihre Erinnerung akzeptierte, was ihr Verstand schon aufgenommen hatte. Ihr Gesicht erstarrte zu einer Grimasse, für erschreckend lange Zeit betrachtete er eine Meduse, deren Häßlichkeit auch ihn lähmte. Dann zerfiel ihr Ausdruck, ihre Miene zerbrach qualvoll in Zuckungen, bis ihr die Tränen in die Augen schossen.

Er ließ sie weinen. Helfen konnte und wollte er ihr nicht, nicht mehr, seit er wußte, daß sie sich selbst belogen und andere getäuscht hatte. Von Trost war er so weit entfernt wie von Rache, aber der mindeste Preis, den sie heute zahlen mußte, war die Wahrheit. Und Tränen erweichten ihn nicht.

«Woher wissen Sie das mit Christian Zander?»

«Von vielen, teils von Kroppjahn, teils von Karin Bollnow.»

«Sie kennen Karin Bollnow?»

«Flüchtig», knurrte er und verdrängte das Bild der Frau, die sich vor seinen Augen anzog.

«Und ich dachte immer ...» Christian Zander. Sie war neunzehn, als sie ihn kennenlernte, unmittelbar nach dem Abitur, sie wollte mit dem Studium anfangen. Er war Mitte Dreißig, ein wichtiger Mann in der Firma von Egon Hellbich, der schönste Mann, dem sie je begegnet war. Viele kannte sie nicht, woher auch, hier auf den Dörfern. Dazu der Vater, der frühere Lehrer der meisten Gleichaltrigen. Beim Schützenfest war das gewesen. Nie hätte sie zu hoffen gewagt, daß sich solch ein Mann mit einer dummen Zicke abgeben würde, einem Kind, das nicht nach neunzehn, eher nach neun aussah. Vier Monate schwebte sie im siebten Himmel, ja, schon nach drei Wochen hatte sie mit ihm geschlafen, ja doch, hier, in diesem Haus. In Haus Geese. Und als sie nach zwei Monaten unruhig wurde, weil ihre Tage ausblieben, passierte dann der Skandal. Marja brachte sich um, Marja Busche, und nannte in ihrem Abschiedsbrief Christian Zander als den Vater ihrer Tochter Monika. Er war nie wiedergekommen, nie mehr, und auf ihre flehenden, verzweifelten Briefe antwortete er nicht. Ihren Eltern wagte sie sich nicht anzuvertrauen, sie dachte auch schon an Selbstmord, als Thies sie eines Tages zur Seite nahm. Thies Kroppjahn, der alles sah, alles wußte, der einzige Mann, der ihr mit Geld, Rat und Adresse half, das Kind von Christian Zander abzutreiben. Der Arzt hatte gepfuscht, mehrere Wochen Krankenhaus, noch Monate ärztlicher Behandlung, bis dann doch eine Operation – Kinder hatte sie sich immer gewünscht, darauf mußte sie nun verzichten, und von Männern wollte sie auch nichts mehr wissen, sie lebte, aber eine Welt war zerstört, gestorben.

Es war bis heute ihr Geheimnis geblieben.

Sie hatte es nicht vergessen, als ihr die Aufklärung des Todesfalls Gesine Wegener, geborene Hellbich, übertragen wurde. Aber sie hatte geglaubt, sie hätte es überwunden. Doch das war ein Irrtum, alles stürmte wieder auf sie ein, natürlich hatte sie mehr als einmal daran gedacht, den Fall abzugeben. Aber wie hätte sie es erklären, begründen sollen? Und je länger, desto weniger konnte sie Kroppjahns aufmerksame Blicke ertragen, seine verschlossene Ruhe, das nie ausgesprochene und zugleich anklagende Wissen, daß er mit ihrer Arbeit und ihren Schlußfolgerungen nicht einverstanden war. Gesine kannte sie nicht von früher, sie wußte natürlich, daß die Hellbichs eine Tochter hatten, doch damals, vor zwanzig Jahren, steckte das Mädchen in einem Internat. Nein, wegen Gesine Hellbich fühlte sie sich frei, aber Monika Busche brachte sie aus dem Gleichgewicht, das herangewachsene Kind, um dessentwillen sie ihr Kind abgetrieben hatte. Sobald Monika das Zimmer betrat, verkrampfte sie sich, über Wochen hatte sie sich das nicht eingestanden, geleugnet vor sich und anderen, daß sie Monika haßte. Und dann – bei einer Vernehmung – bekannte Monika, daß sie in den Verdächtigen Achim Wegener verliebt war; sie hatte eine Szene hier am Schwimmbecken des Hauses Geese erzählt, tiefrot, und in dem verlegen-glücklich-stolzen Gesicht der Zeugin hatte sie sich selbst wiedererkannt, plötzlich das schwarzhaarige Mädchen gehaßt und den Mann gehaßt, in den Monika verliebt war. Und als sie so weit war, sich zu ihrem Haß zu bekennen, überrumpelte Monika sie mit einem Ausbruch von Wut und Tränen: Wenn sie nur wüßte, wer damals die Frau gewesen sei, um deretwillen Christian Zander ihre Mutter Marja verstoßen hatte, die «andere» aus dem kurzen, verletzenden Brief, den Marja Busche bekommen hatte, bevor sie sich vergiftete, der Brief, den Kroppjahn hatte vernichten wollen, den Albert Busche aber über all die Jahre aufgehoben hatte, um ihn ihr eines Tages zu zeigen. Sollte sie Monika Busche sagen, daß sie vor der Frau saß? Nächte hatte sie nicht geschlafen, weil er wieder auf ihrer Brust lastete, der alte Traum aus Schuld und Verzweiflung. Fehler über Fehler, sie wußte es selbst. Sie hatte versagt, und er mit den Bildern von den Jensen-Brüdern hatte nur ein Messer in einer Wunde herumgedreht.

Mit gesenktem Kopf hatte er der Beichte gelauscht und sagte nach einer langen Pause leichthin: «Kroppjahn hat verhindert, daß es zum schlimmsten Fehler kam, daß ich verurteilt wurde.»

«Wie – wie hat er das verhindert?»

«Er hat ein Beweisstück zurückgehalten. Weil er von Anfang an ahnte, wer meine Frau ermordet hatte.»

«Weil er ahnte? – Warum hat er mir nichts gesagt?»

«Hätten Sie denn auf ihn gehört?»

Sie gab keine Antwort, und eine Zigarettenlänge geduldete er sich noch. Bis er sicher war, daß sie nie die volle Wahrheit gestehen würde, nie hatte gestehen wollen.

«So, jetzt habe ich die Schnauze voll von Ihnen», begann er leise und schnell. «Und der Gedanke reizt mich immer noch, Ihnen ein Disziplinarverfahren anzuhängen. Da haben Sie mich mit einer herzerweichenden Geschichte vollgelabert und nur das Wichtigste vergessen – daß Sie Ihre große Jugendliebe Christian Zander hier im Hause wiedergetroffen haben. Im April oder Mai, während der Ermittlung. Und Zander ist vor Angst unter dem Teppich entlanggekrochen. Bis Sie ihm verraten hatten, daß die Polizei im Haus kein Rauschgift gefunden hatte. Kein Rauschgift und keine Tabletten. Das fürchtete er, deswegen war er hier aufgekreuzt, er hatte das Zeugs nämlich an meine Frau geliefert.»

Sie bewegte sich nicht, aber er hörte ihren wieder schweren Atem.

«Wann und wo haben Sie ihm das erzählt? Oben, in einem Schlafzimmer, vielleicht auf dem Bett, in dem er Sie geschwängert hatte? Und was hat er Ihnen über Gesine und mich und unser Verhältnis in Hamburg vorgelogen? Ich kenne ihn nicht, bin ihm nur einmal flüchtig und zufällig begegnet, aber bei uns haben sich seinerzeit viele Männer in der Wohnung herumgetrieben, und einer hat Gesine mit Hasch versorgt. Na, Frau Thayer, keine Reaktion? Was hat er behauptet? Und was haben Sie ihm geglaubt? Ach ja, und was haben Sie eigentlich gedacht, als er danach so plötzlich verschwand, wie er aufgetaucht war?»

Bei jedem Satz war sie ein Stück bleicher geworden.

«Soll ich Kroppjahn fragen, ob er Christian Zander im April oder Mai hier gesehen hat?»

Unwillkürlich schüttelte sie voller Angst den Kopf. Natürlich war sie gekommen, um zu erfahren, was er herausgefunden hatte, und ihre schlimmsten Befürchtungen gingen in Erfüllung.

«Welche Erklärungen haben Sie denn dafür parat, daß in den Ermittlungsakten der Name Christian Zander nicht einmal erscheint?»

Obwohl sie nicht mehr in der Lage war, sich zu wehren, ahnte er plötzlich, daß sie nicht kapitulieren würde. Was immer vor zwanzig oder mehr Jahren in diesem Haus geschehen war und einen Teil ihrer Hoffnungen zerstört hatte – sie wollte es verteidigen, sie hielt dem Teil ihrer Vergangenheit die Treue. Trotzdem mußte sie wenigstens einmal darüber nachgedacht haben, ob nicht ein gewisser Christian Zander, seit Ewigkeiten mit Gesine Hellbich bekannt, immer wieder Gast im Haus Geese, auch in der Zeit, als Gesine dort angeblich allein, ohne Besuch und Besucher, lebte, Grund gehabt haben konnte, Gesine zu beseitigen. Und sei es auch nur, um eine seelisch völlig entgleiste Frau am Reden und Schwatzen zu hindern. Warum hatte sie das alles verschwiegen? Aus Angst, Zander werde sie und ihre Vergangenheit bloßstellen? Oder hatte der alte Funke wieder gezündet? «Das Püppchen» hieß sie seit ihrer Schulzeit – und hatte auch er nicht manchmal überlegt, warum sie sich in Kleidung und Auftreten so verletzlich, hilflos und schwach präsentierte?

«Ich weiß zwar nicht, welches Zimmer Sie und Christian Zander benutzt haben, um Ihre Versöhnung zu besiegeln. Aber wenn Sie Pech haben, kannte er das Bett genau, weil er oft genug mit Gesine darin gelegen hatte.»

Ein dumpfes Stöhnen brach aus ihr heraus: «Hör auf, bitte, hör auf!»

O nein, ihn kaufte sie nicht. «Wir bleiben besser beim Sie, Frau Thayer. Und jetzt verschwinden Sie, bevor ich auf die Idee komme, Sie könnten im Frühjahr Zanders illegale Geschäfte durchschaut und gedeckt haben. Und einen Verdächtigen gegen Ermittlungen geschützt haben.»

## KAPITEL 10

Der Lärm sank in deutlich unterscheidbaren Stufen ab, als er den großen Gastraum des «Krugs» betrat. Erst brachen einige ihre Gespräche ab, drehten sich zur Tür; andere verstummten daraufhin, folgten dem Beispiel, machten ihre Nachbarn aufmerksam, die mitten im Satz innehielten und zur Tür schauten, bis auch den letzten die plötzliche Stille auffiel.

Der «Krug» war gut besucht, fast alle Tische waren besetzt, und unter der Decke schwebte eine graublaue Wolke aus Pfeifen- und Zigarettenrauch, die den großen Adventskranz mit den vier brennenden Kerzen verhüllte. Beide Kachelöfen bullerten und verbreiteten eine stickige Hitze. Die meisten Männer hatten ihre Jacken ausgezogen und die Hemdsärmel hochgekrempelt. Es roch nach Bier, Grog und Glühwein.

Er stand regungslos und beschimpfte sich wegen seiner Nervosität. In den ihm zugewandten Gesichtern las er weniger Abneigung als Unruhe, sie wußten nicht, was er hier noch wollte, und je länger die unnatürliche Stille dauerte, desto mehr verschlossen sich die Mienen zu abweisender Ausdruckslosigkeit. Er war der Fremde, der Außenseiter, den sie hier nicht sehen wollten, derjenige, gegen den sie sich verbündet hatten. Monika hatte an der Theke gerade ein Tablett voll mit Gläsern hochgehoben und war dann in der Bewegung wie versteinert. Als einzige zeigte sie offen ihre Angst und suchte seinen Blick; er wich ihm nicht aus und schüttelte traurig den Kopf. Im Zeitlupentempo setzte sie das Tablett wieder ab und schleppte sich zur Tür, die in den Küchengang führte. Das Klicken des Schlosses war wie ein Signal.

«Guten Abend», grüßte er halblaut.

Niemand antwortete. An einem der größten Tische saßen die fünf Schulfreunde, Albert Busche, Uwe Tackenberg, Erwin Allers, Jens Peddersen und Gustav Andersen. Vier Frauen neben ihnen, feingemacht im Sonntagsstaat, vier brave, durchschnittliche Frauen, in Ehren alt geworden, ihrer Stellung sicher, stolz auf ihre Rechtschaffenheit, die schon seit langem den in harter Arbeit verlorenen Reiz ersetzte. Alle hatten sie fröhlich getrunken, aber mit der zähen Stille senkte sich die Nüchternheit herab, und mit ihr kehrte schleichend das bislang Verdrängte zurück.

Am anderen Ende des Saales erhob sich Kroppjahn unbemerkt, schlängelte sich an Stühlen vorbei, bis er den schmalen Gang erreichte und sich neben dem Kachelofen an die Wand lehnte, ein lautloser Riese, der traurig, aber fest über die Gäste schaute.

«Ich bin gekommen, Sie einzuladen.»

Kroppjahn lächelte düster, und mit jeder Sekunde, die Wegener verstreichen ließ, verdichtete sich die Spannung.

«Ich meine Sie, Herr Tackenberg. Sie und Ihre Freunde, die mit Ihnen an Neujahr Ihren Geburtstag feiern.» Tackenberg blinzelte verwirrt, als sträube er sich noch, seiner Ahnung Glauben zu schenken. «Nach Haus Geese.» Plötzlich kroch Furcht durch die Gaststube. «Ich werde dort sein. Wie Gesine Wegener, die allein lebende Frau, die für jeden Mann zu haben war.» Tackenberg verfärbte sich. «Das wußten Sie doch alle, nicht wahr? Sie und Ihre vier Freunde?» Jetzt beobachtete er Busche, der als einziger ein rotes Gesicht bekommen hatte, nicht vor Scham, sondern aus Wut, unempfindlich für die jetzt fast körperlich spürbare Angst, die seine Freunde schon lähmte. So unvermittelt, daß selbst Wegener zusammenfuhr, schlug er mit der Faust auf den Tisch. Zwei Biergläser fielen um.

«Was soll das blöde Gerede?» brüllte er los. «Was erzählen Sie...»

«Laß das, Albert!» Kroppjahn hatte leise gesprochen, aber es traf Busche wie ein Hieb, unter dem er zusammenzuckte. Der Wirt sprang auf, die Biergläser rollten über den Tisch, zerplatzten mit einem häßlichen satten Geräusch auf dem Boden, Flüssigkeit verspritzend. Niemand achtete darauf.

«Setz dich, Albert!» Der Hüne befahl es nachdenklich, fast geistesabwesend. Endlich hatte er sich entschieden, für seine Pflicht und für die Zweifel, die ihn seit einem Jahr plagten.

Busche hatte beide Arme hochgerissen, als wolle er gegen die Worte boxen, keuchend vor Angriffslust. Oder aus Angst? Kroppjahns Hand glitt wie zufällig auf die Pistolentasche, und alle, die den Wirt beobachteten, sahen die Bewegung.

«Laß ihn sagen, was er zu sagen hat.»

«Bist du... bist du...» Busche hatte nur noch geflüstert, bevor er auf seinen Stuhl zurücksank. Die Gesichter der vier Frauen an seinem Tisch vereisten. Regungslos, wie Statuen, würden sie die Schande an sich abprallen lassen, um die Zerstörung ihrer ehrbaren Welt leugnen zu können.

Er räusperte sich. Alle Gesichter wandten sich langsam wieder ihm zu, jeden Blick auf den Tisch mit den fünf Schulfreunden vermeidend, sich in größter Eile ohne jede Bewegung von ihnen entfernend. Das Dorf hatte früher geahnt und wußte nun, das

Dorf verurteilte, nachdem die Tat nicht länger zu verheimlichen war.

«Da saßen Sie nun am vergangenen Silvester und begossen Tackenbergs Geburtstag. Und einer von Ihnen hatte die Idee, man könne sich doch einmal anders amüsieren. Bei einer Frau und mit einer Frau, die gegen Männerbekanntschaften nichts einzuwenden hatte, wohl auch nichts gegen fünf Männer gleichzeitig. Das wußten Sie ja schon, jeder von Ihnen hatte schon einmal mit ihr getrunken.» Am liebsten hätte er gelächelt. «Fünf Männer, die durch die dunkle Nacht zu einem erotischen Abenteuer schleichen. Wahrscheinlich war die Frau schon betrunken. Oder auch nur high – sie schluckte Tabletten und nahm Rauschgift, wußten Sie das?»

Obwohl er sie sorgfältig betrachtete, entdeckte er keine Überraschung in den Gesichtern.

«Nur eines verstehe ich nicht – warum mußten Sie die Frau umbringen und im Fischteich versenken?»

Niemand schnappte nach Luft, niemand äußerte eine Silbe, es war, als rede er gegen eine Mauer. Selbst der Rauch der noch brennenden Pfeifen und Zigaretten stieg senkrecht hoch. Kroppjahn starrte finster auf einen Punkt an der Decke.

Den Bann brach Tackenberg, einen entschlossenen Zug um den Mund. Der Filialleiter hatte zu kämpfen gelernt, er war intelligenter und schneller als seine vier Freunde. Langsam hob er die Hand: «Moment mal, Herr Wegener. Sie beschuldigen uns also, am vergangenen Neujahr Ihre Frau ermordet zu haben?»

«Ja.»

«Das ist doch – und wir sollen nachts ins Haus Geese geschlichen sein? Auf der – Suche nach einem – einem Abenteuer?»

«Ja.»

«Um dort mit Ihrer Frau – entschuldigen Sie, das ist doch lächerlich. Wir sind die ganze Nacht – na ja, wahrscheinlich bis gegen vier Uhr hier zusammengewesen und haben meinen Geburtstag gefeiert.»

«Zusammen – ja. Aber nicht hier.» Es tat ihm leid, aber er mußte Monika bloßstellen. «Jemand ist gegen eins in den ‹Krug› gekommen und hat Sie nicht mehr angetroffen.»

Tackenberg drehte beunruhigt den Kopf zu Busche. Unerwartet brummte Andersen: «Laß man, Uwe, der spinnt doch!» Jeder in der Gaststube konnte es verstehen. «So 'n Dösbattel.» Die Silben knallten.

Tackenberg setzte ein entschuldigendes Lächeln auf, das ihm nur halb gelang: «Sie irren sich, Herr Wegener. Wir haben mit dem Tod Ihrer Frau wirklich nichts zu tun.» Peddersen nickte heftig, als könne er damit gar nicht mehr aufhören, Busche stierte auf die Tischplatte, er wollte nicht mehr verfolgen, was um ihn herum geschah. Jetzt bekam Andersen einen hochroten Kopf und beugte sich zu Erwin Allers hinüber, der die Hände fest gefaltet hatte, und flüsterte eindringlich auf den Malermeister ein. Wegener warf einen flüchtigen Blick auf Kroppjahn, der sich noch immer nicht bewegt hatte. Die Gäste warteten, verschlossen, in trotziger Neutralität.

«Sie haben mehrere Fehler begangen.» Absichtlich fuhr er schnell und halblaut fort. «Meine Frau ist von zwei Männern erpreßt worden, wie ich jetzt weiß. Von zwei Verbrechern. Ich habe die Namen herausgefunden und mir Bilder dieser Männer beschafft. Monika hat Ihnen allen hier im Dorf die Bilder gezeigt und dabei erzählt, ich verdächtigte diese beiden, etwas mit dem Tod meiner Frau zu tun zu haben. Da kam Ihnen die gloriose, aber leider verhängnisvolle Idee, Sie könnten diese beiden Männer belasten. Also behaupteten Sie gegenüber Monika, die Männer auf den Bildern hätten sich hier in Södjen nach Gesine Hellbich oder Gesine Wegener erkundigt. Und das war ein Fehler. Denn zu dem Zeitpunkt, als Sie die Männer hier gesehen haben wollten, wußten die längst, wo sich meine Frau aufhielt. Sie mußten sich nicht erkundigen, zu dem Zeitpunkt erpreßten sie meine Frau bereits seit drei Monaten.»

Kroppjahn lächelte düster. Die fünf Freunde hingen an Wegeners Lippen, aber ihre Gesichter verrieten nichts.

«Und weil sie meine Frau erpreßten, hatten die beiden Männer das größte Interesse daran, nicht mit Gesine Wegener in Verbindung gebracht zu werden. Oder hier in Södjen aufzufallen. Sie sind wegen Totschlags vorbestraft und fürchteten, in einen Mordfall verwickelt zu werden. Aus diesem Grund haben sie sich versteckt. Und weil sie sich in Södjen nicht sehen lassen wollten, konnten sie auch die Wuhle nicht kennen.»

Irgend jemand seufzte, aber wer?

«Diese Lügen und Ungereimtheiten haben mich stutzig gemacht. Deshalb habe ich nach Spuren gesucht. Und Beweise dafür gefunden, daß Sie alle einmal im Haus Geese gewesen sind, zuerst einzeln. Sie wissen vielleicht nicht, wie lange sich Fingerabdrücke halten und welche Methoden es gibt, Abdrücke sichtbar zu machen, die fast ein Jahr alt sind. Aber ich kenne die Technik, es ist nämlich mein Beruf.»

Sein und Kroppjahns Blick kreuzten sich. Der Hüne würde zu jedem Bluff schweigen.

«Sehen Sie, und deshalb weiß ich, daß Sie im Haus gewesen sind. Alle zusammen. Bei einer Gelegenheit, bei der alle Alkohol getrunken haben.»

Der Plauderton zerrte an seinen Kräften.

«Ich weiß, daß Sie Angst vor Fingerabdrücken gehabt haben. Wer von Ihnen hat die Handtasche meiner Frau angefaßt? Um nach Geld zu suchen, denke ich mir, einer von ihnen steckt in der Klemme. Der hat sie später heimlich mitgenommen und verschwinden lassen. Denn in der Wuhle wurde sie nicht gefunden.»

Fast eine Minute herrschte wieder diese unnatürliche Stille und Bewegungslosigkeit, unterbrochen nur von dem Knacken und Prasseln des brennenden Holzes in den Kachelöfen. Dann war Erwin Allers der Belastung und dem so anklagenden wie verurteilenden Schweigen der Södjener nicht länger gewachsen. Er schnellte hoch, sein schöner Bariton tremolierte vor Schmerz und Verzweiflung: «Wir haben sie doch nicht getötet. Sie tanzte für uns durch das Zimmer, wie eine Verrückte, immer schneller und – und – wie betrunken, und schrie und kreischte und lachte wie – wie – eine Irre, und dann ist sie gestürzt und gestolpert und mit dem Arm gegen den Tisch geschlagen, und dann hat sie fürchterlich gebrüllt, und dann lag sie auf dem Boden und war ganz still, ganz ruhig und tot – tot – tot – was sollten wir denn machen ...» Seine Stimme hatte sich in schrille Höhe geschraubt und schnappte jetzt über. Allers rang nach Atem, sank auf seinen Stuhl zurück und legte den Kopf auf die Arme. Sein lautes, erbärmliches Schluchzen erfüllte den Raum und weckte kein Mitleid.

Wegener drehte sich um und verließ für immer den «Krug». Die Sterne funkelten aus einem klaren Himmel. Regine würde trockene Straßen für ihre lange Fahrt haben.

Schwarze Beute

«Wir haben den Wunsch, so gute Autoren zu gewinnen, wie es dem Black Mask-Magazin mit Hammett und Chandler gelang, Aber wir wollen noch mehr.»
Norbert Klugmann und Peter Mathews, Herausgeber der thriller-Magazins **Schwarze Beute.**

**Schwarze Beute 1**
(thriller 2735)
Mit Geschichten von Friedrich Glauser, Ruth Rendell, Michael Molsner, Janwillem van de Wetering. Georges Simenon, Fritz Mierau, Frank Göhre u.v.m. und ein Interview mit Maj Sjöwall über ihre gemeinsame Arbeit mit Per Wahlöö.
«... dieser Band ist seit Jahren das bestgemachte, witzigste und spannendste Buch zum Thema Kriminalität und Kriminalliteratur.» Süddeutsche Zeitung

**Schwarze Beute 2**
(thriller 2802)
Mit einem Drehbuch von Raymond Chandler, einem Insekten-Thriller von Per Wahlöö und einem Comic mit Texten von Dashiell Hammett. Außerdem Beiträge von Richard Hey, Alfred Döblin, Felix Huby, Fred Breinersdorfer, -ky, Irene Rodrian u.v.m.

**Schwarze Beute 3**
(thriller 2888)
«Das erste Mal, als Raymond Chandler ihn zu Gesicht bekam, lag Thomas Mann wie betrunken in einem Rolls-Royce Silver Wraith draußen vor der Terasse des Adonis.»

rororo thriller

So beginnt Michael Molsners fiktive Ermittlung, «der originellste, freilich auch frechste Beitrag zur Chandler-Hommage.» Neue Zürcher Zeitung
Außerdem Texte von Colin Dexter, Gertrude Stein, Jean Vautrin, Sjöwall/Wahlöö u.v.m.

**Schwarze Beute 4**
(thriller 2933)
Neues von und über Dashiell Hammett, Ed McBain, -ky, Hansjörg Martin, Frank Arbau, Pinkerton, Malefizschenk und andere Fälle, Täter und Autoren.

**Schwarze Beute 5**
(thriller 2969)
Frischer Wind im Sowjet-Krimi, heiße Stories aus Afrika, Arizona und Amsterdam. Geschichten von Jean Genet, Doris Gercke, Christine Grän, Detlef Blettenberg, Tony Hillermann u.v.m.

3023/1